EDIÇÕES BESTBOLSO

Medo de voar

Erica Jong nasceu em Nova York, em 1942. Pós-graduada em literatura na Columbia University, a escritora interrompeu seu doutorado para escrever o polêmico *Medo de voar*. Radicalmente comprometida com a libertação da mulher, a história publicada em 1973 arrebatou o público ao explicitar a sexualidade feminina e até hoje é o seu livro mais conhecido. Erica Jong tem oito romances publicados e alguns livros de poesia.

Erica Jong

MEDO DE VOAR

Tradução de
MIRIAM CAMPELLO

EDIÇÕES
BestBolso

CIP-Brasil. Catalogação-na-fonte
Sindicato Nacional dos Editores de Livros, RJ.

J67m Jong, Erica, 1940-
Medo de voar / Erica Jong; tradução de Miriam Campello. – Rio de Janeiro: BestBolso, 2007.

Tradução de: Fear of Flying
ISBN 978-85-7799-016-0

1. Ficção americana. I. Campello, Miriam. II. Título.

07-2925 CDD – 813
CDU – 821.111(73)-3

Medo de voar, de autoria de Erica Jong.
Título número 017 das Edições BestBolso.

Título original norte-americano:
FEAR OF FLYING

Para lista de créditos e agradecimentos, ver página 389.

www.record.com.br

Ilustração e design de capa: Luciana Gobbo e Sérgio Carvalho

Impresso no Brasil

ISBN 978-85-7799-016-0

A Grace Darling Griffin
E a meu avô, Samuel Mirsky

Agradeço a meus intrépidos editores na
New American Library,
Aaron Asher e Jennifer Josephy, e ao National
Endowment for the Arts por uma bolsa de estudos
que auxiliou minha pesquisa.
Agradeço a Betty Anne Clark, Anita Gross, Ruth
Sullivan, Mimi Bailin e Linda Bogin.
E agradeço, sobretudo, à musa do meu lar que me
deu um quarto, só para mim, desde o começo.

Ai de nós! O amor das mulheres! É sabido ser
  Coisa adorável e temível;
Pois tudo delas é lançado nesse dado
  E se é perdido, a vida não tem mais nada a
Lhes dar senão escárnio do passado,
  E sua vingança é como o pulo do tigre,
Mortal, rápido, esmagador; contudo, como a verdadeira
Tortura é delas – o que infligem, sentem.

E têm razão; pois o homem, com o homem com tanta
                    freqüência injusto,
  Sempre o é com as mulheres; apenas a servidão
As espera – somente a traição as aguarda;
  Educadas a omitir-se, seus explosivos corações desalentam-se
Ante o ídolo, até que uma luxúria mais rica
  As compre em casamento – e o que resta então?
Um marido ingrato – depois, um amante infiel –
A seguir vestem-se, cuidam, oram – e tudo se finda.

Algumas arranjam amante, outras tomam um gole ou rezam,
  Umas se ocupam do lar, outras esbanjam,
Algumas fogem, apenas trocando de cuidados,
  Sem a vantagem de uma posição virtuosa;
Poucas mudanças podem melhorar suas vidas,
  Já que tal situação não é natural,
Do palácio monótono para uma cabana suja:
Algumas bancam o demônio e então escrevem um romance.

Lord Byron (de *Don Juan*)

1
A caminho do Congresso de Sonhos ou a foda sem zíper

Bigamia é ter marido demais. Monogamia é o mesmo.

Anônimo (uma mulher)

Havia 117 psicanalistas no vôo da Pan Am para Viena, e eu fora tratada por, pelo menos, seis deles. Casara-me com o sétimo. Deus sabe que era um tributo ou à inépcia dos analistas ou a minha própria falta de capacidade de ser analisada o fato de estar agora ainda mais temerosa de voar do que quando iniciara minhas aventuras analíticas uns 13 anos antes.

Meu marido segurou minha mão terapeuticamente no momento da decolagem.

– Puxa, está gelada – disse. Já então devia conhecer os sintomas, pois segurara minha mão em vários outros vôos. Meus dedos das mãos (e dos pés) viram gelo, o estômago pula para as costelas, a temperatura da ponta do nariz cai ao mesmo nível que a dos dedos, os bicos dos peitos se erguem e saúdam a parte interna do sutiã (ou, nesse caso, do vestido, já que não estava usando sutiã) e, por um lancinante minuto, meu coração e os motores entram em sintonia, enquanto tentamos provar que as leis da aerodinâmica não são as frágeis superstições que, no fundo do meu coração, eu *sei* que são. Pouco importa a diabólica INFORMAÇÃO AOS PASSAGEIROS, estou convencida de que somente minha própria concentração (e a de minha mãe – que parece *esperar* sempre que os filhos morram em um desastre de avião) mantém esse pássaro no ar. Congratulo-me a cada decolagem bem-sucedida, mas sem muito entusiasmo, pois é também parte da minha religião pessoal achar que no minuto em que nos tornamos superconfiantes e realmente *relaxados* a respeito do vôo, o avião se espatifa instantaneamente. Vigilância constante é o meu lema. Um estado de cauteloso otimismo deve prevalecer. Na verdade, porém, meu ânimo pode ser descrito como cauteloso pessimismo. Ok, digo a mim mesma, *parecemos* ter saído do chão e entrado nas nuvens, mas o perigo não passou. De fato, este é o trecho aéreo mais perigoso. Bem aqui sobre Jamaica Bay, onde o avião se inclina lateralmente e faz uma curva, e o aviso de "Proibido fumar" se apaga. Este bem pode ser o ponto onde despencaremos gritando em milhares de flamejantes pedaços. Assim, continuo a me concentrar com força, ajudando o piloto (uma tranqüilizadora voz do Meio-Oeste chamada Donnelly) a conduzir o desgraçado com capacidade para 250 passageiros. Graças a Deus ele usa cabelo à escovinha e tem sotaque lá do meio da América. Nova-iorquina que sou, jamais confiaria em um piloto com sotaque de Nova York.

Assim que o aviso de apertar os cintos das poltronas se apaga e as pessoas começam a se mover pelo corredor, olho em volta nervosamente para ver quem está a bordo. Ali está a analista peituda, tipo maternal, chamada Rose Schwamm-Lipkin, a quem consultei recentemente sobre se devia ou não deixar meu atual analista (que misericordiosamente não vejo). Ali, o Dr. Thomas Frommer, especialista em

 anorexia nervosa, asperamente teutônico, e primeiro analista de meu marido. O amável e rotundo Dr. Arthur Feet Jr., terceiro e último analista de minha amiga Pia. E o baixinho compulsivo Dr. Raymond Schrift fazendo sinal para uma aeromoça loura (chamada "Nanci") como se ela fosse um táxi. (Consultei-me com o Dr. Schrift por todo um memorável ano, quando tinha 14 anos e me condenei à morte em punição por ter me masturbado no sofá da sala de estar de meus pais. Ele insistia que o cavalo com que eu sonhava era meu pai e que minhas menstruações voltariam se eu simplesmente "azeitasse zer mulherr".) Lá está o sorridente e calvo Dr. Harvey Smucker, com quem me consultei quando meu primeiro marido cismou ser Jesus Cristo e ameaçou caminhar sobre o lago do Central Park. O afetado e bem-vestido Dr. Ernest Klumpner, supostamente um "brilhante teórico", cujo último livro é um estudo psicanalítico sobre John Knox. Ali está o barba-negra, Dr. Stanton Rappoport-Rosen, que ganhara notoriedade nos círculos analíticos de Nova York ao se mudar para Denver e se desdobrar em algo chamado "Grupo de esqui-terapia que cruza o país". Ali está o Dr. Arnold Aaronson, fingindo jogar xadrez em um tabuleiro magnético com a nova esposa (sua paciente até o ano passado), a cantora Judy Rose. Ambos olham de soslaio em torno para ver quem está olhando para eles – e, por um momento, meus olhos se cruzam com os de Judy Rose. Esta se tornou famosa na década de 1950 por gravar uma série de baladas satíricas sobre a vida pseudo-intelectual em Nova York. Com uma voz lamuriosa e deliberadamente não-musical, cantava a saga de uma jovem judia que faz cursos na New School, lê a Bíblia por interesse em sua prosa, discute Martin Buber na cama e se apaixona pelo analista. Transformou-se agora na personagem que criara.

Além dos analistas, suas mulheres, a tripulação e alguns leigos, havia alguns filhos de analistas. Tais filhos eram na maioria adolescentes de caras emburradas, calças boca-de-sino e cabelos pelos ombros, que olhavam para os pais com cinismo e desprezo quase palpáveis. Lembro de mim mesma, adolescente, viajando por países estrangeiros com meus pais e sempre tentando fingir que eles não estavam comigo. Tentei perdê-los no Louvre! Evitá-los nos Uffizi! Devanear sozinha ante uma Coca-Cola em um café de Paris e fingir que as pessoas ruidosas na mesa ao lado não eram – embora claramente o fossem – meus pais. (Vocês sabem, fingia ser uma exilada pertencente à Geração Perdida, com meus pais sentados a um metro de distância.) E aqui estava eu de volta a meu próprio passado, ou a um mau sonho, ou a um mau filme: *Analista* e *filho de analista*. Um avião carregado de analistas e toda minha adolescência em torno de mim. Encalhada em pleno ar sobre o Atlântico com 117 analistas, muitos dos quais tinham ouvido minha triste e longa história e nenhum deles se lembrava dela. Um começo ideal para o pesadelo em que a viagem iria se tornar.

Nosso destino era Viena, e a ocasião, histórica. Há tempos atrás, em 1938, Freud fugira de seu famoso consultório em Berggasse, quando os nazistas ameaçaram sua família. Durante os anos do Terceiro Reich, qualquer menção ao fundador da psicanálise era proibida na Alemanha, e os analistas ou eram expulsos (se tinham sorte) ou mortos nas câmaras de gás (se não a tinham). Agora, com grande cerimônia, Viena acolhia os analistas de volta. Estava até abrindo um museu para Freud no lugar de seu antigo consultório. O prefeito da cidade lhes daria as boas-vindas, e haveria uma recepção na pseudogótica Rathaus de Viena.
 Os atrativos incluíam comida e *Schnaps* grátis, cruzeiro

pelo Danúbio, excursões a vinhedos, cantos, danças, embromações, discursos e trabalhos eruditos, além de uma viagem à Europa deduzível no imposto de renda. Haveria, sobretudo, bastante do bom e velho *Gemütlichkeit* austríaco. O povo que inventou o *scmaltz* (e os fornos crematórios) iria mostrar aos analistas o quanto eram bem-vindos.

Bem-vindos! Bem-vindos! Pelo menos os que sobreviveram a Auschwitz, a Belsen, à *Blitz* de Londres e à cooptação da América. *Willkommen*! Os austríacos são, pelo menos, encantadores.

Realizar o Congresso em Viena foi uma questão acaloradamente debatida por anos, e muitos analistas vieram com relutância. O anti-semitismo era parte do problema, mas havia também a possibilidade de que estudantes radicais da Universidade de Viena resolvessem fazer manifestações. A psicanálise caíra em desgraça com os membros da Nova Esquerda por ser demasiado "individualista". Nada fazia, diziam eles, para promover o "esforço mundial em direção ao comunismo".

Uma nova revista pedira-me que observasse de perto o lado divertido do Congresso, e escrevesse um artigo satírico a respeito. Comecei minha pesquisa abordando o Dr. Smucker, próximo à cozinha, onde uma aeromoça lhe servia café. Ele me olhou como se me reconhecesse vagamente.

– O que acha da volta da psicanálise a Viena? – perguntei-lhe com a minha mais animada voz de entrevistadora feminina. O Dr. Smucker pareceu confuso ante a intimidade da pergunta. Olhou-me demoradamente como quem investiga.

– Estou escrevendo um artigo para uma nova revista chamada *Voyeur*. – Imaginei que ele daria pelo menos um sorriso ante o nome.

– Bem – disse Smucker impassível –, e você, o que acha disso? – E se afastou gingando em direção à esposa baixa e de cabelo descolorido, cujo vestido azul tricotado exibia um minúsculo jacaré verde sobre o seio direito.

Eu devia saber. Por que os analistas sempre respondem a uma pergunta com outra? E por que essa noite deveria ser diferente de qualquer outra, apesar de estarmos voando em um 747 e comendo alimentos não-*kosher*?

"A ciência judaica", como os anti-semitas a chamam. Vire qualquer pergunta de cabeça para baixo e enfie-a no rabo de quem pergunta. Todos os analistas parecem talmudistas reprovados no primeiro ano do seminário. Lembrei-me de uma das anedotas favoritas de meu avô:

P: – Por que um judeu responde sempre uma pergunta com outra pergunta?

R: – E por que um judeu *não* deveria responder uma pergunta com outra pergunta?

No fim das contas, foi a falta de imaginação da maioria dos analistas que me desanimou. Ok, eu fora muito ajudada por meu primeiro analista – o alemão que ia apresentar um trabalho em Viena –, mas era uma espécie rara: espirituoso, autodepreciativo, despretensioso. Não tinha nada da mente categórica e prosaica que faz com que mesmo o mais brilhante analista pareça tão pomposo. Os outros aos quais eu recorrera, no entanto, eram surpreendentemente prosaicos. O cavalo com que está sonhando é seu pai. O fogão com que está sonhando é sua mãe. As pilhas de merda são, na realidade, seu analista. Isto se chama *transferência*. Não?

Você sonha que quebrou a perna na pista de esqui. De fato, você quebrou a perna na pista de esqui e está deitada no sofá usando um aparelho de gesso de 4,5 quilos, que a condena a permanecer em casa por semanas, mas lhe tem dado também uma bela e nova visão de seus dedos dos pés e dos direitos civis dos paraplégicos. Mas a perna quebrada do sonho representa seu próprio "órgão genital mutilado". Você sempre quis ter um pênis e agora se sente culpada por ter *deliberadamente* quebrado a perna para ter prazer com o gesso, não?

Não!

Ok, vamos esquecer a questão do "órgão genital mutilado". De qualquer modo, é bizantina. E esqueça a mãe que é o forno, o analista que é a pilha de merda. O que nos sobra senão o cheiro? Não me refiro aos primeiros anos de análise, quando você trabalha duro descobrindo sua própria maluquice para poder fazer algo em vez de devotar *toda* a sua vida à neurose. Falo de quando você e seu marido já fazem análise há um longo tempo e chegaram a um ponto em que nenhuma decisão, por menor que seja, pode ser tomada sem que os dois analistas tenham uma reunião imaginária em uma nuvem pairando por cima de seus analisandos. Você se sente um pouco como os guerreiros troianos na *Ilíada*, com Zeus e Hera lutando acima deles. Falo de uma época em que seu casamento se tornou um *ménage à quatre*. Você, seu marido, seu analista e o analista dele. Quatro em uma cama. Esse filme definitivamente é só para adultos.

Encontrávamo-nos nessa situação pelo menos por todo o ano passado. Cada decisão era remetida ao analista ou ao processo analítico. Deveríamos mudar para um apartamento maior? "É melhor ver o que está acontecendo primeiro." (Eufemismo de Bennett para: voltar ao divã.) Deveríamos ter um filho? "É melhor elaborar primeiro." Deveríamos entrar para um novo clube de tênis? "É melhor ver o que está acontecendo primeiro." Deveríamos nos divorciar? "É melhor examinar o *significado inconsciente* do divórcio primeiro."

O fato é que chegáramos ao momento crucial do casamento (cinco anos, quando os lençóis que se ganhou de presente de núpcias estão gastos) em que é hora de decidir se compramos lençóis novos, temos um filho e vivemos com a maluquice um do outro para sempre, ou então desistimos do fantasma do casamento (jogamos fora os lençóis) e começamos a executar concertos musicais em camas novamente.

É claro que a decisão era ainda mais complicada pela análise – sendo sua premissa básica (e pouco importa toda evidência em contrário) a de que você está ficando cada vez melhor. O refrão funciona mais ou menos assim:

– Ó-eu-era-autodestrutiva-quando-me-casei-com-você-meu-bem-mas-estou-tão-mais-saudável-agora-ora-ora-ora.

(Deixando subentender que você poderia simplesmente escolher alguém melhor, mais carinhoso, mais bonito, mais inteligente e talvez até com mais sorte na Bolsa de Valores.)

Ao que ele poderia responder:

– Ó-eu-odiava-todas-as-mulheres-quando-me-apaixonei-por-você-meu-bem-mas-estou-tão-mais-saudável-agora-ora-ora-ora.

(Dizendo nas entrelinhas que *ele* poderia encontrar uma mulher mais carinhosa, mais bonita, mais inteligente, que cozinhasse melhor e até mesmo destinada a herdar um bom dinheiro do pai.)

– Abra os olhos, Bennett, meu velho – diria eu (sempre que eu suspeitava de tais pensamentos) –, você provavelmente casaria com uma mulher mais fálica, narcisista e castradora do que eu. (A primeira técnica quando se é casada com um analista é saber como devolver a ele todo esse jargão em momentos escolhidos cuidadosamente.)

Eu mesma, contudo, desfiava aquelas idéias, e se Bennett o sabia, não me deixava perceber. Algo parecia muito errado com o nosso casamento. Nossas vidas corriam paralelas como trilhos de trem. Bennett passava o dia no consultório, no hospital e em seu analista, e às noites no consultório novamente, habitualmente até 9 ou 10 da noite. Eu lecionava dois dias por semana e escrevia no restante do tempo. Minha carga horária de magistério era leve, mas escrever era exaustivo; assim, quando Bennett chegava em casa, eu estava pronta para sair e me soltar. Já tivera excesso de solidão, longas horas sozinha com a máquina de escrever e minhas fantasias. E tinha a impressão de encontrar homens em toda a parte. O mundo parecia abarrotado de homens interessantes e disponíveis como jamais estivera antes de meu casamento.

O que *havia* com o casamento, afinal de contas? Ainda que se ame o marido, é inevitável a chegada do momento em que trepar com ele torna-se tão suave quanto queijo pasteurizado: satisfatório, até mesmo engordativo, mas sem qualquer frêmito nas papilas gustativas, nenhum vestígio agridoce, nenhum perigo. E anseia-se por um Camembert supermaduro, um queijo de cabra raro, suculento, cremoso, com marcas de casco fendido.

Eu não era contra o casamento; acreditava nele de verdade. Achava necessário ter um grande amigo neste mundo hostil, alguém a quem se fosse incondicionalmente leal, alguém que nos fosse igualmente leal. Mas o que fazer dos outros anseios não mais satisfeitos no casamento? A inquietação, a fome, a pancada no estômago, a pancada na boceta, a ânsia de ser preenchida, de ser fodida em cada buraco, o desejo de champanhe seco e beijos molhados, do cheiro de peônias em uma cobertura em uma noite de junho, na beira do cais em *Gatsby*... Não dessas *coisas* realmente, pois sabia-se que os muitos ricos eram mais chatos do que você e eu, mas do que tais coisas *evocavam*. O vocabulário sardônico e agridoce das canções de amor de Cole Porter, as letras tristes e sentimentais de Rogers and Hart, toda a bobajada romântica pela qual se ansiava com a metade do coração, enquanto a outra metade zombava amargamente dela.

Ser mulher nos Estados Unidos da América. Que responsabilidade! Crescemos com os ouvidos invadidos por anúncios de cosméticos, canções de amor, colunas de conselhos, horóscopos, fofocas de Hollywood e dilemas morais ao estilo de novelas de TV. Que litanias nos cantam os propagandistas da boa vida! Que curiosos catecismos!

"Seja amável com o seu traseiro." "Enrubesça como pretende." "Ame o seu cabelo." "Quer um corpo melhor? Nós remodelaremos o que você tem." "Esse brilho em seu rosto deveria vir dele, não de sua pele." "Você percorreu um longo caminho, meu bem." "Como conquistar cada homem do zodíaco." "As estrelas e seu eu sensual." "Para um homem, Cutty Sark." "Um diamante é para sempre." "Se você gosta de banho de ducha..." "Comprimento e frieza andam juntos." "Como resolvi meu problema de odor íntimo." "Mulher, fique fria." "Toda mulher que está viva adora Chanel nº 5." "O que torna insinuante uma mulher tímida?" "*Femme*, nós o chamamos assim por sua causa."

Todos os anúncios e horóscopos pareciam insinuar que se você fosse narcisista o *suficiente*, tomasse cuidado com seus cheiros, cabelos, peitos, cílios, axilas, sexo, estrelas, cicatrizes e com sua escolha de *scotch* nos bares, você encontraria um homem belo, poderoso, potente e rico, que satisfaria todos os seus anseios, preencheria cada buraco seu, levaria seu coração a bater mais forte (ou a parar), a deixaria nas nuvens e a levaria para a lua (de preferência em asas diáfanas), onde você viveria totalmente satisfeita para sempre.

E a parte mais louca disso era que por mais que se fosse *esperta*, que se passasse a adolescência lendo John Donne e Shaw, que se estudasse História, Zoologia ou Física e que se esperasse passar o resto da vida às voltas com uma carreira difícil e desafiadora, *mesmo* assim sua mente estaria cheia dos anseios novelescos que embebiam cada ginasiana. Assim, pouco importava ter-se um QI de 170 ou de apenas 70, a lavagem cerebral atingia a todas. Apenas na superfície as armadilhas eram diferentes. Apenas a *conversa* era um pouco mais sofisticada. Por baixo de tudo aquilo, esperávamos ser aniquiladas pelo amor, arrebatadas nos ares, preenchidas por um cacete gigante jorrando esperma, espuma, sedas, cetins e dinheiro, é claro. Ninguém se preocupava em nos dizer o que era de fato o casamento. Não fomos educadas, como as moças européias, sequer com uma filosofia de cinismo e pragmatismo. *Não* se esperava que desejássemos qualquer outro homem depois do casamento, assim como não esperávamos que nossos maridos desejassem qualquer outra mulher. Então o desejo surgia e mergulhávamos no pânico do ódio a nós mesmas. Como éramos más! Como podíamos continuar nos apaixonando por homens estranhos? Como podíamos examinar o volume em suas calças desse modo? Como podíamos imaginar, em uma reunião, como foderia cada homem presente na sala? Como podíamos sentar em um trem fodendo com o olhar indivíduos completamente desconhecidos? Como podíamos *fazer* tal coisa a nossos maridos? Alguém alguma vez nos disse que talvez aquilo nada tivesse a ver com eles?

E os outros anseios que o casamento reprimia? Os de percorrer de vez em quando uma longa estrada, descobrir se ainda se pode viver sozinha dentro da própria mente, se se pode sobreviver em uma cabana no meio do bosque sem ficar doida. Em suma, descobrir se ainda se está inteira depois de tantos anos sendo a metade de algo (como as patas traseiras de uma fantasia de cavalo em uma peça de *vaudeville*).

Cinco anos de casamento me haviam tornado sedenta de tudo isso: de homens e de solidão; de sexo e de uma vida reclusa. Sabia que meus anseios eram contraditórios, o que piorava tudo. Sabia que meus anseios eram pouco americanos, o que tornava tudo *ainda* pior. Nos Estados Unidos, é uma heresia abraçar qualquer estilo de vida que não o faça se sentir a metade de um par. A solidão é um comportamento não-americano. Pode ser tolerada em um homem, em especial se ele for um "solteirão glamouroso" que "sai com estrelinhas" durante um breve intervalo entre casamentos. A solidão da mulher, porém, é sempre encarada como resultado de abandono, não de escolha. Assim, ela é tratada como um pária. Simplesmente não há como a mulher viver sozinha dignamente. Ah, ela pode se dar bem no aspecto financeiro talvez (embora não tão bem quanto um homem), mas no emocional nunca está em paz. Seus amigos, família e colegas de trabalho nunca a deixam esquecer que não tem marido nem filhos – por *egoísmo*, em suma –, o que é uma discriminação do modo de vida americano.

O mais crucial, porém, é que a mulher (por mais que conheça a infelicidade de suas amigas casadas) não consegue nunca *se* deixar em paz. Vive como se estivesse constantemente à beira de uma grande completude. Como à espera do Príncipe Encantado que a levará para longe "de tudo isso". Tudo o quê? A solidão de viver dentro de sua própria alma? A certeza de ser ela mesma, em vez de metade de outra coisa?

Minha resposta a tudo isso não era (não ainda) ter um caso, não era (não ainda) me perder na estrada interminável e sim desenvolver minha fantasia da foda sem zíper. Esta era mais que uma foda, era um ideal platônico. Sem zíper, porque quando se chegava junto, os zíperes caíam como pétalas de rosa, as roupas de baixo voavam como as felpas dos dentes-de-leão. As línguas se entrelaçavam e liquefaziam. Sua alma inteira fluía da língua para dentro da boca do amante.

Para a foda sem zíper verdadeira e suprema, era necessário que não se conhecesse o homem muito bem. Eu notara, por exemplo, que minha paixão por um homem sempre se desmanchava assim que me tornava realmente amiga dele, solidarizava-me com seus problemas, ouvia-o *kvetch* sobre a esposa, ou ex-esposas, sua mãe, seus filhos. Depois disso eu gostava dele, talvez mesmo o amasse – mas sem paixão. E eu queria era a paixão. Aprendera também que o modo certo de exorcizar uma paixão era escrever sobre o homem, observar seus tiques, cacoetes, fazer a anatomia de sua personalidade em letra de forma. Depois disso ele se tornava um inseto espetado no alfinete, um recorte de jornal plastificado. Podia apreciar sua companhia e até mesmo admirá-lo de vez em quando, mas ele perdera o poder de me fazer acordar trêmula no meio da noite. Deixava de sonhar com ele. Ele tinha um rosto.

Assim, outra condição para a foda sem zíper era a brevidade. E o anonimato a deixava ainda melhor.

Durante a época em que morei em Heidelberg, viajava de trem até Frankfurt quatro vezes por semana para ir ao analista. Levando uma hora para ir, outra para voltar, os trens tiveram importante participação em minhas fantasias. Neles, eu vivia encontrando homens bonitos, homens que quase não falavam inglês, e cujos clichês e banalidade se ocultavam diante de minha ignorância de francês, italiano ou mesmo alemão. Por mais que eu deteste admitir, existem *alguns* homens bonitos na Alemanha.

Um roteiro da foda sem zíper fora talvez inspirado em um filme italiano que eu vira havia anos. À medida que o tempo passava, eu o ia embelezando para adaptá-lo a minha cabeça. Costumava desenrolar-se vezes sem conta, enquanto eu viajava no trem de Heidelberg para Frankfurt, de Frankfurt para Heidelberg:

> Um encardido compartimento de trem europeu (segunda classe). Os bancos são duros, forrados com uma imitação de couro. Há uma porta corrediça dando para o corredor do lado de fora. Oliveiras são vistas velozmente pela janela. Duas camponesas sicilianas sentam-se juntas de um lado, com uma criança entre elas. Parecem ser mãe, avó e neta. As duas mulheres competem uma com a outra pelo direito de encher de comida a boca da menina. Do outro lado da passagem (no banco da janela), vê-se uma bela jovem, viúva, usando um pesado véu negro e um vestido apertado, da mesma cor, que modela sua voluptuosa silhueta. Transpira profusamente e tem os olhos inchados. O assento do meio está vazio. O do corredor, ocupado por uma mulher tremendamente gorda que exibe um bigode. Seus quadris enormes a fazem ocupar quase a metade do lugar vazio do centro. Lê uma fotonovela cujo personagens são modelos fotográficos e os diálogos aparecem em pequenas nuvens sobre as cabeças dos personagens.

Os passageiros vão sacolejando por algum tempo, a viúva e a gorda em silêncio, a mãe e a avó conversando com a criança e uma com a outra sobre a comida. De repente, o trem pára com um rangido em uma cidade chamada, talvez, CORLEONE. Um soldado alto, de aparência lânguida, barba malfeita, mas com uma bela mecha de cabelos, queixo fendido, expressão indolente e um tanto perversa, entra no compartimento, olha com insolência em torno, nota o lugar vazio entre a gorda e a viúva e senta-se, com muitos pedidos de licença e um ar de flerte. Está suado e desgrenhado, mas é basicamente um estonteante pedaço de carne, apenas com um ligeiro ranço devido ao calor. O trem apita e deixa a estação.

Em seguida, passamos a notar apenas o sacolejar do trem e o modo ritmado com que as coxas do soldado se esfregam nas coxas da viúva. Naturalmente ele está se esfregando também nos quadris da gorda, que tenta se afastar dele. Isso, porém, é desnecessário, pois ele não toma conhecimento dos quadris dela. Está observando, sim, a grande cruz de ouro a balançar para a frente e para trás no vale profundo entre os seios da viúva. Pancada. Pausa. Pancada. Bate em um seio úmido e depois no outro. Parece hesitar no meio do caminho, como se paralisada entre dois ímãs que a repelissem. O poço e o pêndulo. Ele se mostra hipnotizado. Ela contempla a paisagem através da janela, olhando cada oliveira, como se jamais tivesse visto oliveiras antes. Ele se ergue desajeitado, faz uma meia inclinação e luta para abrir a janela. Quando se senta de novo, seu braço por acidente roça na barriga da viúva. Ela parece não notá-lo. Ele pousa a mão esquerda no banco entre sua coxa e a dela, e começa a insinuar dedos de borracha em volta e debaixo da carne macia da coxa da viúva. Seu olhar continua fixo nas oliveiras como se ela fosse Deus, tivesse acabado de fazê-las e refletisse sobre que nomes lhes daria.

Enquanto isso, a mulher tremendamente gorda está guardando a fotonovela em uma sacola de plástico verde iridescente cheia de queijos fedorentos e bananas muito maduras. A avó enrola restos de salames em jornal gorduroso. A mãe veste uma suéter na menina e limpa seu rosto com um lenço, umedecido amorosamente com cuspe materno. O trem apita ao parar em uma cidadezinha chamada, talvez, PRIZZI, e a mulher gorda, a mãe, a avó e a menina deixam o compartimento. O trem começa a mover-se de novo. A cruz de ouro bate, faz uma pausa, bate entre os seios úmidos da viúva, os dedos começam a se curvar sob as coxas dela, cujo olhar continua fixo nas oliveiras. Logo os dedos estão deslizando entre suas coxas, afastando-as, subindo até o trecho carnudo entre as pesadas meias negras e as ligas usadas pela mulher, deslizando acima das ligas e mergulhando no lugar úmido e sem calça entre suas pernas.

O trem entra em uma *galleria*, ou túnel, e na semiescuridão o simbolismo é consumado.

O que há então é a bota do soldado no ar, as paredes escuras do túnel, o hipnótico balanço do trem e o prolongado último apito.

Em silêncio, ela desce em uma cidadezinha chamada, talvez, BIVONA. Atravessa os trilhos, pisando neles com cuidado com seus estreitos sapatos pretos e as meias negras e pesadas. O soldado a olha fixamente como se fosse Adão refletindo sobre que nome lhe dar. Então dá um salto e sai correndo do trem atrás dela. Naquele exato momento, um comprido trem de carga entra no trilho paralelo tapando a visão do soldado e bloqueando seu caminho. Vinte e cinco vagões de carga depois, ela desaparecera para sempre.

Um roteiro da foda sem zíper.

Sem zíper é claro, *não* porque os europeus usem botões na braguilha da calça em vez de zíper, e não porque seus participantes sejam devastadoramente atraentes, mas porque o incidente tem a compressão rápida de um sonho e parece livre de qualquer remorso ou culpa; porque não inclui conversa sobre o falecido marido da viúva ou seu noivo; porque não inclui racionalização; simplesmente não há *qualquer* conversa. A foda sem zíper é absolutamente pura. Não tem motivos ulteriores. Não há nela qualquer jogo de poder. O homem não está "tomando" nem a mulher "dando". Ninguém está tentando pôr chifres no marido ou humilhar a mulher. Ninguém está tentando provar coisa alguma ou tirar nada de alguém. A foda sem zíper é a coisa mais pura que existe. É também mais rara do que o unicórnio. Eu nunca consegui uma. Sempre que me parecia próxima, eu descobria um cavalo com chifre de papel marchê, ou dois palhaços com um traje de unicórnio. Alessandro, meu amigo florentino, chegou perto. Mas, por fim, vi que era apenas um palhaço vestido de unicórnio.

Considerem esta tapeçaria minha vida.

2
"Toda mulher adora um fascista"

Toda mulher adora um fascista
O chute no rosto, o bruto
Bruto coração de um bruto como você.

Sylvia Plath

Às 6 horas aterrissamos no *Flughafen* de Frankfurt e desembarcamos em um salão com chão de borracha que, por seu brilho novo, me fez pensar em campos de concentração e deportações. Esperamos lá durante uma hora, enquanto o 747 era reabastecido. Os analistas sentavam-se rigidamente em cadeiras moldadas em fibras de vidro, arrumadas em filas inflexíveis: cinza, amarelo, cinza, amarelo, cinza, amarelo... A falta de alegria dessa combinação de cores só era páreo para a falta de alegria no rosto deles.

A maioria dos analistas levava consigo câmeras caras, e apesar dos cabelos um tanto compridos, das barbas malfeitas e dos óculos de aro de metal que usavam (as esposas vestiam-se com um aceitável toque de boêmia de classe média: sandálias de couro de vaca, xales mexicanos, jóias do ourives do Village), exsudavam respeitabilidade. A soturna essência da caretice. Quando pensava a respeito, via que era aquilo que me incomodava na maioria dos analistas. Aceitavam a ordem social sem qualquer questionamento. Suas posições políticas ligeiramente de esquerda, abaixo-assinados pela paz e decoração dos consultórios com gravuras de *Guernica* eram apenas camuflagem. Nas

 questões *cruciais*, como família, o lugar das mulheres na

sociedade, o fluxo de dinheiro do analisando para o terapeuta, eram reacionários. Só pensavam em proveito próprio, como os darwinistas sociais da Era Vitoriana.

– As mulheres *sempre* foram a força por trás do trono – dissera meu último analista, quando eu tentava explicar como me sentia desonesta por usar sempre a sedução para conseguir o que queria de um homem. Nosso rompimento definitivo ocorrera poucas semanas antes da viagem para Viena. De qualquer modo, nunca confiara em Kolner, mas continuava me tratando com ele na suposição de que aquela reação era *meu* problema.

– Mas você não vê que o *problema* é exatamente esse! – gritei do divã. – As mulheres utilizando o sexo para manipular os homens, suprimir a própria raiva e jamais serem abertas e honestas...

O Dr. Kolner, porém, considerava tudo o que sugerisse, mesmo vagamente, ao Movimento de Libertação das Mulheres um problema neurótico. Qualquer protesto contra o comportamento convencional da mulher tinha que ser "fálico" e "agressivo". Havíamos debatido essa questão por muito tempo, mas essa "força atrás do trono" finalmente me mostrou como havia sido enganada.

– Eu *não acredito* no que você acredita – berrei –, e *não respeito* suas crenças e nem *você* por defendê-las. Francamente, se você pode fazer uma declaração como essa sobre a força atrás do trono, como poderia entender algo a meu respeito ou a respeito daquilo pelo qual estou lutando? Não *quero* viver pelas coisas que você vive. Não *quero* esse tipo de vida e não sei por que deveria ser julgada por esses padrões. E acho também que você não entende nada sobre as mulheres.

– Talvez *você* não entenda o que significa ser mulher – ele contrapôs.

– Ah, Deus. Agora você está usando a tática suprema. Não vê que os homens *sempre* definiram a feminilidade de modo a manter as mulheres na linha? Por que eu deveria concordar com a *sua* definição de mulher? Você é mulher? Por que eu não ouviria a *mim* pelo menos uma vez? E a outras mulheres? Eu converso com elas. Contam-me sobre si mesmas, e um monte delas sente-se exatamente como eu. Ainda que esse comportamento não mereça o Selo de Boa Dona de Casa da Sociedade Psicanalítica Americana.

Durante algum tempo, ficamos nessa discussão, ambos aos berros. Eu me odiava por parecer uma espécie de panfleto e ser forçada a posições polarizadas e simplificadas. Sabia que estava deixando de lado as sutilezas e que havia outros analistas – meu analista alemão, por exemplo – que não manifestava misoginia. Mas eu também odiava Kolner por sua estreiteza e por desperdiçar meu tempo e dinheiro com clichês requentados sobre o lugar da mulher. Quem precisava disso? Podíamos obtê-los no papelzinho da fortuna que vem dentro dos biscoitos chineses. E sem custar 40 dólares os 50 minutos.

– Se você acha de fato isso de mim, não sei por que não vai embora agora mesmo – cuspiu Kolner. – Por que se planta aqui e ouve toda essa merda?

Isso era o próprio Kolner. Quando se sentia acuado, tornava-se desagradável e recorria a palavrões para mostrar como era moderno.

– Complexo típico do homem pequeno – murmurei.

– O quê?

– Nada, nada.

– Vamos, quero saber. Posso agüentar – Grande e bravo analista.

– Eu só estava pensando, Dr. Kolner, que o senhor tem o que é conhecido na literatura psiquiátrica como "complexo do homem pequeno". Fica enfezado e começa a distribuir palavrões quando alguém lhe diz que você não é Deus Todo-Poderoso. Eu sei que deve ser duro ter 1,70 metro de altura, mas certamente você já *foi* analisado e isso *deveria* ter tornado o problema mais fácil de agüentar.

– Paus e pedras podem quebrar meus ossos, mas palavras jamais me ferem – rosnou Kolner. Regredira ao curso primário. E se achava muito espirituoso.

– Escute, por que você pensa que pode *me* jogar esses clichês rançosos e esperar que eu seja *grata* e até mesmo *pagar* por isso, e quando *eu* faço o mesmo com você, o que aliás tenho todo o direito, considerando-se a quantidade de dinheiro que deixo aqui, você fica *furioso* e começa a falar como um rancoroso menino de 7 anos?

– Eu apenas disse que você deveria ir embora, se acha aquilo de mim. Vá embora. Saia do consultório. Bata a porta. Mande-me para o inferno.

– E admitir que os últimos dois anos e os milhares de dólares que deixei aqui foram uma *perda* total? Talvez *você* possa apagar tudo desta forma, mas eu tenho mais interesse em me iludir achando que algo positivo ocorreu entre nós.

– Você pode elaborar tudo isso com seu *próximo* analista – disse Kolner. – Pode concluir o que deu errado do seu ponto de vista...

– Meu ponto de vista! É por isso que tanta gente está ficando de saco cheio da psicanálise. A culpa é toda de vocês, analistas estúpidos. Fazem com que o processo seja algo completamente doido. O paciente vem, vem, vem, paga, paga, paga, e sempre que vocês são burros demais para perceber o que está acontecendo ou quando descobrem que não podem ajudá-lo, apenas aumentam os anos de sua análise ou dizem a ele para procurar outro analista e descobrir o que houve de errado com o analista anterior. Você não percebe o absurdo disso?

– Certamente percebo o absurdo de ficar aqui sentado ouvindo esse discurso longo e agressivo. Portanto, só posso reiterar o que disse antes. Se não gosta, por que não dá o fora?

Como em um sonho (jamais me acreditaria capaz disso), levantei do divã (quantos anos ficara deitada ali?), peguei minha agenda e caminhei (não de modo descuidado, como gostaria) porta afora. Fechei-a suavemente. Nada de bater a porta para sublimar o efeito. Adeus, Kolner. Por um momento, no elevador, quase chorei.

Contudo, depois de caminhar por dois quarteirões da Madison Avenue, eu estava radiante. Fim das sessões às 8 horas! Fim das cogitações sobre se a análise estaria ou não ajudando, a cada cheque gigantesco que eu assinava no fim do mês! Fim das discussões com Kolner, como se eu fosse uma líder política! Estava livre! E pensar que não precisava mais gastar todo aquele dinheiro! Enfiei-me em uma sapataria e gastei de imediato 40 dólares em um par de sandálias brancas com correntes douradas. Fizeram-me sentir bem como jamais os 50 minutos das sessões com Kolner haviam conseguido. Ok, não estava de fato liberada (ainda tinha que me consolar por meio do consumo), mas pelo menos estava livre de Kolner. De qualquer modo, era um começo.

Usava as sandálias no vôo para Viena e as contemplei enquanto reembarcávamos no avião. O que impediria o avião de cair, pisar com o pé direito ou o pé esquerdo? Como poderia eu impedi-lo, se nem me lembrava do pé certo? “Mãe”, murmurei. Sempre murmuro “mãe” quando estou assustada. O engraçado é que nem mesmo chamo minha mãe de "mãe", nunca chamei. Ela pôs-me o nome de Isadora Zelda, mas procuro nunca usar o Zelda. (Acho que ela também pensou em Olímpia, pela Grécia, e Justine, por Sade.) Em troca dessa responsabilidade por toda uma vida, eu a chamo de Jude (Judas). Seu nome verdadeiro é Judith. Ninguém a chama de "mamãe", só minha irmã caçula.

VIENA. Seu próprio nome é como uma valsa. Entretanto, jamais suportei o lugar. Parecia morto, embalsamado.

Chegamos às 9 horas, exatamente quando o aeroporto estava abrindo. WILLKOMMEN IN WIEN, lemos. Arrastamo-nos pela alfândega puxando as malas, cansados e dopados pela noite insone.

O aeroporto parecia lavado e reluzente. Pensei na desordem, sujeira e caos a que os nova-iorquinos se acostumaram. A volta à Europa era sempre uma espécie de choque. As ruas exibiam uma limpeza pouco natural. Os parques, suas fontes, roseiras e bancos não eram vandalizados. Os canteiros de flores públicos pareciam também exageradamente arrumados. Até mesmo os telefones públicos funcionavam.

Os funcionários da alfândega deram uma olhada em nossas malas e em menos de vinte minutos embarcávamos em um ônibus alugado pela Academia de Psiquiatria de Viena. Embarcamos nele com a ingênua esperança de chegar ao hotel em poucos minutos e dormir logo. Não sabíamos que o ônibus serpentearia pelas ruas de Viena e pararia em sete hotéis antes de chegar ao nosso, quase três horas depois.

Chegar ao hotel foi como um desses sonhos em que se tem que ir a determinado lugar antes que algo terrível aconteça, mas o carro em que se está, sem explicações, quebra a toda hora ou anda para trás. De qualquer modo, eu estava aturdida, com raiva e tudo parecia irritar-me naquela manhã.

Em parte, era o pânico que sempre sentia ao me aproximar da Alemanha. Morei mais tempo em Heidelberg do que em qualquer outra cidade, com exceção de Nova York. Assim, a Alemanha (e a Áustria também) era uma espécie de segundo lar para mim. Falava a língua com fluência – mais fluentemente do que qualquer outra língua estudada na escola – e tinha familiaridade com a comida, os vinhos, as marcas, os horários das lojas, as roupas, a música popular, as gírias, os maneirismos... Exatamente como se tivesse passado a infância na Alemanha, ou como se meus pais fossem alemães. No entanto, nasci em 1942, e se meus pais fossem judeus alemães e não americanos, eu teria nascido (e provavelmente morrido) em um campo de concentração, apesar do cabelo louro, dos olhos azuis e do nariz de campônia polonesa. Nunca poderia esquecer isso. A Alemanha era como uma madrasta: totalmente familiar, totalmente desprezada. Mais desprezada ainda por ser tão familiar.

Pela janela do ônibus, olhei as velhas de rosto corado com seus confortáveis sapatos beges e protuberantes chapéus tiroleses. Olhei para suas pernas e traseiros protuberantes e as odiei. Olhei para um anúncio que dizia

SEI GUT ZU DEINEM MAGEN

(Seja bom para seu estômago) e odiei os alemães por pensarem sempre nos malditos estômagos, seus *Gesundheit* – como se tivessem inventado a saúde, a higiene e a hipocondria. Odiei sua fanática obsessão com a ilusão de limpeza.

 Ilusão, notem bem, pois os alemães não são na realidade

limpos. As cortinas brancas rendadas, as colchas penduradas nas janelas para arejar, as donas-de-casa que esfregam as calçadas na frente das casas e os lojistas que limpam suas vitrines são todos parte de uma fachada composta com cuidado para intimidar os estrangeiros com a agressiva salubridade da Alemanha. Mas entrem em um banheiro alemão e encontrarão uma privada diferente de qualquer outra no mundo. Contém uma pequena plataforma engenhosa de porcelana onde o cocô cai e se pode examiná-lo antes que seja absorvido pelo abismo das águas em redemoinho, águas essas que só aparecem quando se aciona a descarga. Devido a isso, os banheiros alemães fedem a cocô como nenhum outro. (Faço tal afirmação como viajante experimentada.) Além disso, a toalha pública é um trapo imundo, pendurada sobre uma minúscula bacia que tem apenas uma torneira de água fria (para borrifarmos com ela a mão direita, ou seja lá a mão que usarmos).

Pensei um bocado sobre os banheiros quando morei na Europa. (Para verem como a Alemanha me deixou maluca.) Cheguei até a fazer uma classificação dos povos baseada em banheiros.

"A história do mundo segundo os banheiros" (com otimismo escrevi no alto de uma página em branco de meu caderno de notas) "um poema épico???"

Inglês:
Papel higiênico inglês. Um modo de vida. Engomado. Recusa-se a absorver, amolecer ou curvar-se (muita altivez). Com freqüência, propriedade do governo. No último estado do bem-estar social, mesmo o papel higiênico é impresso com propaganda.

A privada inglesa como o último refúgio do colonialismo. A água escorrendo do alto como Victoria Falls, e você um explorador. O borrifo em seu rosto. Por um breve momento (enquanto você puxa a descarga), Britannia é a soberana dos mares de novo.

A corrente de puxar é elegante. Uma corda de sino em uma casa magnífica (aberta ao público, mediante moedas, aos domingos).

Alemão:
Os banheiros alemães obedecem às diferenças de classe. Nos vagões de terceira classe: papel pardo áspero. Na primeira classe: papel branco. Denominado *Spezial Krepp* (não precisa de tradução). Mas a privada alemã é singular por seu pequeno palco (o mundo inteiro é um) no qual o cocô cai. O que nos permite dar uma boa olhada nele, escolher um candidato entre os políticos e pensar em coisas para contar ao analista. Útil também para trabalhadores de minas de diamantes tentando contrabandear pedras preciosas nos intestinos. Os banheiros alemães são de fato a chave para os horrores do Terceiro Reich. Pessoas que constroem banheiros como aqueles são capazes de tudo.

Italiano:
Às vezes podemos ler trechos do *Corriere della Sera* antes de limparmos a bunda nas notícias. Mas, em geral, as descargas lá são rápidas, e o cocô desaparece muito antes de podermos dar um pulo e virarmos para admirá-lo. Daí a arte italiana. Os alemães têm seu próprio cocô para admirar. Na falta disso, os italianos fazem esculturas e pinturas.

Francês:
Os velhos hotéis de Paris com dois enormes apoios de ferro para os pés ladeando um buraco fedorento. Laranjeiras plantadas em Versalhes para encobrir o cheiro de latrina. *Il est defendu de faire pipi dans la chambre du Roi.* Nos banheiros de Paris, a luz só acende quando se tranca a porta.

De qualquer modo, não consigo extrair um vínculo entre a literatura e a filosofia francesas e a abordagem francesa da merda. Os franceses são pensadores muito abstratos, mas podem produzir também um poeta de minúcias como Ponge, que escreve um poema épico sobre o sabão. Como associar isso aos banheiros franceses?

Japonês:
Acocorar-se é um costume básico da vida no Oriente. O vaso sanitário aninhado no chão. Um arranjo de flores por trás. Isto tem algo a ver com Zen. (Cf. Suzuki.)

ERA MAIS de meio-dia quando enfim chegamos ao hotel e descobrimos que o quarto reservado para nós era minúsculo e ficava no último andar. Eu quis reclamar, mas Bennett estava mais interessado em descansar. Assim, descemos as persianas contra o sol de meio-dia, tiramos a roupa e desmaiamos nas camas sem desfazer as malas. Apesar da estranheza do lugar, Bennett adormeceu logo. Eu me revirei e lutei com o acolchoado até cair em sono profundo, com sonhos sobre nazistas e acidentes de avião. Acordei várias vezes com o coração disparado e os dentes batendo. Era o pânico habitual que tenho no primeiro dia longe de casa, só que pior por estarmos próximos da Alemanha. Já me arrependia por termos voltado.

Por volta das 15h30 levantamos e languidamente fizemos amor em uma das camas de solteiro. Ainda pensava estar sonhando e continuava fingindo que Bennett era outro. Mas quem? Não conseguia uma imagem clara dele, nunca consegui. Quem era esse homem-fantasma que assombrava minha vida? Meu pai? Meu analista alemão? A foda sem zíper? Por que seu rosto nunca entrava em foco?

Pelas 16 horas, já estávamos na *Strassenbahn* rumando para a Universidade de Viena com o objetivo de nos registrarmos no Congresso. O dia se tornara claro, com céu azul e nuvens absurdamente fofas. Eu caminhava com passos pesados pelas ruas em minhas sandálias de salto alto, odiando os alemães e odiando Bennett por não ser um estranho no trem, por não sorrir, por ser um bom parceiro, mas nunca me beijar, por providenciar consultas com analistas e IBMs elétricas, mas nunca me comprar flores. Nem conversar comigo. Nem pegar na minha bunda mais. E nunca beijar meu sexo, nunca. Afinal de contas, o que você espera depois de cinco anos de casamento? Risadinhas no escuro? Passadas de mão na bunda? Chupadas no sexo? Bem, pelo menos uma vez. O que querem vocês, mulheres? Freud fez disso um enigma e nunca conseguiu resolvê-lo. Como vocês mulheres gostam de trepar? Um homem que beije seu sexo quando estão menstruadas? Um homem que as beije antes de escovarem os dentes pela manhã e não diga *Yiiich*? Um homem que ria com vocês quando as luzes se apagam?

Um pau duro, disse Freud, presumindo que a obsessão dos *homens* era a *nossa*.

Alguém outrora chamou Freud de falocêntrico, por ele achar que o sol girava em torno do pênis. E a filha também.

Quem poderia protestar? Até as mulheres começarem a escrever livros, havia apenas um lado da história. Através da história, os livros foram escritos com espermas, não com sangue menstrual. Até meus 21 anos, avaliava meus orgasmos pelos de Lady Chatterley e imaginava o que haveria de *errado* comigo. Jamais me ocorrera que Lady Chatterley era na realidade um homem. Que, na verdade, era D. H. Lawrence.

Falocentrismo. Este era o problema com os homens e também com as mulheres. Uma amiga minha encontrou, em tempos recentes, no papelzinho da sorte dentro de um biscoito chinês:

O PROBLEMA COM OS HOMENS SÃO OS HOMENS,
O PROBLEMA COM AS MULHERES SÃO ELES TAMBÉM.

Certa vez, só para impressionar Bennett, contei-lhe sobre a cerimônia de iniciação dos Hell's Angels. A parte em que o iniciado tem que beijar o sexo de sua mulher quando ela está menstruada, com todos os companheiros olhando.

Bennett não disse nada.

– Então, não é interessante? – provoquei-o. – Não é fantástico?

Continuou mudo.

Continuei a provocá-lo.

– Por que não compra um cachorrinho e o treina? – disse ele por fim.

– Devia denunciar você à Sociedade Psicanalítica de Nova York – respondi.

O EDIFÍCIO médico da Universidade de Viena é cheio de colunas, gelado, cavernoso. A duras penas, escalamos os degraus que levavam ao andar de cima. Lá, dezenas de analistas reuniam-se à volta da mesa de inscrição.

Uma intrometida jovem austríaca com óculos de arlequim e uma saia tipo camponesa causava problemas a todos com relação às credenciais para o registro. Falava um penoso inglês escolar. Eu tinha certeza de que ela devia ser a mulher de um dos candidatos austríacos. Não devia ter mais de 25 anos, mas sorria com toda a presunção de uma *Frau Doktor.*

Mostrei-lhe minha carta da revista *Voyeur*, mas ela se recusou a inscrever-me.

– Por quê?

– Não estou autorizada permitir a entrada da Imprensa – escarneceu. – Lamento *muito.*

– Aposto que sim.

Podia sentir a raiva subindo dentro de mim como em uma panela de pressão. A cadela nazista, pensei. Essa *Kraut* desgraçada.

Bennett disparou-me um olhar que dizia: *acalme-se.* Ele detestava quando eu me zangava com as pessoas em público. Mas sua tentativa de me fazer parar só me fez ficar mais furiosa.

– Escute, se não me deixar entrar, vou escrever sobre *isso*, também. Eu sabia que, uma vez iniciadas as reuniões, era provável que eu pudesse entrar sem qualquer identificação; portanto, isso realmente pouco importava. Além disso, eu não tinha tanto interesse assim em escrever o artigo. Era uma espiã do mundo exterior. Uma espiã na casa da análise.

– Tenho certeza de que não quer que eu escreva sobre o *medo* que os analistas têm de escritores em suas reuniões, quer?

– Lamento *muito* – a cadela austríaca repetiu. – Mas rrealmente não tenho autorridade parra deixá-la entrar...

– Só está cumprindo ordens, não é?

– Tenho instrruções a obedecer – ela disse.

– Você e Eichmann.

– Como? – Ela não escutara.

Mas outra pessoa sim. Virei-me e vi um inglês louro e desgrenhado com um cachimbo pendurado na boca.

– Se deixar de ser paranóica por um minuto e usar o seu charme em vez de força bruta, tenho certeza de que ninguém lhe fará resistência – disse ele. Ele sorria para mim do jeito que o homem sorri quando está em cima da mulher depois de uma trepada especialmente boa.

– Você deve ser analista – disse eu. – Ninguém, a não ser um deles, usaria a palavra paranóica com tanta facilidade.

Ele sorriu.

Usava um *kurtah* indiano de algodão branco muito fino, através do qual eu podia ver os pêlos crespos e louro-avermelhados de seu peito.

– Babaquinha atrevida – disse ele. A seguir, deu um longo aperto brincalhão em minha bunda.

– Você tem uma bunda adorável – disse. – Vamos lá, vou fazer com que entre no Congresso.

É claro que ele não tinha a mínima autoridade a respeito do assunto, mas eu só soube disso mais tarde. Perambulava por ali de modo tão familiar, que parecia o diretor do Congresso. *Era* presidente de uma das reuniões preliminares, mas nada tinha a ver com a Imprensa. Quem se importava com a Imprensa, afinal de contas? Tudo o que eu queria era que ele me apertasse de novo. Eu o teria seguido para qualquer lugar. Dachau, Auschwitz, qualquer parte. Olhei para o outro lado da mesa de inscrições e vi Bennett conversando com outro analista de Nova York.

O inglês abrira caminho pela multidão e fazia uma leve pressão sobre a recepcionista de inscrições em meu favor. Finalmente voltou para onde eu estava.

– Escute, ela diz que você tem que esperar e falar com Rodney Lehmann. É um amigo meu de Londres e deve chegar aqui a qualquer minuto. Então por que não vamos até o café em frente para tomar uma cerveja e procurar por ele?

– Deixe eu avisar meu marido – falei. Isto se tornaria um refrão nos próximos dias.

Ele pareceu contente em saber que eu tinha um marido. Pelo menos não deu a impressão de se importar.

Perguntei a Bennett se ele queria encontrar conosco no café do outro lado da rua (esperando naturalmente que ele não fosse logo), e ele me acenou para ir. Estava em uma conversa animada sobre contratransferência.

Segui a fumaça do cachimbo do inglês pelos degraus abaixo até o outro lado da rua. Ele soltava baforadas pelo caminho como um trem, o cachimbo parecendo impulsioná-lo. Sentia-me feliz em ser o seu vagão de carga.

Instalamo-nos no café, ante meia garrafa de vinho branco para mim e uma cerveja para ele. Vi que usava sandálias indianas e que suas unhas dos pés estavam sujas. Não parecia de modo nenhum um analista.

– De onde você é?

– Nova York.

– Quero dizer, seus ancestrais.

– Por que quer saber?

– Por que se esquiva à minha pergunta?

– Não sou obrigada a respondê-la.

– Eu sei. – Soltou algumas baforadas do cachimbo e mergulhou os olhos na distância. Os cantos de seus olhos dividiam-se em umas cem linhas minúsculas, e sua boca curvava-se para cima em uma espécie de sorriso mesmo quando não sorria. Sabia que eu diria sim a qualquer coisa que ele pedisse. Minha única preocupação era que talvez ele não pedisse suficientemente rápido.

– Judeus poloneses por um lado, judeus russos pelo outro...

– Eu sabia. Você *parece* judia.

– E você, um inglês anti-semita.

– Bobagem. Eu *gosto* dos judeus...

– Alguns de seus melhores amigos...

– É que as moças judias são tão boas de cama.

Não consegui pensar em qualquer coisa espirituosa para dizer. Meu Jesus, pensei, aqui estava ele. A verdadeira f.s.z. A foda sem zíper por excelência. Deus do céu, o que estávamos esperando afinal? Na certa, não por Rodney Lehmann.

– Gosto também de chineses – disse ele. – Você tem um marido bonitão.

– Talvez eu deva arranjar um encontro seu com ele. Afinal de contas, vocês dois são analistas. Têm muita coisa em comum. Poderiam enrabar um ao outro debaixo do retrato de Freud.

– Babaca – disse ele. – Na verdade, gosto mais das *moças* chinesas. Agora, judias de Nova York que gostam de uma boa briga também são tremendamente tesudas para mim. Qualquer mulher que faça o escarcéu que você fez lá na inscrição parece muito promissora.

– Obrigada. – Pelo menos reconheço um elogio quando recebo um. Minhas calcinhas estavam molhadas o bastante para limpar com elas as ruas de Viena.

– Você é a única pessoa que conheci que percebeu que eu era judia – disse eu, tentando levar a conversa de volta a um território mais neutro. (Chega de sexo. Voltemos ao preconceito.) O fato de ele pensar que eu parecia judia, na verdade, me excitava, Deus sabe por quê.

– Olhe aqui, não sou anti-semita, mas *você* é. Por que acha que não parece judia?

– Porque as pessoas sempre pensam que sou alemã. Passei a metade da vida ouvindo histórias anti-semitas de gente que ignorava que eu fosse judia.

– É isso que eu detesto nos judeus – disse ele. – Só eles têm permissão de contar piadas anti-semitas. É injusto pra cacete. Por que *eu* deveria ser privado do prazer do masoquista humor judaico só porque sou *goy*?

Ele parecia tão *goy* dizendo a palavra *goy*.

– Você não pronuncia certo.

– O quê? *Goy*?

– Ah, essa está bem, mas *masoquista*. (Ele pronunciava a primeira sílaba da palavra como um inglês.) – Você tem que ter cuidado quando pronunciar palavras ídiches como *masoquista* – disse eu. – Os judeus são muito sensíveis.

Pedimos outra rodada de bebidas. Ele continuava fingindo procurar por Rodney Lehmann, e eu me saí com um *speil* muito profissional sobre o artigo que ia escrever. Quase me convencia de novo. Esse é um de meus maiores problemas. Quando começo a convencer outras pessoas, nem sempre as convenço, mas invariavelmente convenço a mim mesma. Sou um fracasso completo como charlatã.

– Você tem realmente um sotaque americano – disse ele, com seu sorriso-de-depois-da-trepada.

– Eu não tenho sotaque... você sim...

Ele imitou o meu sotaque, zombando.

– Foda-se – disse eu.

– A idéia não é nada má.

– Como disse mesmo que era o seu nome? (Como talvez os leitores lembrem, aquela era a frase-clímax de *Senhorita Júlia*, de Strindberg.)

– Adrian Goodlove – disse ele. Com isso, virou-se de repente e derrubou toda a cerveja em cima de mim.

– Por favor, me desculpe – disse ele algumas vezes, limpando a mesa com seu lenço sujo, sua mão e até mesmo com sua camisa indiana, que tirou, enrolou e deu-me para limpar o vestido. Que cavalheirismo! Mas me limitei a ficar sentada, olhando os anéis de pêlos louros em seu peito e sentindo a cerveja escorrer entre as minhas pernas.

– Não me importo nem um pouco – disse eu. Não era verdade que não me importara. Eu adorara.

Goodlove, Goodall, Goodbar, Goodbody,
Goodchild, Goodeve, Goodfellow, Goodford,
Goodfleisch, Goodfriend, Goodgame, Goodhart,
Goodhue, Gooding, Goodlet, Goodson,
*Goodridge, Goodspeed, Goodtree,Goodwine.**

É impossível se chamar Isadora White Wing (*née* Weiss – meu pai o traduzira para "White" pouco depois de meu nascimento), sem passar uma boa parte da vida pensando em nomes.

Adrian Goodlove. Sua mãe pusera-lhe o nome de Hadrian, mas seu pai a forçara a mudá-lo para Adrian, porque soava "mais inglês". O pai era exigente nessa questão de parecer inglês.

– Gente típica da classe média inglesa, de cu fechado – disse Adrian, falando da mãe e do pai. – Você os detestaria. Passam toda a vida tentando manter o rabo limpo em

*Jogo de palavras com o nome Goodlove (Amor Bom). (*N. da T.*)

nome da rainha. Uma batalha perdida. Seus cus permanentemente fechados.

E peidou bem alto para ilustrar o que dizia. Depois sorriu. Encarei-o totalmente espantada.

– Você é um verdadeiro primitivo – escarneci. – Um homem natural.

Adrian porém continuou sorrindo. Nós dois sabíamos que eu enfim encontrara a autêntica foda sem zíper.

OK. ADMITO QUE meu gosto em matéria de homem é questionável. Adiante, teremos muito mais provas disto. Mas quem pode discutir gosto, afinal de contas? Uma forte atração é intraduzível. É o mesmo que tentar descrever o sabor da musse de chocolate, ou o aspecto do pôr-do-sol, ou por que se consegue ficar sentada durante horas fazendo caretas para o filho bebê. Quem é tão consistente assim no papel? Aceitamos Romeu pelo que dizem, assim como Julien Sorel e o Conde Vronsky, e até mesmo Mellors, o guarda-caça. O sorriso, o cabelo emaranhado, o cheiro de fumo de cachimbo e suor, a linguagem cínica, o derramar da cerveja, os peitos exuberantes em público... Meu marido tem uma bela cabeça de cabelos negros e longos dedos finos. Na noite em que o conheci, ele também agarrou minha bunda (enquanto discutíamos novas tendências em psicoterapia). Em geral, pareço gostar de homens que conseguem fazer uma transição rápida do espírito para a matéria. Por que desperdiçar tempo se a atração está bem ali? Entretanto, se um homem que não me agrada me agarrar, é provável que me sentira ultrajada e mesmo enojada. Quem pode explicar por que a mesma ação nos desagrada em um caso e nos faz vibrar em outro? E quem pode explicar a base para a seleção? Alguns doidos tentam pela astrologia.

Assim como os psicanalistas. Mas em suas explicações parece sempre faltar algo, como se o cerne da questão fosse deixado de fora.

Depois que a paixão termina, nós racionalizamos. Já adorei um maestro que nunca tomava banho, tinha um cabelo pegajoso e era de completa incompetência para limpar o rabo. Deixava sempre manchas de cocô em meus lençóis. Normalmente tal tipo de coisa não me atrai, mas nele atraiu. Ok, ainda não sei bem por quê. Apaixonei-me por Bennett em parte porque ele tinha os ovos mais limpos que já provei. Sem um pêlo, e praticamente não suava. Pode-se (se alguém quiser) comer em seu cu (da mesma forma que no chão da cozinha de minha avó). Assim, sou versátil em relação a meus fetiches, o que torna, de certo modo, minhas paixões ainda menos explicáveis.

Bennett, porém, via padrões em tudo.

– Aquele inglês com quem conversava – disse ele ao voltarmos para o quarto do hotel – está realmente louco por você...

– Por que acha isso?

Lançou-me um olhar cínico.

– Ele estava babando por você.

– Pois o achei o filho-da-puta mais hostil que já encontrei na vida. – E, em parte, era verdade.

– Certo, mas você sempre se sente atraída por homens hostis.

– Quer dizer, como você?

Ele me puxou para si e começou a me despir. Podia apostar que ele ficara excitado por Adrian ter me abordado. Eu também ficara. Ambos fizemos amor com o fantasma de Adrian, rapaz de sorte. Fodido pela frente por mim e por trás por Bennett.

"A história do mundo através da foda". A cópula, velha dança. Daria uma crônica ainda melhor que A História do Mundo Segundo os Banheiros. Abrangeria tudo. O que, no fim, não acaba em foda?

Nem sempre Bennett e eu fizemos amor com um fantasma. Houve um tempo em que fizemos amor um com o outro.

Eu tinha 23 anos quando o conheci e já era divorciada. Ele tinha 31 e nunca se casara. O homem mais quieto que já encontrei e o mais amável. Ou, pelo menos, achei que era amável. O que sei eu sobre pessoas quietas, afinal? Venho de uma família cujo nível de decibéis à mesa do jantar poderia danificar permanentemente o ouvido médio de alguém. E talvez o tenha feito.

Bennett e eu nos conhecemos em uma festa no Village cuja anfitriã nem eu nem ele conhecíamos. Ambos tínhamos sido convidados por outras pessoas. Era uma festa chique nos idos de 1960. A anfitriã negra (ainda se dizia "preta" naquela época) exercia uma profissão de grande sucesso e bem na moda, tipo publicidade. Vestia-se com roupas de figurinistas e usava sombra dourada nos olhos. O lugar fervilhava de analistas, pessoal de publicidade, assistentes sociais e professores da Universidade de Nova York que pareciam analistas. 1965: pré-hippie e pré-étnico. Os analistas, os publicitários e os professores ainda usavam cabelo curto e óculos de aro de tartaruga. Ainda se barbeavam. E os poucos negros ainda alisavam o cabelo. (Ó memória!)

Eu estava lá por intermédio de um amigo, da mesma forma que Bennett. Uma vez que meu primeiro marido era psicótico, parecia muito natural querer me casar com um psiquiatra da segunda vez. Como um antídoto, eu diria. Não ia permitir que a mesma coisa *me* acontecesse de novo. Desta vez eu encontraria alguém que tivesse a chave do inconsciente. Assim, vivia saindo com analistas, que me fascinavam porque eu supunha saberem tudo que valia a pena. Eu os fascinava, porque supunham que eu fosse uma "pessoa criativa" (como ficara evidente pelo fato de ter aparecido no Canal 13 lendo meus poemas – que maior evidência de criatividade um analista precisa?)

Quando, em retrospectiva, examino minha vida antes dos 30 anos, vejo todos os meus amantes sentados alternadamente, de costas um para o outro, como na dança das cadeiras. Cada um era o antídoto do anterior. Cada um deles, uma reação, uma meia-volta, uma repercussão.

Brian Stollerman (meu primeiro amante e primeiro marido) era muito baixo, com tendência à barriga, peludo e moreno. Era também uma bala de canhão humana e um tagarela compulsivo. Estava sempre se movimentando, sempre cuspindo palavras. Era um medievalista, e antes que se pudesse dizer "Cruzada Albigense", contava a história da própria vida em detalhes com uma extravagância exagerada. Brian dava a impressão de jamais se calar. O que, entretanto, não era verdade, pois na certa *parava* de falar quando dormia. Mas quando finalmente seus parafusos afrouxaram (como dizia de maneira polida minha família) ou quando mostrou sintomas de esquizofrenia (como dizia um de seus muitos psiquiatras) ou quando despertou para o verdadeiro significado da vida (como dizia ele próprio) ou quando teve um esgotamento nervoso (como dizia seu orientador de tese de doutorado) ou quando ficou-exausto-por-ter-se-casado-com-aquela-princesa-judia-de-Nova-York (como diziam seus pais), aí então nunca parou de falar, *nem* para dormir. Na verdade, parou de dormir, mantendo-me acordada a noite inteira contando-me sobre o Segundo Advento de Cristo e que, desta vez, Jesus poderia voltar na pele de um medievalista judeu morando em Riverside Drive.

É claro que morávamos em Riverside Drive, e Brian era um falante sedutor. Mas eu estava tão envolvida por suas fantasias, um membro tão voluntário da *folie à deux*, que foi preciso uma semana inteira em claro, ouvindo-o falar, para que me surgisse uma luz que me fez perceber que o *próprio* Brian pretendia ser o Segundo Advento. Naturalmente ele não recebeu de maneira amável minha sugestão de que aquilo poderia ser um engano; quase me estrangulou por minha contribuição ao debate. Depois que recuperei a respiração (faço o acontecimento parecer mais simples do que foi, a fim de continuar a história), ele tentou coisas diversas, como voar pelas janelas e caminhar sobre a água no lago do Central Park. Finalmente teve que ser levado à força para uma clínica psiquiátrica e sedado com Torazina, Compazina, Stelazina ou o que mais fosse necessário. Naquele ponto, eu tive um esgotamento completo, fiquei de repouso no apartamento de meus pais (haviam se tornado estranhamente sãos diante da flagrante loucura de Brian) e chorei durante um mês. Até o dia em que acordei aliviada no apartamento vazio de Riverside Drive, percebendo que não conseguira ouvir meus próprios pensamentos por quatro anos. Soube então que jamais conseguiria voltar para Brian – ainda que ele deixasse de acreditar ser Jesus Cristo.

Sai o marido número *uno*. Entra uma estranha procissão de outros números. Mas pelo menos eu sabia o que estava procurando no número *due*: uma sólida imagem de pai, um psiquiatra como antídoto ao psicótico, uma boa trepada secular como antídoto ao fervor religioso de Brian que parecia excluir a foda, um homem quieto como antídoto ao barulhento, um gentio lúcido como antídoto ao judeu doido.

Bennett Wing surgiu como em um sonho. Nas asas de um sonho, pode-se dizer. Alto, bonito, inescrutavelmente oriental. Dedos longos e finos, um saco despido de pêlos, um encantador balanço nos quadris quando trepava – atividade em que parecia incansável. Mas era também mudo, e naquela época seu silêncio soava como música para meus ouvidos. Como poderia saber que, alguns anos depois, eu me sentiria como se estivesse trepando com Helen Keller?

Wing. Eu adorava seu nome. Bennett era mercurial, só que com asas no pau, não nos pés. Erguia-se e deslizava enquanto trepava. Fazia maravilhosos movimentos de mergulho e sacarrolha. Permanecia duro o tempo inteiro, e foi o único homem que conheci que jamais se mostrou impotente – nem mesmo quando deprimido ou com raiva. Mas por que nunca me beijava? E por que não falava? Eu gozava e gozava e gozava, cada orgasmo parecendo de gelo.

No começo fora diferente? Acho que sim. Naquela época, eu ficara tão fascinada com seu silêncio como ficara com a espantosa torrente de palavras de Brian. Pouco antes de Bennett, existiu o maestro que adorava a própria batuta (mas nunca limpava a bunda), um mulherengo florentino (Alessandro, o Grosso), um incestuoso cunhado árabe (bem mais tarde), um professor de Filosofia (Universidade da Califórnia) e diversas e variadas trepadas na noite. Eu acompanhara o maestro por toda a Europa assistindo suas apresentações, carregando suas partituras, até que ele finalmente me deixou por uma antiga namorada em Paris. Assim, eu fora ferida pela música, pela loucura e pela variedade. E o silencioso Bennett foi a minha cura. Um médico para minha cabeça e um psicanalista para minha boceta. Ele fodia vezes sem contar em um silêncio de furar os tímpanos. Sabia escutar. Era bom analista. Conhecia todos os sintomas de Brian antes que eu lhe contasse. Compreendia os problemas que eu tivera. E mais espantoso de tudo, ainda queria se casar comigo, mesmo depois que lhe falei a meu respeito.

– É melhor procurar uma boa moça chinesa – disse eu. Não era preconceito, simplesmente ficara escaldada com o casamento. Tanto convívio me aterrorizava. Mesmo na primeira vez, com Brian, ficara apavorada e casara contrariando meu lado lúcido.

– Não quero uma boa moça chinesa – disse Bennett. – Quero você.

(Descobri depois que Bennett jamais saíra com uma chinesa em toda a sua vida, muito menos trepara com uma. Era fissurado nas judias. Homens assim parecem ser meu destino.)

– Estou contente que me queira – disse eu. Grata. Na verdade, eu estava grata.

Em que momento começara a fingir que Bennett era outra pessoa? Em algum ponto no final do terceiro ano de nosso casamento. E por quê? Ninguém conseguia me explicar aquilo.

P: – Querido Dr. Reuben, por que trepar acaba se tornando sempre um queijo pasteurizado?

R: – Você parece ter um fetiche alimentar, ou o que conhecemos no jargão psicanalítico como fixação oral. Já pensou algum dia em fazer análise?

Fechei bem os olhos e fingi que Bennett era Adrian. Transformei B em A, e finalmente gozamos. Primeiro eu, depois Bennett, e ficamos ali deitados, suando, naquela horrível cama de hotel. Bennett sorriu. Eu me sentia péssima, uma fraude total. O próprio adultério não poderia ser pior do que aquelas trepadas noturnas. Trepar com um homem, pensar em outro e manter isso em segredo era muito, mas muito pior do que trepar com outro homem à vista do marido. Era tão ruim quanto qualquer traição que pudesse pensar. "É só uma fantasia", diria provavelmente Bennett. "Uma fantasia é apenas uma fantasia, e *todo mundo* as têm. Só os psicopatas colocam em prática suas fantasias. As pessoas normais, não."

Eu, porém, respeito mais as fantasias. Você é o que você sonha. Você é o que fantasia. Os gráficos, os números, as luzes que acendem e os pintos de plástico de Masters e Johnson nos dizem ao mesmo tempo tudo e nada sobre o sexo. Pois este está todo na cabeça. Pulsações e secreções não têm nada a ver com ele. Por isso todos os manuais sobre sexo das listas de best sellers são uma tapeação. Ensinam as pessoas a foderem com a pélvis, mas não com a cabeça.

Pouco importava que tecnicamente eu continuasse "fiel" a Bennett. Pouco importava que não tivesse trepado com outro sujeito desde que conhecera meu marido. Era infiel a ele pelo menos dez vezes por semana em pensamento e, pelo menos em cinco dessas vezes, era infiel enquanto trepávamos.

Talvez Bennett também fingisse que eu era outra pessoa, mas e daí? Isso era problema *dele*. Sem dúvida, 99% das pessoas do mundo fodiam com fantasmas. Elas próprias provavelmente o eram. Isso, entretanto, não me consolava. Desprezava minha própria fraude e a mim mesma. Já era uma adúltera, estava apenas retardando a consumação do adultério por covardia. O que me tornava uma adúltera *e* uma covarde. Se trepasse com Adrian, pelo menos seria só adúltera (adulta?).

3
Toc, toc, toc

Como eu já disse, o sexo pode ser resumido em três itens: procriação, prazer e orgulho. A longo prazo, o que devemos sempre considerar, a procriação é sem dúvida o mais importante, pois sem ela não haveria continuação da raça... Assim, o orgasmo feminino é simplesmente um clímax nervoso nas relações sexuais... e, como tal, comparativamente um luxo, do ponto de vista da natureza. Pode ser considerado uma espécie de prêmio prazeroso como o brinde que vem em uma caixa de cereal. É ótimo que o prêmio esteja lá. Mas, caso não esteja, o cereal continua sendo valioso e alimentício.

Madeline Gray,
The Normal Woman, 1967

Em meu sonho, Adrian e Bennett subiam e desciam numa gangorra no playground do Central Park, onde eu costumava ir quando menina.

– Talvez ela devesse ser analisada na Inglaterra – dizia Bennett enquanto seu lado da gangorra subia. – Vou lhe entregar o passaporte e o atestado de vacina dela.

Agora Adrian tinha os pés no chão e começou a sacudir a gangorra como faz um garoto grande no playground de crianças menores.

– Pare com isso! – gritei. – Está machucando ele! – Adrian, porém, continuava sorrindo e sacudindo a gangorra. – Não vê que está machucando ele! Pare! – Tentei gritar, mas, como sempre acontecia nos sonhos, minhas palavras se embaralharam. Estava apavorada com a possibilidade de Adrian fazer Bennett cair e quebrar a coluna. – Por favor, por favor, pare! – implorava.

– O que há? – resmungou Bennett. Eu o despertara. Eu sempre falava durante o sono, e ele sempre respondia.

– O que aconteceu?

– Você estava em uma gangorra com alguém. Fiquei com medo.

– Ah – Rolou para o outro lado.

Normalmente Bennett teria me abraçado, mas estávamos em camas estreitas e em lados opostos do quarto. Portanto, voltou a dormir.

Eu despertara por completo e ouvia os passarinhos fazendo uma algazarra no jardim atrás do hotel. No início, me confortaram. Depois, lembrei-me de que eram passarinhos alemães e fiquei deprimida. No fundo, detesto viajar. Fico inquieta em casa, mas no minuto em que me afasto, sinto a ameaça da condenação pendendo sobre minhas ações mais triviais. Por que voltara à Europa, afinal? Minha vida estava toda em pedaços. Havia dois anos eu me deitava na cama com Bennett pensando em outros homens. Por dois anos eu cogitei se engravidaria ou partiria sozinha para ver um pouco mais do mundo antes de me estabelecer em algo tão permanente quanto um casamento. Como é que as pessoas decidiam ficar grávidas, pensei. Era uma decisão tão espantosa e, de certo medo, tão *arrogante*. Assumir a responsabilidade por uma nova vida quando não se tem como saber como será. Eu imaginava que a maioria das mulheres ficava grávida sem pensar, pois se pensassem no que aquilo realmente significava, ficariam esmagadas pela dúvida. Eu não tinha nem um pouco daquela fé cega no acaso que as outras mulheres pareciam ter. Sempre quis estar no controle do meu destino. A gravidez dava a impressão de uma total abdicação do controle. Algo que crescia dentro de você e que depois usurparia sua vida. Eu vinha usando compulsivamente o diafragma por tanto tempo, que a gravidez jamais poderia ser acidental para mim. Mesmo durante os dois anos em que tomei pílula, nunca falhei um só dia. Por mais desleixada que fosse com todo o restante, nunca fizera qualquer trapalhada em relação à questão. Era virtualmente a única entre as minhas amigas que jamais fizera aborto. O que havia de errado comigo? Seria uma aberração? Eu simplesmente não tinha a compulsão feminina normal para engravidar. Tudo o que podia pensar era em mim, com a minha inquietude, meus anseios pela foda sem zíper e estranhos no trem, amarrada a um bebê. Como poderia desejar *isso* para um bebê?

– Se não fosse por vocês, eu teria sido uma artista famosa – costumava dizer minha mãe, extravagantemente ruiva. Ela estudara arte em Paris, aprendera anatomia, modelagem no gesso, aquarela e arte gráfica, e até mesmo a moer seus próprios pigmentos. Conhecera artistas famosos, escritores, músicos e parasitas famosos (dizia). Dançara nua no Bois de Boulogne (dizia), sentara no Les Deux Magots usando um manto de veludo negro (dizia), fora conduzida pelas ruas de Paris em pára-lamas de Bugattis (dizia), estivera nas ilhas gregas três décadas e meia antes de Jacqueline Kennedy Onassis (dizia). Depois voltara para casa, casara com um comediante de Catskill Mountains que estava prestes a fazer muito sucesso no *tzatzka*, e tivera quatro filhas que receberam nomes muito poéticos: Gundra Miranda, Isadora Zelda, Lalah Justine e Chloe Camille.

Era eu a culpada de qualquer uma dessas coisas?

Passara toda a minha vida achando que era. E talvez fosse de certo modo. Pais e filhos são ligados pelo umbigo, e não apenas pelo ventre. Forças misteriosas os unem. Se minha geração vai passar o tempo todo denunciando os pais, então talvez devêssemos dar a nossos pais um tempo igual.

– Eu teria sido uma artista famosa se não fossem vocês, crianças – dizia minha mãe. E por muito tempo acreditei nisso.

Naturalmente havia o problema de seu próprio pai, também ele um artista e tremendamente invejoso do talento dela. Minha mãe fora para Paris com o objetivo de fugir do pai; por que então voltara a Nova York, passara a morar com ele e ali ficara até os 40 anos? Partilhavam um estúdio, e de tempos em tempos o pai pintava sobre as telas dela (apenas, é claro, quando não tinha uma tela limpa). Ela se tornara cubista em Paris e estava tentando desenvolver seu próprio estilo segundo alguma tendência contemporânea. Mas Papa, que considerava ter a pintura começado e acabado em Rembrandt, zombara dela até que desistisse de tentar; depois disso, ela passou a insistir apenas na gravidez.

– Malditos borrões modernos – dizia Papa. – Conversa fiada e impostura.

Por que ela não se mudara? Digo isso com uma justa medida de ambivalência por trás das palavras, sabendo que então eu poderia nunca ter nascido.

Crescemos em um amplo apartamento de 14 aposentos no Central Park West. O telhado tinha goteiras (morávamos no último andar), os fusíveis estouravam quando se empurrava os pães na torradeira, as banheiras tinham pés em forma de garras e o encanamento era enferrujado. O fogão parecia saído de um comercial de TV para as conservas disso ou daquilo feitas pela vovó, e os caixilhos das janelas eram tão velhos e gastos que o vento os atravessava sem dificuldade. Mas o apartamento era em um "edifício Stanford White", e havia nele "dois estúdios com luz do norte", e a biblioteca tinha "paredes apaineladas", e "janelas com trabalhos de chumbo", e o pé direito de "12 metros" da sala de estar "realmente folheado a ouro". Lembro-me dessas frases de imobiliária ecoando por minha infância. Folha de ouro. Imaginava uma folha de bordo feita de ouro. Mas como grudariam as folhas no teto? E por que não parecia feito de folhas? Talvez as moessem e fizessem uma tinta com elas. Onde, cogitava eu, se poderia colher uma verdadeira folha de ouro? Cresceriam em verdadeiras árvores de ouro? Em verdadeiros ramos de ouro? (Eu era o tipo de criança que conhecia palavras como "ramo".)

Havia de fato um livro grosso e sombriamente impresso na biblioteca de meus pais chamado *The Golden Bough*. Eu costumava percorrer suas páginas procurando qualquer menção à folha de ouro, em vão. Havia, porém, muita coisa excitante nele. (Era também a época em que costumava esconder *Love Without Fear* na gaveta de minha cômoda, embaixo das camisetas.)

Assim, permanecemos com Mama e Papa devido à "boa luz do norte" e ao teto "folheado a ouro". Pelo menos era o que mamãe dizia. Enquanto isso, meu pai viajava pelo mundo com seu *tzatzka*, e mamãe ficava em casa e tinha filhos e berrava com a mãe e o pai. Papai desenhava baldes de gelo que pareciam canecas de cerveja e canecas de cerveja que pareciam baldes de gelo. Desenhava também famílias de animais em cerâmica, ligados entre si por uma minúscula correntinha de ouro. E o surpreendente é que fazia uma fortuna com aquilo. Teríamos podido nos mudar com facilidade, mas era óbvio que minha mãe não queria ou não podia fazê-lo. Uma correntinha de ouro prendia a minha mãe à sua, e eu à minha. Toda nossa infelicidade estendia-se ao longo da mesma corrente de ouro (que com rapidez perdia o brilho).

É claro que mamãe tinha uma racionalização para tudo aquilo – uma racionalização patriarcal, a antiqüíssima racionalização das mulheres fervendo de talento e ambição que continua se esgotando.

– É impossível para a mulher fazer as duas coisas – dizia. – Ela tem que escolher. Ou ser uma artista ou ter filhos.

Com um nome como Isadora Zelda, estava claro o que queria que eu escolhesse: tudo o que fora oferecido a minha mãe e ela deixara de lado.

Como poderia eu tirar o diafragma e ficar grávida? O que outras mulheres fazem sem pensar um minuto era para mim um ato grave e importante. Uma negação de meu nome, de meu destino, de minha mãe.

Minhas irmãs eram diferentes. Gundra Miranda chamava-se a si mesma de "Randy" e casara-se aos 18 anos com um físico libanês em Berkeley. Tivera quatro filhos na Califórnia e depois mudara-se com a família para Beirute, onde teve mais quatro filhas. Apesar da aparente rebeldia de uma boa moça judia de Central Park West casar-se com um árabe com todas as letras, ela levava em Beirute a vida familiar mais comum possível. Era quase religiosamente adepta de *Kinder*, *Künche* e *Kirche* – em especial da Igreja Católica, que freqüentava para impressionar os árabes com o seu não-judaísmo. Não que eles gostassem tanto do catolicismo, mas este era melhor do que a outra alternativa. Tanto ela quanto Pierre, meu cunhado, acreditavam em Robert Ardrey, Konrad Lorenz e Lionel Tiger como se estes fossem Jesus, Buda e Maomé. "Instinto!", bufavam, "puro instinto animal!" Passaram a odiar os *beatniks* de Berkeley em seus tempos de faculdade, e pregavam a territorialidade, a imoralidade da contracepção e do aborto, e a universidade da guerra. Por vezes, pareciam acreditar honestamente na Grande Corrente do Ser e no Direito Divino dos Reis. Nesse meio tempo, continuavam procriando.

("Por que as pessoas com genes *superiores* deveriam usar métodos para impedir a concepção, enquanto todos os *indesejáveis* estão parindo até levar o mundo à extinção?" Era esse o velho refrão de Randy sempre que anunciava uma nova gravidez.)

Lalah (a outra filha do meio depois de mim) era quatro anos mais jovem e casara-se com um negro. Da mesma forma que Randy, a escolha não convencional de Lalah era enganadora. Ela fora para Oberlin e lá conhecera Robert Goddard, de longe o mais branco dos negros brancos de todos os tempos. Meu cunhado Bob tem na verdade uma cor de chocolate, mas sua mente é tão branca quanto a de um membro da Ku Klux Klan. Quanto ao seu membro, não sei. Como conseguiu entrar para uma escola como Oberlin é algo que me deixa perplexa, como talvez também o tenha deixado. Depois de lá, fora para a Escola de Medicina de Harvard e, com rapidez, foi para onde estava a grana: cirurgia ortopédica. Atualmente passa quatro dias por semana consertando pernas e aparafusando quadris (e recolhendo os gigantescos honorários das companhias de seguro). Nos outros três dias salta em cavalos em um clube exclusivo no subúrbio racialmente integrado, mas na moda, em Boston, onde ele e Lalah vivem.

E como vivem! Rodeados pelo mais extenso cortejo de engenhocas elétricas que se possa imaginar: trituradores de gelo eletrônicos, resfriadores de vinho, máquinas de cabeceira que emitem ruídos de mar sintetizados, abridores automáticos para ovos, umidificadores, desumidificadores, coqueteleiras automáticas, cortadores de grama que se movem por controle remoto, aparadores de cerca programados para fazer desenhos topiários, vórtices que agitam a água do banho, bidês que borrifam água giratória, espelhos de barbear iluminados que se projetam das paredes, aparelhos de TV em cores escondidos atrás de reproduções emolduradas dos mais banais exemplos das artes gráficas modernas, e um bar que se projeta da parede no saguão quando a campainha da porta toca. Por falar nisso, a campainha toca os primeiros acordes de "When the Saints Come Marching In" – a única concessão de Bob à negritude.

Com toda essa parafernália, cavalos e três carros (um para cada um deles e um para a governanta sul-americana branca), imaginávamos que não teriam tempo nem para *pensar* em ter filhos – para alívio de meus pais, acho eu. Netos árabes já são um problema, mas pelo menos têm cabelo liso.

No entanto, estávamos errados. Lalah, na verdade, vinha tomando pílulas para fertilidade havia dois anos (como ela nos informou e a todos os jornais) e, no ano passado, teve quíntuplos. Vocês podem até ter visto o artigo na revista *Time* sobre os "Quíntuplos Goddard", descritos como "bonitinhos, cor de café e uma braçada e tanto".

– Puxa! – reagiu a mãe Lalah Justine Goddard (*née* White), 24 anos, quando lhe disseram que dera à luz a quíntuplos.

Agora Lalah e Bob têm as mãos cheias de ossos quebrados, bugigangas, cavalos, ascensão social e o quinteto (que, por falar nisso, receberam os nomes mais comuns possíveis: Timmy, Susie, Annie, Jennie e Johnnie). E o Dr. Bob está ganhando mais dinheiro do que nunca, pois parece que quíntuplos mulatos é a melhor maneira de se conseguir uma boa clientela, desde as injeções de vitamina B. Quanto a Lalah, ela escreve-me uma vez por ano para perguntar por que não paro de "peidar poesia por aí" e faço algo importante, como ter quíntuplos.

Depois do árabe de Randy, do negro de Lalah e do fato de o meu primeiro marido acreditar ser a reencarnação de Jesus Cristo, meus pais ficaram realmente muito aliviados quando me casei com Bennett. Não tinham em absoluto nada contra suas origens, mas ressentiam-se muito de sua religião: a psicanálise. Padeciam da equivocada impressão de que Bennett pudesse ler a mente deles. Na verdade, quando Bennett parecia mais penetrante, sinistro e inescrutável, em geral estava pensando em trocar o óleo do carro, tomar sopa de galinha no almoço ou defecar. Mas nunca consegui convencê-los disso. Continuavam achando que Bennett estava devassando o fundo de suas almas, vendo todo os feios segredos que eles próprios queriam esquecer.

Sobrava apenas Chloe Camille, nascida em 1948 e seis anos mais jovem do que eu. A caçula da família. Chloe, com sua língua afiada, espirituosa e com total lassidão quanto a fazer qualquer coisa com ela. A rechonchuda e bela Chloe, com seus cabelos castanhos, olhos azuis e uma pele perfeita. A única com um par de peitos maravilhosos em uma família de peitos muito pequenos. Chloe, é claro, casou-se com um judeu. Não um judeu doméstico, mas importado. (Ninguém na família se rebaixaria a casar com o filho do vizinho.) Abel, o marido de Chloe, é um israelense de ascendência germano-judaica. (Membros de sua família haviam sido donos, no passado, do cassino em Baden-Baden). E, naturalmente, Abel entrou para *tzatzka* de meu pai, trazendo para um ramo dominado por antigos comediantes da Catskill Mountain as lições aprendidas na Wharton School. Meus pais resistiram no início, mas depois adotaram-no virtualmente, uma vez que todos ficaram mais ricos. Abel e Chloe tinham um filho, Adam, louro, de olhos azuis, e obviamente o neto favorito. Nas reuniões de Natal, quando toda a família se reagrupava no apartamento de meus pais, Adam parecia o único ariano em um playground de crianças do Terceiro Mundo.

Assim, eu era a única irmã *ohne kinder*, e jamais me permitiam esquecer isso. A última vez que Pierre e Randy visitaram Nova York com a ninhada fora durante a publicação de meu primeiro livro. Em meio a uma de nossas brigas ruidosas (sobre algo tão idiota que nem me lembro), Randy chamou minha poesia de "masturbatória e exibicionista", e me censurou por minha "esterilidade".

– Você age como se escrever fosse o mais importante no mundo! – gritou.

Eu estava tentando ser racional, calma e bem analisada com minha família naquela semana. Assim, contive a duras penas a explosão iminente dentro de mim.

– Randy – disse eu – , por favor, eu *tenho* que pensar que escrever é ao mais importante para *continuar* a fazê-lo, mas *você* não é obrigada a partilhar minha obsessão. Por que então tenho que partilhar a *sua*?

– Bem, não vou admitir que coloque a mim, meu marido e meus filhos em seus textos imundos, está ouvindo? Se você me mencionar de algum modo, eu te mato. E caso eu mesma não te mate, Pierre o fará. Está entendendo?

Dali se seguia uma longa discussão de rachar os tímpanos sobre autobiografia *versus* ficção, na qual eu mencionava Hemingway, Fitzgerald, Boswell, Proust e James Joyce – tudo isso sem adiantar nada.

– Você pode muito bem fazer uma publicação póstuma desses livros desgraçados – gritou Randy –, se eles contiverem uma palavra sobre qualquer personagem que mesmo *remotamente* pareça comigo!

– E presumo que vá me matar para não atrasar a publicação.

– Quero dizer, depois que *nós* morrermos, não depois que você morrer.

– Isso é um convite a uma decapitação?

– Enfie suas alusões literárias no rabo. Você se acha tão esperta, não é? Só porque era um cu-de-ferro e se deu bem na escola. Só porque é ambiciosa e anda por aí fodendo com esses impostores e intelectuais de merda. Eu tinha tanto talento para escrever quanto você, e você sabe disso, só que eu não me *rebaixaria* a me expor em público como você faz. Não ia *querer* que as pessoas soubessem de minhas fantasias secretas. Não sou uma *exibicionista* nojenta como você, é simples... Agora dá o fora daqui! Rua! Está ouvindo?

– Só que esta casa é de Jude e de papai, não sua.

– Fora! Você *já* me deu uma dor de cabeça de rachar! – Com as mãos nas têmporas, Randy correu para o banheiro.

Era a velha escapatória psicossomática. Todos na minha família lançam mão dela oportunamente. Você me deu uma dor de cabeça de rachar! Você me deu indigestão! Você me deu eczema na virilha! Você me deu alucinações auditivas! Você me deu um ataque do coração! Você me deu câncer!

Randy emergiu do banheiro com uma expressão dolorosa no rosto. Conseguira se controlar e agora tentava ser tolerante.

– Não quero brigar com você – disse.

– Ah.

– Não quero não, de verdade. É que simplesmente você ainda é minha irmãzinha, e eu acho realmente que está no caminho errado. Quero dizer, você de fato devia parar de escrever e ter um bebê. Vai se realizar muito mais...

– Talvez seja disso que eu tenha medo.

– O que quer dizer?

– Escute, Randy, pode parecer absurdo para alguém com nove crianças, mas, na verdade, não *sinto falta* de filhos. Isto é, eu *adoro* suas crianças, as de Chloe e as de Lalah, mas estou feliz com meu trabalho no momento e não *quero* qualquer outra coisa para me realizar agora. Levei *anos* para aprender a sentar à escrivaninha por mais de dois minutos de cada vez, suportar a solidão e o terror do fracasso, o silêncio desgraçado e o papel em branco. Agora que posso agüentar isso... agora que finalmente posso fazêlo... estou querendo muito escrever. Não *desejo* que nada interfira neste momento. Meu Deus! Levei tanto tempo para chegar a *este* ponto.

– Realmente pretende passar o restante da sua vida assim? Sentada escrevendo poesia?

– Ora, por que não? Por que isto seria pior do que ter filhos?

Ela me encarou com desprezo.

– Você não sabe de nada a respeito de ter filhos.

– E você não sabe nada sobre escrever. – Eu estava revoltada comigo mesma por dar uma impressão tão infantil. Randy sempre fazia com que eu me sentisse como se tivesse 5 anos.

– Mas você adoraria ter filhos – insistiu ela. – Realmente adoraria.

– Pelo amor de Deus, talvez você tenha razão! Mas você já é a Ethel Kennedy da família, por que cargas d'água precisamos de *outra*? E por que eu faria isso se tenho tantas dúvidas a respeito? Por que deveria me *forçar*? Para o bem de quem? Seu? Meu? Pelas crianças que não existem? Parece até que a raça humana vai acabar se eu não tiver um filho!

– Mas você não tem nem mesmo curiosidade pela experiência?

– Acho que... mas minha curiosidade não é tão grande assim. Além disso, tenho tempo.

– Está com quase 30 anos. Não tem tanto tempo quanto pensa.

– Ah, Senhor. Você, na realidade, não *suporta* que alguém faça o que você não queira. Por que tenho que copiar sua vida e seus erros? Não posso nem mesmo cometer os desgraçados dos meus *próprios* erros?

– Que erros?

– Por exemplo, fazendo com que seus filhos pensem que são católicos, mentindo sobre a religião deles, negando quem você é...

– Eu te mato! – gritou Randy, avançando em minha direção com os braços erguidos. Enfiei-me no grande closet da entrada, como fizera tantas vezes na infância. Houve tempos em que Randy costumava me bater com regularidade. (Se eu tiver filhos, pelo menos nunca cometerei o erro de ter mais de um. Ser filho único é considerado uma situação psicologicamente difícil, mas é tudo o que *eu* sempre desejei quando criança.)

– *PIERRE*! – escutei Randy berrando do lado de fora. Tranquei a porta e acendi a luz. Depois me encostei no casaco de zibelina de minha mãe (cheirando ao velho perfume *Joy* e ao bolorento *Diorissimo*) e sentei-me debaixo dele, as pernas cruzadas, entre as botas. Acima de mim se enfileiravam dois outros suportes de cabides que subiam até o teto. Velhos casacos de pele, casacos ingleses de crianças com perneiras de couro, parkas de esquiar, capas de chuva, paletós escolares com o nome do dono no pescoço e chaves de patins esquecidas nos bolsos, casacos de noite de veludo, casacos de brocado, casacos de pólo, casacos de arminho... 35 anos de modas que mudavam e quatro filhas crescidas... 35 anos de comprar, gastar, criar filhos e gritar... e o que tivera minha mãe em troca disso? Sua zibelina, seu arminho e seu ressentimento?

– Isadora! – Agora era Pierre, batendo na porta.

Continuei sentada no chão, abraçada a meus joelhos. Não tinha a mínima intenção de levantar. Um cheiro tão bom de naftalina e *Joy*.

– Isadora!

Na verdade, pensei, às vezes tinha vontade de ter um filho. Uma meninazinha bem sabida e espirituosa que crescesse e se tornasse a mulher que eu nunca poderia ser. Uma menina muito independente, sem qualquer cicatriz mental ou psicológica. Sem nenhum servilismo desprezível nem qualquer insinuante sedução. Uma menina que dissesse o que pensasse e que pensasse o que dissesse. Uma menina que não fosse nem uma putinha nem um ratinho encolhido, porque não odiava a mãe ou a si mesma.

– Isadora!

O que na verdade eu queria era dar à luz a *mim mesma* – à menina que eu poderia ter sido em uma família diferente, em um mundo diferente. Abracei meus joelhos. Sentia-me estranhamente segura ali, sob o casaco de peles de minha mãe.

– Isadora!

Por que eles tinham que me pressionar e tentar me enfiar dentro dos mesmos moldes que os tinham feito tão infelizes? Eu teria um filho quando estivesse pronta. Ou, se nunca estivesse pronta, nunca o teria. Uma criança era garantia contra a solidão ou a dor? Havia algo que o fosse? Já que estavam tão felizes com suas vidas, por que tinham que fazer proselitismo o tempo todo? Por que insistiam para que todos fizessem como eles? Por que diabos eram uns malditos missionários?

– Isadora!

Por que minhas irmãs e minha mãe pareciam conspirar para zombar de minhas realizações, e me faziam sentir como se essas realizações fossem dívidas? Eu publicara um livro que eu própria conseguia ler. Seis anos de escrever e descartar, escrever e mudar, tentando mergulhar cada vez mais em mim mesma. E leitores tinham me mandado cartas e telefonado no meio da noite dizendo-me que o livro era importante, que era corajoso e honesto, que eu era corajosa e honesta. Corajosa! Aqui estava eu no armário, abraçando os joelhos! Para a minha família, eu era um fracasso porque não tinha filhos. Era absurdo. Eu sabia que era absurdo. Entretanto, algo em mim repetia o catecismo. Algo em mim pedia desculpas a todas as pessoas que elogiavam meus poemas. Algo em mim dizia: "*Ah, mas lembrem-se, eu não tenho filhos.*"

– Isadora!

Quase 30 anos. Os desconhecidos às vezes pensam que eu tenho 25, mas já posso ver o implacável início da velhice, da morte, a gradual preparação para a não-existência. Já percebo leves rugas em minha testa. Posso alisá-las com os dedos, mas voltam de imediato ao lugar. Sob os olhos, uma fina rede de rugas está começando: minúsculos canais, as marcas de uma lua em miniatura. No canto dos olhos existem uma, duas, três linhas finas, como se feitas com uma caneta especial de tinta invisível. Quase imperceptíveis, exceto para a própria artista. E a boca está mais firme em seus contornos do que antes. O sorriso leva mais tempo para sumir. Como se envelhecer fosse, acima de tudo, rigidez. A fixação do rosto em padrões preestabelecidos; uma pálida antevisão da rigidez que chega depois da morte. Ah, o queixo é ainda bastante rijo... mas não há um colar fino, quase invisível, em torno da parte central do pescoço? E os seios ainda se mostram duros, mas por quanto tempo? E a boceta? Será a última a cair. Ainda estará forte quando ninguém quiser o resto de mim.

É engraçado como apesar da relutância em ficar grávida, pareço morar dentro de minha boceta. Acompanho todas as mudanças de meu corpo. Nunca ocorrem sem que eu perceba. Acho que sei exatamente quando ovulo. Na segunda semana do ciclo, sinto uma minúscula pontada e depois uma espécie de dor comichante em meu baixo-ventre. Alguns dias depois descubro uma mancha mínima de sangue no solidéu de borracha do diafragma. Uma nódoa vermelho-brilhante, o único traço do ovo que poderia ter sido um bebê. Então sinto uma onda de tristeza quase indescritível. Tristeza e alívio. Será que é realmente melhor nunca ter nascido?

O diafragma se tornou uma espécie de fetiche para mim. Um objeto sagrado, uma barreira entre meu ventre e os homens. De algum modo, a idéia de parir o filho *dele* me irrita. Ele que tenha seu próprio filho! Se eu tiver um bebê, quero que seja todo *meu*. Uma menina como eu, só que melhor. Uma menina que também possa ter seus próprios bebês. Não acho que ter bebês em si seja injusto, mas tê-los para os homens sim. Bebês que levam os nomes dos pais. E que nos acorrentam pelo amor a homens a quem temos que agradar e servir por medo do abandono. E o amor, afinal de contas, é o elo mais forte. O que aperta mais e dura mais tempo. E aí caio na armadilha de vez. Refém de meus próprios sentimentos e meu próprio filho.

– Isadora!

Entretanto, talvez eu já fosse uma refém. De minhas fantasias, de meus medos. De minhas falsas definições. O que significava ser mulher, afinal? Se fosse o que Randy era ou o que minha mãe era, eu não queria aquilo. Se fosse ferver de ressentimento e fazer discursos sobre as alegrias da maternidade, então não queria aquilo. Muito melhor ser uma freira intelectual do que *aquilo*.

Mas a freira intelectual também não tinha graça. Nenhum sumo. E quais eram as alternativas? Por que alguém não me mostrava as alternativas? Olhei para cima e rocei o queixo na bainha do casaco de zibelina de minha mãe.

– Isadora!

– Ok. Estou indo.

Saí do armário e enfrentei Pierre.

– Peça desculpas a Randy!

– Por quê?

– Por todas as palavras nojentas e horríveis que disse a meu respeito! – gritou Randy. – Peça desculpas!

– Só disse que vocês renegam quem são e que não quero ser como vocês. Por que preciso pedir desculpas?

– Peça!

– Por quê?

– Desde quando você dá essa puta importância a ser judia? Desde quando ficou tão santinha?

– Não sou santinha – disse.

– Então por que está criando esse caso? – Pierre usava agora o seu mais suave sotaque francês do Oriente Médio.

– Não comecei essa santa cruzada para aumentar o número dos crentes, *você* é que começou. Não estou tentando convertê-*la* em coisa alguma. Só estou tentando viver a porra da minha vida, se conseguir *encontrá*-la no meio de toda essa confusão.

– Mas Isadora – engambelou Pierre –, é exatamente o que queremos. *Ajudá-la*!

4
Perto da Floresta Negra

As crianças muito pequenas eram invariavelmente exterminadas, já que devido a sua pouca idade eram incapazes de trabalhar... As mulheres, com freqüência, escondiam os filhos sob as roupas, e é claro que quando os descobríamos, os mandávamos para o extermínio. Era-nos solicitado que efetuássemos esses extermínios em sigilo, mas naturalmente o cheiro fétido e nauseante da contínua queima de corpos permeava a área inteira, e todas as pessoas que viviam nas comunidades dos arredores sabiam que os extermínios estavam em andamento em Auschwitz.

Depoimento da S.S.-Oberstürmführer
Rudolph Hoess, 5 de abril de 1946, Nuremberg

Frankfurt 8h29
A Europa é um luxo empoeirado,
vagões de primeira classe, poeira de primeira classe.
E o chefe do trem
parece um porco
cor-de-rosa de marzipã
com passos de ganso
pelo corredor abaixo.
FRÄULEIN!

Ele o diz com quatro *umlauts*
e sua correia vermelha
de couro zumbe no ar
como elástico estourado.
E seu quepe sobe mais e mais,
uma coroa papal
atingindo os céus para aclamar
autoridade absoluta,
o direito divino
dos chefes dos trens da *Bundesbahn*.
FRÄULEIN!
E pericoloso sporgersi.
Nicht hinauslehnen.
Il est dangereux...
repetem as rodas.
Mas não sou tola.
Sei onde os trilhos terminam
e o trem mergulha
no silêncio.
Sei que a estação
não estará assinalada.
Meu cabelo é tão ariano
quanto tudo o mais.
Meu nome é gentio.
O meu passaporte, olhos
mais azuis que os céus da Baviera.
Mas ele pode ver
a estrela-de-David
em meu umbigo.
Solavanco. Ranger.
Uso-a no último
striptease.
FRÄULEIN!
Alguém me cutuca e me desperta.
Minha mão covarde

quase saúda
o eriçado uniformezinho
do homem.
Schönes Wetter heute,
ele está dizendo
com um aceno
para as fazendas enevoadas
além da janela.
Com precisão perfura
meu bilhete, e então
um sorriso aclara seu rosto
à luz do sol,
subitamente benévola
como sopa de galinha.

Antes de morar em Heidelberg, eu não tinha muita consciência de ser judia. Claro, tenho certas lembranças: minha avó lavando minhas mãos e dizendo que estava me limpando dos "germanos" (seu sinônimo-trocadilho para a palavra germes). Minha irmã Randy começando uma brincadeira chamada "Fugindo dos alemães", em que vestíamos nossas roupas mais quentes, arrumávamos nossa irmã Chloe, ainda bebê, no carrinho de boneca, fazíamos sanduíches de molho de maçã e nos instalávamos para comê-los nas perfumadas profundezas do armário de roupa de cama, na expectativa de que nossos suprimentos durassem até que a guerra terminasse e os aliados chegassem. Tenho também uma lembrança vaga de minha melhor amiga, Gillian Battcock (5 anos), episcopalista, dizendo que não podia tomar banho comigo e que judeus "sempre faziam xixi na água do banho". De um modo geral, entretanto, tive uma infância bastante ecumênica. Os amigos de meus pais eram de todas as cores, religiões e origens, e os meus também.

Devo ter aprendido a frase "Família do Homem" antes que minhas fraldas secassem. Embora o ídiche às vezes fosse falado em casa, parecia ser usado apenas como linguagem em código para esconder algum assunto da empregada. Às vezes, era falado para enganar as crianças, mas nós, com nosso excelente radar da infância, sempre adivinhávamos o conteúdo ainda que não conhecêssemos as palavras. O resultado foi que aprendemos muito pouco ídiche. Tive que ler *Goodbye, Columbus* para aprender a palavra *shtarke* e *The Magic Barrel* para saber da existência de um jornal chamado *The Forward*. Já tinha 14 anos quando assisti a um *bar mitzvah* (de um primo em Spring Valley, Nova York), enquanto minha mãe ficou em casa com dor de cabeça. Meu avô era um antigo marxista que acreditava ser a religião o ópio do povo; proibia minha avó de qualquer "besteira religiosa" e depois me acusou (já em seus sentimentais e sionistas 80 anos) de ser "uma maldita anti-semita". É claro que eu não era uma anti-semita. Eu apenas não me sentia especialmente judia e não conseguia entender por que ele, entre todas as pessoas, passara de repente a falar como Chaim Weizmann. Minha adolescência (em Break Neck Work Camp, no Ginásio de Música e Arte, e como conselheira-aprendiz do *Herald Tribune Fresh Air Fund*) fora passada nos áureos dias em que um negro era invariavelmente eleito presidente da turma de veteranos, e era um fulgurante sinal de status social ter namorados e amigos de todas as etnias. Não que eu não percebesse a hipocrisia dessa discriminação invertida até então, mas, mesmo assim, tive minha parcela de integração honesta. Considerava-me uma internacionalista, uma socialista fabiana*, uma

*Fundada em 1883, a Sociedade Fabiana era formada por intelectuais ingleses da classe alta cujo objetivo era realizar a reforma socialista. (*N. do E.*)

amiga de todos os homens (ninguém mencionava as mulheres naquela época), uma humanista. Encolhia-me quando ouvia ignorantes chauvinistas judeus falando que Marx, Freud e Einstein eram todos judeus, e de como os judeus tinham cérebros e genes superiores. Para mim era claro que se achar superior era um sinal inequívoco de *inferioridade* e que se achar extraordinário era um sinal infalível de ser banal.

Em todos os Natais, desde meus 2 anos, tínhamos uma árvore de Natal. Apenas não celebrávamos o nascimento de Cristo; celebrávamos (dizia minha mãe) "O Solstício de Inverno". Gillian, que tinha um presépio sob *sua* árvore de Natal e uma estrela de Belém em cima dela, discutia isso comigo com paixão. Eu ecoava minha mãe de modo resoluto: "O Solstício de Inverno veio antes de Jesus Cristo", dizia. A pobre e pouco iluminada mãe de Gillian insistia em um Menino Jesus e em uma virgem que tinha filhos.

Na Páscoa, saíamos em busca de ovos pintados, mas não estávamos celebrando a ressureição de Cristo; celebrávamos "O Equinócio Vernal", o Renascimento da Vida, os Ritos da Primavera. Quem ouvisse minha mãe falar, pensaria que éramos druidas.

– O que acontece às pessoas quando morrem? – eu lhe perguntava.

– Não morrem de fato – dizia. – Voltam para debaixo da terra e depois de algum tempo nascem de novo, como relva ou talvez até como tomates. – Isso era singularmente inquietante. Talvez fosse bastante confortador ouvi-la dizer "não morrem de fato", mas quem gostaria de ser um *tomate*? Seria aquele o meu destino? Tornar-me um tomate com todas aquelas sementes esmagáveis?

Mas gostando ou não, era a única religião de que dispunha. Não éramos na verdade judeus, mas sim pagãos e panteístas. Acreditávamos em reencarnação, nas almas dos tomates e até mesmo (já nos anos 1940) em ecologia. Mesmo assim, comecei a me sentir intensamente judia e paranóica (será que é a mesma coisa?) no momento em que pus os pés na Alemanha.

De repente, as pessoas nos ônibus voltavam para casas onde conservavam com cuidado pequenas coleções de dentes de ouro e alianças de casamento... As luminárias do Hotel Europa tinham uma granulação suspeitamente fina... O sabonete no banheiro do Silberner Hirsch tinha um cheiro engraçado... Os trens imaculados eram na realidade claustrofóbicos e fedorentos vagões de gado... O condutor do trem, com seu rosto suíno de marzipã cor-de-rosa, não ia me deixar sair... O chefe da estação, com seu quepe pontudo e nazista, inspecionaria meus documentos com algum pretexto e me empurraria para um daqueles policiais de casaco verde, botas de couro preto e chicote combinando... Os guardas da fronteira na certa me parariam, descobririam meu pequeno contrabando de Lomotil paregórico, pastilhas de enxofre, V-Cillin e Librium da farmácia do Exército – o suprimento regular de haveres a serem levados para a Itália – e me encaminhariam para uma caverna secreta sob os Alpes, onde eu seria torturada de modo cruelmente engenhoso até confessar que sob meu paganismo, panteísmo e conhecimento pedante da poesia inglesa eu era tão judia quanto Anne Frank.

Dada a perspectiva histórica, torna-se claro que Bennett e eu devíamos nossa presença em Heidelberg (e, na verdade, nosso casamento) ao ludíbrio do povo americano pelo governo, mais tarde revelado nos Documentos do Pentágono. Em outras palavras, nós nos casamos como resultado direto da convocação de Bennett, e ele foi convocado como resultado direto do aumento de tropas americanas no Vietnã em 1956-66, que foi o resultado direto do ludíbrio do povo americano por seu governo. Mas quem sabia disso naquela época? Suspeitávamos do fato, mas não tínhamos provas. Líamos irônicas manchetes prometendo que o aumento das tropas "faria a guerra e traria uma paz duradoura". Deparávamo-nos com frases ótimas como: "Era necessário destruir a aldeia para salvá-la..." Tínhamos ativistas tão articulados como os seus sucessores. Mas nos faltavam provas estampadas nas primeira páginas do *Times*.

Portanto, Bennett, um psiquiatra ainda iniciante, com seu treinamento analítico ainda não concluído, foi convocado aos 31 anos. Já nos conhecíamos havia três meses e trazíamos uma bagagem de amores infelizes – sendo que, no meu caso, de um primeiro casamento desastroso. Estávamos cansados de ser solteiros. Aterrorizados com a solidão, nos dávamos bem na cama, tínhamos medo do futuro e nos casamos um dia antes de Bennett partir para o Forte Sam Houston.

Desde o início, o casamento foi estranho. Ambos esperávamos ser salvos. E lá estávamos nos agarrando um ao outro e afundando juntos. O relacionamento se tornou hostil em poucos dias. Passamos com rapidez dos ataques verbais ao total silêncio, entrecortados por sexo, que continuava ótimo, por mais surpreendente que isso fosse. Nenhum de nós sabia muito onde se metera, ou por quê.

Antes de virmos para Heidelberg, o cenário dos primeiros dois meses de nosso casamento foi tão estranho quanto nossas razões para casarmos. Lá estávamos nós, dois aterrorizados habitantes de Manhattan transplantados para San Antonio, Texas. Bennett teve o cabelo tosado, foi enfiado em um uniforme verde e forçado a sentar por horas a fio ouvindo discursos do Exército sobre como ser um médico militar – algo que ele detestava de todo o coração.

Eu ficava "em casa" em um estéril hotel fora de San Antonio, assistia a televisão, remexia em meus poemas, sentia-me irritada e impotente. Como a maioria das jovens nascidas em Nova York, nunca aprendera a dirigir. Tinha 24 anos e estava encalhada em um hotel do Texas ante uma faixa de rodovia crestada de sol, que ligava San Antonio a Austin. Dormia até às 10h30, acordava e via televisão, enquanto me maquiava com cuidado (para quem?), descia as escadas e entupia-me com um café-da-manhã/almoço texano composto de panquecas, salsichas e aveia, vestia o maiô (que estava ficando cada vez mais apertado) e me cozinhava ao sol por umas duas horas. Depois nadava na piscina por cinco minutos e voltava a subir as escadas para enfrentar meu "trabalho". Mas descobri que era quase impossível trabalhar. A solidão do ato de escrever me apavorava. Procurava qualquer desculpa para escapar. Não tinha noção de mim mesma como escritora e nenhuma fé em minha capacidade para escrever. Naquela época, não conseguia perceber que passara toda a minha vida escrevendo. Começara criando e ilustrando pequenas histórias, aos 8 anos. Mantinha um diário desde os 10 anos. Fui uma ávida e irônica missivista desde os 13 e, de modo consciente, imitei as cartas de Keats e G.B.S. por toda a minha adolescência. Aos 17, em uma viagem ao Japão com meus pais e minhas irmãs, arrastei comigo a Olivetti portátil e passava todas as noites recapitulando as observações do dia, registradas em um caderno de notas de folhas soltas. Comecei a publicar poemas em pequenas revistas literárias durante meu último ano na faculdade (onde ganhei a maioria dos prêmios de poesia e editei a revista literária). Contudo, apesar do fato óbvio de minha obsessão por escrever, apesar das publicações e das cartas de agentes literários perguntando se eu estava "trabalhando em um romance", eu, de fato, não acreditava na seriedade de meu compromisso.

Em vez disso, deixara-me desviar para os cursos de pós-graduação. Isso era algo supostamente seguro, algo que eu pudesse ter de reserva (como um filho?) antes de me dedicar a escrever. Que ilusão óbvia isso me parece agora! Na época, porém, parecia prudente, inteligente e responsável. Eu era tão compulsiva em meu bom-mocismo, que os professores viviam sacudindo bolsas de estudo ante meus olhos. Eu ansiava por recusá-las, mas não tinha peito para fazê-lo. Assim, desperdicei dois anos e meio em um mestrado e parte de um doutorado antes de me ocorrer que aquilo interferia em minha formação.

O casamento com Bennett arrancou-me dos cursos de pós-graduação. Tirei uma licença para acompanhá-lo quando se deslocasse em função do Exército. O que mais poderia fazer? Não que eu quisesse desistir da bolsa de estudos; o fato é que estava me dando um chute no traseiro. Casar com Bennett afastou-me também de Nova York e de minha mãe, assim como do Departamento de Pós-Graduação de Inglês na Columbia, de meu ex-marido e de meus ex-namorados, que passaram a ser todos iguais em minha lembrança. Eu queria dar o fora. Queria fugir. E Bennett foi o veículo para isso. Nosso casamento começou sob esse fardo pesado. Que ele tenha conseguido sobreviver é na verdade um milagre.

Em Heidelberg, nos estabelecemos em um vasto campo de concentração americano no setor pós-guerra da cidade (bem distante do belo setor antigo próximo ao *Schloss*, visitado pelos turistas). Nossos vizinhos eram principalmente capitães do Exército e seus "dependentes". Com algumas exceções notáveis, eram as pessoas mais cheias de consideração com quem convivi algum dia. As esposas davam as boas-vindas com café, quando alguém se mudava para lá. As crianças eram incrivelmente amigáveis e educadas. Os maridos se prontificavam galantemente para ajudar a puxar os carros vizinhos que se atolassem na neve ou para carregar caixas pesadas escada acima. Assim, era mais surpreendente ainda quando declaravam que a vida era fácil na Ásia, que os EUA deveriam bombardear a porcaria dos vietcongues de vez e, finalmente, que os soldados estavam ali apenas para fazer o trabalho deles e não para ter opiniões políticas. Encaravam Bennett e a mim como criaturas de outro planeta, e era assim que nós nos sentíamos.

Do outro lado da rua, localizavam-se nossos outros vizinhos, os alemães. Em 1945, quando ainda eram militaristas, odiaram os americanos por ganharem a guerra. Agora, em 1966, os alemães eram pacifistas (pelo menos no que dizia respeito a outras nações) e detestavam os americanos por estes permanecerem no Vietnã. As ironias se multiplicavam com tal rapidez que dificilmente se poderia absorvê-las. Se San Antonio fora estranha, Heidelberg o era mil vezes mais. Morávamos entre dois grupos de inimigos e éramos ambos tão infelizes que nos sentíamos inimigos um do outro também.

Posso ainda fechar os olhos e lembrar da hora do jantar na Mark Twain Village, em Heidelberg. O cheiro de comida congelada pelos corredores. A estação de rádio das Forças Armadas anunciando os resultados do futebol e o número (inflacionado) de vietcongues mortos no outro lado do mundo. Crianças gritando. Matronas sardentas de 25 anos do Kansas perambulando por ali com roupas domésticas e rolinhos nos cabelos sempre esperando a noite de Cinderela para a qual valeria a pena soltar os cachos. Noite que nunca chegava. Em vez disso, chegam os vendedores que espreitam as entradas, tocam as campainhas, vendendo tudo, de fundos mútuos a enciclopédias de pintura (com vocabulário simplificado) e tapetes orientais. Além de americanos desgarrados, britânicos desertados e estudantes paquistaneses neste comércio, há uma verdadeira *Bundeswehr* de alemães com aparência de gnomo vendendo tudo, desde pinturas "feitas a mão" de cenas alpinas sob melosos pores-do-sol até canecas de cerveja que tocam *God Bless America* e relógios cuco da Floresta Negra que cantam perpetuamente. O pessoal do Exército não pára de comprar. As esposas compram para preencher suas vidas, para criar uma ilusão de lar em seus alojamentos insípidos, para espalhar a gordura do dinheiro americano por ali. As crianças compram capacetes e brinquedos de guerra e uniformes de faxina tamanho pequeno para poder mergulhar em suas brincadeiras favoritas de vietcongues *versus* boinas-verdes e se preparar para o futuro. Os maridos compram ferramentas poderosas para neutralizar sua própria sensação de impotência. Todos eles compram relógios como se quisessem simbolizar o modo como o Exército consome suas vidas.

Alguém espalhara o boato na Mark Twain Village de que os relógios alemães traziam fortunas "na terra da grande Força Armada". Assim, cada capitão, sargento ou primeiro-tenente empenhava-se em levar para casa pelo menos trinta relógios. Estes eram pendurados na paredes por dois anos, cantando "cuco" em intervalos alternados, levando à loucura esposa e filhos, da mesma forma que o Exército enlouquecia o militar. Além disso, como as paredes nesses edifícios eram finas como papelão, até os inquilinos sem cuco (como nós) ouviam uma contínua onda de cucos o dia inteiro. Quando não eram os cucos do vizinho, era algum garoto nada musical tocando o intocável *Star*

Spangled Banner no órgão Hammond (pago em suaves prestações mensais – *ouvi-lo* é que era duro) ou algum subtenente berrando pátio afora atrás dos filhos (gêmeos chamados Wayne e Dwayne – denominados em outras ocasiões seus "fedelhos"). Quando o barulho dos cucos não estavam me enfurecendo, o simbolismo dos relógios me divertia. Todos no Exército estavam sempre contando os dias e os minutos: mais oito meses antes de meu rodízio, mais três meses antes de meu marido ir para o Vietnã, mais dois anos antes de poder ser promovido, mais três meses antes que eu possa mandar a mulher e os filhos... Os cucos registravam cada minuto de cada hora naquela longa marcha para o anonimato.

Exceto pelo fato de que não tínhamos relógio, nosso apartamento não era muito diferente dos alojamentos típicos dos jovens oficiais no conjunto. A mobília era de um horrível modelo de superestofados alemães feitos depois da guerra e oferecidos aos americanos como parte da reparação. Sem dúvida, eram mais feios do que o padrão habitual por vingança. De início, sua cor era um bege apático, mas depois de vinte anos de batalha desbotara para um tom amarelo-urina salpicado, manchado e enodoado, entre outras coisas, pelas marcas de muitos animais de estimação, crianças e cervejas tomadas pela manhã. Esforçamo-nos para cobrir esses sofás-hipopótamos e cadeiras elefantinas com xales, tapeçarias e almofadas coloridas. Cobrimos as paredes com pôsteres e o peitoril da janela com plantas. Enchemos as prateleiras com a maior parte de nossos livros (transportados com grandes despesas pelo governo). Mas, mesmo assim, o lugar dava uma impressão deprimente. A própria Heidelberg era melancólica. Uma bela cidade onde chove dez meses por ano. O sol luta durante dias para aparecer, brilha por uma ou duas horas e depois desaparece. Vivíamos ali em uma espécie de prisão. Um gueto espiritual e intelectual que literalmente não podíamos abandonar sem ir para a cadeia.

Bennett sentia-se perdido no Exército, mergulhado em suas própria depressão. Não podia me oferecer qualquer ajuda, nem eu a ele. Eu costumava andar sozinha pelas ruas da velha cidade, sob a chuva. Passava horas perambulando pelas lojas de departamento, manuseando artigos que jamais compraria, sonhando no meio da multidão, ouvindo longas conversas das quais, no início, só entendia parcialmente, escutando vendedores demonstrando as virtudes de perucas que esticavam, unhas falsas, jogos entalhados, máquinas de moer carne, tábuas de cortar carne... "*Meine Damen und Heren...*", começavam, e cada sentença comprida era intercalada com essa frase. Depois de certo tempo, atormentava nossos ouvidos.

Aquelas senhoras com aparência de batata a minha volta formavam um muro cinzento de tecido. A Alemanha é patrulhada por um exército de senhoras vestidas de cinza, com chapéus tiroleses, sapatos confortáveis e mandíbulas escarlates com veias capilares visíveis. De perto, seus rostos exibem uma rede de minúsculos fogos de artifícios no momento de espocar, como em uma fotografia. Essas sólidas viúvas estavam em toda parte: carregando sacolas transbordando com bananas, os largos traseiros nos estreitos selim das bicicletas, tomando os trens respingados de chuva de Munique para Hamburgo, de Nuremberg para Freiburg. Um mundo de viúvas. A solução final prometida pelo sonho nazista: um mundo sem judeus e sem homens.

Às vezes, vagando sem rumo, rodando pela Strassenbahn, parando para uma cerveja e pretzels em um café, ou *Kaffee und Kunchen* em uma *Konditorei*, eu tinha a fantasia de ser um judeu assassinado em um campo de concentração no dia em que nascera. Quem podia dizer-me que eu não era? Bolava complicadas tramas fingindo para mim mesma serem meramente histórias surrealistas que planejava escrever. Às vezes, achava que estava enlouquecendo.

Pela primeira vez na vida, senti-me intensamente interessada pela história dos judeus e do Terceiro Reich. Fui à USIS, ou Biblioteca de Serviços Especiais, e comecei a vasculhar os livros que detalhavam os horrores das deportações e dos campos de extermínio. Li sobre o *Einsatzgruppen* e imaginei cavar minha própria cova e ficar de pé à beira de um grande poço agarrada a meu bebê, enquanto os oficiais nazistas preparavam as metralhadoras. Imaginei os gritos de terror e o som dos corpos caindo. Imaginei-me ferida, rolando para o poço em meio aos corpos se contorcendo, a terra suja sendo jogada com pás sobre mim. Como poderia afirmar que não era judia e sim panteísta? Como poderia sustentar que cultuava o Solstício de Inverno e os Ritos da Primavera? Do ponto de vista dos nazistas, eu era tão judia quanto qualquer outro. Voltaria para a terra e me transformaria em uma flor ou em um fruto? Aquilo era o que acontecia às almas dos judeus assassinados no dia em que nasciam?

Nos raros dias de sol, costumava perambular pelos mercados. Os mercados de frutas da Alemanha me fascinavam por sua incrível beleza. Havia um mercado aos sábados, atrás da antiga igreja do Espírito Santo, na praça da cidade do século XVII. Exibia toldos listrados de branco e vermelho, e suas pilhas de frutas sangravam como se contivessem sangue humano. Framboesas, morangos, ameixas púrpuras, mirtilos. Amontoados de rosas e peônias. Tudo de cor de sangue e tudo sangrando em caixas de madeira e derramando-se nos balcões de madeira dos quiosques.

 Teriam ido para ali as almas dos bebês judeus durante a

guerra? Seria por isso que a paixão alemã por jardinagem me perturbava tanto? Por toda aquela apreciação deslocada para com a sacralidade da vida? Tanto amor canalizado para o cuidado com as frutas, as flores, os animais? *Mas não sabíamos de nada do que estava acontecendo aos judeus*, diziam-me eles vezes sem conta. *Não estava escrito nos jornais. Foram apenas doze anos.* Eu, de certo modo, acreditava neles. E os entendia também, de certo modo. E queria vê-los morrer em mortes lentas e cruéis. Era a sangrenta beleza dos mercados – as velhas enrugadas pesando os frutos que sangravam, as louras e rijas *fräuleins* que ignoravam as rosas – que nunca deixava de agitar os meus sentimentos mais violentos para com a Alemanha.

Mais tarde, consegui escrever sobre isso e exorcizar em parte meus demônios. Mais tarde, pude fazer amigos alemães e até mesmo me interessar pela língua e pela poesia do país. Mas, naquele primeiro ano solitário, fui incapaz de escrever e tinha poucos amigos. Vivia sozinha, lendo, andando, imaginando que minha alma deslizava para fora do corpo e que eu estava possuída pela alma de alguém morto em meu lugar.

Explorei Heidelberg como uma espiã, descobrindo todas as marcas do Terceiro Reich, que, de modo deliberado, não eram mencionadas nos guias turísticos. Descobri o lugar onde ficava a sinagoga antes de ser incendiada. Depois que aprendi a dirigir, pude ir mais longe, para o interior e encontrei um desvio ferroviário abandonado e um velho vagão de carga com a palavra REICHSBAHN escrita na lateral. (Todos os trens novos e brilhantes tinham a inscrição BUNDESBAHN). Sentia-me como um daqueles israelitas fanáticos que rastreiam nazistas na Argentina. Eu, porém, rastreava meu próprio passado, minha própria judaicidade na qual nunca fora capaz de crer antes.

Penso que o que mais me irritava era o modo como os alemães tinham mudado seu tom protetor, o modo como falavam de paz e humanitarismo, o modo como todos clamavam ter lutado na frente russa. Era sua hipocrisia que eu detestava. Se pelo menos dissessem abertamente *Nós tínhamos amor por Hitler*, poder-se-ia ter pesado sua humanidade com honestidade e talvez fossem perdoados. Nos três anos em que morei na Alemanha, só encontrei um homem que admitisse aquilo. Era um antigo nazista, e se tornou meu amigo.

Horst Hummel administrativa uma gráfica em um escritório minúsculo na cidade antiga. Sua mesa vivia cheia, com pilhas de livros, de papéis e todo o tipo de lixo, e ele estava sempre ao telefone gritando ordens aos três amedrontados *Assistenten* que trabalhavam para ele. Tinha um metro e meio de altura, era barrigudo e usava espessos óculos cor de âmbar que acentuavam suas olheiras. Depois de conhecê-lo, Bennett só se referia a ele como o Gnomo. Na maior parte do tempo, *Herr* Hummel (como eu o chamava no início) falava bem inglês, mas cometia ocasionalmente erros gritantes que comprometiam toda a sua fluência. Certo dia, quando lhe disse que tinha que voltar para casa e fazer o jantar para Bennett, ele comentou: "Se seu *Mann* está com fome, então você deve ir para casa e cozinhá-lo."

Hummel imprimia tudo, de cardápios a folhetos de propaganda, passando pelo *The Heidelberg Officers' Wives Club Newsletter* – um lustroso tablóide de quatro páginas entulhadas de erros tipográficos, versalhada sobre a vida difícil da esposa de militar e fotos de matronas do exército enfeitadas com chapéus de flores, buquês de orquídeas e óculos de gatinho cintilantes como diamantes falsos. Elas estavam sempre aceitando prêmios umas das outras por vários serviços públicos.

Por prazer, Hummel imprimia também um folheto semanal chamado *Heidelberg Alt und Neu*. Consistia, principalmente, em propaganda de restaurantes e hotéis, horários de trens, programas de cinema e coisas assim. Em outras ocasiões, porém, Hummel (que fora outrora um correspondente de guerra na batalha de Anzio) escrevia um editorial sobre alguma questão da comunidade e, de tempos em tempos, entrevistava alguma personalidade da cidade ou um visitante, para se distrair.

Após um ano de caçada aos nazistas em Heidelberg (e arranjando uma série de estranhos empregos, todos eles apenas aumentando minha depressão), encontrei Hummel, que me pediu para ser sua "editora americana" e ajudá-lo a conseguir mais leitores de língua inglesa para o *Heidelberg Alt und Neu*. A idéia era fisgá-los com uma coluna sobre qualquer atração turística e então lhes vender os produtos dos anunciantes: porcelana Rosenthal, estatuetas Hummel (nenhuma relação com ele), utensílios domésticos, vinhos e cervejas locais. Pediu-me para escrever uma coluna semanal por 27 marcos alemães (ou 7 dólares), e Hummel forneceria as fotos e traduziria o texto para o alemão na página oposta. Eu poderia escrever sobre qualquer assunto que me interessasse. Qualquer coisa mesmo. É claro que aceitei o trabalho.

No primeiro, escrevi sobre assuntos "seguros" – castelos arruinados, festivais de vinho, restaurantes históricos, miscelâneas históricas ou apócrifas sobre Heidelberg. Usava a coluna para me informar e para xeretar lugares que de outro modo não teria conhecido. Algumas vezes, escrevi com sátiras, zombando de eventos como a Semana da Amizade Germano-Americana ou do *Fasching Ball* na Prefeitura. Outras vezes, escrevi resenhas sobre exposições de arte e ópera, debates sobre arquitetura e música, relatos de visitantes históricos em Heidelberg, como Goethe e Mark Twain. Aprendi todo o tipo de coisas interessantes sobre a cidade, familiarizei-me bastante com o alemão coloquial, tornei-me uma celebridade menor na cidade e na guarnição militar, e era convidada a comer e a beber regiamente nos restaurantes de Heidelberg que desejavam aparecer no jornal. Entretanto, havia uma gritante distância entre minha frágil e espirituosa coluna sobre os prazeres de Heidelberg e o modo como na realidade me sentia sobre a Alemanha. Aos poucos, fui ficando mais corajosa e pude fazer com que meu texto e eu chegássemos a uma espécie de alinhamento desconfortável. O que aprendi com essas colunas prenunciou o que aprenderia mais tarde nos meus "verdadeiros textos". Comecei sendo esperta, superficial e desonesta. Aos poucos, fui ficando mais corajosa, deixando de me disfarçar. Uma por uma, as máscaras caíam: a máscara irônica, a da esperteza, a da sofisticação e a da indiferença.

Em minha investigação pela cidade atrás dos fantasmas, descobrira o mais sólido fantasma de todos – um anfiteatro nazista aninhado nas colinas de Heidelberg. Ir até lá tornou-se uma obsessão para mim. Ninguém em Heidelberg parecia reconhecer a existência do local, o que dava ao anfiteatro um apelo a mais. Talvez ele nem existisse, a não ser em minha mente.Voltei lá inúmeras vezes.

Fora construído em 1934 ou 1935, pelo Corpo de Trabalho da Juventude (podia bem imaginá-los: louros, sem camisa, cantando *Deutschland über Alles*, erguendo as rochas arenosas, cor-de-rosa, do Vale Nectar, enquanto virgens coradas do Reno traziam canecas de cerveja cor de mijo escuro) e se aninhava na virilha da *Heiligenberg*, ou Montanha Sagrada, onde afirmava-se ter existido um altar a Odin. Eu vinha da velha cidade para o anfiteatro atravessando o rio de carro, descendo uma rua larga que levava aos subúrbios, depois subindo a Montanha Sagrada, seguindo os sinais para as ruínas da Basílica de São Miguel. O próprio anfiteatro não tinha nenhum sinal que o indicasse, o que por si já era bastante sinistro. A estrada serpenteava pelo bosque acima, com a luz filtrando-se por entre os pinheiros verde-escuros, e eu era Gretel em um Volkswagen que bufava e resfolegava, mas ninguém ia jogando migalhas de pão atrás de mim.

Enquanto rodava pelo caminho acima até a colina, pensando nos cruéis contos de fadas alemães com meninas assustadas e bosques sombrios, o carro ia parando a cada vez que eu engrenava uma terceira. Com medo de rolar para trás, colina abaixo, eu engrenava a segunda e o carro parava de novo. Tive que subir o restante do caminho em primeira.

No alto da *Heiligenberg*, havia uma torre pequena feita de arenito vermelho, com degraus gastos e cobertos de musgo que serpenteavam até um mirante em seu topo. Subi os degraus escorregadios para ter uma boa visão da cidade e lá estava ele: o rio cintilante, os bosques pintalgados, a massa volumosa e rosada do castelo. Por que os cronistas que falam do Terceiro Reich dizem tudo sobre a Alemanha, exceto que é bonita? Seria aquilo moralmente ambíguo também? A beleza dos campos e a feiúra das pessoas. Não conseguíamos lidar com tal ironia?

Descendo da torre, mergulhei mais profundamente no bosque, passando por um pequeno restaurante chamado *Waldschenke* (ou Taverna da Floresta), que exibia os habitantes de largos traseiros de burgo, que bebiam cerveja do lado de fora no verão e bebericavam vinho do lado de dentro no inverno. Lá, tive que deixar o carro e continuar subindo pela floresta (folhas estalando sob os pés, pinheiros pendentes por cima da cabeça, o sol obliterado pela folhagem). Uma vez que as fileiras de bancos eram escavadas no flanco da colina, a entrada para o anfiteatro era por cima. De repente, o teatro descortinou-se a meus pés – fila após fila de bancos encobertos de mato e lixo composto de garrafas, preservativos, embalagens de doce. Na base, a boca do palco ladeava por mastros de bandeira para a suástica ou Águia Alemã. De ambos os lados, havia entradas para oradores que chegavam cercados pelos guarda-costas de camisas pardas.

A parte mais espantosa do local, porém, era o cenário: um gigantesco estádio orlado de pinheiros, aninhado na quietude supraterrena daquele bosque de contos de fadas. Seu solo era sagrado. Odin fora cultuado ali, depois Cristo, depois Hitler. Disparei colina abaixo sobre a fileira de bancos escavados, postei-me no centro exato do palco e recitei minhas poesias para um público de ecos.

Certo dia, falei com Horst que gostaria de escrever sobre o anfiteatro.

– Por quê? – perguntou.

– Porque todos fingem que ele não está lá.

– Acha que é motivo suficiente?

– Acho.

Fui para a principal biblioteca de Heidelberg e comecei a folhear os guias turísticos da cidade. A maioria deles era comum, com fotos lustrosas do *Schloss* e velhas gravuras mostrando os rostos descorados dos Eleitores do Palatinado. Por fim, me deparei com um, encadernado pela biblioteca, escrito em inglês e alemão, em um papel comum, amarelado, com fotos em preto-e-branco e letras góticas. A data de sua publicação era 1937, e a cada dez páginas, mais ou menos, havia um parágrafo ou foto cobertos com um quadrado opaco. Os pequenos quadrados eram colados com firmeza para que seus cantos não pudessem ser levantados, mas desde o minuto em que os vi, eu sabia que não descansaria enquanto não descolasse todos para ver o que havia por baixo.

Retirei o livro (juntamente com quatro outros para que o bibliotecário não percebesse) e corri para casa, onde aproximei com cuidado as páginas ofensivas do vapor de uma chaleira.

Foi interessante ver o que o censor decidira esconder:

> Uma foto do anfiteatro em toda a sua glória: bandeiras drapejando ao vento, mãos para cima em uma saudação nazista, centenas de minúsculos pontos de luz representando cabeças arianas, ou talvez cérebros ariano.
>
> Uma passagem descrevendo o anfiteatro como "Um dos edifícios monumentais do Terceiro Reich, um gigântico [sic] *Openairtheatre* para unir milhares de compatriotas nas horas solenes e festivas em uma experiência comum de lealdade à pátria-mãe e de inspiração da natureza".
>
> Um parágrafo descrevendo a *Autobahn* Heidelberg – Frankfurt (agora esburacada e abandonada) como a "gigântica [sic] e monumental criação da Nova Era que é tão promissora".
>
> Um parágrafo descrevendo a Alemanha como "Esta nação favorecida pelos deuses e colocada nas primeiras categorias das nações grandes e poderosas"...

Uma foto do salão principal da universidade, com suásticas penduradas em cada arcada gótica...

Uma foto da *mensa* com suásticas penduradas em cada arcada romana...

E assim por diante, ao longo de todo o livro.

Fui tomada por um frenesi de ultraje e indignação moral. Sentei-me à mesa e rabisquei uma coluna furiosa sobre honestidade, desonestidade, e a toda-poderosa História. Pedi a verdade acima da beleza, a história acima da beleza e a honestidade acima de tudo. Eu fumegava, gaguejava, soltava chispas. Situava naqueles ofensivos quadrados opacos censurados tudo o que havia de odioso na vida e na arte. Eram como folhas de figueiras nas esculturas gregas, como as roupas do século XIX pintadas sobre os afrescos eróticos do *quattrocento*. Pensei no modo como Ruskin havia queimado as pinturas de Turner sobre os bordéis venezianos, como os bisnetos de Boswell haviam tentado obliterar as partes obscenas de seus diários, e comparei-os com os alemães tentando negar sua própria história. Quantos sinais de omissão. E era tudo tão sem sentido! Nada que fosse humano devia ser negado. Ainda que insustentavelmente ofensivo, poderíamos aprender com o fato, não podíamos? Podíamos? Nunca questionara aquilo. Estava certa de que a verdade nos libertaria.

Na manhã seguinte, datilografei aquilo com dois dedos furiosos e disparei para a cidade a fim de entregá-lo a Horst. Deixei-o lá rapidamente e fui embora. Três horas depois, ele me telefona.

– Quer realmente que eu traduza isso? – perguntou-me

– Quero. – E iniciei um explosivo discurso sobre sua promessa de não me censurar.

– Vou manter minha palavra – disse –, mas é jovem e não compreende de fato os alemães.

– O que quer dizer com isso?

– Os alemães *adoravam* Hitler – disse com calma. – Se fossem honestos, você não gostaria do que iria ouvir. Mas não são honestos. Há 25 anos não são honestos. Nunca choraram por seus mortos de guerra e nunca choraram por Hitler. Varreram tudo para debaixo do tapete. Nem mesmo eles conhecem seus sentimentos reais. Se fossem honestos, você odiaria ainda mais sua honestidade do que sua hipocrisia.

Então começou a contar-me sobre o que significava ser um correspondente de guerra no tempo de Hitler. Tratava-se de um posto quase militar, e todas as notícias eram censuradas de cima. Os jornalistas sabiam de muitas coisas mantidas distantes dos olhos do público em geral e, de modo deliberado, as escondiam. Sabiam dos campos de extermínio e das deportações. Sabiam e mesmo assim alardeavam a propaganda nazista.

– Mas como você podia *fazer* isso? – gritei.

– Como *não* podia fazê-lo?

– Poderia ter saído da Alemanha, se juntado à Resistência, *qualquer coisa*!

– Mas eu não era um herói e não queria ser um refugiado. O jornalismo era minha profissão.

– E daí?

– Só estou dizendo que a maioria das pessoas não é composta de heróis, nem é honesta. Não digo que eu seja bom ou admirável. Só estou dizendo que sou como a maioria das pessoas.

– Mas por quê? – gemi.

– Porque sou – disse ele. – Nenhum motivo.

Eu não tinha resposta para aquilo, e Horst sabia disso. Então comecei a imaginar se eu também seria como a maioria das pessoas. Teria sido mais heróica do que ele? Pensei quanto tempo fora preciso para que eu parasse de escrever espertas colunas sobre castelos arruinados, sonetinhos bem arrumados sobre o pôr-do-sol, pássaros e fontes. Mesmo sem fascismo, eu era desonesta. Mesmo sem fascismo, eu me censurava. Recusara-me a escrever sobre o que na verdade me tocava: meus violentos sentimentos sobre a Alemanha, a infelicidade de meu casamento, minhas fantasias sexuais, minha infância, os sentimentos negativos que tinha dos meus pais. Mesmo sem fascismo, a honestidade fora infernalmente difícil de aparecer. Mesmo sem fascismo, eu aplicara quadrados opacos de censura sobre certas áreas de minha vida e de pronto recusara-me a encará-las. Resolvi então que não seria a dona da verdade com Horst até que tivesse aprendido a ser honesta comigo mesma. Talvez nossos pecados de omissão não fossem semelhantes, mas em ambos os casos o impulso era o mesmo. Se eu não pudesse produzir uma prova de minha própria honestidade por escrito, que direito tinha de me enfurecer com a sua desonestidade?

O artigo foi impresso como o escrevi. Horst o traduziu com fidelidade. Pensei que a cidade de Heidelberg fosse desaparecer em uma nuvem de fumaça, mas os escritores exageram na importância de seu trabalho. Nada aconteceu. Alguns conhecidos fizeram observações irônicas a respeito de minha tendência ao *envolvimento* com tudo. Nada mais. Cogitei se alguém chegara mesmo a ler o *Heidelberg Alt und Neu*. Era provável que não. Escrever minhas colunas era como mandar cartas durante uma greve postal ou manter um diário secreto. Pensara estar escancarando as portas da história, mas ninguém sequer piscou. Todo aquele *Sturm und Drang* fora engolido pelo silêncio. Era quase como publicar poesia.

5
Um relatório sobre o Congresso de Sonhos

Eu sou Isadora.
Faça-me voar.

National Airlines

O Dr. Goodlove preside a reunião. Na adega úmida da universidade, em um anfiteatro do porão sem janela, com ruidosos bancos de madeira, Adrian assumiu seus modos ingleses oficiais (e a velha camisa esburacada) e pronuncia sílabas (em inglês) para os analistas iniciantes (poliglotas) espalhados pelas fileiras de bancos.

Ele parece com Cristo na Última Ceia. À sua direita e à sua esquerda estão analistas de gravatas e paletós sombrios. Adrian se inclina com veemência para o microfone, sugando o cachimbo e resumindo a parte anterior da reunião – que nós perdemos. Um pé nu oscila para a frente e para trás diante da audiência, enquanto sua sandália esfarrapada descansa sob a mesa.

Indico a Bennett que quero me sentar na fila de trás, perto da porta – e tão longe quanto possível do calor emanado de Adrian. Bennett lança-me um olhar azedo discordando, e caminha para a parte da frente, onde se afunda ao lado de algum analista vindo da Argentina com cabelo tingido de hena.

Sento-me na última fila olhando fixamente para Adrian. Ele me olha de volta. Suga o cachimbo como se estivesse me sugando. Seu cabelo cai sobre os olhos. Ele o empurra para trás. Meu cabelo cai sobre os olhos. Eu o ponho no lugar. Ele se agarra ao cachimbo. Eu agarro o fantasma do seu pau. Pequenos raios parecem conectar nossos olhos – como em alguma história em quadrinho cósmica. Pequenas ondas de calor parecem ligar nossas pélvis como em alguma história em quadrinhos pornográfica.

Ou talvez ele nem estivesse olhando para mim!

– ...naturalmente existe ainda o problema da total dependência do analista em formação para com seu analista – está dizendo o analista à esquerda de Adrian.

Adrian sorri para mim.

– ...total dependência temperada apenas pelo teste de realidade do analista em formação que, considerando-se a atmosfera kafkiana do Instituto, pode, na realidade, ser muito pobre...

Kafkiana? Sempre pensei que fosse kafkaesca.

Devo ser o primeiro caso registrado de menopausa aos 29 anos. Estou sentindo um fluxo de calor. Meu rosto dá a impressão de ter-se tornado de um rosa vivo, meu coração dispara como o motor de um carro de corrida, as faces parecem ter sido espetadas por minúsculas agulhas para uma operação de acupuntura. Toda a metade inferior de meu corpo liquefez-se e está lentamente pingando no chão. Não é mais apenas uma questão de molhar as calças – estou me dissolvendo.

 Pego meu caderno de notas e começo a rabiscar.

"Meu nome é Isadora Zelda White Stollerman Wing", escrevo, "e eu gostaria que fosse Goodlove."

Risco aquilo.

Depois escrevo:

Adrian Goodlove
Dr. Adrian Goodlove
Sra. Adrian Goodlove
Isadore Wing-Goodlove
Isadore White-Goodlove
Isadora Goodlove
A. Goodlove
Sra. A. Goodlove
Dame Isadora Goodlove
Isadora Wing-Goodlove, M.B.E.

Sir Adrian Goodlove
Isadora e Adrian Goodlove
desejam a você
um
extasiante
~~Natal~~
~~Chanuka~~
Solstício de Inverno

Isadora White Wing e Adrian Goodlove
estão absolutamente
doidos
para anunciar
o nascimento
da filha de seu amor
Sigmunda Keats
Whitewing-Goodlove

Isadora e Adrian
convidam você
para
uma reunião
em
sua nova toca
35 Flask Walk
Hampstead
Londres NW3
traga seus próprios alucinógenos

Apressadamente risco tudo e viro a página. Não me entrego a esse tipo de besteira desde os meus apaixonados 15 anos.

DEPOIS DA REUNIÃO esperava conversar com Adrian, mas Bennett despachou-me para longe antes que Adrian se livrasse do monte de gente em torno do tablado. Nós três já estávamos envolvidos em um trio não convencional. Bennett sentia minhas emoções explosivas e fez o máximo para me tirar da universidade logo que possível. Adrian sentia minhas emoções explosivas e continuava olhando para Bennett tentando descobrir o que ele saberia. E eu já me sentia dilacerada pelos dois. A culpa não era deles, é claro, apenas representavam a luta que ocorria dentro de mim. A cuidadosa, compulsiva e tediosa imutabilidade de Bennett era o meu próprio pânico de mudança, meu medo de ficar sozinha, minha necessidade de segurança. O jeito grotesco de Adrian, o modo como me agarrou a bunda, eram a parte de mim que desejava exuberância acima de tudo. Nunca conseguia conciliar as duas partes de mim. Só conseguira suprimir uma metade (por algum tempo) à custa da outra. Nunca me sentira feliz com as virtudes do casamento, estabilidade e trabalho acima do prazer. Era excessivamente curiosa e aventureira para não me impacientar com essas restrições. Mas sofria também de terrores noturnos e ataques de pânico por estar sozinha. Assim, acabava sempre vivendo com alguém ou me casando.

Além disso, eu realmente pensava em ter uma relação profunda e prolongada com alguém. Percebia facilmente a inutilidade de pular de uma cama para outra e ter casos superficiais com montes de pessoas superficiais. Passara pela experiência indizivelmente desanimadora de acordar com um homem com quem não conseguia falar – e aquilo na certa não era liberação alguma. De qualquer modo, não parecia haver jeito de se obter o melhor tanto da exuberância quanto da estabilidade em nossa vida. O fato de que melhores cabeças do que a minha haviam ponderado essas questões sem fornecer respostas muito claras não me confortava muito também. Apenas fazia-me sentir que minhas inquietações eram banais e um lugar-comum. Se eu fosse uma pessoa de fato excepcional, pensei, não passaria horas ocupando minha cabeça com casamento e adultério. Simplesmente sairia e agarraria a vida com ambas as mãos, sem sentir qualquer remorso ou culpa. Minha culpa mostrava apenas que eu era totalmente burguesa e desprezível. Todas as minhas preocupações com essa velha questão apenas mostravam como eu era comum.

NAQUELA NOITE, as festividades começaram com uma festa dos analistas participantes do Congresso em um café em Grinzing. Foi um evento altamente deselegante. Grandes fálicos *knockwurst* e *sauerkraut* eram o prato principal freudiano. Por diversão, os candidatos vienenses à formação analítica, anfitriões da festa, cantaram em coro *Quando os analistas vêm marchando...* (com a melodia de

Quando os santos...) As letras presumivelmente eram em inglês, ou pelo menos em alguma língua que um candidato vienense à formação analítica achava que era inglês.

Todos riram e aplaudiram calorosos, enquanto eu permanecia lá como Gulliver entre os Yahoos. Franzia as sobrancelhas e pensava no fim do mundo. Soçobraríamos todos em um inferno nuclear, enquanto aqueles palhaços ficavam ali cantando a respeito de seus analistas. Desânimo. Não via Adrian em parte alguma.

Bennett estava discutindo a formação analítica com outro candidato do London Institute, e eu ocasionalmente trocava algumas palavras com o sujeito a minha frente, um psicanalista chileno que estudava em Londres. A única coisa de que consegui me lembrar quando ele disse que era do Chile foi Neruda. Assim, falamos sobre Neruda. Adotei uma de minhas veias entusiásticas para impressioná-lo e disse-lhe o quanto ele tinha sorte por ser sul-americano em uma época em que os maiores escritores vivos eram da América do Sul. Pensava que grande fraude eu era, mas meu interlocutor ficou contente. Como se realmente eu tivesse elogiado *ele*. A conversa continuou nesse absurdo tom literário-chauvinista. Nós discutimos o surrealismo e sua relação com a política sul-americana, da qual não conheço coisa alguma. Conheço, porém, o surrealismo. Pode-se dizer que é a minha vida.

Adrian deu-me um tapinha no ombro exatamente quando eu cuspia algo sobre Borges e seus labirintos. Falando sobre o Minotauro, ele estava bem atrás de mim – só chifres. Meu coração foi catapultado para o meu nariz.

Eu queria dançar? Claro que queria dançar, e não apenas isso.

– Procurei por você a tarde toda – disse ele. – Onde é que estava?

– Com meu marido.

– Ele parece bastante bêbado, não é? O que você fez para deixá-lo infeliz?

– Por sua causa, acho.

– É melhor ter cuidado – disse ele. – Não deixe o ciúme mostrar sua cara feia.

– Já mostrou.

Conversávamos como se já fôssemos amantes e, em um certo sentido, já o éramos. Se a intenção fosse tudo, estaríamos tão condenados como Paolo e Francesca*. No entanto, não tínhamos lugar nenhum para ir, nenhum jeito de dar o fora de lá e nos afastarmos das pessoas que nos observavam. Portanto, continuávamos dançando.

– Não sei dançar muito bem – disse ele.

Era verdade, não sabia mesmo. Mas compensava o fato sorrindo como Pã. Arrastava de um lado para o outro os cascos fendidos. Eu ria histericamente.

– Dançar é como trepar – disse eu –, não importa a sua *aparência*, basta concentrar-se no que sente. – Não era eu a audaciosa? Eu não estava no papel de mulher-do-mundo, afinal de contas? Estava quase morta de medo.

Fechei os olhos e deixei a música me levar. Esbarrava, pisava, ondulava. De volta a algum momento dos antigos dias do *twist*, de repente ocorrera-me que *ninguém* sabia como dançar aqueles ritmos. Então por que me sentia encabulada? Em danças sociais, assim como na vida em sociedade, *chutzpah* é tudo. Dali em diante, tornei-me uma "boa dançarina", ou pelo menos apreciava dançar. *Era* como trepar – só ritmo e suor.

---

*Personagens de *A divina comédia*, de Dante Alighieri. Os amantes Paolo e Francesca foram assassinados pelo marido dela. (*N. do E.*)

Adrian e eu dançamos as cinco ou seis músicas seguintes – até ficarmos exaustos, ensopados e prontos para ir para casa juntos. Então dancei uma música com um dos analistas austríacos para salvar as aparências – cada vez mais difíceis de serem salvas. Depois dancei com Bennett, um dançarino maravilhoso.

Senti prazer em saber que Adrian estava me observando dançar com meu marido. Bennett dançava muito melhor que Adrian, afinal; tinha exatamente a espécie de graça que faltava a Adrian. Este dava solavancos como um cavalo puxando uma charrette, enquanto Bennett era só maciez e deslizamento: um Jaguar XKE. E estava infernalmente *simpático*. Desde que Adrian entrara em cena, Bennett passara a ser totalmente galante e solícito. Cortejava-me de novo, o que tornava tudo muito mais difícel. Se pelo menos fosse um filho-da-puta! Se pelo menos fosse como um desses maridos nos romances – detestáveis, tirânicos, *merecendo* chifres. Em vez disso, era doce. E o inferno era que sua doçura não amenizava nem um milímetro minha fome por Adrian.

Tal fome provavelmente não tinha nenhuma relação com Bennett. Por que teria que ser ou isto ou aquilo? Eu simplesmente queria ambos. A escolha era impossível.

Adrian nos deu carona até nosso hotel. Enquanto descíamos a ventilada colina do Grinzing, ele falou sobre seus filhos, poeticamente chamados de Anaïs e Nikolai, que moravam com ele. Tinham 10 e 12 anos. Os outros dois, duas meninas gêmeas cujos nomes não disse, moravam com a mãe em Liverpool.

– É duro para os meus filhos não terem mãe – disse –, mas eu próprio banco o papel de uma boa mãe para eles.
 Gosto até mesmo de cozinhar. Faço um curry bom à beça.

Seu orgulho em cuidar da casa me encantou e divertiu. Sentava-me no banco da frente do Triumph, ao lado de Adrian. Bennett ocupava o pequeno lugar na parte de trás. Se ao menos ele desaparecesse – flutuasse para fora do carro e se desvanecesse no bosque. É claro que eu me odiava por desejar isso. Por que tudo era tão complicado? Por que não podíamos ser abertos e amigáveis a respeito do assunto? "Desculpe, querido, vou sair um minuto e trepar com esse belo desconhecido." Por que a situação não podia ser simples, honesta e pouco séria? Por que era preciso arriscar toda uma vida por uma mísera foda sem zíper?

Seguimos até o hotel e nos despedimos. Como era hipócrita subir as escadas com um homem com quem não se quer trepar, deixar o que se *deseja* lá embaixo sozinho e, depois, em um estado de grande excitação, trepar com um fingindo que ele é o outro. A isso se chama fidelidade. A isso se chama civilização e seus descontentamentos.

NA NOITE SEGUINTE houve a abertura oficial do Congresso, deslanchanda por um coquetel-bufê ao crepúsculo no pátio do Hofburg – um dos palácios do século XVIII de Viena. O seu interior fora reformado, o que fazia com que as salas públicas exsudassem todo o encanto institucional dos refeitórios dos hotéis americanos. O pátio, porém, ainda mergulhava na névoa do século XVIII.

Chegamos na hora púrpura – às 20 horas de um longo anoitecer de julho. Mesas compridas enquadravam os limites do pátio. Garçons circulavam entre a multidão segurando taças de champanhe suspensas (que se revelavam cheias do doce *Sekt* alemão, ai de nós). Até os analistas cintilavam ao crepúsculo. Rose Schwamm-Lipkin usava uma suéter de miçangas rosas de Hong Kong, saia vermelha de cetim e suas sandálias ortopédicas mais chiques. Judy Rose deslizava por ali em um vestido de lamê prateado, sem sutiã. Até o Dr. Schrift usava um smoking de veludo cor de ameixa e uma larga gravata-borboleta rosa-azaléia. E o Dr. Frommer estava de casaca e cartola.

Bennett e eu nos movemos entre a multidão procurando alguém que conhecêssemos. Perambulamos sem rumo até que um garçom oferecendo champanhe gentilmente mergulhou a bandeja diante de nós, dando-nos algo para fazer. Eu bebia rápido na esperança de ficar bêbada de imediato – sem subterfúgios. Em apenas dez minutos, eu perambulava por entre o nevoeiro ainda mais purpúreo, vendo bolhas de champanhe nos cantos dos olhos. Estava supostamente à procura do toalete feminino (mas na verdade em busca de Adrian, é claro). Encontrei milhares dele estendendo-se ao infinito em um corredor barroco e espelhado do lado de fora do toalete feminino.

Sua imagem tremia nos espelhos. Um número infinito de Adrians com calças de veludo cotelê bege, camisas de gola rulê cor de ameixa e jaquetas de camurça marrom. Um número infinito de dedos dos pés sujos em um infinito de números de sandálias indianas. Um número infinito de cachimbos de espuma-do-mar entre seus belos lábios encurvados. Minha foda sem zíper? Meu homem debaixo da cama! Multiplicado como os amantes em *O Úlitmo Ano em Marienbad*. Multiplicado como os auto-retratos de Andy Warhol. Multiplicado como as 1.001 imagens de Buda do templo Sanjusangendo, em Kyoto. (Cada Buda tem seis braços, cada braço um olho extra... quantos paus esses milhões de Adrians teriam? E cada pau simbolizando a infinita sabedoria e infinita compaixão de Deus?)

– Olá, meu bem – diz ele, virando-se para mim.

– Tenho algo para você – digo, entregando-lhe o livro com uma dedicatória que carreguei o dia todo. As bordas

das páginas começavam a se esgaçar pelo contato de minhas mãos suadas.

– Você é um amor! – Ele pega o livro. Damo-nos os braços e começamos a descer o corredor espelhado. "*Galeotto fu il libro e chi lo scrisse*", como diria meu velho colega Dante. Os poemas pediam amor, e sua autora também. O livro de meu corpo estava aberto, e o segundo círculo do inferno não estava longe.

– Você sabe – disse-lhe eu –, é provável que nunca nos vejamos de novo.

– Talvez seja por isso que estamos fazendo o que estamos – diz ele.

Abrimos caminho para fora do palácio e entramos em outro pátio, agora usado principalmente como estacionamento. Entre os fantasmas de Opels e Volkswagens e Peugeots, nos abraçamos. Boca a boca e ventre a ventre. Adrian deve ter o beijo mais úmido da história. Sua língua está em toda parte, como o oceano. Navegamos para longe. Seu pênis (avolumando-se sob as calças de veludo cotelê) é a chaminé alta e vermelha de um transatlântico, e gemo em torno dela como o vento oceânico. E digo as coisas tolas que se diz quando se está bolinando e sendo bolinada em estacionamentos, tentando de algum modo expressar um anseio tão inexprimível – exceto talvez em poesia – e não se consegue. Adoro sua boca. Adoro seu cabelo. Adoro suas orelhas. Quero você. Quero você. Quero você. Qualquer coisa para se evitar dizer: eu te amo. Porque isso é quase bom demais para ser amor. Muito comestível e delicioso para ser algo tão sério e sóbrio como o amor. Sua boca inteira se liquefaz. A língua dele tem sabor superior ao do peito materno para a criança. (E não me lance interpretações psicanalíticas, Bennett, porque as devolverei. Infantil. Regredida. Basicamente incestuosa. Sem dúvida.

Mas daria a minha vida para continuar beijando-o assim, e como vai analisar isso?) Nesse meio-tempo, ele está agarrando minha bunda com as duas mãos. Colocou meu livro sobre o pára-lamas de um Volkswagen e em lugar do livro agarra minha bunda. Não é para isso que escrevo? Para ser amada? Não sei mais de coisa alguma. Já nem sei qual é o meu próprio nome.

– Nunca encontrei uma bunda como a sua – diz ele. E tal observação me faz sentir melhor do que se tivesse acabado de ganhar o National Book Award. O National Bunda Award – é isso que eu quero. O Transatlantic Bunda Award de 1971.

– Sinto-me como Mrs. América no Congresso de Sonhos – digo.

– Você é Mrs. América no Congresso de Sonhos – diz ele – e eu quero amar você tão intensamente quanto puder e depois deixá-la.

Uma mulher prevenida vale por duas, diz-se. Mas quem está ouvindo? Tudo que ouço é a batida forte de meu coração.

O RESTANTE da noite foi um sonho de reflexos e taças de champanhe e jargões psiquiátricos inebriados. Esgueiramo-nos de volta pelo corredor de espelhos. Estávamos tão exultantes que pouco nos importamos de fazer planos para o nosso próximo encontro.

Bennett sorria para o psicanalista ruivo da Argentina pendurado em seu braço. Tomei outra taça de champanhe e fiz uma ronda com Adrian, que me apresentava a todos os analistas de Londres e divulgava o artigo que eu estava preparando. Consentiriam em ser entrevistados? Poderia a ele fazê-los interessar-se por meu esforço jornalístico? Durante todo o tempo, ele mantinha o braço em torno de minha cintura e, às vezes, a mão em meu traseiro. Éramos totalmente indiscretos. Todos nos viam. Seu analista. Meu ex-analista. O analista de seu filho. O analista de sua filha. O ex-analista de meu marido. Meu marido.

– É a Sra. Goodlove? – perguntou um dos analistas londrinos mais velhos.

– Não – disse Adrian –, mas eu gostaria que fosse. Se eu tiver muita, mas muita sorte, poderá ser.

Eu estava nas nuvens. A cabeça cheia de champanhe e conversa de casamento. A cabeça girando com a idéia de deixar a velha e monótona Nova York pela glamourosa Londres de vanguarda. Estava fora de mim. "Ela simplesmente fugiu com um inglês", já ouvia minhas amigas de NovaYork dizendo, não sem inveja. Estavam todas presas a crianças, babás, curso de pós-graduação, magistério, analistas e pacientes. E aqui estava eu voando pelos céus púrpura de Viena com minha vassoura emprestada. Era comigo que contavam para escrever suas fantasias. Era comigo que contavam para escrever histórias engraçadas sobre seus antigos amantes. Era a mim que invejavam em público e de quem riam em segredo. Eu podia imaginar o relato desses eventos em *Notícias da Turma*:

> Isadora White Wing e seu novo maridinho, o *Doutor* Adrian Goodlove, estão morando em Londres perto de Hampstead Heath – não confundir com Heathcliff –, em benefício dos matemáticos. Isadora adoraria saber de suas colegas do Barnard College no exterior. Está agora totalmente envolvida no preparo de um romance e de um novo livro de poemas, e, em seu tempo livre, assiste ao Congresso Psicanalítico Internacional, onde congraça...

Todas as minhas fantasias incluíam o casamento. Assim que me imaginava fugindo de um homem, visualizava minha ligação com outro. Eu era como um barco que tinha que ter sempre um porto seguro. Simplesmente não podia me imaginar sem um homem. Sentia-me perdida como um cão sem dono; sem raízes, sem rosto, indefinida.

No entanto, o que havia de tão maravilhoso no casamento? Eu sempre estivera casada. Tinha seu lado bom, mas também tinha seu lado ruim. As virtudes do casamento eram em sua maior parte negativas. Ser solteira em um mundo masculino apresentava uma tal dificuldade, que *qualquer* coisa seria melhor. O casamento era melhor. Mas não muito. Os homens tinham sido tremendamente espertos, pensei, em tornar a vida das mulheres solteiras tão intolerável, que, para não continuarem nesse estado, elas aceitavam com alegria um mau casamento. Quase qualquer coisa era melhor do que improvisar com empregos mal-remunerados e rejeitar os homens não atraentes no restante do tempo, enquanto se tentava com desespero fisgar os atraentes. Embora eu não tenha dúvida de que a vida de solteiro faz também os homens se sentirem solitários, ela não contém o peso extra do risco automático da pobreza e do inquestionável status de pária social.

A maioria das mulheres se casaria se soubesse o que isso implica? Penso nas jovens acompanhando os maridos para onde quer que seus empregos os levem. Penso nelas vendo-se de repente a quilômetros de distância de amigos e família. Morando em lugares onde não podem trabalhar, em lugares cuja língua não falam. Penso nelas tendo filhos por solidão e tédio, sem saber por quê. Penso em seus homens sempre apressados e exauridos em ganhar a vida. Penso neles se vendo menos que antes de se casarem, caindo na cama, exaustos demais para trepar. Penso neles mais afastados no primeiro ano de casamento do que algum dia imaginaram que duas pessoas podiam estar, quando estavam enamorados. Depois penso nas primeiras fantasias. Ele está de olho nas pós-ninfetas de biquíni, com 14 anos de idade. Ela cobiça o homem que vem consertar a televisão. O bebê fica doente, e ela trepa com o pediatra. Ele fode a secretariazinha masoquista que lê *Cosmopolitan* e se considera uma sofisticada. Não se trata de saber o que deu errado afinal, mas se algum dia deu certo.

Um quadro desolador. Nem todos os casamentos são assim. Por exemplo, o casamento que idealizava em minha adolescência sonhadora (quando achava que Beatrice e Sidney Webb, Virginia e Leonard Woolf tinham casamentos perfeitos). O que sabia eu? Desejava "total reciprocidade", "companheirismo", "igualdade". Sabia como os homens ficam sentados e grudados ao jornal enquanto a mulher tira a mesa? Como fingem ser desajeitados quando a mulher lhes pede para preparar o suco de laranja? Como trazem os amigos para casa e esperam que a mulher seja uma boa anfitriã para eles, embora eles se sintam no direito de amarrar a cara e ficar em outra sala se *ela* traz amigas para casa? Que adolescente idealista poderia imaginar tudo isso ao ler Shaw, Virginia Woolf e os Webbs?

Conheço alguns bons casamentos. Principalmente segundos casamentos. São aqueles em que as duas pessoas superaram a besteira de eu-Tarzã, você-Jane e estão simplesmente tentando ajudar um ao outro, sendo bons um para o outro, realizando as tarefas quando estas surgem, sem se preocuparem muito com quem faz o quê. Alguns homens atingem essa situação deliciosamente relaxada por volta dos 40 ou depois de alguns divórcios. Talvez os casamentos sejam melhores na meia-idade. Quando todas as coisas absurdas se desvanecem e os dois percebem que têm que amar um ao outro porque vão morrer, de qualquer modo.

ESTÁVAMOS TODOS de porre (eu mais do que os outros) quando nos empilhamos no Triumph verde de Adrian e rumamos para uma discoteca. Éramos cinco, dispostos como sardinhas em lata dentro do carro minúsculo: Bennett; Marie Winkleman (uma colega minha de faculdade, meio peituda, a quem Bennett tinha mais ou menos pego na festa; era psicóloga); Adrian (que dirigia, por assim dizer); eu (cabeça para trás, como Isadora depois de estrangulada); Robin Phipps-Smith (o retraído analista britânico de cabelos crespos e armação de óculos alemã que falava o tempo todo sobre como detestava "Ronnie" Laing – o que agradou a Bennett). Adrian, por outro lado, era um seguidor de Laing; estudara com ele e fazia excelentes imitações de seu sotaque escocês. Pelo menos *eu* achei que era excelente – é verdade que não sabia como Laing falava.

Ziguezagueamos pelas ruas de Viena, sobre as pedras redondas, os trilhos do bonde, cruzando o Danúbio lamacento e marrom.

Não sei o nome da discoteca, da rua ou de coisa alguma. Mergulho em estados nos quais não percebo nada da paisagem, exceto seus habitantes masculinos e que órgãos meus (coração, estômago, mamilos, boceta) eles fazem palpitar. A discoteca era prateada. Papel cromado nas paredes. Ofuscantes luzes brancas. Espelhos por toda parte. As mesas de vidro elevavam-se sobre plataformas cromadas. Os assentos eram de couro branco. Rock de furar os tímpanos. Chamem o lugar como quiserem: Sala Espelhada, o Sétimo Círculo, a Mina de Prata, o Balão de Vidro. Pelo menos sei que o nome era em inglês. Muito na moda e fácil de se esquecer.

Bennett, Marie e Robin disseram que iam sentar e pedir bebidas. Adrian e eu começamos a dançar, e nossos rodopios bêbados repetiam-se nos espelhos intermináveis. Finalmente buscamos um cantinho entre dois espelhos onde pudéssemos nos beijar, observados apenas por um número infinito de nós mesmos. Eu tinha a nítida sensação de beijar minha própria boca – como quando tinha 9 anos e costumava molhar um pedaço do travesseiro com saliva e então beijá-lo, tentando imaginar o que era um "beijo de língua".

Quando começamos a procurar a mesa com Bennett e os outros, nos descobrimos de repente perdidos em uma série de pequenos cômodos espalhados que se abriam para outros. Continuamos andando para dentro de nós mesmos. Como em um sonho, não conhecíamos nenhum dos rostos às mesas. Procuramos com insistência e em pânico crescente. Sentia que fora transportada para um mundo de espelhos, no qual, como a Rainha Vermelha, eu correria cada vez mais e só conseguiria andar para trás. Bennett não estava em parte alguma.

Ocorreu-me de repente que ele partira com Marie e a levara para a cama. Senti-me aterrorizada. Eu provocara aquilo, afinal. Era o meu fim. Passaria o resto de minha vida solitária, sem marido, sem filhos, e rejeitada.

– Vamos – disse Adrian. – Eles não estão aqui. Foram embora.

– Talvez não tenham conseguido uma mesa e estejam esperando lá fora.

– Podemos procurar – disse ele.

No entanto, eu sabia a verdade. Fora abandonada. Bennett partira para sempre. Naquele mesmo momento ele empalmava a bunda imensa e caída de Marie. E fodia aquela mente freudiana.

Em minha primeira viagem para Washington, aos 10 anos, para uma visita ao edifício do FBI, vi-me separada da família. De todos os lugares para *sumir*, escolhera logo o edifício do FBI. Departamento de Pessoas Desaparecidas. Ligue o alarme.

Isso foi no auge da era McCarthy, e um homem sisudo do FBI estava explicando diversas coisas a respeito de como capturar comunistas. Eu me retardei ante uma vitrine, devaneando ao contemplar amostras de impressões digitais, quando o grupo de visitantes dobrou uma esquina e desapareceu. Perambulei por ali, olhando meu reflexo nas vitrines de exposição e tentando controlar o terror. Nunca seria achada. Eu era mais ardilosa do que as impressões digitais de um criminoso de luvas. Seria diabolicamente interrogada por agentes do FBI com cabelo à escovinha até confessar que meus pais eram comunistas (*tinham sido* comunistas outrora, de fato) e terminaríamos nosso dias como os Rosenbergs, cantando *God Bless America* em celas úmidas e imaginando como seria ser eletrocutada.

Naquele ponto, comecei a gritar. E gritei até que o grupo inteiro da visita voltasse atrás e me descobrisse, bem ali – em uma sala cheia de pistas.

Agora, no entanto, não podia gritar. Além disso, o rock era tão alto que ninguém ouviria. Subitamente, quis tanto Bennett como tinha querido Adrian havia poucos minutos. E Bennett se fora. Deixamos a discoteca e fomos para o carro de Adrian.

A caminho de sua pensão aconteceu algo engraçado. Ou melhor: dez coisas engraçadas. Nós nos perdemos dez vezes. E cada uma delas foi diferente – não foi uma repetição do mesmo caminho errado. Agora que estávamos colados um ao outro pela eternidade, foder de imediato não parecia tão importante.

– Não vou lhe contar sobre os outros homens com quem trepei – disse eu, corajosa.

– Ótimo – disse ele, acariciando o meu joelho. E então, por sua vez, começou a me contar sobre as mulheres com quem *ele* tinha trepado. Uma troca e tanto.

Primeiro tinha havido May Pei, a moça chinesa de quem se lembrara ao ver Bennett.

– Deve ter valido a pena no início, mas depois... – disse eu.

– Não pense que isso não me ocorreu.

– Tenho certeza que sim. Mas a pergunta é: ela *valeu* a pena?

– Bem, *eu* vali. Ela me fodeu por anos depois daquilo.

– Você quer dizer que depois de ter parado de vê-lo, ela *ainda* o fodia. Um truque e tanto. A foda fantasma. Podia patentear isso, sabe? Conseguir que pessoas sejam fodidas por figuras famosas do passado: Napoleão, Carlos II, Luís XIV... tipo Dr. Fausto fodendo Helena de Tróia... – Eu adorava falar besteiras com ele.

– Cale a boca, babaca, deixa eu acabar de contar sobre May... – Então, voltando-se para mim de repente, como numa freada com pneus cantando: – Meu Deus, você é linda...

– Ponha a porra desses olhos na estrada – disse eu, deliciada.

MINHAS CONVERSAS com Adrian pareciam sempre citações de *Alice no país do Espelho*. Como por exemplo:

Eu: – Parece que estamos andando em círculos.

Adrian: – A questão é exatamente essa.

OU:

Eu: – Você carrega a minha pasta?

Adrian: Só se você concordar em não carregar nada para mim até agora.

Ou:

Eu: – Divorciei-me de meu primeiro marido principalmente porque era doido.

Adrian (franzindo suas sobrancelhas lainguianas): – Isso me parece uma boa razão para casar, não para se divorciar.

Eu: – Mas ele assistia televisão todas as noites.

Adrian: – Ah, agora vejo porque se divorciou dele.

Por que May Pei fodera com a vida de Adrian?

– Ela me deixou na mão e voltou para Cingapura. Tinha um filho lá que morava com o pai, e a criança sofreu um desastre de carro. Ela *teve* que voltar, mas poderia ao menos ter escrito. Durante meses, vaguei sentindo que o mundo era feito de pessoas que pareciam máquinas. Nunca fiquei tão deprimido. A cadela, por fim, casou com um pediatra que tomou conta do filho dela. Um cara americano.

– Por que não foi atrás dela se era tão importante para você?

Ele olhou-me como se eu fosse doida, como se tal idéia jamais lhe tivesse ocorrido.

– Ir atrás dela? Por quê? (Virou uma esquina cantando os pneus, entrando em mais um caminho errado.)

– Porque você a amava.

– Nunca usei essa palavra.

– Mas se *sentia* assim, por que não foi?

– Meu trabalho é como criar galinhas – disse. *Alguém* tem que estar lá para limpar a sujeira e dar o milho.

– Merda nenhuma. Os médicos sempre usam o trabalho deles como pretexto para não serem humanos. Conheço essa rotina!

– Merda não, benzinho, titica de galinha.

– Não tem graça – disse eu rindo.

Depois de May Pei, tinha havido toda uma Assembléia da ONU – mulheres da Tailândia, Indonésia, Nepal. E uma africana de Botswana, um casal de psicanalistas franceses e uma atriz francesa que "passara um tempo trancada".

– Trancada?

– É, em um hospício. Em uma clínica psiquiátrica.

Adrian idealizava a loucura à típica moda lainguiana. Os esquizofrênicos eram os verdadeiros poetas. Cada louco furioso um Rilke. Ele queria que eu escrevesse livros com ele. Sobre esquizofrênicos.

– Sabia que você queria algo de mim – disse eu.

– Certo. É seu indicador que quero usar e o polegar que se opõe a ele.

– Enfie.

Nós nos xingávamos toda hora, como dois garotos de 10 anos. Nosso único modo de exprimir afeição.

O passado de Adrian com as mulheres praticamente o qualificava como membro de minha família. Nunca trepe com uma parenta, parecia o seu lema. Sua atual namorada (agora tomando conta dos filhos dele, como me disse) era a coisa mais próxima que já tivera em termos de conterraneidade: uma moça judia de Dublin.

– Molly Bloom? – perguntei.

– Quem?

– Não sabe quem é Molly Bloom??? – Eu estava incrédula. Todo aquele culto sotaque inglês, e ele não tinha sequer lido Joyce. (Pulei grandes trechos do *Ulisses* também, mas digo a todos que é o meu livro favorito. Da mesma forma com *Tristam Shandy*.)

– Sou totalmente a-nal-fa-be-to – disse ele, separando as sílabas. Estava muito contente consigo mesmo. Outro médico burro, pensei. Como a maioria dos americanos, eu pensava ingenuamente que um sotaque inglês significasse cultura.

Bem, os literatos se revelam com freqüência uns tremendos filhos-da-puta. Ou tipos bem desagradáveis. Contudo, eu estava desapontada. Como quando soube que meu analista jamais ouvira falar de Sylvia Plath. Lá estava eu falando durante dias sobre o suicídio dela e como eu queria escrever ótima poesia e colocar a cabeça no forno. Enquanto isso, é possível que ele estivesse pensando em bolo de café congelado.

Acreditem ou não, a namorada de Adrian chamava-se Esther Bloom, e não Molly Bloom. Era morena, peituda e padecia, segundo ele, "de todas as preocupações judaicas. Muito sensual e neurótica". Uma espécie de princesa judia de Dublin.

– E sua mulher, como era ela? (Naquela altura, estávamos tão irremediavelmente perdidos, que ele resolveu parar o carro perto da calçada.)

– Católica. Uma papista de Liverpool.

– O que fazia?

– Era parteira.

Um estranho fragmento de informação. Não sabia bem como reagir a ele.

"Ele se casara com uma parteira católica de Liverpool", imaginei-me escrevendo. (No romance, mudaria o nome de Adrian para algo mais exótico e o descreveria muito mais alto.)

– Por que se casou com ela?

– Porque ela me fazia sentir culpado.

– Grande motivo.

– Mas *é*. Eu era um filho-da-puta culpado em uma escola de Medicina. Um verdadeiro cretino, para a ética protestante. Isto é, lembro-me de certas moças que me faziam sentir bem, mas me sentir bem me amedrontava. Havia uma moça que costumava alugar um celeiro imenso e convidar todo o mundo para foder todo o mundo. Ela me fazia sentir bem. Por isso eu desconfiava dela, é claro. Eu era como você. Não confiava no prazer ou em meus próprios impulsos. Ficava simplesmente apavorado ao me sentir feliz. E quando fiquei apavorado, eu me casei. Exatamente como você, amor.

– Por que acha que me casei por medo? – Estava indignada porque ele tinha razão.

– Ah, provavelmente você se viu trepando com muitos caras, sem saber como dizér não, e até gostando, de certa maneira. Depois se sentia culpada por estar se divertindo. Fomos programados para o sofrimento, não para a alegria. O masoquismo se constrói em uma idade muito tenra. Supõe-se que somos destinados a trabalhar e a sofrer, e o problema é que acreditamos de verdade nisto. E tudo isto é uma grande besteira. Levei 36 anos para perceber o monte de besteira que é, e se existe algo que realmente desejo fazer por você é ensinar-lhe isso.

– Você tem vários tipos de planos para mim, não é? Quer me ensinar sobre liberdade, prazer, quer escrever livros comigo, me converter... Por que os homens sempre querem me converter? Devo *ter cara* de quem está pronta para ser convertida.

– Tem cara de quem quer ser salva, benzinho. Você pede isso. Levanta esses grandes olhos míopes para mim como se eu fosse o Papaizão Psicanalista. Passa pela vida procurando um professor e quando o descobre, torna-se tão dependente dele que começa a odiá-lo. Ou espera que ele mostre sua fraqueza, para então desprezá-lo por ser humano. Fica ali o tempo inteiro fazendo observações, tomando notas mentais, imaginado as pessoas como livros ou casos típicos. Conheço o jogo. Diz a si mesma que está recolhendo material, que está estudando a história humana. Arte acima da vida, sempre. Outra versão da besteira puritana. Você apresenta apenas um novo enfoque dela. Acha que é hedonista porque foge por aí comigo. Mas continua acalentando a velha e desgraçada ética do trabalho, porque só está pensando que vai escrever a meu respeito. Então a coisa na verdade é trabalho, *n'est-ce pas*? Pode foder comigo e chamar isso de poesia. Bem esperto. Você se engana lindamente dessa forma.

– E você é ótimo para despejar análise de meia-tigela em cima dos outros. Um verdadeiro analista de televisão.

Adrian riu.

– Olha, benzinho, conheço você a partir de *mim mesmo*. Os psicanalistas fazem a mesma coisa. São exatamente *como* os escritores. Tudo é passível de ser manipulado, um caso típico, um estudo. Além disso, estão aterrorizados com a morte, exatamente como os poetas. Os médicos odeiam a morte: é por isso que todos *entram* para a Medicina. E precisam agitar o tempo todo e se manter agitados pra cacete só para provarem a si mesmos que não estão mortos. Conheço o seu mecanismo porque é o mesmo que o meu, benzinho. Você é totalmente transparente.

Irritava-me perceber que ele me via de forma ainda mais cínica do que a como eu própria me via. Sempre acho que me protejo contra a opinião dos outros adotando o ponto de vista mais cruel possível sobre mim. Então, de súbito, percebo que mesmo esse ponto de vista cruel ainda é autolisonjeiro. Quando ofendida, recaio no francês do ginásio.

– *Vous vous moquez de moi.*

– Pode ter certeza de que sim. Olhe, você está comigo neste exato momento porque sua vida é desonesta e seu casamento está morto, ou moribundo, ou entupido de mentiras. As mentiras são inventadas por você mesma. Precisa salvar a própria vida de qualquer maneira. É sua vida que está indo para o brejo, não a minha.

– Imaginei que tivesse dito que eu queria que *você* me salvasse.

– E quer. Mas não vou cair nessa armadilha. Vou falhar com você em algum ponto importante, e você começará a me odiar ainda mais do que odeia seu marido...

– Não *odeio* meu marido.

– Está bem. Mas ele entedia você – o que é pior, não é?

Não respondi. Agora me sentia de fato deprimida. O champanhe se diluía.

– Por que tem que começar a me converter até antes de trepar comigo?

– Porque é o que na realidade você quer.

– Besteira, Adrian. Eu realmente quero é trepar. E deixe o diabo da minha cabeça em paz. – Mas eu sabia que estava mentindo.

– Madame, se quer trepar, terá o que deseja. – Ligou o carro. – Gosto muito de chamá-la de madame, sabe?

Mas eu não estava com o meu diafragma, e Adrian não teve ereção. Assim, quando por fim chegamos à pensão, estávamos exauridos por nos termos perdido tantas vezes.

Deitamos na cama e nos abraçamos. Examinamos a nudez um do outro com ternura e divertimento. A melhor coisa ao fazer amor com um novo homem depois de todos os anos de casamento era redescobrir o corpo masculino. O corpo de um marido é praticamente como o nosso. Tudo nele é conhecido. Todos os seus cheiros, sabores, rugas, pêlos, marcas de nascença. Adrian, porém, era como um novo país. Minha língua encetou uma visita não guiada por ele. Comecei por sua boca e fui descendo. Seu largo pescoço, bronzeado de sol. Seu peito, recoberto de pêlos avermelhados e crespos. Seu ventre, um tanto protuberante, diferente da esbeltez morena de Bennett. Seu pênis rosa e curvo, com um leve gosto de urina e que se recusava a se enrijecer em minha boca. Seus ovos muito rosados e peludos que tomei com a boca, um de cada vez. Suas coxas musculosas. Os joelhos bronzeados. Os pés. (Que não beijei.) Os dedos dos pés sujos. (Idem.) Então voltei de novo a sua adorável boca úmida.

– Onde conseguiu esses dentinhos pontudos?

– Do arminho que era a minha mãe.

– De quem?

– Do arminho.

– Ah. – Não sabia o que ele queria dizer e não me importava. Estávamos nos saboreando, de cabeça para baixo, e a língua de Adrian tirava música de minha boceta.

– Você tem uma boceta adorável – disse ele –, e a maior bunda que já vi. É péssimo que não tenha peito.

– Obrigada.

Continuei chupando, mas assim que ele endurecia, amolecia de novo.

– Na verdade, eu não quero mesmo foder você.

– Por quê?

– Não sei. Apenas não estou com vontade.

Adrian queria ser amado por si mesmo, não por seu cabelo louro. (Nem por seu pau rosado.) Era comovente, de fato. Ele não queria ser uma máquina de trepar.

– Posso foder com as melhores mulheres quando sinto vontade – disse em desafio.

– É claro que pode.

– Agora você adotou seu maldito tom de assistente social – disse ele.

Eu fora assistente social em duas ocasiões na cama. Uma vez com Brian, depois que fora liberado do pavilhão psiquiátrico e estava muito entupido de Torazine (e muito esquizóide) para trepar. Durante um mês ficamos deitados de mãos dadas. "Como Hansel e Gretel", disse ele. Sem dúvida, era terno. O que imagina-se que Dodgson faria com Alice em um bote pelo Tâmisa. Era também uma espécie de alívio depois da fase maníaca de Brian, quando quase me estrangulara. E mesmo antes que pirasse, suas preferências assexuais eram um tanto estranhas. Naquela época, eu era muito inexperiente para perceber que nem todos os homens agiam daquele modo. Tinha 21 anos, e Brian 25, e lembrando-me de ter ouvido que o auge sexual dos homens era aos 16 e o das mulheres aos 30, imaginei que a idade de Brian fosse o problema. Ele estava no declínio. Prestes a descer colina abaixo, pensei. De qualquer modo, aprendi a chupar muito bem.

Também bancara a assistente social com Charlie Fielding, o maestro cuja batuta não parava de murchar. Ele mostrara uma tremenda gratidão. "Você é uma descoberta e tanto", repetia naquela primeira noite (querendo dizer que esperava ser posto para fora na noite fria, e eu não o fiz). Compensou tudo depois. Só as noites de estréia o brochavam.

E Adrian? O atraente Adrian. Supunha-se que fosse minha foda sem zíper, mas o que acontecera? O engraçado é que na verdade não me importava. Era tão bonito deitado ali, e seu corpo cheirava tão bem. Pensei em todos aqueles séculos em que os homens adoravam as mulheres por seus corpos enquanto desprezavam suas mentes. Em meus dias de culto aos Woolfs e aos Webbs, teria sido inconcebível para mim, mas agora entendia. Pois agora sentia-me com freqüência assim em relação aos homens: suas mentes eram irremediavelmente confusas, mas os corpos tão agradáveis. Suas idéias, intoleráveis, mas os pênis tão sedosos. Fora feminista por toda a vida (dato minha "radicalização" numa noite de 1955, no vagão do metrô, quando o imbecil do Horace Mann, meu namorado na época, perguntou-me se planejava ser secretária), mas meu problema agora era como coadunar o feminismo com a insaciável fome de corpos masculinos. Algo nada fácil. Além disso, quanto mais velha se ficava, mais se percebia com clareza o básico terror que os homens tinham da mulher. Alguns em segredo, outros abertamente. Nada era mais pungente que uma mulher liberada olho a olho com um cacete murcho. Todas as grandes questões da história empalidecem ante a comparação com esses dois itens quintessenciais: a eterna mulher e o eterno cacete murcho.

– Eu deixo você com medo? – perguntei a Adrian.

– *Você?*

– Bem, alguns homens afirmam que têm medo de mim.

Adrian riu.

– Você é uma gracinha – disse –, uma gatinha, como dizem vocês americanos. Mas a questão *não* é essa.

– Você em geral tem esse problema?

– *Nein, Frau Doktor*, e não pense que vai continuar me interrogando. Isto é um *absurdo*. Eu *não* tenho um problema de impotência. Apenas estou *reverente* ante sua bunda fantástica e não tenho *vontade* de foder.

A humilhação machista suprema: o pau que abaixa durante a função. A arma final na guerra entre os sexos: o pau mole. A bandeira do acampamento inimigo: o pau à meia-bomba. O símbolo do apocalipse: o pau de ogiva atômica que se destrói a si mesmo. *Aquela* era a desigualdade básica que nunca poderia ser corrigida: não que o macho tenha uma maravilhosa atração extra chamada pênis, mas que a mulher tenha uma maravilhosa boceta à prova de intempéries. Nem a borrasca, nem o granizo, nem a noite escura a intimidavam. Estava sempre ali, sempre pronta. Bastante aterrorizante, se pensarmos bem. Não é de espantar que os homens odeiem as mulheres. Não é de espantar que tenham inventado o mito da inadequação feminina.

– Recuso-me a ser espetado como uma borboleta – disse Adrian, inconsciente do jogo de palavras que logo me veio à cabeça. – Recuso-me a ser categorizado. Quando finalmente sentar para escrever sobre mim, não vai saber se sou um herói, um anti-herói, um canalha ou um santo. Não poderá me aprisionar em uma categoria.

Naquele momento, apaixonei-me loucamente por ele. Seu cacete mole havia penetrado onde um cacete duro jamais alcançaria.

6
Paroxismos de paixão ou o homem debaixo da cama

> Entre todas as formas de absurda coragem, a coragem das jovens se destaca. De outro modo haveria menos casamentos e ainda menos aventuras loucas que passam por cima de tudo, até de casamentos...
>
> Colette

Não que me apaixonar loucamente fosse incomum para mim. Todos os anos eu me apaixonava por alguém. Apaixonei-me por um poeta irlandês que criava porcos em uma fazenda em Iowa. Apaixonei-me por um romancista de 1,80 metro que parecia um cowboy e escrevia somente alegorias sobre os efeitos da radiação. Apaixonei-me por um resenhista de livros de olhos azuis que se empolgara com meu primeiro livro de poesias. Apaixonei-me por um pintor mal-humorado (cujas três esposas se suicidaram). Apaixonei-me por um professor muito cortês de filosofia do Renascimento italiano que cheirava cola e comia alunas calouras. Apaixonei-me por um intérprete da ONU (hebreu, árabe, grego) que tinha cinco filhos, uma mãe doente e vários romances não publicados em seu amplo apartamento em Morningside Drive. Apaixonei-me por um bioquímico pálido, um WASP (anglo-saxão, branco, protestante) que me levou para almoçar no Harvard Club e que fora casado com duas outras escritoras, ambas com tendências ninfomaníacas.

Mas tudo dera em nada. Ah, houve amassos nos bancos traseiros de carros. E longos beijos bêbados em cozinhas nova-iorquinas cheias de baratas, sobre jarras de martínis quentes. Houve também flertes ante engordativos almoços pagos com ajuda de custo. E beliscões entre as prateleiras da Biblioteca Butler. E abraços depois de leituras de poesias. E mãos sendo apertadas em vernissages. E longas conversas telefônicas cheias de significados, e cartas recheadas de duplos sentidos. Existiram até algumas propostas francas e abertas (em geral de homens que não me atraíam de todo). Mas tudo deu em nada. Ia para casa e escrevia poemas para o homem que eu de fato amava (quem quer que *ele* fosse). Afinal de contas, trepara com homens suficientemente para saber que um pau não era tão diferente de outro. Assim, o que estaria procurando? E por que era tão inquieta? Talvez resistisse a consumar qualquer um desses flertes, porque sabia que o homem que eu na realidade queria continuaria a me escapar, e eu acabaria desapontada. Mas quem era o homem que eu realmente queria? Só sabia que vinha procurando desesperadamente por ele desde os 16 anos.

Quando tinha 16 anos e me considerava socialista fabiana, quando tinha 16 anos e me recusava a amassos com rapazes que gostavam de Ike, quando tinha 16 anos e chorava lendo *Rubaiyat*, quando tinha 16 anos e chorava ante os sonetos de Edna St. Vicent Millay – costumava sonhar com um homem perfeito, cujo corpo e mente fossem igualmente fodíveis. Ele tinha um rosto como o de Paul Newman e uma voz como a de Dylan Thomas. Tinha um corpo como o de *David* de Michelangelo ("com aqueles ondulantes musculozinhos de mármore", como costumava dizer para a minha melhor amiga, Pia Wittkin, cuja estátua masculina favorita era o *Discóbulo*; ambas éramos ávidas estudantes de história da arte). Tinha uma mente como a de George Bernard Shaw (ou, pelo menos, o que minha cabeça de 16 anos *concebia* como a mente de George Bernard Shaw). Ele adorava o *Terceiro concerto para piano* de Rachmaninoff e *In the Wee Small Hours of the Morning* acima de todas as outras músicas mortais. Partilhava minha paixão pelas tapeçarias do unicórnio, o filme *O diabo riu por último*, o museu Cloisters, *O segundo sexo*, de Simone de Beauvoir, feitiçaria e musse de chocolate. Partilhava meu desprezo pelo senador Joe McCarthy, Elvis Presley e meus pais filisteus. Nunca o encontrei. Aos 16 anos, não encontrá-lo parecia insuportável. Mais tarde, aprendi a pegar o que aparecia e deixar o resto para depois, a não dar atenção ao rumor de tambores distantes. O contraste entre minhas fantasias (Paul Newman, Laurence Olivier, Humphrey Bogart, o *David* de Michelangelo) e os adolescentes cheios de espinhas no rosto que eu conhecia era de rir. Só que eu chorava. E Pia também. Lamentávamos nossa sorte no sombrio apartamento de seus pais em Riverside Drive.

– Eu o imagino como um cruzamento entre... você sabe... Laurence Oliver em *Hamlet* e Humphrey Bogart em *O diabo riu por último*, com os dentes muito brancos e selvagens, e um corpo absolutamente fantástico... como o do *Discóbulo*. – Ela apontou para seu abdome avantajado.

– O que você vestiria? – perguntei.

– Vejo a cerimônia como uma espécie de casamento medieval, sabe. Um chapéu branco e pontudo com um véu de chiffon flutuando dele, e um vestido de veludo vermelho, talvez vinho, e sapatos muito pontudos. – Desenhou os sapatos com sua esferográfica de tinta preta. A seguir, desenhou todo o conjunto, um vestido longo com cintura império, muito decotado e de longas mangas justas. Era usado por uma criatura estonteante, cujo busto ressaltava do vestido de forma voluptuosa. (Naquela época, Pia era gorda, mas de peito chato.)

– Visualizo tudo acontecendo no Cloisters – continuou ela. – Tenho certeza de que se pode alugar o Cloisters, conhecendo as pessoas certas.

– Onde moraria?

– Bem, imagino uma casa antiga e esquisita em Vermont, ou um mosteiro abandonado, ou abadia, ou algo assim... – (Nem ela, nem eu questionávamos o fato de haver ou não abadias e mosteiros abandonados em Vermont.) – ...Com aquele assoalho extremamente rústico de tábuas corridas e uma clarabóia no telhado. Seria uma espécie de grande aposento único, com um estúdio e um quarto, uma grande cama redonda sob a clarabóia, e lençóis de cetim negro. Teríamos um monte de gatos siameses com os nomes de John Donne, Maud Gonne, Dylan, você sabe.

Eu sabia ou, pelo menos, achava que sabia.

– Enfim... – continuou ela – ...vejo-me como uma espécie de cruzamento entre Gina Lollobrigida e Sofia Loren... (Pia tinha cabelos escuros) ...O que acha? – Ergueu seus cabelos castanhos oleosos e manteve-os assim, enquanto encovava as faces e abria por completo os grandes olhos azuis para mim.

– Vejo você mais como o tipo Anna Magnani – disse eu. – Telúrica e básica, mas tremendamente sensual.

– Talvez – disse ela pensativa. Estava posando em frente ao espelho.

– Ah, é *horrível* – disse ela depois de algum tempo. – Nunca conhecemos alguém que seja ligeiramente *digno* de nós. – E fez uma careta medonha.

DURANTE NOSSO último ano em Música e Arte, Pia e eu abrimos nossa hostil minoria de duas para incluir alguns outros desajustados. Aquilo foi o mais perto que chegamos de ser um grupo. Este incluía uma moça peituda chamada Nina Nonoff, cujas marcas de distinção eram sua paixão necrófila pelo espírito de Dylan Thomas, seu suposto conhecimento de obscenidades chinesas e japonesas e seu "contato" com um verdadeiro aluno de Yale (visões de fins de semana com futebol americano para todas nós – mas, infelizmente, o "contato" revelou-se um amigo de um amigo de um conhecido de seu irmão). A mãe de Nina também tinha uma enorme coleção de "livros sobre sexo", entre os quais incluíamos *Coming of Age in Samoa* e *Sex and Temperament*; qualquer livro que contivesse a palavra puberdade era ok. E, finalmente, o pai de Nina tivera a grande classe de ter criado a *Blue Wasp Series* para o rádio nos anos de 1940. Por outro lado, Jill Siegel era membro do grupo não tanto por classe e sim por nossa caridade. Ela tinha pouco a contribuir em sofisticação, mas compensava o fato por uma cega lealdade e pelo modo lisonjeiro como imitava nossas afetações mais floreadas. Um membro do grupo que entrava e saía era Grace Baratto, uma veterana em música cujo intelecto não respeitávamos, mas que contava histórias fantásticas sobre suas façanhas sexuais. Embora ela o negasse, em segredo nos dizíamos que provavelmente "fizera tudo". "No mínimo, é uma *demi-vierge*", dizia Pia. Eu concordava, cheia de sapiência. Depois, procurei saber o que era aquilo.

Deixamos entrar somente dois rapazes no grupo, mas os tratávamos com escárnio suficiente para saberem que só estavam lá devido a nossa tolerância. Uma vez que eram nossos colegas de turma e não "rapazes da faculdade", queríamos deixar claro que só os consideraríamos amigos "platônicos". John Stock, filho de velhos amigos de meus pais, era gorducho, louro e escrevia contos. Sua expressão favorita era "paroxismos de paixão". Ela pipocava pelo menos uma vez em cada conto que escrevia. Ron Perkoff (a quem chamávamos, é claro, de Jerkoff*, estava apaixonado por mim. Alto, magrelo, com um enorme nariz de gancho e uma coleção verdadeiramente inacreditável de espinhas e cravos que eu ansiava por espremer), Ron era anglófilo. Tinha assinatura de *Punch* e da edição via aérea do *Manchester Guardian*, carregava um guarda-chuva muito bem fechado (em qualquer tempo), pronunciava a palavra "banal" (uma de suas favoritas) em inglês acentuando a segunda sílaba e apimentava seu discurso com frases típicas da Inglaterra.

Após a agonia das bancas de exames da faculdade e da espera pelas cartas de aceitação, nós seis vadiamos

---

*Jogo de palavras com o verbo inglês *to jerk off* (masturbar-se). (*N. da T.*)

principalmente no apartamento de meus pais, enquanto passávamos o longo e ocioso período da primavera aguardando impacientes a graduação. Sentados no chão da sala de estar, consumíamos toneladas de frutas, queijo, sanduíches de manteiga de amendoim e cocas, ouvíamos discos de Frank Sinatra e escrevíamos épicos comunais que tentávamos fazer tão pornográficos quanto nossa limitada experiência nos permitia. A composição era escrita em minha Olivetti portátil, que passava de colo em colo. Sempre que John estava lá, os "paroxismos de paixão" entravam na ordem do dia.

Poucas dessas criações em comum sobreviveram, mas, em tempos recentes, esbarrei com um fragmento que transmite mais ou menos o espírito das outras obras-primas perdidas. Nosso hábito era mergulhar na ação com o mínimo de preliminares possível, o que sempre deixava a narrativa um tanto retalhada. Uma das regras dava a cada autor três minutos antes dele passar a máquina à pessoa seguinte, fato que naturalmente aumentava a característica espasmódica da prosa. Já que Pia, em geral, começava, cabia a ela o privilégio de esboçar os traços gerais do personagem que todos teríamos que aceitar:

> Dorian Fairchester Faddington IV era um poetastro promíscuo sobre quem seus próprios amigos afirmavam "ir de uma cama para outra". Embora fosse sexualmente onívoro e, em certas ocasiões, preferisse camelos, como nove entre dez médicos, habitualmente seu gosto era pelas mulheres. Hermione Fingerforth era uma mulher – ou pelo menos assim gostava de pensar – e sempre que encontrava Dorian, não demorava para que seus lábios se unissem em uma sucessão de poses interessantes.

– A pele é o maior órgão do corpo – observou ela de modo displicente certa vez, enquanto tomavam banho de sol, nus, no terraço da cobertura dela em Flatbush.

– Fale por si – afirmou ele, saltando em cima dela em um súbito paroxismo de paixão.

– Fora, fora de meu maldito pêlo! – gritou ela, empurrando-o para escudar sua muito alardeada virgindade com um refletor solar de papel prateado.

– Percebo que quer me fazer refletir sobre o que estou fazendo – zombou ele.

– Jesus – disse ela zangada –, os homens só se interessam pelas mulheres com grande esforço.

Naquela época, pensávamos que esse era o texto mais engraçado já escrito algum dia. Havia também uma continuação desse diálogo – algo sobre um helicóptero de observação do tráfego com dois locutores de rádio surgindo no telhado e toda a cena se transformando em uma orgia – mas ela não sobreviveu. O fragmento transmite, porém, algo do estado de espírito de nossas vidas naquele período. Por baixo do cinismo espertinho e da pseudosofisticação, havia o mais meloso romantismo desde que Edward Fitzgerald representara Omar Khayyam. Pia e eu queríamos alguém com quem pudéssemos cantar nas imensidões selvagens, e sabíamos que John Stock e Ron Perkoff não eram exatamente o que tínhamos em mente.

SENDO AMBAS traças de livros, quando a vida nos decepcionava, nos voltávamos para a literatura. Ou, pelo menos para sua versão cinematográfica. Víamo-nos como heroínas e não conseguíamos entender o que acontecera com os heróis. Estavam nos livros. Nos cinemas. Mas era visível que estavam ausentes de nossas vidas.

História e Literatura consideradas subjetivamente aos 16 anos

I

Dorian Gray tinha madeixas douradas,
Rhett Butler era bonito, atrevido e arrojado...
Julien Sorel sobre a paixão sabia tudo.
O conde Vronsky era encantador ao modo russo.
Há punhados de homens por quem eu rastejaria
Mas todos estão ocupados dentro de um livro.

II

Antes dos 16, duas casas que brigavam, Julieta reconciliou.
E todos os bares de Paris, com seus bêbados, vagabundas e porres, Naná faturou.
O rosto de Helena, dizem, pôs muitos navios ao léu.
Salomé teve apenas que soltar os sete véus.
A beleza de Ester salvou o povo dela.
O feito de Maria é louvado nas capelas.
A esposa-pastora de Luís causou o motim de uma nação.
Mas aqui estou, com mais de 16, e o mundo todo quieto, sem ação.

O verso é irregular, mas a mensagem clara. Teríamos rastejado alegres se encontrássemos homens pelos quais valesse a pena fazê-lo.

OS RAPAZES que conhecemos na faculdade eram piores, de certo modo. John e Ron eram sujeitos desagradáveis, mas pelo menos tinham boa índole e nos adoravam. Não tinham mentes como G.B.S. e corpos como o *David* de

Michelangelo, mas eram devotados a nós e nos consideravam criaturas sofisticadas e de espírito brilhante. Na faculdade, entretanto, a guerra entre os sexos começou de verdade, e nossas mentes e corpos de distanciavam cada vez mais.

Conheci meu primeiro marido durante meu ano de caloura e casei com ele depois de me formar, quatro anos mais tarde, com ocasionais escapulidas e experiências de entremeio. Com 22 anos, já era veterana de um casamento fracassado em circunstâncias extremamente dolorosas. Pia encontrou uma sucessão de canalhas que a comiam e a decepcionavam. Da faculdade, escreveu longos épicos epistolares em sua minúscula caligrafia barroca, descrevendo com detalhes cada um dos filhos-da-puta, mas por alguma razão jamais pude diferenciá-los. Todos pareciam ter faces encovadas e cabelos louros e lisos. Era louca pelos *shagetz* do Meio-Oeste, da mesma forma que certos rapazes judeus são loucos por *shikses*. Era como se todos fossem o mesmo sujeito. Huck Finn sem jangada. Cabelos louros, calças azuis de brim e botas de cowboy. E sempre acabavam fazendo-a de capacho.

Ficávamos cada vez mais desiludidas. Isso naturalmente era inevitável, dadas as fantasias absurdas que urdíamos, mas não acho que éramos tão diferentes das outras adolescentes (embora mais literárias e na certa mais pretensiosas). Apenas queríamos os homens com quem pudéssemos partilhar tudo. Era pedir muito? Seriam os homens e as mulheres basicamente incompatíveis? Ou apenas não havíamos ainda encontrado os homens certos?

No verão de 1965, quando ambas tínhamos 23 anos e viajamos à Europa juntas, nossa desilusão era tal que dormíamos com homens sobretudo para nos gabarmos uma com a outra do número de escalpos em nossos cintos.

 Em Florença, Pia parafraseou Robert Browning:

Abra minha boceta e verá
Gravada nela o nome "Itália".

Dormimos com caras que vendiam carteiras do lado de fora dos Uffizi, com dois músicos negros que viviam em uma *pensione* do outro lado da Piazza, com vendedores de passagem da Alitália, com balconistas do American Express. Tive um caso de uma semana com um italiano casado, Alessandro, que gostava de me ouvir sussurrar em sua orelha "merda foda boceta" enquanto trepávamos. Isso, em geral, me dava um acesso de riso tão histérico, que eu perdia o interesse na trepada. Depois, tive outro caso de uma semana com um maduro professor americano de História da Arte, Michael Karlinsky, que assinava suas cartas de amor como "Michelangelo". Sua esposa americana e alcoólatra estava em Fiesole. Michael tinha uma calva luzidia, um cavanhaque e uma verdadeira paixão por *Granitá di Caffee.* Queria comer gomo de laranja em minha boceta porque lera isso em *O jardim perfumado*. E houve também o estudante de canto (tenor) italiano que, em nosso segundo encontro, me disse ser *Justine*, de Sade, o seu romance favorito, e me perguntou se eu não queria representar algumas cenas do livro. A experiência valia por si mesma, Pia e eu acreditávamos, mas jamais voltei a vê-lo.

A melhor parte dessas aventuras eram as gargalhadas com que as descrevíamos uma à outra. Excetuando isso, ocorriam na maioria das vezes sem alegria. Tínhamos atração pelos homens, mas quando se tratava de compreensão e boa conversa, precisávamos uma da outra.

Com o passar do tempo, os homens foram reduzidos a objetos sexuais.

Há algo muito triste nisso. Depois, passamos a aceitar a mentira, a representação de papéis e as concessões de tal modo que passaram a ser invisíveis até para nós mesmas. Automaticamente, começamos a esconder alguns detalhes de nossos homens. Não poderíamos nunca deixá-los saber, por exemplo, que imitávamos seu modo de andar e falar.

Os homens sempre detestaram as fofocas das mulheres porque sempre suspeitaram a verdade: suas medidas estão sendo tomadas e comparadas. Nas sociedades mais paranóicas (árabe, judia ortodoxa), as mulheres são mantidas completamente debaixo de panos (ou sob perucas) e isoladas tanto quanto possível do mundo. Elas fofocam, seja como for: esta é a forma original de conscientização. Os homens podem zombar, mas não impedir. A fofoca é o ópio dos oprimidos

Mas quem era oprimida? Pia e eu éramos "mulheres liberadas" (uma frase que não significa nada sem aspas). Pia era pintora. Eu, escritora. Tínhamos na vida outras coisas além de homens; tínhamos o trabalho, viagens, amigos. Por que então nossas vidas pareciam um resvalo de uma longa sucessão de canções tristes sobre os homens? Onde estavam as mulheres *realmente* livres, que não passavam a vida pulando de um homem para outro, que se sentiam completas com ou sem um homem? Voltamo-nos para nossas incertas heroínas em busca de ajuda, e olhem só! – Simone de Beauvoir jamais fez um movimento sem pensar *o que Sartre vai achar disso*? Lilian Hellman quer ser tão homem quanto Dashiell Hammett, para que ele a ame tanto quanto ama a si mesmo. E a Anna Wulf, de Doris Lessing, não consegue gozar se não estiver apaixonada, o que é raro. O restante – escritoras e pintoras – é formado, em sua maioria, por mulheres tímidas, fugidias, esquizóides. Timoratas em suas vidas e corajosas apenas em sua arte. Emily Dickinson, as Brontës, Virginia Woolf, Carson McCullers... Flannery O'Connor criando pavões e morando com sua mãe. Sylvia Plath enfiando a cabeça em um forno de mito. Geórgia O'Keefe sozinha no deserto, aparentemente uma sobrevivente. Que grupo! Severo, suicida, estranho. Onde estava a Chaucer feminina? Uma mulher saudável e suculenta que contivesse amor, alegria e talento também? Onde podíamos buscar orientação? Para Colette, com seu afro gaulês? Para Safo, de quem não sabíamos quase nada? "Tenho fome/ e peno", diz ela em minha tradução à mão na escrivaninha. Nós também! Quase todas as mulheres que mais admiramos são solteironas e suicidas. Era a *isso* que tudo aquilo conduzia?

Assim, a procura do homem impossível continuava.

Pia nunca se casou. Eu casei duas vezes – mas mesmo assim a procura continuava. Qualquer de meus analistas podia dizer que eu estava procurando por meu pai. E todos não estavam? A explicação não me contentava muito. Não que parecesse errada, apenas parecia simples demais. Talvez a busca fosse na verdade uma espécie de ritual no qual o processo era mais importante do que o fim. Talvez fosse uma espécie de busca metafísica. Talvez não existisse nenhum homem, mas apenas uma miragem conjurada por nosso anseio e vazio. Quando se dorme com fome, sonha-se a respeito de comer. Quando se dorme com a bexiga cheia, sonha-se em levantar e fazer xixi. Quando se dorme excitada, sonha-se em trepar com alguém. Talvez o homem impossível seja apenas um espectro feito de nossos próprios anseios. Talvez seja o destemido intruso, o estuprador fantasma que as mulheres esperam encontrar sob suas camas ou dentro dos guarda-roupas. Ou talvez fosse realmente a morte, o último amante. Em um poema, imaginei-o como o homem debaixo da cama.

O homem debaixo da cama
O homem que está há anos ali, esperando
O homem que espera por um flutuante pé nu
O homem silencioso como a poeira cavalgando a
escuridão
O homem cuja respiração é o hálito de pequenas
borboletas brancas
O homem cuja respiração ouço quando pego o
telefone
O homem no espelho cuja respiração escurece a prata
O esqueleto nos armários que chacoalha as naftalinas
O homem no fim do fim da linha
Encontrei-o esta noite
sempre o encontro
Vejo-o no ar âmbar de um bar
Quando o camarão se curva como dedos chamando
e atravessa o ar espetado em seu palito
Quando o gelo estala
e estou prestes a cair
ele arruma o rosto em torno de suas cavidades
abre para mim seus olhos sem pupilas
Por anos vem me esperando para me arrastar
e agora me diz
que esperava apenas para me levar em casa
Valsamos pelas ruas como a morte e a donzela
Flutuamos através da parede da parede do quarto

Se ele é um sonho vai inserir-se em meu corpo de
novo
Sua respiração escreve letras de neblina no vidro de
minhas faces
Enrolo-me em torno dele como a escuridão
Respiro em sua boca
e o torno real

7
Uma tosse nervosa

Daquilo que lembramos está ausente o duro gume da verdade. Para nos ajudar a prosseguir, criamos pequenas ficções, roteiros altamente sutis e individuais que clarificam e modelam nossa experiência. O evento lembrado se torna uma ficção, uma estrutura feita para acomodar certos sentimentos. Isto é óbvio para mim. Se não fosse por essas estruturas, a arte seria pessoal demais para que o artista criasse, mais difícil ainda para que o público a aprendesse. Até o filme, a mais literal de todas as artes, é editado.

Jerzy Kosinski

Bennett dorme. O rosto para cima. Braços escondidos. Marie Winkleman não está com ele. Esgueiro-me para minha própria cama enquanto a luz azul penetra pela janela. Estou feliz demais para dormir. No entanto, o que direi a Bennett pela manhã? Fico deitada pensando em Adrian (que acabou de partir de carro e agora já deve estar irremediavelmente perdido de novo). Adoro-o. Quanto mais ele se perde, mais perfeito parece ante meus olhos.

Acordo às 7 horas e fico na cama por mais duas horas esperando que Bennett desperte. Ele geme, peida e se levanta. Começa a se vestir em silêncio, andando pesadamente pelo quarto. Eu canto e entro e saio do banheiro.

– Onde foi parar ontem à noite? – perguntou jovial. – Procuramos você por toda a parte...

– Onde *eu* fui parar ontem à noite?

– Naquela discoteca... você saiu de repente. Adrian Goodlove e eu procuramos você por toda parte...

– *Você* me procurou por toda parte? – seu tom era muito amargo e sarcástico. – Você e suas *Liaisons Dangereuses* – disse ele. Pronunciou as palavras de forma errada, e fui dominada por uma grande pena dele. – Tem que inventar uma história melhor do que essa.

A melhor defesa é uma boa ofensa, pensei. O conselho da Esposa de Bath às pessoas lúbricas: sempre acusem seus maridos primeiro.

– Para que raio de lugar *você* desapareceu com Marie Winkleman?

Ele me lançou um olhar negro.

– Estávamos exatamente na sala ao lado assistindo, enquanto vocês praticamente fodiam na pista de dança. Então vocês foram embora...

– Vocês estavam *lá*?

– Bem atrás da divisão, sentados a uma mesa.

– Eu nem *vi* uma divisão.

– Você não viu *coisa alguma* – disse ele.

– Achei que já tinha *ido embora*. Vagamos por ali durante *horas* procurando você. Depois voltamos. Nos perdemos muito pelo caminho.

– Aposto que sim. – Limpou a garganta do modo nervoso que era seu hábito. Foi uma espécie de chocalhar da morte. Mas mudo. Odiei aquilo mais do que qualquer outra coisa de nosso casamento. Era a canção-tema de nossos piores momentos juntos.

Tomamos o café sem falar. Eu esperava, um tanto encolhida, que os golpes caíssem sobre mim, mas Bennett não me acusou de mais nada. Seu ovo quente estalava contra a xícara. A colher tilintou no café. No silêncio mortal entre nós, cada som e movimento pareciam exagerados, como em um close-up de cinema. O modo como Bennett cortou o topo do seu ovo poderia ser um épico de Andy

Warhol. *Ovo*, seria denominado. Seis horas da mão de um homem amputando o topo da cabeça de um ovo. Câmera lenta.

Seu silêncio era em especial estranho agora, pensei, porque, em outros tempos, Bennett explodia comigo por pequenas falhas: minha falha em lhe preparar o café a tempo pela manhã, minha falha em indicar um sinal na estrada quando estávamos perdidos em uma cidade que desconhecíamos. Mas agora, nada.

Apenas continuava a pigarrear nervosamente e espiar para dentro da cabeça do ovo. Sua tosse era o único protesto.

Aquela tosse levou-me de volta a uma de nossas piores épocas juntos. O primeiro Natal que passamos casados. Estávamos em Paris. Bennett mostrava-se terrivelmente deprimido e assim estivera desde a primeira semana em que nos casamos. Ele odiava o Exército. Odiava a Alemanha. Odiava Paris. Odiava-me, ao que parecia, como se eu fosse responsável por tais coisas e mais ainda. Eram geleiras de queixas que se estendiam muito além da superfície do mar.

Por toda a longa viagem de carro de Heidelberg a Paris, Bennett quase não me disse uma palavra. O silêncio é o mais cortante dos instrumentos cortantes. Parece martelar-nos chão adentro. Impele-nos cada vez mais para dentro de nossa própria culpa. Faz as vozes no interior da mente nos acusarem de forma ainda mais malévola do que qualquer outra.

Vejo todo o episódio na lembrança como se fosse um filme em preto-e-branco vivamente fotografado. Dirigido por Bergman, talvez. Representávamos a nós mesmos na versão para o cinema. Se pelo menos pudéssemos não representar sempre a nós mesmos!

Véspera de Natal em Paris. O dia fora branco e cinzento. Caminhava em Versalhes pela manhã com pena das estátuas nuas, de uma brancura ofuscante. As suas sombras exibiam um tom cinza de ardósia. As sebes aparadas eram tão planas quanto aquelas sombras. O vento, cortante e frio. Sentiam os pés dormentes. Seus passos ecoavam tão ocos quanto seus corações. Estavam casados, mas não eram amigos.

Agora é noite. Perto do Odéon e da St. Sulpice. Sobem os degraus do metrô, o som dos pés gelados ressoando no chão.

São ambos americanos. Ele é alto e magro, com cabeça pequena. É oriental, tem um cabelo preto e cheio. Ela é loura, pequena, e está infeliz. Tropeça com freqüência. Ele jamais tropeça e a odeia por tropeçar. Agora lhes contamos tudo, exceto a história.

Olhamos para baixo do alto de uma escada em espiral num hotel na *Rive Gauche*, enquanto eles sobem ao quinto andar. Ela o acompanha pelas curvas. Observamos o topo das cabeças deslocando-se para cima. Então vemos seus rostos. A expressão dela é petulante e triste. O maxilar dele está trancado, demonstrando obstinação. Ele continua pigarreando nervosamente.

Chegam ao quinto andar e encontram o quarto. Ele abre a porta sem qualquer dificuldade. É um desses quartos de hotel de Paris, familiar e em más condições. Tudo por ali é mofado. A colcha da cama, de chita, é desbotada, o carpete, desfiado nos cantos. Atrás de uma divisória de papelão, ficam a pia e o bidê. As janelas provavelmente dão para telhados, mas estão cobertas por pesadas cortinas de tecido aveludado marrom. Começou a chover de novo, com a chuva batendo fracamente seu código Morse no terraço em frente às janelas.

Em silêncio, a mulher pensa que todos os hotéis de vinte francos em Paris devem ter o mesmo decorador imaginário. Mas não pode dizer isso, pois ele a achará mimada. No entanto, comunica a observação a si mesma. Odeia a estreita cama de casal com a parte central afundada. Odeia o almofadão que está ali, em vez de um travesseiro. Odeia a poeira que entra em seu nariz quando levanta a colcha. Odeia Paris.

Ele está se despindo, tremendo. Observamos como seu corpo é bonito, com as costas retas completamente destituídas de pêlo, as panturrilhas magras com os longos músculos morenos, e os dedos tão esbeltos. Mas esse corpo não é para ela. Ele põe o pijama com um ar de recriminação. Ela permanece de pé, ainda de meias.

– Por que tem sempre que fazer isso comigo? Me faz sentir tão sozinha.

– Isso é coisa sua.

– É coisa minha como? Esta noite eu queria ser feliz. É véspera de Natal. Por que se vira contra mim? O que foi que eu fiz?

Silêncio.

– O que foi que eu fiz?

Ele a encara como se o fato de ela não saber fosse outra ofensa.

– Olha, vamos dormir agora. Vamos esquecer isso.

– Esquecer o quê?

Ele fica em silêncio.

– Esquecer que se virou contra mim? Que está me punindo por nada? Que estou solitária e com frio, que é véspera de Natal e mais uma vez você a estragou? É o que quer que eu esqueça?

– Não vou discutir isso.

– Discutir o quê? O *que* você não vai discutir?

– Cale a boca. Não vou agüentar você gritando no hotel.

– Quero que se foda se você vai ou não vai agüentar. Gostaria de ser tratada com educação. Gostaria que pelo menos tivesse a cortesia de me dizer por que está com essa cara. E não me olhe desse modo...

– Que modo?

– Como se meu maior pecado fosse não poder ler sua mente. Eu *não posso* ler a sua mente. *Não* sei por que está tão zangado. *Não* consigo intuir cada desejo seu. Se é isso que quer de uma mulher, não vai ter comigo.

– Certamente não tenho.

– Então, o que é? Por favor, me diga.

– Eu não deveria ter que dizer.

– Ah, meu Deus. Quer dizer que espera que eu seja uma telepata? É esse tipo de maternalização que você quer?

– Se você sentisse qualquer empatia por mim...

– Mas eu *sinto*. Meu Deus, você simplesmente não me dá uma chance.

– Você se desliga. Não escuta.

– Foi algo no filme, não foi?

– O que, no filme?

– O interrogatório de novo. Você tem sempre que me *interrogar* com minúcia, como se eu fosse uma criminosa... Foi a cena do funeral... O garotinho olhando para a mãe morta. Alguma coisa pegou você ali. Foi naquele ponto que ficou deprimido.

Silêncio.

– Bem, *não foi?*

Silêncio.

– Meu Deus, Bennett, estou ficando *furiosa*. Por favor, me diz. Por favor.

(Ele concede as palavras uma a uma, como presentinhos. Como duros cocozinhos.) – O que me pegou na cena?

– Não me pergunte. Me diga! (Ela põe os braços em torno dele. Ele se afasta. Ela cai no chão segurando a calça de seu pijama. Parece menos um abraço do que uma cena de salvamento, ela afundando, ele relutante permitindo que ela agarre sua perna como apoio.)

– Levanta!

(Chorando) – Só se você me disser.

(Ele sacode a perna, livrando-se) – Vou para a cama.

(Ela pousa o rosto no chão frio.) – Bennett, *por favor*, não faça isso, fale comigo, por favor.

– Estou com muita raiva.

– Por favor.

– Não consigo.

– Por favor.

– Quanto mais você pede, mais frio me sinto.

– Por favor.

Estão deitados na cama, pensando. O almofadão ao lado dela já se molhou. Ela treme e soluça. Ele parece não escutá-la. Sempre que rolam em direção à depressão no centro da cama, ele é o primeiro a se afastar. Isso acontece repetidas vezes. A cama é côncava como uma canoa feita de tronco.

Ela gosta do calor e da dureza das costas dele. Gostaria de pôr os braços em torno de seu tronco. Gostaria de esquecer toda a cena, fingir que nunca aconteceu. Quando fazem amor, ficam juntos durante algum tempo. Mas ele não quer. Varre a mão dela da braguilha de seu pijama. Afasta-a. Ela volta para seu lugar. Ele se move para o outro lado.

– Isso não é solução – diz ele.

Ouve a chuva caindo. Da rua lá fora chegam gritos de estudantes voltando bêbados para casa. As pedras úmidas. Paris pode ser tão úmida. Depois do cinema, naquela noite, tinham ido a Notre Dame. Viram-se comprimidos entre casacos de lã e casacos de pele molhados. A Missa do Galo. Pontas de guarda-chuvas pingando em seus sapatos. Não podiam se mover para a frente ou para trás. Uma multidão enfiada ali, entupindo as passagens. *Paix dans le monde*, disse uma voz alta, eletronicamente amplificada. Não há nada pior do que o cheiro de casacos de pele molhados.

Ele está em casa em Washington Heights. Seu pai acaba de morrer e não sente nada. É engraçado que não sinta nada. Quando as pessoas morrem espera-se que se sinta alguma coisa.

Eu disse-lhe que não senti nada, por que continua perguntando? Porque tenho que conhecer você. Você nunca perdeu ninguém. Nunca viu ninguém morrer. É por isso que me odeia? Estávamos vivendo da Previdência Social. Você morava em Central Park West, enquanto vivíamos da Previdência Social. A culpa é minha? Conhece aquela funerária chinesa em Pell Street? Quando as pessoas morrem, voltam para seu povo. Racistas na morte. Ele nunca acreditou em Deus. Nunca foi à igreja. Eles rezavam em chinês. E pensei: meu Deus, não entendo um palavra. O caixão estava aberto. Isso é importante. De outro modo não se acredita na morte. Psicologicamente consistente. No entanto, parece tétrico. Depois os parentes vieram e levaram o restante de nosso dinheiro. O negócio dará retorno, disseram, mas o negócio fechou. Eu era calouro no ginásio. Poderia trabalhar quando me formasse, disse a senhora da Previdência Social. Mas pensei: vou acabar sendo garçom. E não posso nem ser garçom em um restaurante chinês, pois não sei falar a língua. Vou ser um trabalhador, pensei, um pobre palerma. *Tenho* que entrar para a faculdade. Enquanto isso você estava em Central Park West. E em Cambridge nos fins de semana. Na Escola de Medicina eu dava comida aos animais de laboratório. Noite de Natal. Todos haviam saído. E eu no laboratório, alimentando os raios dos ratos.

Ela permanece deitada ao seu lado, completamente imóvel. Toca no próprio corpo para provar que não está morta. Pensa nas primeiras duas semanas depois de quebrar a perna. Costumava masturbar-se com constância naquela época, para convencer-se de que podia sentir algo além da dor. A dor naquela época era uma religião. Um compromisso total.

Percorre com a mão o próprio ventre. Seu indicador direito toca o clitóris, enquanto o indicador esquerdo mergulha dentro dela, fingindo ser um pênis. O que sentiria um pênis, rodeado por toda essas macias e flexíveis cavernas de carne? Seu dedo é muito pequeno. Acrescenta outro dedo e os abre. Mas suas unhas são longas demais, machucam.

E se ele acordar?

Talvez ela queira que ele acorde e veja como está solitária.

Sozinha, sozinha, sozinha. Move os dedos naquele ritmo, sentindo-os cada vez mais cremosos, o clitóris duro e vermelho. Pode-se sentir as cores com as pontas dos dedos? É essa a impressão que o vermelho dá. A caverna interior parece púrpura. Púrpura real. Como se o sangue lá de baixo fosse azul.

"Em que pensa quando se masturba?", perguntara-lhe o analista alemão. *"Em quem você penetra?" Eu penetro, logo existo.* Ela não pensa em ninguém, na verdade, e em todo o mundo. Em seu analista e em seu pai. Não, não no pai. Não pode pensar no pai. Pensa no homem do trem. No homem debaixo da cama. Um homem sem rosto. Seu rosto vazio. Seu pênis tem um olho. E chora.

Sente as convulsões do orgasmo lhe sugarem violentamente os dedos. Sua mão cai para o lado. A seguir mergulha em um sono de morte.

Sonha que está de volta ao apartamento onde cresceu, mas desta vez o lugar foi projetado por um arquiteto de sonho.

Os corredores levando aos quartos de três paredes serpenteiam como antigos leitos de rio, e a despensa da cozinha é um túnel aerodinâmico com armários pendurados fora do alcance. Os canos estrebucham como velhos gargarejando; as tábuas do assoalho respiram. No quarto dela, o vidro congelado da entrada está cheio de rostos gritando de angústia para a lua com bocas formando um O. Uma longa sílaba de luar desliza para a frente prateando o chão, depois se espatifa com o som de um copo que se quebra. Os rostos na porta se parecem com lobos. O sangue endurece nos cantos de suas bocas.

O banheiro da empregada tem uma banheira com pés de garra de animal onde uma criança pode imaginar que se afoga. Quatro lanternas de latão pendem do teto da sala de estar, de uma altura inconcebível e recoberto com um folheado a ouro manchado. Acima da sala de estar vê-se uma sacada, com suporte de balaustrada em curva com largura suficiente para uma criança passar por eles e flutuar pelo ar. Mais um vôo para cima e está no estúdio que cheira a terebintina. O teto é pontudo como um chapéu de feiticeira. Um candelabro de ferro pontiagudo pende do centro profundo por uma corrente negra. Balança levemente ao vento que assobia entre a janela trapezóide ao norte e a janela trapezóide ao sul.

A máscara mortuária de gesso de Beethoven pende da parede da sala. Suas pálpebras arredondadas estão fechadas. Ela sobe em uma cadeira e passa os dedos naquelas pálpebras. A fuligem negra mancha o gesso. Agora ela deixou suas impressões digitais nos olhos de Beethoven. Algo horrível na certa acontecerá.

Sobre a mesa vê-se um crânio. Ao lado, um castiçal. É a natureza-morta que seu avô preparou. As naturezas-mortas existem?

No cavalete está a pintura quase terminada do crânio e castiçal. O que está mais morto? O crânio ou a natureza-morta do crânio? Que morte durará mais tempo?

No canto da sala vê-se um armário embutido. A túnica militar verde de seu marido pende ali, as mangas sacudindo-se ao vento. Ele estará morto? Ela se sente tremendamente amedrontada. Corre pela porta de alçapão do estúdio, e pela escada abaixo. De repente cai, sabendo que vai morrer quando atingir o fundo. Luta para gritar e durante a luta desperta, surpresa por se encontrar em Paris e não na casa dos pais. Ele ainda está deitado ao seu lado como morto. Ela contempla o rosto adormecido, a boca longa com os cantos erguidos, as sobrancelhas desenhadas como caligrafia chinesa, e pensa que no próximo ano por aquela época não estarão juntos. Ou terão um bebê que não se parecerá com ela.

– Feliz Natal – diz ele, abrindo os olhos.

Fazem amor cheios de esperanças.

O frio é congelante, e a chuva da noite anterior tornou as ruas vítreas. Eles se vestem e saem para um passeio. Ele a segura estreitamente, mas seja como for ela continua escorregando. Ele aconselha-a a dar "passos curtos".

– Como se meus pés fossem enfaixados – diz ela.

Ele não ri.

Caminham pela Île St. Louis e admiram sua arquitetura. Apontam curiosas esculturas de pedra no segundo andar das casas luxuosas. Param para observar três velhos pescando pequenos peixes que se contorcem no Sena cheio e cinzento. Comem duas dúzias de ostras em um restaurante alsaciano, depois tortas de cebola, e se embebedam com vinho. Caminham pelas ruas vítreas mais uma vez, agarrando-se um no outro para não cair. Ela cogita sobre onde poderia ir se o deixasse. O lar com que sonhara na noite anterior volta a ela em fragmentos. Sabe que não pode ir para lá. Não tem nenhum lugar para ir. Nenhum. Aperta-o estreitamente. "Eu te amo", diz.

Quando fica mais escuro, param para um *bûche de Noël* e café em um pequeno restaurante da *Rive Gauche* que dá para a Notre Dame. Estará ele pensando em deixá-la? Ela nunca sabe o que ele está pensando. Fingem que estão passando um dia feliz, descompromissado. Ele nunca deixa de segurá-la bem pela cintura ao andarem juntos pelas ruas geladas.

– Dê passos pequenos – continua dizendo – Você vai quebrar o pescoço e me levar junto.

– O que *faria* eu sem você? – diz ela.

Ele pigarreia nervosamente, mas não diz nada.

O filme terminaria aqui, talvez com sua tosse. Mas lembro-me dos eventos que se seguiram: o carro enguiçado e de termos que tomar o trem de volta a Heidelberg; os quatro soldados franceses que compartilharam nossa cabine de segunda classe e arrotaram e peidaram por todo o caminho até a Alemanha quase como se estivessem acionando o trem; a queda livre do beliche mais alto (ocupado por mim) até o chão. Um súbito ataque de diarréia obrigou-me a agüentar essa queda não menos de seis vezes naquela noite (e uma vez pisei exatamente na virilha do soldado francês dormindo no beliche mais baixo, e que foi extremamente gentil comigo, considerando-se a situação).

Depois a volta a Heidelberg com o Natal terminado e tendo que encarar o Exército novamente. (Nas férias, tentávamos fingir que éramos apenas um casal americano morando na Europa por diversão.)

Depois, no dia do ano-novo, chegou o telegrama – truncado como tais mensagens costumam ser, surgindo naquela tarde desanimadora e cinzenta de sábado, quando toda a população masculina de *Klein Amerika* estava ocupada em dar polimento no carro da família, e toda a população feminina perambulava de rolinhos no cabelo, enquanto os alemães do outro lado da Goethestrasse já abriam a primeira garrafa de *Schnaps* preparando-se para o ano-novo...

> VOVÔ FALECEU SEIS QUINZE TERÇA-FEIRA PT REVIVIDO POR MASSAGEM PT PARADA CARDÍACA PT HEMORRAGIA RETAL PT NADA PÔDE SER FEITO PT FUNERAL 4 DE JANEIRO PT AMOR MAMÃE

Leio o telegrama primeiro, depois o passo a Bennett. Com a doentia sensação que sempre tenho quando sei que a culpa de algo terrível me vai ser atribuída. Sabia que Bennett acharia um meio de me culpar pela morte de seu avô. Os pais de minha mãe ainda estavam vivos.

Abracei-o, mas ele se afastou. Lembro-me de pensar que não estava tão triste por seu avô ter morrido, mas por eu própria ter que morrer um pouco em autopunição. Bennett sentou-se no sofá da sala com o telegrama nas mãos. Instalei-me perto dele e tornei a ler a mensagem sobre seu ombro. "O dedo em movimento escreve e soletra mal as palavras", pensei. Conhecia muito pouco o avô de Bennett (um velho chinês que tinha 99 ou 100 anos, parecia uma estátua amarelada de marfim e quase não falava inglês). Fingi que meu próprio avô tinha morrido e comecei a chorar. Estava na verdade chorando por mim mesma, morrendo lentamente na idade de 25 anos.

Bennett mostrava-se tocado pela morte até o pescoço. Levava sua tristeza nos ombros como uma mochila invisível. Se tivesse procurado meu apoio, se me tivesse permitido consolá-lo, poderia ter suportado o fardo com ele. Mas culpou-me pelo acontecimento, e isso me afastou. Contudo, eu tinha medo de ir embora. Fiquei então, tornando-me cada vez mais fechada. Voltei-me mais e mais para minhas fantasias e para o ato de escrever. Foi assim que comecei a descobrir a mim mesma. Bennett voltou-se para sua tristeza e fez com ela uma barricada; eu me retirava para meu quarto e escrevia. Por todo aquele longo inverno, ele chorou o avô, o pai, a irmã morta aos 16 anos, o irmão que nascera retardado e morrera aos 18, o amigo morto pela pólio aos 14, sua pobreza, seu silêncio. Chorou o Exército, a vida que deixara em Nova York. Chorou os mortos e sua própria preocupação com a morte. Chorou seu próprio lamento. A rígida expressão que o rosto dele assumiu era uma espécie de máscara da morte. Tantas pessoas que amara (e também odiara) tinham morrido, que usava essa máscara em sinal de contrição. Por que deveria estar vivo quando os outros estavam mortos? Assim, fazia a vida assemelhar-se à morte, e sua morte era a minha também. Aprendi a me manter viva escrevendo.

Foi naquele inverno que comecei a escrever para valer. Escrevi como se isso fosse minha única esperança de sobrevivência, como uma fuga. De certo modo, sempre escrevera. Sempre cultuara os ficcionistas. Costumava beijar seus retratos nas costas dos livros quando acabava a leitura.
 Encarava qualquer coisa impressa como uma sagrada relíquia

e os autores como criaturas de espírito e conhecimento sobre-humanos. Pearl Buck, Tolstoy ou Carolyn Keene, a autora de *Nancy Drew*. Não fazia as arrogantes seleções que aprendi a fazer mais tarde. Podia passar feliz de *Alice no país do espelho* para uma revista de quadrinhos de horror, de *Grandes esperanças* ou *O jardim secreto* à revista *Mad*.

Crescendo em meu lar caótico, aprendi com rapidez que um livro posto com cuidado diante do rosto era um escudo à prova de balas, um muro de asbestos, um manto invisível. Aprendi a refugiar-me entre livros, tornar-me, como mamãe e papai me chamavam, "a professora distraída". Gritavam comigo, mas eu não os ouvia. Estava lendo. Estava escrevendo. Estava segura.

O avô de Bennett, o velho corajoso que veio da China aos 20 anos, que foi convertido ao cristianismo por um missionário que prometeu ensinar-lhe inglês (e nunca o fez), que pregava o Evangelho aos trabalhadores chineses nas minas do Noroeste, que finalmente terminou seus dias com uma loja de presentes em Pell Street – e em todos os seus 99 ou 100 anos só aprendeu a falar poucas palavras inteligíveis em inglês, e menos ainda a escrever. Esse velho desencadeou minha carreira de escritora com sua morte. Às vezes, a morte é o começo de outras coisas.

Enquanto Bennett chorava em silêncio por todo o longo inverno, eu escrevia. Joguei fora todos os meus poemas da faculdade, até os que haviam sido publicados. Joguei fora todos os falsos começos de contos e novelas. Queria me renovar, construir uma nova vida escrevendo.

Mergulhei no trabalho dos outros escritores. Costumava encomendar livros de Foyler em Londres ou pedia a meus amigos e meus pais para mandá-los de Nova York. Estudava um poeta ou romancista contemporâneo de cada vez, lendo e relendo seus livros, estudando como haviam mudado de livro para livro, imitando o estilo de um autor diferente a cada poucos meses. Sentia-me apavorada o tempo inteiro e encarava-me como um fracasso. Certa vez, quando tinha mais ou menos 18 anos e pensava nos 30 como na velhice, prometera suicidar-me se não tivesse publicado o primeiro livro por volta dos 25 anos. E aqui estava eu já com 25! E apenas começava.

Enviar trabalhos para revistas estava fora de questão. Embora tivesse sido a poeta da turma na faculdade, ganhando os prêmios usuais, agora sentia-me convencida de que nada escrito por mim era bom o bastante para ser mandado a quem quer que fosse. Considerava os editores de revistas trimestrais criaturas divinas que nem sequer se dignariam a ler algo que não fosse uma obra-prima. Eu acreditava nisso apesar de ter assinatura dessas revistas e lê-las religiosamente. O trabalho com freqüência não era bom, tinha que admitir, mas mesmo assim estava certa de que o meu era ainda muito, mas muito pior.

Vivia em um mundo povoado de fantasias. Tinha imaginários casos de amor com poetas cujo trabalho lia regularmente nas revistas literárias. Certos nomes se tornavam tão vivos quanto pessoas, para mim. Lia o resumo biográfico dos escritores, e era como se os conhecesse. É estranho como se pode ter uma relação íntima com alguém que nunca vimos – e como nossas impressões podem ser erradas. Mais tarde, quando voltei a Nova York e comecei a publicar poemas, conheci alguns dos nomes que eu considerava mágicos. Em geral eram completamente diferentes do que havia imaginado. Pessoas espirituosas em letra de forma podem revelar-se imbecis em carne e osso. Autores de sombrios poemas sobre a morte podem revelar-se calorosos e engraçados. Outros, encantadores, podem mostrar-se as pessoas menos encantadoras possíveis. Escritores generosos, altruístas e de coração aberto podem revelar-se mesquinhos, difíceis e invejosos... Não que houvesse quaisquer regras absolutas sobre a questão, mas, de modo geral, algumas surpresas surgiam. Era um negócio muito perigoso julgar o caráter de um escritor pelo que ele escrevia. Tal realidade, contudo, só se evidenciou depois. Em meus dias de Heidelberg, eu estava mergulhada em um mundo literário imaginário agradavelmente desconectado da suja realidade. Um aspecto disso foi minha curiosa relação com a revista *The New Yorker*.

Na época sobre a qual escrevo, *The New Yorker* (e toda a correspondência desse tipo) costumava cruzar o Atlântico de navio. Talvez fosse por essa razão que três ou quatro exemplares da revista sempre chegavam juntos em uma pilha pesada (com atraso de pelo menos três semanas). Eu costumava rasgar os envelopes como em transe. Tinha um ritual para abordar essa ritualística revista. Esta não trazia qualquer índice naquela época – apenas o esnobismo às avessas mostrado nos pequenos rodapés precedidos por um modesto travessão – e eu mergulhava nela de trás para a frente, examinando primeiro os nomes sob os longos artigos, espreitando os créditos dos contos e vasculhando, sem fôlego, os poemas.

Tudo isso suando frio, acompanhando ao batimento descontrolado do coração. Aterrorizava-me a possibilidade de encontrar um poema, conto ou artigo assinado por alguém que eu *conhecesse*. Alguém que tivesse sido um idiota na faculdade, ou um porcalhão conhecido, ou que (em combinação com uma ou as duas características mencionadas) fosse *mais jovem* do que eu. Mesmo por um ou dois meses.

Não que eu apenas lesse *The New Yorker*: eu a vivia de modo muito particular. Criara um mundo da *The New*

Yorker para mim mesma (localizado em alguma parte a leste de Westport e a oeste dos Cotswolds), onde Peter de Vries (em trocadilhos suaves) estava sempre erguendo um copo de Piesporter, onde Niccolo Tucci (em um casaco de veludo cor de ameixa) flertava em italiano com Muriel Spark, onde Nabokov bebericava vinho do porto em um cálice prismático (enquanto uma borboleta pousava em sua botoeira), e John Updike pisava nos sapatos suíços do mestre, desculpando-se de modo encantador (e repetindo o tempo todo que Nabokov era o melhor escritor em língua inglesa com cidadania americana à época). Enquanto isso, os escritores indianos se amontoavam em um canto, tagarelando em uma algaravia com sotaque de Peter Sellers no papel de hindu (e tresandando a curry), e os memoristas irlandeses (com suéteres de pescador e hálito de uísque) se ocupavam em esnobar os afetados memoristas ingleses com roupas de tweed.

Ah, eu mitificara outras revistas literárias também, mas *The New Yorker* fora meu altar desde a infância. (Por exemplo, o *Commentary* realizava reuniões bastante sujas nas quais semitas mal-humorados – todos chamados Irving – tinham preocupações comuns, e discutiam à exaustão questões como judaicidade, negritude e consciência, enquanto avançavam em terrinas de iscas de fígado e travessas da Nova Escócia.) Essas *soirées* me divertiam, mas era para *The New Yorker* que reservava minha reverência. Nunca teria ousado enviar minhas ridículas tentativas literárias à revista. Por isso, teria me afrontado e surpreendido em descobrir alguém que eu realmente conhecesse freqüentando suas páginas.

Fosse como fosse, eu tinha uma noção totalmente exaltada do que significava ser um *escritor*. Imaginava-os como uma misteriosa irmandade de mortais vagando por aí com passos mais leves do que os das outras pessoas – como se de certo modo tivessem asas invisíveis nas costas. Sorriam obliquamente, reconhecendo-se por meio de algo – talvez como o radar que os morcegos têm, segundo se diz. Na certa, nada tão cru como um aperto de mão secreto.

Bennett estava envolvido indiretamente com meu ato de escrever também, embora fosse raro ler algo que eu escrevesse. Na verdade, eu não precisava que ninguém lesse meu trabalho naquela época (porque meus textos eram sobretudo uma preparação para a obra que viria), mas precisava muito que alguém aprovasse o *ato* de escrever. E ele o fazia. Por vezes não ficava claro se o aprovava simplesmente para que eu não o molestasse em sua depressão, ou se apreciava bancar o Henry Higgins para mim, Eliza Doolittle. O fato é que acreditou em mim bem antes de que eu própria o fizesse. Era como se durante aquele longo período ruim de nosso casamento nós nos comunicássemos indiretamente por intermédio de meu ato de escrever. Embora não lêssemos meus textos juntos, eles nos uniam em nosso isolamento do mundo.

Estávamos ambos aprendendo a fisgar o inconsciente. Bennett ficava sentado quase imóvel na sala, ponderando sobre a morte do pai, do avô, e sobre todas as mortes que haviam se empilhado em seus ombros quando mal tinha idade suficiente para entender a própria vida. Eu ficava em meu estúdio, escrevendo. Aprendia a mergulhar em mim e salvar fragmentos, pedaços do passado. A esgueirar-me até o inconsciente e capturar minhas fantasias e pensamentos aparentemente aleatórios. Ao me manter fora de seu mundo, Bennett abrira todo o tipo de mundos dentro de minha mente. Aos poucos, comecei a perceber que nenhum dos temas sobre os quais versava minha poesia capturava meus sentimentos mais profundos, e que havia um grande abismo entre o que escrevia e o que me importava realmente. Por quê? De que estaria com medo? Principalmente de mim, parecia.

Iniciei dois romances em Heidelberg. Ambos tinham narradores masculinos. Simplesmente presumi que ninguém estaria interessado em um ponto de vista feminino. Além disso, não queria me arriscar a ser chamada de tudo o que as escritoras (mesmo boas) são chamadas: "esperta, espirituosa, brilhante, comovente, mas falta-lhe alcance". Desejava escrever sobre o mundo inteiro. Queria escrever *Guerra e Paz* – ou nada. Nada de assuntos de "escritoras" para mim. Eu me envolveria com batalhas, touradas e safáris na selva. Só que não conhecia porcaria alguma sobre batalhas, touradas e safáris (a maioria dos homens também não). Debilitava-me em total frustração, pensando que os temas conhecidos por mim eram "triviais" e "femininos" – enquanto aqueles sobre os quais nada sabia eram "profundos" e "masculinos". Fizesse o que fizesse, sentia-me condenada a fracassar. Fracassaria por escrever ou por não escrever. Sentia-me paralisada.

Graças a minha sorte, minha tristeza e à estranha relação com meu marido, e graças também a minha teimosa determinação (em que não acreditava de todo naquela época), consegui escrever três livros de poesia nos três anos seguintes. Joguei dois fora, e o terceiro foi publicado. Então começou uma nova série de problemas. Por um lado, tive que aprender a lidar com meu próprio medo do sucesso, e isso foi quase mais difícil do que o medo do fracasso.

Se aprendesse a escrever, não poderia também aprender a viver? Adrian queria me ensinar a viver. Bennett queria me ensinar a morrer. E eu nem sequer sabia o que queria. Ou talvez tivesse compreendido mal; talvez Bennett fosse a vida, e Adrian a morte. Talvez a vida fosse concessão mútua e tristeza, enquanto o êxtase levava inevitavelmente à morte. Embora maniqueísta, não podia ao menos dizer quem estava ganhando sem marcar os pontos dos jogadores. Se pudesse diferenciar o bem do mal, talvez pudesse escolher. Mas, naquela época, sentia-me mais confusa do que jamais havia sentido algum dia.

8
Contos dos bosques de Viena

> Os elos do matrimônio são tão pesados que são necessários dois para carregá-los – às vezes três.
>
> Alexandre Dumas

A partir dali, o carrossel começou. Ia às reuniões com Bennett esperando firmemente ficar, jurando a mim mesma que jamais veria Adrian de novo, que estava terminado, que tinha dado minha voltinha e ponto final – então via Adrian e desmoronava. Descobri-me vivendo o vocabulário das canções de amor populares, os clichês dos piores filmes de Hollywood. Meu coração saltava. Sentia-me nas nuvens quando Adrian estava perto. Era o meu sol. Nossos corações estavam de mãos dadas. Quando eu e Adrian estávamos no mesmo ambiente, eu ficava em um tal estado de agitação que quase não podia permanecer sentada. Era uma espécie de loucura, uma absorção total. Esqueci o artigo que deveria escrever. Esqueci tudo, exceto Adrian.

Nenhum dos truques que costumava usar comigo mesma no passado funcionava mais. Tentei manter-me afastada dele usando palavras como "fidelidade" e "adultério", dizendo-me que ele interferiria em meu trabalho, e que se eu o tivesse, me sentiria feliz demais para escrever. Tentei dizer a mim mesma que estava ferindo Bennett, ferindo a mim, dando um espetáculo lamentável. O que era verdade. Mas nada disso ajudava. No instante em que ele entrava em uma sala e sorria para mim, eu estava perdida.

DEPOIS DO ALMOÇO naquele primeiro dia do Congresso, disse a Bennett que sairia para nadar e sumi junto com Adrian. Fomos de carro ao meu hotel, onde peguei o maiô, pus o diafragma, passei a mão em outras coisas e parti com Adrian para sua pensão.

No quarto dele, despi-me em um minuto e deitei-me na cama.

– Você está bem desesperada, não? – disse ele.

– Estou.

– Pelo amor de Deus, por quê? Temos muito tempo.

– Quanto?

– Quanto você quiser – disse de modo ambíguo. Em suma, se ele me deixasse, a culpa seria minha. Os psicanalistas são assim. Nunca trepem com um psicanalista, é o conselho que dou às mulheres que me ouvem.

De qualquer modo, não foi bom. Ou não muito. Ele estava apenas a meio pau e agitou-se dentro de mim como um maluco, esperando que eu não notasse. Terminei com uma minúscula ondulação de orgasmo e uma boceta muito dolorida. Mas, de certo modo, eu ficara contente. Agora vou poder me livrar dele, pensei: não é bom de cama. Poderei esquecê-lo.

 – O que está pensando? – perguntou.

– Que fui muito bem fodida – lembrei-me de ter usado a mesma frase com Bennett uma vez, quando fora muito mais verdadeira.

– Você é uma mentirosa e uma hipócrita. Para que mentir? Sei que não a fodi como queria. Posso fazer muito melhor do que isso.

Senti-me desconcertada ante sua franqueza.

– Está bem – confessei taciturna –, você não me fodeu maravilhosamente. Admito.

– Assim é melhor. Por que sempre tem que ser uma maldita assistente social? Para salvar meu ego? – pronunciou a última palavra à moda inglesa.

Pensei por um instante. O que estava fazendo? Eu achava simplesmente que era preciso agir assim com os homens. Senão, eles desmoronariam ou ficariam doidos. Não queria enlouquecer outro homem.

– Sempre pensei que o ego masculino fosse tão frágil que era preciso mimá-lo...

– Bem, o meu não é tão frágil. Posso suportar ouvir que não a fodi maravilhosamente. Em especial quando é a porcaria da verdade.

– Acho que nunca conheci ninguém como você.

Ele sorriu deliciado.

– Não conheceu não, benzinho, e ouso dizer que nunca conhecerá. Eu disse-lhe que sou um anti-herói. Não estou aqui para resgatar você e arrebatá-la em um cavalo branco.

Para que estaria ali então, eu gostaria de saber. Na certa não era para foder.

Fomos nadar em uma gigantesca *Schwimmbad* nos arredores de Viena. Nunca, em toda a minha vida, me deparara com tanta gordura bronzeada de sol. Em Heidelberg, evitara de maneira deliberada as saunas e piscinas públicas;

e quando viajávamos, evitávamos sempre os locais à beira-mar freqüentados por alemães. Fazíamos questão de pular Ravena e outros acampamentos teutônicos. Em vez disso, eu costumava contemplar com inveja os umbigos lindamente côncavos da Riviera Francesa, os quadris endinheirados e exercitados de Capri. Mas aqui estávamos cercados de montanhas de *Schlag* e *Sacher Torte* metamorfoseados em gordura.

– É como o *Juízo final* de Michelangelo – disse Adrian. – O do final da Capela Sistina.

Ele pôs a língua de fora e fez uma careta.

– Essas pessoas estão simplesmente se divertindo e dando uma boa nadada, e você lança sobre elas seu olhar satírico, vendo depravação e corrupção a sua volta. Devia chamá-la de Madame Savonarola.

– Certo – disse eu, humilde. Eu não podia parar de dissecar, desprezar e derrubar tudo? Não, não podia.

– Mas eles parecem o *Juízo final* – insisti. – A vingança de Deus pelo fato de os alemães serem tão nojentos é *fazê-los* parecidos com porcos.

E, por Deus, com porcos eles se *pareciam*; não apenas gordos, não apenas com ventres salientes e braços flácidos, queixos duplos e coxas trêmulas – mas tudo isso de um rosa berrante. Estalando. Queimando. Mais vermelhos do que porco chinês. Pareciam leitões não desmamados. Ou o porco fetal que eu tivera que dissecar em Zoologia II – quase a Waterloo de minha carreira na faculdade.

Nadamos e nos beijamos na água entre as outras almas condenadas. Eu usava maiô preto com um decote em V que descia até o umbigo, e todos olhavam com insistência para mim: as mulheres com desaprovação e os homens com lascívia. Podia sentir o escorregadio sêmen de Adrian em minhas pernas e vazando para a piscina clorada. Uma americana doando sêmen inglês para os alemães. Uma espécie de Plano Marshall maluco. Fazei com que seu sêmen abençoe a água deles e os batize. Deixai-os limparem-se de seus pecados. Adrian, o Batista, e eu, Maria Madalena. Mas cogitei também se nadar logo depois de foder me faria ficar grávida. Talvez a água puxasse o sêmen para cima, para trás de meu diafragma. Subitamente apavorei-me ante a idéia de engravidar. Subitamente desejei engravidar. Continuei imaginando o lindo bebê que teríamos. Eu estava de fato fisgada.

Sentamo-nos no gramado sob uma árvore e tomamos cerveja. Discutimos nosso futuro – fosse lá qual fosse. Adrian parecia pensar que eu deveria deixar meu marido e me estabelecer em Paris (para onde poderia ir de avião visitar-me de tempos em tempos. Eu poderia alugar um estúdio e escrever livros. Ir a Londres e escrever livros com ele. Poderíamos ser como Simone de Beauvoir e Sartre: juntos, mas separados. Aprenderíamos a eliminar coisas tolas como o ciúme. Foderíamos um ao outro e a todos os nossos amigos. Viveríamos sem nos preocupar com posses ou possessividade. Posteriormente, algum dia, criaríamos uma comunidade para esquizofrênicos, poetas e analistas radicais. Viveríamos como verdadeiros existencialistas em vez de apenas falar sobre isso. Viveríamos todos em um domo geodésico.

– Uma espécie de *Yellow submarine* – disse eu.

– Bem, por que não?

– Você é um romântico incurável, Adrian... Walden Pond e tudo aquilo.

– Olha, não vejo o que há de tão bacana no tipo de hipocrisia em que você vive. Todo esse lixo de fingimento sobre fidelidade e monogamia, no meio de um milhão de contradições, sendo mantida por seu marido como uma espécie de bebê talentoso e mimado, nunca ficando sozinha sobre os próprios pés. Pelo menos seríamos honestos. Viveríamos juntos e foderíamos com todo o mundo abertamente. Ninguém exploraria ninguém e ninguém se sentiria culpado de ser dependente...

– Poetas, esquizofrênicos e analistas?

– Bem, não existe muita diferença, não é?

– Absolutamente nenhuma.

Adrian aprendera sobre existencialismo em um curso de uma semana em Paris dado por Martine, a atriz francesa que tinha passado algum tempo em um hospício.

– Foi rápido – disse eu. – O existencialismo trocado em miúdos. Uma espécie de Berlitz condensado. Como ela conseguiu?

Ele descreveu então como fora a Paris para vê-la, e Martine o havia surpreendido indo recebê-lo em Orly com dois amigos: Louise e Pierre. Deviam passar toda a semana juntos, nunca se separarem, contar tudo uns aos outros, foder uns aos outros em todas as combinações possíveis e nunca fornecerem "tolas desculpas morais."

– Sempre que eu falava de meus pacientes, meus filhos ou minha namorada em casa, ela dizia: "Não tem interesse." Nenhuma das desculpas habituais servia. Realmente, foi aterrorizante no início.

– Parece fascista. E tudo em nome da liberdade.

– Bem, entendo o seu ponto de vista, mas não era fascista porque a intenção dela, na realidade, era ampliar ao máximo as fronteiras do que se pudesse suportar. Tinha que se ir ao fundo da própria experiência, mesmo se o fundo se revelasse aterrorizante. Martine passara um tempo louca. Fora hospitalizada e saíra com todo tipo de novas iluminações. Estava juntando os próprios cacos novamente e sentia-se muito mais forte do que antes. Foi o que aquela semana me proporcionou. Tive que lidar com a sensação terrível de não ter quaisquer planos, não saber para onde estávamos indo, não ter privacidade de todo, ser dependente de três outras pessoas para tudo, o tempo todo. Aquilo reviveu todo o tipo de problema da infância para mim. E o sexo – o sexo era aterrorizante no início. Foder em grupo é mais difícil do que se pensa. Tem-se que enfrentar a própria homossexualidade. Acho que foi esclarecedor.

– E foi divertido? Não parece muito divertido. – Mesmo assim, eu estava intrigada.

– Depois dos primeiros dias de trauma, foi esplêndido. Íamos para toda parte juntos, de braços dados. Cantávamos pelas ruas. Partilhávamos comida, dinheiro, tudo. Ninguém se preocupava com trabalho ou responsabilidades.

– E suas crianças?

– Estavam com Esther em Londres.

– Então, *ela* ficava com as responsabilidades, enquanto você brincava de existencialista como Maria Antonieta brincava de pastora.

– Não. Na realidade não era de modo nenhum assim, porque sempre funcionara nas duas direções. Esther caía fora com outros caras de vez em quando e me deixava tomando conta das crianças. Não era algo unilateral.

– Bem, são seus filhos, não são?

– Posse, posse, posse – disse ele, ressentido-se com meu interrogatório. – Todas vocês, princesas judias, são iguais.

– Eu lhe ensino o termo "princesa judia", e a primeira coisa que faz é usá-lo contra mim. Minha mãe avisou-me a respeito de homens assim.

Ele pôs a mão no meu colo e focinhou minha boceta. Um casal de alemães gordos debaixo de outra árvore deram risinhos reprimidos. Não me importei.

– Viscoso – disse ele.

– O visgo é seu – eu disse.

– É nosso – corrigiu-me.

Depois disse de repente:

– Quero lhe dar uma experiência como a que Martine me deu. Vou ensiná-la a não ter medo do que há dentro de você. – Enfiou os dentes em minha coxa, o que deixou marcas.

Quando voltei ao hotel às 17h30, Bennett estava esperando. Não me perguntou onde estivera, mas pôs os braços em torno de mim e começou a me tirar a roupa. Fez amor comigo, com o visgo de Adrian e com o nosso triângulo em todos os sentidos da palavra. Nunca fora tão apaixonado e terno, e raramente eu tinha estado tão excitada. Que era muito melhor amante que Adrian estava claro. Estava claro também que Adrian provocara uma diferença em nosso modo de amar, tinha feito com que nos apreciássemos de uma maneira nova. Tocamos um ao outro por completo. Subitamente eu era tão valiosa para Bennett como quando ele se apaixonara por mim quando nos conhecemos.

Tomamos um banho juntos e jogamos água um no outro. Ensaboamos nossas costas. Sentia-me um pouco aterrada com minha própria promiscuidade, e com minha facilidade de ir de um homem para outro sentindo-me ao mesmo tempo tão fulgurante e embriagada. Sabia que teria que pagar por isso depois com uma culpa e uma infelicidade tão grandes que só eu sabia me proporcionar. Mas, naquele instante, estava feliz. Sentia-me apropriadamente apreciada pela primeira vez. Talvez dois homens juntos formassem uma pessoa só, inteira.

UMA DAS MAIS memoráveis ocasiões do Congresso foi a recepção no Rathaus de Viena. Memorável porque me ofereceu a oportunidade sem paralelo de assistir a mais de dois mil analistas entupindo-se de comida como se tivessem passado fome em Biafra durante um ano. Memorável porque me deu a oportunidade sem paralelo de ver vários analistas velhos e calmos dançando o *frug* – ou o que pensavam ser o *frug*. Memorável porque dancei valsa a noite toda em um vestido de *paisley* vermelho coberto de lantejoulas, e ia deixando uma trilha delas pelo chão enquanto me deslocava de uma sala a outra, ora dançando com Bennett, ora com Adrian, e mesmo assim sentindo-me incapaz de escolher. Deixava uma trilha de evidências onde quer que fosse.

A senhora baixinha e atarracada que era a prefeita de Viena outorgou *herzliche Grüsse* a Anna Freud e aos outros analistas, e vomitou outras besteiras intermináveis em alemão sobre como Viena estava contente em tê-los de volta. Nenhuma menção feita ao modo como haviam partido em 1938, é claro. Nenhuma orquestra de cinqüenta músicos tocara a valsa do *Danúbio azul* para eles naquela época, ou os cumularam de *herzlichen Grüssen* e *Schnaps* grátis.

Quando a comida foi servida, hordas de analistas em roupas formais mugiram e grunhiram em direção às mesas.

– Depressa – estão invadindo a fila da frente! – baliu uma matrona em um sotaque exalando a Flatbush, entremeado de Scarsdale e da New School.

– Já estão sendo servidos de bolo na outra sala – disse uma outra, uma beldade de 90 quilos em um terninho de cetim amarelo-canário, cintilando de diamantes falsos. "Não *empurrem*!", falou um distinto (ou talvez extinto) e maduro analista em um smoking fora de moda e faixa de xadrez à cintura. Estava sendo esmagado entre uma mulher que se atirava à travessa de peru e um homem que se atirava ao antepasto. Por todas as mesas só se podia ver braços longos agarrando a comida com garfos de prata.

Durante todo esse espantoso espetáculo, os melosos violinos tocavam de seu poleiro, em forma de sacada, acima do salão de baile principal. As arcadas pseudogóticas dos tetos altos eram iluminadas por milhares de pseudovelas, e uns poucos resistentes continuavam deslizando pela pista de dança em uma intermitente valsa vienense. Ah, viagem, aventura, romance! Eu fulgurava de saúde e bem-estar, como uma mulher fulgurada tendo sido fodida quatro vezes em um só dia por dois homens diferentes, mas minha cabeça era um poço de contradições. Não conseguia entender todas elas.

Por vezes, sentia-me desafiadora e achava que tinha todo o direito de agarrar o prazer que me fosse oferecido durante meu breve tempo na terra. Por que não *seria* feliz e hedonista? O que haveria de *errado* nisso? Eu sabia que as mulheres que mais obtinham da vida (e dos homens) eram as que mais exigiam, e que se a mulher se valorizasse e se tornasse desejável, os homens a *consideravam* valiosa e desejável; que se ela se recusasse a ser um capacho, ninguém poderia pisar nela. Sabia que as mulheres servis são pisadas, e as que agem como rainhas são tratadas como rainhas. Contudo, logo que meu estado de ânimo desafiador passava, era tomada de desolação e desespero. Sentia-me aterrorizada de perder os dois homens e ser deixada sozinha, sentia-me péssima por Bennett, amaldiçoava-me por minha deslealdade, desprezava-me totalmente por tudo. Depois queria correr para Bennett e pedir-lhe perdão, atirar-me a seus pés, oferecer-me para gerar 12 filhos dele logo (sobretudo para cimentar minha servidão), prometer-lhe servi-lo como uma boa escrava em troca de *qualquer* coisa que incluísse segurança. Eu me tornaria servil, saturada de doçura, pura sacarina: o pacote completo de mentiras que o mundo considera feminilidade.

O fato é que nenhuma dessas atitudes tinha pé nem cabeça, e eu sabia disso. Não dominar nem ser dominada. Nem filha-da-putice nem servilismo. Ambos eram armadilhas. Ambos não levavam a lugar algum, exceto à solidão que ambos desejávamos evitar. Mas o que eu poderia fazer? Quanto mais odiava a mim mesma, mais me odiava por odiar-me. Não havia jeito.

Continuava vasculhando os rostos na multidão à procura de Adrian. Nenhum rosto me contentava, exceto o dele. Todos os outros pareciam grosseiros e feios. Bennett sabia o que estava acontecendo e sua compreensão era enlouquecedora.

– Você parece alguém saído de *O ano passado em Marienbad* – disse ele. – Aconteceu ou não aconteceu? Só o analista dela sabe, com certeza.

Ele estava convencido de que Adrian representava "apenas" meu pai, e nesse caso era *kosher*. Apenas! Em suma, eu estava meramente "representando" uma situação edípica, assim como uma "transferência não resolvida" para o meu analista alemão, o Dr. Happe. Sem mencionar o Dr. Kolner, a quem acabara de deixar. Bennett conseguia entender isso. Na medida em que era Édipo, não amor. Na medida em que era transferência, não amor.

Adrian era pior, de certo modo.

Nós nos encontramos na escada lateral sob um arco gótico. Ele repleto de interpretações também.

– Você continua correndo de um para o outro entre nós dois – disse ele. – Fico pensando quem será o papai e quem será a mamãe.

Senti um súbito impulso de fazer as malas e sumir de ambos. Talvez não fosse uma questão de escolher entre eles, mas sim de fugir completamente dos dois. Liberada em minha própria custódia. Parar com essa maluquice de fugir de um homem para o seguinte. Ficar sobre meus próprios pés ao menos por uma vez. Por que era tão aterrorizante? As outras opções eram piores, não eram? Toda uma vida de interpretações freudianas ou toda uma vida de interpretações lainguianas. Que escolha! O efeito seria o mesmo se me unisse a um fanático religioso, a um doidaço da cientologia ou a um marxista doutrinário. Qualquer sistema era uma camisa-de-força caso se insistisse em aderir a ele completamente e sem humor. Eu não acreditava em sistemas. Tudo que era humano era imperfeito e absurdo, no fim das contas. Em que *acreditava* então? No humor. Em rir de todos os sistemas, das pessoas, de si mesma. Rir até mesmo da própria necessidade de rir o tempo todo. Em ver a vida como contraditória, multifacetada, diversa, engraçada, trágica e com momentos de ultrajante beleza. Em ver a vida como um bolo de frutas, inclusive ameixas deliciosas e péssimos amendoins, mas feita para ser devorada famintamente mesmo assim, porque não se pode banquetear-se com as ameixas sem ser às vezes também envenenado pelos amendoins. (Eu disse parte disso a Adrian.)

– A vida como um bolo de frutas! Você *é* tremendamente oral, hem? – disse Adrian, com um ar mais de declaração do que de pergunta.

– Qual é a outra novidade... quer fazer algo com isso?

Ele me deu um beijo molhado e solto, sua língua uma das ameixas do bolo de frutas.

– QUANTO TEMPO vai ficar me magoando assim? – perguntou Bennett quando voltamos para o hotel. – Não vou agüentar isso para sempre.

– Desculpe – disse eu. A palavra soou muito fraca.

– Acho que deveríamos sair daqui, pegar o próximo avião de volta para Nova York. Não podemos continuar com essa insanidade. Você está em um estado lastimável, enfeitiçada, fora de si. Quero levá-la para casa.

Comecei a chorar. Eu queria ir para casa e não queria voltar para casa de novo.

– Por favor, Bennett, por favor, por favor, por favor.

– Por favor, o quê? – retrucou.

– Não sei.

– Você nem mesmo tem peito de ficar com ele. Se está apaixonada, porque não entra nisso realmente, conhece os filhos dele e vai para Londres? Mas não consegue nem fazer isso. Não sabe o *que* quer. – Fez uma pausa. – Devíamos ir para casa agora mesmo.

– De que adianta? Você nunca confiará em mim mesmo. Arruinei tudo. Não adianta. – E acho que de fato acreditava naquilo.

– Talvez se formos para casa e você voltar de imediato para a análise, se entender *por que* fez isso, se elaborá-lo, talvez possamos salvar nosso casamento.

– Se eu voltar para a análise! É *esta* a condição?

– Não por minha causa, mas por sua causa. Para que nunca mais faça esse tipo de coisa.

– Já fiz isso antes? *Fiz*? Mesmo quando você me tratou horrivelmente mal, mesmo naquela época em Paris quando nem falava comigo, nem naqueles anos na Alemanha quando eu era tão infeliz, quando precisava tanto de alguém para quem pudesse me voltar, quando me sentia tão mal e rejeitada por você e sua constante depressão – nunca me envolvi com absolutamente ninguém. Nunca. E com certeza, você me provocou bastante. Costumava dizer que não sabia se queria ser casado com uma escritora. E que não tinha qualquer empatia pelos meus problemas. Nunca disse que me amava. E quando eu chorava e me sentia infeliz porque tudo o que queria era intimidade e afeição, você me mandava para o analista. Usava o analista como um substituto para tudo. Sempre que se sentia ameaçado por qualquer espécie de intimidade, me mandava para o desgraçado do analista.

– Onde diabos estaria você agora sem analista? Estaria reescrevendo o mesmo poema para sempre. Ainda seria incapaz de mandar trabalho para qualquer lugar. Ainda estaria apavorada com tudo. Quando a conheci, você corria de um lado para outro feito uma lunática, sem trabalhar com afinco em coisa alguma, cheia de um milhão de planos que nunca concretizava. Eu lhe dei um lugar para trabalhar, encorajei-a quando se odiava, acreditei em você quando nem você mesma acreditava, paguei pelo desgraçado do analista para que você pudesse crescer e se desenvolver como ser humano, em vez de zanzar por aí com os outros membros de sua família doida. Ponha a culpa de seus problemas em mim. Fui o único que algum dia lhe deu apoio e encorajamento, e isso é tudo que me dá em troca – correr atrás de um inglês idiota e se lamuriar para mim que não sabe o que quer. Vá para o inferno! Vá atrás dele o quanto quiser, eu vou voltar para Nova York.

– Mas eu quero *você* – disse chorando. Eu *queria* ele. Queria-o mais do que a qualquer outra coisa. Pensei em todo o tempo que havíamos passados juntos, os períodos infelizes que atravessáramos juntos, os momentos em que tínhamos podido nos confrontar e encorajar mutuamente, a maneira como ele havia apoiado o meu trabalho e como me dava firmeza quando eu me sentia pronta para atirarme de um penhasco. O modo como eu agüentara o Exército com ele. Os anos gastos nisso. Pensei em tudo o que sabíamos um do outro, a determinação tenaz que nos havia mantido juntos quando todo o restante falhava. Até mesmo a infelicidade que havíamos partilhado parecia um vínculo mais forte do que qualquer coisa que eu tinha com Adrian. Adrian era um sonho. Bennett, a minha realidade. Era sombrio? Bem, a realidade era sombria. Se o perdesse, não conseguiria me lembrar de meu próprio nome.

Nós nos abraçamos e começamos a fazer amor, chorando.

– Queria lhe dar um filho aqui – disse ele, enfiando-se cada vez mais fundo em mim.

Na tarde seguinte, eu estava de volta a Adrian, deitada em um cobertor estendido nos bosques de Viena, com o sol descendo por entre as árvores.

– Você realmente *gosta* de Bennett ou apenas enumera suas virtudes? – perguntou Adrian.

Colhi um longo fiapo de erva e mastiguei-o.

– Por que faz perguntas tão incisivas?

– Não sou incisivo. Você é que é simplesmente transparente.

– Ótimo.

– Falo sério. Não acha que a *diversão* faz parte da vida? Ou a vida é só esse negócio doentio de "minha análise – sua análise", "ame-me-ame-minha-doença". Você e Bennett parecem *choramingar* um bocado. E pedem um bocado de desculpas. São cheios de obrigações e deveres, e o que ele *fez* por você. Por que ele *não deveria* fazê-lo por você? Você é alguma espécie de mostro?

– Às vezes acho que sim.

– Pelo amor de Deus, por quê? Você não é feia, não é burra, tem uma boceta adorável, uma bela barriguinha, montes de cabelos louros e o maior traseiro entre Viena e Nova York – puro toucinho... – Deu uma palmadinha nele para enfatizar. – Com o que tem que se preocupar?

– Com tudo. Sou muito dependente. Desmorono com regularidade. Caio em terríveis depressões e saio delas com muito custo. Além disso, nenhum homem quer se amarrar a uma escritora. As escritoras são um risco. Elas devaneiam quando espera-se que cozinhem. Preocupam-se com livros em vez de se preocuparem com filhos. Esquecem de limpar a casa...

– Jesus Cristo! Você é uma feminista e tanto.

– Ah, eu falo sobre isso muito bem e até *acho* que acredito na coisa, mas, em segredo, sou como a moça na *História de O.* Quero me submeter a algum brutamontes. "Toda mulher adora um fascista", como diz Sylvia Plath. Sinto-me culpada por escrever poemas quando deveria estar cozinhando. Sinto-me culpada por *tudo*. Não é necessário bater em uma mulher, basta fazê-la se sentir culpada. Esse é o primeiro princípio da guerra entre os sexos de Isadora Wing. As mulheres são as piores inimigas delas próprias. E a culpa é a principal arma de autotortura. Sabe o que Teddy Roosevelt disse?

– Não.

– "Mostre-me uma mulher que não se sinta culpada e eu lhe mostrarei um homem."

– Teddy Roosevelt nunca disse isso.

– Não, mas *eu* sim.

– Você está simplesmente *com medo* dele, é isso.

– De quem? De Teddy Roosevelt?

– Não, sua idiota, de Bennett. E não vai admitir isso. Está com medo de que ele a deixe e você desabe. Não sabe que pode se dar bem sem ele e tem medo de descobrir, porque toda a sua banal teoria cairia por terra. Tem que parar de pensar em si mesma como fraca e dependente, e você odeia isso.

– Você nunca me viu quando estou prestes a desmoronar.

– Besteira.

– Deveria *ver*. Ia fugir a léguas.

– Por quê? Você é tão insuportável?

– Bennett diz que sim.

– E por que ele não fugiu? Na verdade, isso é apenas uma besteirada para mantê-la na linha. Olha, eu vivia com Martine quando ela desmoronou uma vez. Tenho certeza de que você não seria pior. A gente tem que agüentar um monte de merda das pessoas para conseguir também as boas partes.

– Ei, isso é bastante bom. Posso gravar?

– E por que não filmar? – E nos beijamos durante um bom tempo. Quando paramos, Adrian disse: – Sabe, para uma mulher inteligente, você é uma idiota.

– Isso foi uma das melhores coisas que já disseram a meu respeito.

– O que estou dizendo é o seguinte: você pode ter tudo o que quiser, só que não sabe disso. Podia agarrar o mundo pelos chifres. Devia vir comigo e ver como não sentirá falta de Bennett. Faremos uma Odisséia. Descobriremos a Europa, e você descobrirá a si mesma.

– É tudo? Quando começamos?

– Amanhã ou no dia seguinte, ou sábado. Logo que o Congresso terminar.

– E onde iremos?

– A questão é exatamente essa. Nenhum plano. Apenas partiremos. Será como *As vinhas da raiva.* Seremos emigrantes.

– *As vinhas da ira.*

– Da raiva.

– Da ira, como a ira de Deus.

– Está enganado, meu amorzinho. É um analfabeto confesso. Steinbeck é um escritor americano. *As vinhas da ira.*

– Da Raiva.

– Ok, você está errado, mas deixa para lá.

– Já deixei, amor.

– Quer dizer que partiremos sem qualquer plano?

– O plano é para que você descubra como é forte. O plano é para que comece a acreditar que pode ficar sobre seus próprios pés. Isso devia servir para todo o mundo.

– E Bennett?

– Se ele for esperto, simplesmente baterá asas com outra gata.

– Baterá?

– Pelo menos é o que *eu* faria. Olha – é claro que você e ele vão ter que fazer uma modificação de base. Não podem continuar se lamuriando um para o outro a vida inteira. As pessoas podem estar morrendo em Belfast e Bangladesh, mas isso é uma razão a mais para que aprendamos a nos divertir. A vida é supostamente para ser divertida pelo menos *parte* do tempo. Você e Bennett parecem um casal de fanáticos: "Abandonem toda a esperança: o fim está próximo." Vocês só fazem se preocupar! É um desperdício infernal.

– Ele chamava você da pior coisa possível – disse eu rindo.

 – É?

– Chamava você de "objeto parcial".

– Ah é? Ora, ele também é um raio de "objeto parcial". O filho-da-puta cheio de psicologismo.

– Você também é cheio de psicologismos, benzinho. Às vezes, acho que deveria me afastar de *vocês dois*. MULHER SUFOCADA EM JARGÃO. AMANTE E MARIDO DETIDOS PARA AVERIGUAÇÕES.

Adrian riu e apertou minha bunda. Nisso não havia jargão. Era o objeto inteiro. Uma bunda e meia, na verdade. Nunca me senti mais feliz com a minha bunda do que quando estava com Adrian. Se os homens soubessem! Todas as mulheres pensam que são feias, até mesmo as bonitas. O homem que entendesse isso poderia trepar com mais mulheres do que D. Juan. *Todas* elas pensam que suas bocetas são feias. Todas encontram defeitos em seus rostos. Todas pensam que suas bundas são grandes demais, seus peitos muito pequenos, suas coxas muito grossas, seus tornozelos muito espessos. Até modelos e atrizes, até as mulheres que a gente acha tão lindas que não têm nada para se preocupar, mesmo elas se *preocupam* o tempo todo.

– Adoro sua bunda gorda – disse Adrian. – Pensar em toda a comida que você teve que engolir para conseguir uma bunda dessas. Nhec. – E afundou os dentes nela, o canibal. – O problema com o casamento é que tudo *é trabalho* – disse ele para minha bunda. – Vocês nunca se *divertiram* juntos?

– Claro que sim... ei, isso machuca.

– Quando? – Sentou-se. – Diga-me quando foi divertido.

Vasculhei o cérebro. A briga em Paris. O desastre de carro na Sicília. A briga em Pestum. A briga sobre o apartamento a escolher. A briga por eu sair da análise. A briga sobre esquiar. A briga sobre a briga.

– Nos divertimos *muito*. Não precisa ficar me espremendo.

– Mentirosa. Toda a sua análise é um desperdício se continua mentindo para si mesma o tempo todo.

– Nós nos divertimos na cama.

– Só porque não a fodi apropriadamente, aposto.

– Adrian, acho que na realidade você quer destruir meu casamento. É o seu joguinho, não é? É a sua diversão, o seu fraco. O meu pode ser a culpa. O de Bennett pode ser o jargão. Mas o seu são os triângulos. É a sua especialidade. Com quem *Martine* estava vivendo que a tornou tão atraente para você? Com quem Esther estava trepando? Você é um vampiro de casamentos, simplesmente. Um abutre.

– Sou, quando encontro carniça gosto de limpá-la. Foi você quem disse, não eu. A metáfora do abutre é sua, benzinho. A carne morta é sua também. *E* de Bennett.

– Acho que gosta mais de Bennett do que admite. Acho que ele o excita.

– Não consigo decidir se sou bicha ou não – disse ele, sorrindo.

– Aposto que é verdade.

– Pense o que quiser, benzinho. Qualquer coisa para deixar de realmente desfrutar a vida. Qualquer coisa para continuar sofrendo. Conheço o seu tipo. Maldita judia masoquista. Na verdade, eu *gosto* de Bennett, só que ele é um maldito *chinês* masoquista. Faria bem a ele se você fosse embora sozinha. Mostraria a ele que não pode continuar vivendo dessa maneira, sofrendo o tempo todo e chamando Freud como testemunha.

– Se eu for embora, vou perdê-lo.

– Só se não valer a pena conservá-lo.

– Por que diz isso?

É tão óbvio. Se ele for embora, então ele não é para você. E se ele a aceitar de volta, será de outra forma. Sem mais rastejamentos. Sem mais manipulações recíprocas com culpa o tempo todo. Você não perderá nada. E enquanto isso, vamos nos divertir à beça.

Fingi que não estava tentada, mas na verdade estava. E muitíssimo. Quando pensava naquilo, parecia que Bennett sabia tudo da vida exceto que a diversão fazia parte dela. A vida era uma longa doença a ser curada pela psicanálise. Poderíamos não curá-la mas finalmente morreríamos, de qualquer forma. A base do sofá se ergueria em torno de nós como um caixão, e seis analistas de terno escuro nos carregariam (e atirariam um jargão no túmulo aberto).

Bennett sabia sobre objetos parciais e objetos inteiros, Édipo e Electra, fobia de escola e claustrofobia, impotência e frigidez, parricídio e matricídio, inveja do pênis e inveja do ventre, elaboração e associação livre, luto e melancolia, conflito intrapsíquico e extrapsíquico, nosologia e etiologia, demência senil e demência precoce, projeção e introjeção, auto-análise e terapia de grupo, formação de sintoma e exacerbação de sintoma, estados amnésicos e estados de fuga, riso e choro patológico nos sonhos, insônia e sono excessivo, neurose e psicose até que estivessem saindo de nossos ouvidos, mas não parecia conhecer nada sobre rir, brincar, fazer piadas e trocadilhos, abraçar e beijar, cantar e dançar – tudo aquilo, em suma, que faz a vida valer a pena. Como se pudéssemos *desejar* que a vida fosse feliz com a psicanálise. Como se pudéssemos viver sem rir na medida em que fizéssemos análise. Adrian tinha o riso, e naquele momento, eu estava pronta a vender minha alma por aquilo.

O sorriso. Quem disse que o sorriso é o segredo da vida? Adrian tinha um sorriso jovial. Eu ria também o tempo todo. Quando estávamos juntos, sentíamos poder conquistar qualquer coisa apenas rindo.

– Você tem que se afastar dele – disse Bennett – e voltar para a análise. Ele não é bom para você.

– Tem razão – disse eu. *O que acabara de dizer?* Tem razão, tem razão, tem razão. Bennett tinha razão, e Adrian também. Os homens sempre gostaram de mim porque concordo com eles. E não era da boca para fora não. No momento em que concordava, estava dizendo a verdade.

– Vamos voltar para Nova York assim que o Congresso acabar.

– Está bem – disse eu, concordando.

Olhei para Bennett e pensei em como o conhecia bem. Era sério e sóbrio, às vezes quase ao ponto da loucura, mas era isso também o que eu amava nele. Sua total confiabilidade. Sua crença de que a vida era um enigma podendo finalmente ser decifrado por meio de trabalho árduo e determinação. Eu partilhava isso com ele tanto quanto partilhava o riso com Adrian. Amava Bennett e sabia disso. Sabia que minha vida era com ele e não com Adrian. Então o que me impelia tanto a deixá-lo e partir com Adrian? Por que os argumentos de Adrian falavam até a meus ossos?

– Você poderia ter tido um caso com ele sem eu saber – disse Bennett. – Dei a você toda a liberdade.

– Eu sei – abaixei a cabeça.

– Você finalmente fez isso contra mim, não é? Deve estar com uma raiva terrível de mim.

– Ele é impotente na maior parte do tempo, de qualquer forma – disse eu. Agora eu havia traído ambos. Contara a Adrian os segredos de Bennett. E a Bennett os de Adrian. Levando informações de um para o outro, e eu mesma sendo a mais traída de todos. Destaque para a traidora que eu era. Não teria lealdade a ninguém? Desejava morrer. A morte era a única punição adequada para traidores.

– Eu achava que ele fosse impotente ou homossexual. De qualquer modo, odeia mulher.

– Como sabe?

– Por você!

– Bennett, sabe que eu te amo?

– Sei, e isso faz tudo mais difícil.

Permanecemos ali, olhando um para o outro.

– Às vezes fico tão *cansada* de ser séria o tempo todo. Quero rir. Quero me divertir.

– Acho que o meu temperamento sombrio acaba afastando todo o mundo – disse ele com tristeza. E, a seguir, enumerou todas as moças que haviam se afastado. Eu conhecia todas de nome. Abracei-o.

– Eu poderia ter casos sem você saber. Conheço montes de mulheres que fazem isso... (Na verdade, conhecia apenas três que faziam daquilo um hábito *constante*.) – Mas seria bem pior, de qualquer modo. Levar uma vida secreta e voltar para você como se nada tivesse acontecido. Seria muito difícil de suportar. *Eu*, pelo menos, não conseguiria suportá-lo.

– Talvez eu devesse ter compreendido como você estava solitária – disse ele. – Talvez a culpa tenha sido minha.

Então fizemos amor. Não fingi que Bennett fosse outra pessoa, não precisei fazê-lo. Era Bennett que eu queria.

Ele *estava* errado, contudo. O casamento era um fracasso meu. Se tivesse amado Bennett o suficiente, teria curado sua tristeza em vez de ser engolfada por ela e ansiar por escapar.

– Não existe nada mais difícil do que o casamento – disse eu.

– Acho realmente que levei você a fazer aquilo – disse ele. E então adormecemos.

– O FATO DE ele ser tão desgraçadamente compreensivo só faz com que eu me sinta pior, de certo modo. Jesus, como me sinto culpada!

– E qual é a novidade? – disse Adrian.

Tínhamos descoberto uma nova piscina em Grinzing, pequena, encantadora, com relativamente poucos alemães rechonchudos. Estávamos sentados à beira dela, tomando cerveja.

– Sou uma chata? Fico me repetindo? – Perguntas retóricas.

– Sim – disse Adrian –, mas gosto de ser chateado por você. É melhor do que ser divertido por outra pessoa.

– Gosto do fluxo das nossas conversas. Nunca me preocupo em impressionar você. Digo o que penso.

– Que mentira. Ontem mesmo você fez toda uma encenação a respeito de como eu tinha sido bom de cama, quando não fui.

– Tem razão – Dessa vez veio rápido.

– Mas entendo o que quer dizer. Nós conversamos com facilidade. Sem escorregões ou tropeções. Esther entra em silêncios sombrios, e nunca sei o que está pensando. Você é aberta. Contradiz-se o tempo todo, mas eu até gosto. É humano.

– Bennett mergulha em silêncio também. Bem que eu gostaria que se contradissesse, mas é perfeito demais. Não se compromete com qualquer afirmação, a não ser que tenha certeza de que seja definitiva. Não se pode viver dessa maneira, tentando ser definitivo o tempo todo. A morte é definitiva.

 – Vamos nadar mais um pouco – disse Adrian.

– Por que você estava com tanta raiva de mim? – perguntou Bennett mais tarde, naquela noite.

– Porque achei que você me tratava como uma propriedade sua. Porque disse que não tinha nenhuma empatia por mim. Porque nunca me disse que me amava. Porque nunca beijou o meu sexo. Porque me punha a culpa da sua infelicidade. Porque caía nesses longos silêncios e nunca me deixava confortá-lo. Porque insultava minhas amigas. Porque se isolava de qualquer contato humano. Porque me fez sentir como se estivesse morrendo sufocada.

– Quem estrangulou você foi sua mãe, não eu. Dei-lhe toda a liberdade que você queria.

– Isso é uma contradição em termos. Se a liberdade tem que ser "dada" a uma pessoa, ela não é livre. Quem é você para me "dar" liberdade?

– Mostre-me alguém que seja totalmente livre. Quem? Existe alguém? Seus pais sufocaram você, eu não! Está sempre pondo a culpa em mim do que sua mãe lhe fez.

– Sempre que o critico de algum modo, você me atira outra interpretação psicanalítica. É sempre minha mãe ou meu pai, nunca algo entre nós. Não podemos manter a questão apenas entre mim e você?

– Gostaria que fosse assim, mas não é. Você está sempre revivendo sua infância, quer admita ou não. Que diabo pensa que está fazendo com Adrian Goodlove? Ele se parece totalmente com seu pai, se você ainda não notou.

– Não notei. Ele não parece *de modo algum* com meu pai.

Bennett bufou.

– Dá vontade de rir.

– Olha, não vou discutir com você se ele se parece com meu pai ou não, mas essa é a primeira merda de vez que você mostra qualquer interesse por mim ou age como se me amasse. Sou obrigada a foder alguém debaixo de seus olhos para você me dar um mínimo de atenção. É muito engraçado, não é? Sua teoria psicanalítica não lhe diz algo sobre isso? Talvez seja o *seu* problema edípico agora. Talvez eu seja a sua mãe, e Adrian se pareça com seu pai. Por que nós todos não nos reunimos e fazemos uma sondagem em grupo da questão? Na verdade, acho que Adrian está apaixonado por *você*. Sou apenas o elo. É você quem ele realmente quer.

– Não me surpreenderia de modo algum. Já disse que acho que ele é bicha.

– Porque não dormimos todos juntos e descobrimos?

– Não, obrigado. Mas não deixe que eu a impeça, se é isso que você quer.

– Não deixarei.

– Vá em frente – berrou Bennett, com mais paixão na voz do que eu já ouvira algum dia. – Vá embora com ele! Você nunca fará mais nenhum trabalho sério em sua vida. Sou o único que segurou você por tanto tempo, mas vá em frente, pode ir embora! Vai se foder tão completamente que nunca fará nada que preste de novo!

– COMO VAI TER algo interessante para escrever se tem tanto medo de novas experiências? – perguntou Adrian. Eu acabara de lhe dizer que não iria com ele, que voltaria para casa com Bennett. Estávamos sentados no Triumph de Adrian, estacionado na ruela próxima à universidade. (Bennett estava em uma reunião sobre "Agressão em grandes grupos".)

– Mergulho em novas experiências o tempo *todo*. O problema é esse.

– Besteira. Você é uma princesinha assustada. Eu ofereço-lhe uma experiência que realmente poderia modificá-la, sobre a qual *poderia* escrever e você foge. De volta a Bennett e a Nova York. De volta a sua segura toquinha conjugal. *Cristo.* Estou contente de não ser casado, se o casamento leva a isso. Achei que você tinha mais peito. Depois de ler seus poemas "eróticos e sensuais", entre aspas, esperava mais de você do que *isso.* – Lançou-me um olhar de completo desprezo.

– Se eu passasse *todo* o meu tempo *sendo* sensual e erótica, estaria cansada demais para escrever a respeito – defendi-me.

– Você é uma fraude – disse ele –, uma fraude total. *Jamais* terá qualquer coisa sobre a qual valha a pena escrever se não crescer. Precisa perder esse medo de escrever. A coragem é o primeiro princípio. Você está simplesmente assustada.

– Não me pressione.

– Não estou pressionando. Estou apenas sendo franco com você. Nunca saberá porra nenhuma a respeito de escrever, se não aprender a ter coragem.

– Que diabo *você* sabe a respeito disso?

– Sei que li parte de seu trabalho e que você revela porções de si nele. Se não tomar cuidado, vai se tornar um fetiche para frustrados de todo tipo. Todos os malucos do mundo cairão no seu colo.

– Isso já aconteceu, de certo modo. Meus poemas são um terreno fértil para mentes que perderam o equilíbrio. – Eu estava plagiando Joyce, mas Adrian não sabia, por ser analfabeto. Nos meses que se seguiram à publicação de meu primeiro livro, recebera um monte de cartas e telefonemas bizarros de homens presumindo que eu fizesse tudo o que escrevia, e o fizesse com todo o mundo, em toda parte. Como em um relance, em uma proporção pequena, eu me tornara propriedade pública. Era uma sensação estranha.

Em um certo sentido, escreve-se para seduzir o mundo, mas quando isso ocorre, passamos a nos sentir uma puta. A disparidade entre nossa vida e o trabalho mostra-se grande como antes. E as pessoas seduzidas por nosso trabalho são em geral seduzidas pelas razões erradas. Ou pelas certas? Todos os malucos do mundo realmente têm o seu número de telefone? E não apenas o número de seu telefone.

– Pensei que tínhamos de fato uma coisa boa, juntos – disse Adrian –, mas agora acabou, já que você está se borrando de medo. Sinto-me realmente decepcionado com você... Bem, acho que não é a primeira vez que me decepciono com uma mulher. Naquela primeira vez, quando a vi discutindo no balcão de inscrição, pensei: aquela é de fato uma mulher esplêndida, uma verdadeira lutadora. *Ela* não passa a vida deitada. Mas me enganei. Você não é uma aventureira, é uma princesa. Perdoe-me por tentar perturbar seu casamentozinho seguro. – Virou a chave de ignição e ligou o motor para dar ênfase às palavras.

– Foda-se, Adrian. – Uma expressão boba, mas foi tudo que me ocorreu.

– Eu não. Volte para casa e se foda você. Volte a ser uma dona de casa burguesa e em segurança, que escreve quando tem tempo.

Aquele foi o golpe mais cruel de todos.

– E o que pensa que *você* é? Um médico burguês em segurança que banca o existencialista quando tem tempo? – Eu estava quase gritando.

– Vá em frente e grite, benzinho, isso não me incomoda a *mínima*. Não tenho que prestar contas da minha vida a *você*. Sei o que *eu estou* fazendo. Você é que é indecisa pra burro. *Você é* que não pode se decidir se é Isadora Duncan,

Zelda Fitzgerald ou Majorie Morningstar. – Acelerou o motor dramaticamente.

– Leve-me para casa – disse eu.

– Com prazer, se você me disser onde é.

Ficamos ali durante um tempo, sem falar. Adrian continuou acelerando o motor, mas não fez nenhum movimento para partir. Permaneci imóvel, em silêncio, dilacerada por demônios gêmeos. Eu me tornaria apenas uma dona de casa que escreve no tempo que sobra? Seria aquele o meu destino? Continuaria a deixar passar as aventuras que me eram oferecidas? Continuaria a viver minha vida como uma mentira? Ou faria com que minha vida e minhas fantasias se unissem pelo menos uma vez?

– E se eu mudar de idéia? – perguntei.

– É tarde demais. Você já estragou tudo. Nunca será o mesmo. Agora já não sei se *quero* levar você, sinceramente.

– É realmente um homem duro, não é? Um pequeno momento de indecisão, e você desiste de mim. Espera que eu desista de tudo, minha vida, meu marido, meu trabalho, sem hesitar um minuto e acompanhá-lo pela Europa segundo uma requintada idéia lainguiana de experiência e aventura. Se pelo menos você me amasse...

– Não me venha com essa de amor para estragar tudo. Essa é a maior empulhação que já vi. O que o amor tem a ver com isso?

– Tudo.

– Besteira. Você diz amor, mas *pensa* em segurança. Ora, não existe a tal segurança. Mesmo se voltar com seu maridinho para casa, não há certeza de que ele não caia duro com um ataque do coração, ou dê o fora com uma garota, ou simplesmente deixe de amar você. Consegue enxergar o futuro? Pode predizer o destino? Por que pensa que a segurança é tão garantida? A única coisa certa é que se você evitar essa experiência, não terá outra chance. A morte é definitiva, como você disse ontem.

– Não sabia que estava ouvindo.

– Você não sabe nada. – Olhava fixamente para o volante.

– Adrian, você tem razão sobre tudo, menos sobre o amor. O amor *importa*. Importa que Bennett me ame e você não.

– E a quem *você* ama? Já se permitiu pensar a respeito? Ou é uma questão de quem você pode explorar e manipular? É uma questão de quem lhe *dá* mais? É uma questão de dinheiro, finalmente?

– Que disparate.

– É? Às vezes, penso que é exatamente porque sabe que sou pobre, que quero escrever e não dou um tostão pela prática da Medicina, ao contrário de seus ricos médicos americanos.

– Pelo contrário, sua pobreza apela para o meu esnobismo às avessas. Gosto dela. Além disso, se você se sair tão bem quanto o velho Ronnie Laing, não vai ficar pobre. Irá longe, meu rapaz. Os psicopatas sempre vão.

– Agora parece que está citando Bennett.

– Nós *concordamos* que você é um psicopata.

– Nós, nós, nós. O plural majestático "nós". Nossa, deve ser um tremendo conforto estar tediosamente casada e usar o plural majestático. Mas leva à arte? Todo esse conforto conjugal não é embrutecedor? Já não é tempo de mudar de vida?

– Sabe quem você é? Iago. Ou a serpente no Jardim do Éden.

– Se você vive no Paraíso, graças a Deus não passei por essa experiência.

– Tenho que voltar.

– Para onde?

– Para o Paraíso, para o meu tedioso conforto conjugal, para o meu plural majestático, para o meu embrutecimento. Preciso deles como de uma droga.

– Exatamente como precisa de *mim* quando fica entediada com Bennett.

– Olha, você já disse, está terminado.

– Então está.

– Bem, leve-me de volta ao hotel. Bennett voltará logo. Não quero me atrasar de novo. Ele acaba de ouvir um trabalho sobre "Agressão em grandes grupos". Pode dar a ele algumas idéias.

– Somos um pequeno grupo.

– É verdade, mas mesmo assim nunca se sabe.

– Você bem gostaria de que ele lhe desse uma surra, não é? Então ia se sentir adequadamente martirizada.

– Talvez. – Eu imitava a frieza de Adrian, o que muito o enfurecia.

– Olha, poderíamos fazer algo comunitário, você, eu e Bennett. Poderíamos atravessar o continente à *trois*.

– Para mim está bom, mas você teria que convencê-lo. Não será fácil. Ele é apenas um médico burguês casado com uma dona de casa que escreve quando tem tempo. Não é promíscuo como você. Agora, por favor, leve-me para casa.

Ligou o carro de verdade dessa vez e partiu. Começamos a percorrer de novo nosso caminho cheio de meandros pelas ruelas de Viena, e nos perdemos em cada volta.

Após uns dez minutos nisso, começamos a rir e ficamos animados de novo. Nossa inépcia mútua nunca nos impediu de nos deliciarmos reciprocamente. Não podia durar, é claro, mas era intoxicante no momento. Adrian parou o carro e debruçou-se para me beijar.

– Não vamos voltar, vamos passar a noite juntos – disse ele.

Eu me debati comigo mesma. O que era eu, uma dona de casa assustada?

– Está bem – disse (e, no mesmo instante me arrependi). Mas afinal de contas, que diferença uma noite poderia fazer? Eu ia voltar para Nova York com Bennett.

A NOITE que se seguiu foi um desses sonhos indistintos. Começamos a beber em um café de trabalhadores fora da Ringstrasse, nos beijamos muito entre as cervejas, passamos a cerveja da boca dele para a minha, da minha para a dele, escutamos ávidos a uma senhora idosa e luxuriante criticar os gastos do programa espacial americano e como deveriam gastar esse dinheiro na Terra (para construir fornos crematórios?), em vez de desperdiçá-lo na Lua. Depois comemos (beijando-nos durante todo o jantar) em um restaurante ao ar livre, alimentando-nos reciprocamente de *Leberknödel* e *Bauernschnitzel* em mordidas apaixonadas, e voltamos, já bastante bêbados, para a pensão de Adrian, onde fizemos amor plenamente pela primeira vez.

– Acho que te amaria, se acreditasse no amor – disse ele enquanto me fodia.

À meia-noite, lembrei de repente de Bennett, que já me esperava havia seis horas no hotel. Então pulei fora da cama. Desci pé ante pé até o telefone de fichas, pedi dois *schillings* emprestados ao porteiro sonolento e telefonei para Bennett. Ele havia saído. Deixei um recado cruel dizendo "Vejo você pela manhã", depois dei à telefonista o meu número de telefone e endereço. A seguir, voltei para a cama onde Adrian roncava como um porco.

Por mais ou menos uma hora fiquei ali, desperta, angustiada, ouvindo Adrian roncar, odiando-me por minha deslealdade, incapaz de relaxar o suficiente para dormir. À 1 hora, a porta se abriu e Bennett irrompeu no quarto. Dei uma olhada nele e vi que ia dar cabo de nós dois. No fundo de meu coração, fiquei contente; bem merecia ser morta. Adrian também.

Em vez disso, Bennett se despiu e fodeu-me com violência ali mesmo, bem ao lado do catre de Adrian. No meio dessa bizarra ocorrência, Adrian despertou e ficou assistindo, os olhos brilhando como um fã de boxe ante uma luta especialmente sádica. Depois que Bennett gozou e permaneceu deitado em cima de mim, sem fôlego, Adrian inclinou-se sobre ele e começou a acariciar suas costas. Bennett não protestou. Entrelaçados e transpirando, nós três enfim adormecemos.

CONTEI ESSES eventos da maneira mais simples, porque nada que pudesse dizer para ornamentá-los poderia torná-los menos chocantes. O episódio inteiro transcorreu sem palavras – como se nós três estivéssemos fazendo uma pantomima juntos, e cada um de nós tivéssemos ensaiado por tantos anos nossos papéis, e que estes haviam se tornado uma segunda natureza. Limitamo-nos a realizar os movimentos que havíamos ensaiado em fantasias muitas vezes. Todo o episódio – do momento em que deixei o endereço com a telefonista ao momento em que Adrian acariciou o belo dorso moreno de Bennett – foi tão inevitável quanto uma tragédia grega – ou como uma comédia. Lembro-me de certos detalhes: o ronco chiado de Adrian, a expressão furiosa de Bennett quando ele entrou no quarto (e, em uma sucessão rápida, em mim), o modo como nós três dormimos entrelaçados nos braços um dos outros, o grande mosquito que se alimentou de nossos sangues misturados e continuou a me acordar a noite toda com mordidas.

Na penumbra azul do amanhecer, despertei e descobri que havia rolado sobre ele, esmagando-o em algum momento da noite. Tornara-se uma sangrenta mancha de Rorschach no lençol, como a mancha menstrual de uma mulher minúscula.

Pela manhã desconhecemos o que havíamos feito. Nada acontecera. Fora um sonho. Descemos os degraus barrocos da pensão como se fôssemos hóspedes separados encontrando-se pela primeira vez na escada em espiral.

Cinco dos analistas ingleses e franceses tomavam o desjejum na sala do andar de baixo. Viraram as cabeças ao mesmo tempo e fixaram os olhos em nós. Cumprimentei-os calorosamente – sobretudo a Reuben Finkel, um analista de cabelo vermelho, bigodudo e com um terrível sotaque popular de Londres. Zombeteiro como Humbert Humbert, ele surpreendera inúmeras vezes Adrian e eu em piscinas e cafés; eu pensava com freqüência que ele vivia nos acompanhando de binóculos.

– Alô, Reuben – disse eu. Adrian cumprimentou-o também, mas Bennett não disse nada. Caminhava para a frente como em transe, e Adrian o seguiu. Por um momento ocorreu-me que talvez algo mais tivesse ocorrido entre os dois homens durante a noite, mas na mesma hora desisti desse pensamento. Por quê?

ADRIAN OFERECEU-SE para nos levar de volta ao hotel, mas Bennett recusou, formalmente. Entretanto, quando descobrimos ser impossível pegar um táxi, Bennett rendeu-se, sem nem mesmo uma palavra cortês ou um aceno para Adrian. Este sacudiu os ombros e tomou o volante. Encolhi-me no assento minúsculo de trás. Daquela vez, Bennett indicou o caminho, e não nos perdemos. Durante toda a viagem, porém, um terrível silêncio se instalou entre nós, exceto pelas instruções dadas por Bennett. Eu desejava falar. Havíamos passado por algo importante juntos, e não adiantava fingir que nada acontecera. Aquilo poderia ser o começo de uma espécie de compreensão entre nós. Bennett, no entanto, estava radicalmente decidido a negá-lo. Adrian também não foi de muita ajuda. Toda conversa deles sobre análise e auto-análise era só papo furado. Confrontados por um incidente verdadeiro em suas próprias vidas, não conseguiam nem discuti-lo. Era fácil ser um voyeur analítico e dissecar os anseios homossexuais de outra pessoa, o triângulo edípico de outra pessoa, o adultério de outra pessoa. Mas encarar tais coisas em si mesmos os deixava mudos. Ambos olhavam reto para a frente como gêmeos siameses, unidos em um ponto crucial mas invisível ao lado do pescoço. Irmãos de sangue, e eu era a irmã que os fizera meter os pés pelas mãos. A mulher que ocasionara sua queda. Pandora e sua caixa de males.

9
A caixa de Pandora ou minhas duas mães

A mulher é a sua mãe.
Isso é o principal.

Anne Sexton

É claro que tudo começou com minha mãe. Minha mãe: Judith Stoloff White, também conhecida como Jude. Não obscura. Mas difícil de ser registrada no papel. Meu amor e meu ódio por ela são ligados de um modo tão desconcertante que quase não consigo enxergá-la. Nunca sei quem é quem. Ela sou eu, e eu sou ela, e nós estamos misturadas. O cordão umbilical que nos liga nunca foi cortado, tendo-se tornado doentio, apodrecido e negro. A própria intensidade de nossa necessidade tem feito com que nos denunciemos reciprocamente. Queremos devorar uma à outra. Queremos sufocar uma à outra de amor. Queremos fugir gritando uma da outra em pânico antes que uma dessas coisas possa acontecer.

Quando penso em minha mãe, invejo Alexander Portnoy. Se pelo menos eu tivesse uma *verdadeira* mãe judia – facilmente guardável em um escaninho e arquivada – uma verdadeira propriedade literária. (Estou sempre invejando escritores por seus parentes: Nabokov, Lowell e Tucci com seus *closets* sempre cheios de elegantes e aristocráticos esqueletos, Roth, Bellow e Friedman como seus pais *pop*, viscosos como vinho de Páscoa judaica, gordurosos como sopa de bolinhos de pão ázimo.)

Minha mãe cheirava a *Joy* ou *Diorissimo* e não cozinhava muito. Quando tento reduzir à essência o que ela me ensinou sobre a vida, sobra-me isso:

1. Acima de tudo, nunca seja *comum*.
2. O mundo é um lugar predatório: coma rápido!

"Comum" era o pior insulto que ela podia lançar sobre algo. Lembro-me dela levando-me para fazer compras e do olhar de desdém com que gelava as vendedoras na Saks quando sugeriam que certo vestido ou par de sapatos era "muito popular – já vendemos cinqüenta essa semana". Era tudo o que precisava ouvir.

– Não, não estamos interessadas nisso – dizia ela. – Você não tem algo um pouco menos comum? – Então a vendedora trazia todas as cores esquisitas que ninguém mais comprava, coisas que teriam ido parar nas liquidações se não fosse por mamãe. Depois ela e eu teríamos uma enorme briga, porque eu ansiava por ser comum tão ferozmente quanto mamãe ansiava por ser rara.

– Não *suporto* esse penteado (dizia ela, quando eu ia ao cabeleireiro com Pia e voltava com um estilo pajem tirado diretamente da revista *Seventeen*), é tão comum. Feio, não. Não que me ficasse mal. Mas *comum*. O que fosse comum era uma praga que tinha que ser evitada de todos os modos possíveis. E isso era feito redecorando-se com freqüência a casa. Na verdade, minha mãe pensava que todos os decoradores (assim como estilistas de roupa e de acessórios) na América organizavam-se em uma rede de espionagem para tomar conhecimento das idéias mais recentes tidas por ela sobre decoração e roupa, e em um repente popularizá-las. De fato era dotada de uma misteriosa noção das modas que viriam (ou eu apenas imaginava isso, influenciada pelo seu carisma?). Decorou a casa em ouro velho pouco antes que o ouro velho se tornasse a cor mais popular para cortinados, tapetes e estofamentos. Depois gritou que todos tinham roubado suas idéias. Colocou lajotas espanholas no hall antes que isso fosse feito "por todas as *yentas* do Central Park West", de cuja companhia ela se excluía com o maior cuidado. Trouxe tapetes de pele brancos da Grécia antes que fossem importados por todas as lojas. Descobriu candelabros floridos de ferro batido para o banheiro antes de todos os "decoradores bichas" – como os chamava com desdém.

Tinha a cabeceira da cama em latão antigo e persianas na janela que combinavam com o papel de parede, e toalhas rosas e vermelhas no banheiro, quando rosa e vermelho ainda era considerada uma combinação de vanguarda. Seu medo ao comum surgia mais forte nas roupas. Depois que nós quatro crescemos, ela e meu pai viajavam muito a negócios, e ela comprava acessórios antigos por toda a parte. Usava um pijama de seda chinês para ir ao teatro, anéis balineses nos dedos dos pés com sandálias e minúsculos Budas de jade montados como brincos pendentes. Levava uma sombrinha de papel de arroz encerado quando chovia e usava calças de toureiro feitas de tapeçaria japonesa. Em determinado momento de minha adolescência, compreendi que ela preferia parecer esquisita e feia do que comum e bonita. E com freqüência o conseguia. Era uma mulher alta, bem magra, de malares altos e cabelo vermelho comprido, e suas arrumações estranhas e maquiagem forte às vezes lhe davam uma aparência macabra. É claro que eu ansiava por uma mãe com os cabelos pintados de louro, com um casaco de pele e que jogasse *bridge*. Ou pelo menos por uma mãe que fosse morena, rechonchuda, usasse óculos de gatinho, sapatos da Cruz Vermelha e participasse da Associação de Pais e Professores.

– Por favor, você não podia usar *outra* coisa? – implorei eu quando ela se vestia para o Dia dos Pais, com a tal calça de toureiro feita de tapeçaria, suéter de seda Pucci cor-de-rosa e um poncho mexicano. (Pode ser que minha memória esteja exagerando, mas isso dá a idéia geral.) Eu estava no ginásio, no auge, portanto, de minha paixão pelas coisas comuns.

– O que há de errado com que estou usando?

O que há de errado! Esgueirei-me de volta a seu *closet* procurando em vão algo comum. (Um avental! Um vestido de andar em casa! Um conjunto de suéteres angorá! Algo que ficasse bem em uma mãe em um anúncio de Betty Croker, uma Mãe com M maiúsculo.) O *closet* tresandava a *Joy* e a naftalina. Havia ali capas de veludo, boás de pele, calças de camurça, cafetãs astecas de algodão, quimonos japoneses de seda e calças de tweed irlandês que se prende à altura dos joelhos, mas não havia absolutamente nada parecido com um conjunto de suéteres angorá.

– Gostaria que vestisse algo mais comum – disse eu timidamente. – Algo que não chamasse a atenção das pessoas.

Ela dardejou-me um olhar e esticou totalmente seu 1,68 metro de altura.

– Está com vergonha de sua mãe? Porque se estiver, Isadora, tenho pena de você. Na verdade, tenho. Não há nada de bom em ser *comum*. Ninguém a respeitaria por isso. Em última análise, as pessoas *correm atrás* de gente que é diferente, que tem confiança em seu *próprio* gosto, que não segue o rebanho. Você vai descobrir. Não há nada a ser ganho cedendo-se às pressões da vulgaridade de grupo... – E partimos para a escola em um táxi, deixando para trás lufadas de *Joy* e com franjas mexicanas voando, metaforicamente, pela janela.

Quando penso em toda a energia, toda a descolada agressão artística canalizada por minha mãe para a paixão por roupas estranhas e novos esquemas de decoração, lamento que não tenha se tornado uma artista de êxito. Três gerações de artistas frustrados: meu avô trepando com modelos, amaldiçoando Picasso e pintando com teimosia ao estilo de Rembrandt; minha mãe desistindo da poesia e da pintura em troca de roupas artísticas e reestofamento compulsivo; e minha irmã Randy encarando a gravidez como uma nova forma de arte inventada por ela com Lalah e Chloe (como suas discípulas).

Não há nada mais feroz do que um artista fracassado. A energia permanece. Contudo, sem ter um escoadouro, implode em um grande peido negro de raiva que enfumaça todas as janelas internas da alma. Por mais horrível que sejam os artistas de sucesso, não há nada mais cruel e vaidoso do que um artista fracassado. Como já disse, meu avô costumava pintar sobre as telas de minha mãe em vez de sair e comprar telas novas. Ela desviou-se para a poesia por uns tempos, para fugir dele, mas então esbarrou em meu pai, que era compositor e roubou as imagens dela para usar nas próprias letras. Os artistas são horríveis. "Nunca, nunca se envolva com um homem que queira ser artista", minha mãe costumava dizer. E sabia do que estava falando.

Outro corolário interessante é que tanto minha mãe quanto meu avô são dotados de um jeito especial de cancelar os esforços de alguém que pareça estar se divertindo ao trabalhar em algo, ou que esteja tendo um moderado sucesso nisso. Há, por exemplo, um romancista de médio para bom (cujo nome não mencionarei), que é amigo de meus pais. Escreveu quatro romances, nenhum deles distinguindo-se pelo estilo, nenhum que entrasse na lista de best sellers e nenhum que ganhasse qualquer prêmio. No entanto, parece bem satisfeito consigo mesmo, da mesma forma que parece apreciar a posição de sábio-residente nas festas e escritor-residente em alguma faculdade menor de Nova Jersey, cujo nome me escapa. Talvez realmente goste de escrever. Algumas pessoas estranhas gostam de fazê-lo.

Não sei como ele continua escrevendo esses livros – dirá minha mãe –, é um escritor tão *comum*. Não é burro, ninguém o faz de bobo... (Mamãe nunca chama as pessoas de "inteligente"; "não é burro" é o máximo que se comprometerá a dizer.) – Mas seus livros são tão *comuns*... e nenhum deles fez dinheiro até agora...

E é aí que está o problema! Porque embora minha mãe *afirme* respeitar a originalidade acima de tudo, o que de fato respeita são os prêmios e o dinheiro. Além disso, em todas as observações que faz sobre os outros artistas, existe sempre a implicação de que não faz sentido perseverarem ante a pífia recompensa que obtêm. Agora, se seu amigo romancista tivesse ganho um prêmio Pulitzer ou um NBA (National Book Award), ou vendesse um livro para o cinema, isso seria outra história. É claro que ela desmereceria também isso, mas o respeito estaria escrito em seu rosto. Por outro lado, o humilde ato de *fazer* não significa nada para ela; as descobertas interiores, o prazer do trabalho, nada. Com uma atitude dessas, não é de espantar que tenha se voltado para os estofados.

A propósito, examinamos seu interesse em predação. Ela começou, acho eu, com o comunismo normal da Liga de Estudantes de Arte de Provincetown de sua época, mas, passo a passo, à medida que o dinheiro e a arteriosclerose se apoderaram dela (juntos, como acontece freqüentemente), se converteu a sua própria religião, composta de duas partes de Robert Ardrey e uma parte de Konrard Lorenz.

Acho que nem Ardrey nem Lorenz pretendiam dizer o que ela extraiu em nome deles: uma espécie de neo-hobbesianismo no qual é provado ser a vida ruim, mesquinha, bruta e curta; o desejo de status, dinheiro e poder é universal; a territorialidade é instintiva; e o egoísmo, por isso, é a lei cardinal da vida. ("Não distorça o que estou dizendo, Isadora; mesmo o que as pessoas chamam de *altruísmo* é egoísmo com outro nome.")

É claro para mim como tudo isso obstruiu cada via de expressão criativa e de rebelião:

1. Eu não podia ser hippie, porque minha mãe já se vestia assim (apesar de acreditar na territorialidade e na universalidade da guerra).

2. Não podia me rebelar contra o judaísmo, porque não dispunha de nenhum contra o qual me rebelar.

3. Não podia vituperar minha mãe judia, porque o problema era mais profundo do que mães ou o judaísmo.

4. Não podia ser artista, porque corria o risco de pintarem sobre minhas telas.

5. Não podia ser poeta, porque tinha pânico de ser criticada.

6. Não podia ser qualquer outra coisa, porque era *comum*.

7. Não podia ser comunista, porque minha mãe já o fora.

8. Não podia ser rebelde (ou, pelo menos, uma pária) casando-me com Bennett, porque mamãe acharia que "de qualquer modo, isso *não* era comum".

Que possibilidades permaneciam abertas para mim? Em que canto atravancado poderia implementar aquilo que tão presunçosamente denominava minha vida? Sentia-me como esses filhos de pais maconheiros que se tornam caretas radicais. Talvez pudesse partir pela Europa com Adrian Goodlove e nunca mais voltar para Nova York.

APESAR DISSO... tenho também outra mãe. É alta e magra, mas suas faces são mais macias do que as pontas dos salgueiros, e quando me aninho em seu casaco de peles na viagem de volta para casa, sinto que mal nenhum poderá me acontecer jamais. Ela me ensina os nomes das flores. Abraça-me e beija-me depois que algum brigão do prédio (filho de um psiquiatra) agarra o meu triciclo inglês e o joga colina abaixo até que bata na cerca do playground. Senta-se comigo por noites a fio, ouvindo as redações que escrevo para a escola e acha que sou a maior escritora da história, embora eu tenha apenas 8 anos. Ri de minhas piadas como se eu fosse Milton Berle, Groucho

 Marx e Irwin Corey reunidos em um só. Leva-me, e a

Randy e a Lalah, para esquiar no gelo do lago do Central Park com dez de nossos amigos. Enquanto todas as outras mães ficam em casa, jogam *bridge* e mandam empregadas para buscar os filhos, ela amarra todos os nossos patins (com dedos congelando), coloca seu próprios patins e desliza pelo lago conosco, indicando os locais perigosos (gelo fino), ensinado-nos a fazer um oito na pista, rindo, falando e tornando-se rosada com o frio. Sinto-me tão orgulhosa dela!

Randy e eu nos gabamos com nossos amigos que mamãe (com seu longo cabelo ao vento e imensos olhos castanhos) é tão jovem que nunca precisa usar maquiagem. Não é uma velha resmungona como as outras mães. Usa camisas de gola rulê e calças de esquiar, exatamente como nós. Usa o cabelo longo atado com uma fita de veludo exatamente como nós. Nem sequer a chamamos de mãe, porque é tão divertida! Ela não se parece com ninguém.

No meu aniversário (26 de março, Áries, os Ritos da Primavera), desperto e encontro meu quarto transformado em um caramanchão fechado. À volta de minha cama, estão vasos de narcisos, íris, anêmonas. No chão, se elevam pilhas de presentes, embrulhados nos papéis mais bonitos e festonados com flores de papel. Há também ovos de Páscoa pintados a mão por minha mãe para parecerem com ovos Fabergé. Há caixas de chocolate e ovos de geléia ("para um ano doce", diz ela me abraçando), e há sempre um cartão gigante de aniversário, pintado com aquarela e mostrando-me em toda a glória: a menina mais linda do mundo, cabelo louro e longo, olhos azuis e montes de flores em meus braços. Minha mãe me lisonjeia, me idealiza – ou será assim que de fato me vê? Estou satisfeita e intrigada. Sou realmente a menina mais linda do mundo, para ela, não? Ou não sou? E o que dizer de minhas irmãs? E o que dizer do modo como ela berra comigo, alto o bastante para fazer o teto cair?

Minha outra mãe jamais grita, e devo a ela tudo o que sou. Aos 13 anos a acompanhei por todos os museus de arte da Europa. Através de seus olhos vejo as tempestades de Turner, os céus de Tiepolo, os montes de feno de Monet, o monumento a Balzac de Rodin, a *Primavera* de Botticelli e a *Madona das rochas* de da Vinci. Aos 14 anos, recebi de aniversário os *Collected Poems of Edna St. Vincent Millay*, aos 15, e.e.cummings, aos 16, William Butler Yeats, aos 17, Emily Dickinson e aos 18, minha mãe e eu não nos falávamos mais. Ela me apresenta a Shaw, Colett, Orwell, Simone de Beauvoir. Debate com fúria o marxismo comigo à mesa do jantar, me dá aulas de balé e piano e entradas semanais para a Filarmônica de Nova York (onde me entedio e passo muito tempo no toalete das mulheres aplicando um batom brilhoso em meus lábios de 13 anos).

Vou à Liga dos Estudantes de Arte todo sábado, e minha mãe critica laboriosamente meus desenhos. Pastoreia minha carreira como se fosse a sua: preciso aprender modelagem e desenho da figura humana em carvão primeiro, depois naturezas-mortas em pastel e, finalmente, pintura a óleo. Quando me candidato à Escola de Música e Arte, mamãe se preocupa com os trabalhos que devo apresentar, leva-me para o exame e me tranqüiliza, enquanto recapitulo, preocupada, cada parte das matérias para ela. Quando decido ser médica, além de artista, começa a me comprar livros de biologia. Quando começo a escrever poesias, ouve cada poema e o elogia como se eu fosse Yeats. Todas as minhas divagações adolescentes são belas para ela. Todos os meus desenhos, cartões de cumprimentos, caricaturas, cartazes e pinturas a óleo pressagiam, para ela, uma futura grandeza. Com certeza, menina nenhuma poderia ter mãe mais devotada, mais interessada em fazer da filha uma pessoa completa, em torná-la, se esta desejasse, uma artista. Então por que estou tão furiosa com ela? E por que me faz sentir como se eu fosse apenas uma cópia borrada de si própria? Como se eu nunca tivesse tido um único pensamento meu? Como se não tivesse qualquer liberdade, nenhuma independência e absolutamente nenhuma identidade?

Talvez o sexo explicasse minha fúria. Talvez o sexo fosse a verdadeira caixa de Pandora. Minha mãe acreditava em amor livre, em dançar nua no Bois de Boulogne, em dançar nas ilhas gregas, em realizar os Ritos da Primavera. Está claro, contudo, que *não* o fez. E por que dizia que os rapazes só me respeitariam se eu fosse "difícil de ser obtida"? E que os rapazes não correriam atrás de mim se eu "não ocultasse o que sentia", que os rapazes não ligariam para mim se eu me "barateasse"?

Sexo. Sentia-me aterrorizada com o tremendo poder que ele tinha sobre mim. A energia, a excitação, o poder de me fazer sentir totalmente maluca! O que dizer disso? Como conciliar tal coisa com o "difícil de ser obtida"?

Nunca tive coragem de perguntar isso diretamente a minha mãe. Apesar de seu discurso boêmio, eu sentia que ela desaprovava o sexo, que este era basicamente não mencionável. Portanto, voltei-me para D. H. Lawrence, para *Love Without Fear* e para *Coming of Age in Samoa.* Margaret Mead não ajudou muito. O que tinha eu em comum com todos aqueles selvagens? (Muito, é claro, mas na época não percebi isso.) Eustace Chesser, médico, era bom em todos os detalhes fascinantes ("Como lidar com o ato sexual", penetração, carícias iniciais, satisfação posterior), mas não parecia ter muito a dizer sobre meus dilemas morais: até que "ponto" ir? Dentro ou fora do sutiã? Dentro ou fora das calças? Dentro ou fora da boca? Quando engolir, se era preciso fazê-lo. Era tudo tão complicado. E parecia muito mais complicado para as *mulheres*. O ponto fundamental, acho, era que estava furiosa com minha mãe por ela não me ensinar como ser mulher, nem como conciliar a furiosa fome de minha boceta com a fome da mente.

Assim aprendi com os homens a respeito das mulheres. Enxergava-as através dos olhos dos escritores machos. É claro que não os considerava *machos*. Pensava neles como *escritores*, autoridades, deuses que sabiam tudo e nos quais se deveria confiar por completo.

Naturalmente eu confiava em tudo o que diziam, mesmo quando isso implicava minha inferioridade. Aprendi o que era um orgasmo com D. H. Lawrence disfarçado em Lady Chatterley. Com ele aprendi que todas as mulheres cultuam "*o Phallos*" – como ele exoticamente escrevia. Aprendi com Shaw que as mulheres nunca podem ser artistas; aprendi com Dostoievski que elas não têm qualquer sentimento religioso; aprendi com Swift e Pope que elas têm um *exagerado* sentimento religioso (e por isso nunca podem ser muito racionais); aprendi com Faulkner que elas são mães-terra e reagem de acordo com a Lua, as marés e as colheitas; aprendi com Freud que elas têm superegos deficientes e serão para sempre "incompletas", pois lhes falta a única coisa nesse mundo que vale a pena ter: um pênis.

Mas o que tudo isso tinha a ver comigo – que ia à escola, conseguia melhores notas que os meninos, pintava, escrevia e passava os sábados fazendo naturezas-mortas na Liga dos Estudantes de Arte, além das minhas tardes, durante a semana, editando o jornal do ginásio (Editora de reportagens; o Editor-chefe nunca fora do sexo feminino, embora então nunca nos ocorresse questionar isso)? O que tinha a Lua, as marés, as mães-terra e o culto do "*phallos*" lawrenciano a ver comigo ou com minha vida?

Conheci o primeiro *phallos* aos 13 anos e 10 meses, no sedoso sofá verde-abacate da sala de estar de meus pais, à sombra de um abacateiro verde-abacate, nascido de um caroço de abacate plantado pela mão boa para plantas de minha mãe. O *phallos* pertencia a Steven Applebaum, um calouro que se especializava em arte quando eu era caloura e me especializava em arte, e tinha um desenho abstrato muito memorável nas veias azuis de sua parte inferior de um púrpura Kandinsky. Em retrospectiva, era um espécime notável: circuncizado, é claro, e enorme (o que é enorme quando não se tem qualquer ponto de referência?), e com uma impressionante vida própria. Logo que ele começou a fazer notar sua presença crescente sob o apertado zíper fechado da calça (estávamos nos agarrando e "bolinando-abaixo-da-cintura", como se dizia então), Steven lentamente abaixou o zíper (para não prender no pinto?) e com uma das mãos (a outra estava debaixo da minha saia, em minha boceta) extraiu a enorme coisa púrpura de entre as camadas de sua cueca, das fraldas de sua camisa Brooks-Brothers azul e de sua fria, cintilante braguilha debruada de metal do zíper. Então mergulhei uma das mãos no vaso de rosas que minha mãe, amante de flores, sempre mantinha na mesa do café, e com a mão direita umedecida com água e o limo nos caules, continuei a masturbar Steve de modo ritmado. Como o fiz, exatamente? Três dedos? Ou toda a palma? Acho que devo ter sido brusca no início (embora depois me tornasse uma especialista). Ele jogou a cabeça para trás em êxtase (mas controlado; meu pai assistia televisão na sala de jantar) e gozou na bainha de sua camisa Brooks-Brothers ou em um lenço rapidamente utilizado com esse objetivo. Já esqueci da técnica, mas a sensação permanece. Em parte, era reciprocidade (olho por olho, ou pinto por clitóris), mas era também poder. Eu sabia algo que me dava um poder especial sobre ele – um poder que pintar ou escrever não poderia igualar. Além disso, eu estava gozando também – talvez não como Lady Chatterley, mas era alguma coisa.

Quando nosso idílio já se aproximava do fim, Steven (que tinha então 17 anos, eu 14) quis que eu "o" pusesse na boca.

– As pessoas fazem realmente isso?

– Claro – disse ele com o máximo de displicência que pôde. Foi até a estante de meus pais à procura de Van de Velde (cuidadosamente escondido atrás de *Tesouros de Arte da Renascença*). Mas era demais para mim. Nem sequer podia pronunciar o nome da coisa. Aquilo me deixaria grávida? Ou talvez minha recusa tivesse algo a ver com a contínua educação social que minha mãe estava instilando em mim juntamente com História da Arte. Steve morava no Bronx. Eu, em um dúplex do Central Park West. Se eu fosse cultuar um *phallos*, não seria um *phallos* do Bronx. Talvez um de Sutton Place?

Finalmente, eu disse adeus a Steven e me dediquei à masturbação, ao jejum e à poesia. Dizia sempre a mim mesma que, pelo menos, a masturbação me mantinha pura.

Steve continuava a me cantar com vidros de Chanel N° 5, discos de Frank Sinatra e citações em belas caligrafias dos poemas de Yeats. Ligava-me sempre que ficava bêbado e em cada um de meus aniversários durante cinco anos. (Teriam sido as punhetas que inspiraram nele tanta lealdade?)

Nesse meio-tempo, contudo, arrependi-me de minhas auto-indulgências, passando por uma espécie de conversão religiosa que incluía jejum total (impedia-me de tomar até mesmo água), estudando *Siddhartha* e perdendo uns 12 quilos (e minhas mentruações, juntamente com eles.) Também tive um ataque de furúnculos e fui enviada para a minha primeira consulta com um dermatologista – uma alemã refugiada que dizia, de modo memorável, "O pele é a espelha da alma", e que me indicou o primeiro de meus psiquiatras, um médico baixote chamado Schrift.

O DR. SCHRIFT (o mesmo Dr. Schrift que voara conosco para Viena) era um seguidor de Wilhelm Stekel e enfiava os laços do sapato para dentro dos sapatos. (Não estou certa se isso era ou não parte do método de Stekel.) O edifício onde morava, na Madison Avenue, tinha um saguão escuro e muito estreito, cujas paredes eram cobertas com papel dourado de conchinhas, como o que se pode encontrar no banheiro de uma casa antiga em Larchmont. Enquanto esperava o elevador, eu costumava contemplar o papel de parede e pensava se o proprietário o tinha comprado em uma liquidação de papel de parede de banheiro. Que outra razão haveria para um saguão com conchinhas douradas e minúsculos peixes cor-de-rosa?

O Dr. Schrift tinha duas gravuras de Utrillo e uma de Braque. (Era o meu primeiro analista, o que me impediu de perceber serem tais gravuras aprovadas pela APA (Associação Psicanalítica Americana). Tinha também uma mesa dinamarquesa moderna (também aprovada pela APA) e um sofá marrom de espuma de borracha, com uma compulsiva coberturazinha plástica nos pés e uma dura almofada em forma de cunha, coberta com um lenço de papel, no lugar de pôr a cabeça.

Ele insistia que o cavalo com que eu sonhava era meu pai. Eu tinha 14 anos e me matava de fome para punir-me por me ter entregue à foda com dedo no sofá de seda verde-abacate de meus pais. Ele insistia que o caixão com que eu sonhava era minha mãe. Por que razão minhas menstruações haviam parado? Um mistério.

– Porque eu não quero ser mulher. Porque é muito confuso. Porque Shaw diz que não se pode ser mulher e artista. Ter filhos desgasta a pessoa, diz ele. E eu quero ser uma artista. É tudo que sempre quis ser na vida.

Porque eu não teria sabido dizer, então, mas o dedo de Steve em minha boceta era tão bom. Ao mesmo tempo, eu sabia que aquela sensação suave e sentimental era o inimigo. Se me entregasse a ela, daria adeus a todas as outras coisas que desejava. "Você tem que escolher", dizia a mim mesma com severidade, aos 14 anos. Entre para um convento. E assim, como todas as boas freiras, eu me masturbava. "Estou me mantendo livre do poder dos homens", pensei, enfiando dois dedos bem fundo toda as noites.

O Dr. Schrift não compreendia. "Azeite ser uma mulherr", assobiava ele com sotaque atrás do divã. Aos 14 anos, porém, só podia ver desvantagens em ser mulher. Ansiava por ter orgasmos como os de Lady Chatterley. Por que a lua não empalidecia e as ondas da maré não varriam a superfície da terra? Onde estava meu guarda-caça? Só podia ver o embuste que significava ser mulher.

Percorria o Metropolitan Museum of Art procurando uma artista que me mostrasse o caminho. Mary Cassat? Berthe Morisot? Por que tantas mulheres que haviam renunciado a ter filhos só pintavam mães e filhos? Não havia esperanças. Sendo-se mulher e talentosa, a vida era uma armadilha, não importa para que lado a pessoa se virasse. Ou ela se afogava na domesticidade (e alimentava fantasias de fuga), ou ansiava pela domesticidade em sua própria arte. Nunca se poderia escapar da própria feminilidade. A mulher tinha a palavra "conflito" escrita no próprio sangue.

Nem minha mãe boa nem minha mãe má poderiam me tirar dessem dilema. Minha mãe má dizia que teria sido uma artista se não fosse por mim, e minha mãe boa me adorava e não desistiria de mim nem que lhe dessem o mundo. Aprendi com ela pelo exemplo, não pela exortação. E a lição era clara: ser mulher significava ser despojada, frustrada e estar sempre com raiva. Significava ser dividida em duas metades inconciliáveis.

– Talvez você se saia melhor do que eu – dizia minha mãe boa. – Talvez consiga fazer as duas coisas, querida. Quanto a mim, não consegui.

10
A casa de Freud

> Mandar as mulheres lutarem pela existência exatamente como os homens é, na verdade, um pensamento natimorto. Por exemplo, se eu imaginasse minha doce e gentil garota como uma competidora, isso acabaria por me fazer dizer-lhe, como o fiz 17 meses atrás, que gosto dela e lhe imploro que se retire da luta e permaneça na atividade calma e não competitiva de meu lar.
>
> Sigmund Freud

Adrian deixou-nos no hotel sem uma palavra e partiu voando no Triumph para se perder. Subimos pela escada para lavar os pecados da noite anterior. Já que não havia qualquer reunião que Bennett quisesse assistir naquela tarde, resolvemos dar um passeio juntos na direção da casa de

Freud. Antes de Adrian aparecer em cena, havíamos planejado esse passeio, mas de algum modo o projeto desaparecera na confusão.

Viena estava linda naquela manhã. Ainda não estava quente, mas ensolarada, e com o céu azul e cheia de pessoas de aspecto oficial correndo para o trabalho com suas pastas (nas quais não havia provavelmente nada mais oficial do que jornais e o almoço). Caminhamos lentamente pelo Volksgarten e admiramos as roseiras bem arrumadas, os canteiros de flores irrepreensíveis. Comentamos a respeito da inevitável dessacralização desses canteiros se estivessem em Nova York. Deploramos o vandalismo de Nova York, em contraste com as virtudes obedientes à lei das cidades germânicas. Trocamos nossas velhas idéias familiares sobre a civilização e repressão *versus* impulso e vivência. Durante um curto espaço de tempo, uma confortável solidariedade, que Adrian denominaria "tédio conjugal", nos uniu. Ele estava errado a respeito disso. Como lobo solitário, não entendia o par e só conseguia encarar o casamento como tédio. O que lhe faltava era o instinto especial de acasalamento que faz duas pessoas se unirem, que preenche reciprocamente as lacunas de suas almas e os faz sentirem-se mais fortes com isso. O acasalamento nem sempre tem a ver com sexo; nós o vemos entre amigos que moram juntos, entre velhos homossexuais que já raramente trepam um com o outro e em alguns casamentos. Duas pessoas sustentando-se uma à outra como dois esteios voadores. Duas pessoas dependendo uma da outra, mimando uma à outra e defendendo uma à outra contra o mundo exterior. Às vezes, valia a pena enfrentar as desvantagens do casamento para ter simplesmente isso: um amigo no mundo indiferente.

De braços dados, Bennett e eu caminhamos até a casa de Freud. Havia um acordo tácito de não mencionarmos a noite anterior. Esta poderia muito bem ter sido um sonho, e agora que estávamos juntos de novo sob a luz do sol, o sonho estava se dissipando com o primeiro nevoeiro da manhã.

Subimos as escadas até o consultório de Freud como dois pacientes a caminho de uma terapia de casal.

Sempre fora devotada a altares culturais: a casa onde Keats morreu em Roma, a casa onde morou em Hampstead, o local de nascimento de Mozart em Salzburgo, a Gruta de Alexander Pope, a casa de Rembrandt no gueto de Amsterdam, a vila de Wagner no lago de Lucerna, o pobre apartamento de dois aposentos de Beethoven em Viena... Qualquer lugar onde algum gênio tenha nascido, morado, trabalhado, comido, peidado, derramado seu sêmen, amado ou morrido era sagrado para mim. Tão sagrado quanto Delfos ou o Partenon. Na verdade mais sagrado ainda, pois a maravilha da vida cotidiana me fascina mais do que a maravilha dos grandes altares e templos. Que Beethoven pudesse escrever tal música morando naqueles lamentáveis dois aposentos em Viena é que era o milagre. Eu contemplava com reverência todos os seus objetos mundanos, e quanto mais mundano melhor; sua manchada caixa de sal, o relógio barato, o surrado livro-razão. A própria banalidade de suas necessidades confortou-me e me deixou esperançosa. Eu farejava as casas dos grandes por toda parte como um cão de caça, tentando captar o cheiro do gênio. Em algum lugar entre o banheiro e o quarto, em algum ponto entre comer um ovo e dar uma cagada, a musa aparece. De modo geral ela não aparece onde nossas banais noções hollywoodianas nos levam a esperá-la: em um fantástico pôr-do-sol sobre Ischia, na martelante arrebentação de Big Sur, no topo da montanha em Delfos (bem entre o umbigo da terra e o lugar onde Édipo matou seu papai) – mas adeja enquanto se está descascando cebolas, ou comendo berinjela, ou forrando a lata de lixo com a seção de livros do *The New York Times*. Os escritores modernos mais interessantes sabem disso. Leopold Bloom frita rins, dá uma cagada e faz considerações sobre o Universo. Ponge vê a alma do homem em uma ostra (como Blake a divisava em uma flor do campo). Plath corta o dedo e tem revelações. Hollywood, porém, insiste em imaginar o artista como um ídolo de matinê de olhos sonhadores com uma gravata de laço ao vento, música de Dimitri Tiomkin ao fundo e um pôr-do-sol de um laranja berrante sobre a cabeça. E, de certo modo, todos (mesmo os que deveriam estar mais bem-informados) procuramos viver de acordo com tal imagem. Em suma, ainda me via tentada a partir com Adrian. Sentindo isso, Bennett levou-me para a casa de Freud na Berggasse n° 19, para tentar (mais uma vez) me fazer voltar ao bom senso.

Concordava com Bennett que Freud era um gênio intuitivo, mas não concordava com a doutrina psicanalítica de sua infalibilidade: os gênios são sempre falíveis, de outro modo, seriam deuses. E, de qualquer modo, quem deseja perfeição, ou consistência? Depois que superamos a adolescência, Herman Hesse, Khalil Gibran e a crença na malignidade transcendental de nossos pais, nem sequer deveríamos desejar a consistência. Infelizmente, muitos de nós a desejam. E estamos prontos para dilacerar nossas vidas simplesmente pela falta dela. Como eu, por exemplo.

Assim caminhamos pela casa de Freud em busca da revelação. Penso que mais ou menos esperávamos ver Montgomery Clift vestido e barbado como Freud, explorando as cavernas do próprio inconsciente obscuro. O que vimos, porém, na verdade, foi decepcionante. A maior parte da mobília fora para Hampstead com Freud e agora pertencia a sua filha. O Museu Freud de Viena teve que se virar com fotos e muitas salas vazias. Freud vivera ali por quase meio século, mas não restara qualquer cheiro dele no recinto – apenas fotos e uma sala de espera reconstituída com a mobília excessivamente estofada do período.

Havia uma foto do famoso consultório, com seu divã analítico recoberto por um tapete oriental, suas estatuetas chinesas e egípcias e seus fragmentos de esculturas antigas, mas o consultório em si desaparecera, juntamente com toda uma era, em 1938. Em parte, era estranho fingir que Freud nunca fora expulso, ou que, com a ajuda de algumas fotos amareladas, um mundo poderia ser recriado. Aquilo me lembrou uma viagem a Dachau: os fornos crematórios demolidos e crianças alemãs de cabelo cor de estopa correndo, rindo e fazendo piquenique na relva recentemente plantada. "Você não pode julgar o país por apenas 12 anos", costumavam dizer-me em Heidelberg.

Assim, observamos os aposentos curiosamente estéreis, a parafernália remanescente da vida de Freud: seu diploma médico, o registro militar, sua candidatura a professor-assistente, o contrato com um de seus editores, a lista de suas publicações junto a uma solicitação de promoção. A seguir, examinamos as fotos: Freud, charuto na mão, com o primeiro círculo psicanalítico, Freud com um neto, Freud com Anna Freud, Freud antes de morrer apoiado no braço da esposa em Londres, o jovem Ernest Jones exibindo um perfil de rapaz glamouroso, Sandor Ferenczi olhando imperiosamente o mundo, por volta de 1913, o afável Karl Abraham parecendo afável, Hanns Sachs parecendo Robert Morley, *und so weiter*. Os artefatos estavam presentes, mas o espírito do empreendimento faltava.

Trotamos obedientes de uma vitrine para outra, cogitando sobre nossa própria história desajeitada, ainda sendo escrita.

Almoçamos em silêncio e tentamos mais uma vez reparar os danos da noite anterior. Prometi a mim mesma que nunca mais veria Adrian de novo. Bennett e eu tratamos um ao outro com a máxima consideração. Tivemos o cuidado de não discutir nada mais complicado. Em vez disso, conversamos em tom anedótico sobre Freud. Segundo Ernest Jones, Freud era um pobre juiz de caráter, um pobre *Menschenkenner*. Com freqüência, esse traço – uma certa ingenuidade sobre as pessoas – acompanhava o gênio. Freud conseguia penetrar os segredos dos sonhos, mas podia também ser empulhado por qualquer embusteiro. Pôde inventar a psicanálise, mas, de maneira inevitável, punha sua fé em pessoas que o traíam. Era também muito indiscreto. Freqüentemente passava adiante confidências que haviam sido confiadas a ele sob a condição de que mantivesse sigilo sobre elas.

De repente, percebemos que estávamos falando de nós mesmos de novo. Não havia tópico suficientemente neutro de conversa naquela tarde. Tudo voltava a nós.

Depois do almoço, fomos ao Hofburg mais uma vez para ouvir um trabalho sobre a psicologia dos artistas. Tal trabalho fazia uma análise póstuma de Leonard, Beethoven, Coleridge, Wordsworth, Shakespeare, Donne, Virginia Woolf e uma artista desconhecida e não denominada que fora tratada pelo analista. Todas as evidências apresentadas indicavam de forma esmagadora que os artistas eram, como grupo, fracos, dependentes, infantis, masoquistas, ingênuos, narcisistas, juízes pobres de caráter e irremediavelmente imersos em conflitos edípicos. Devido a sua extrema sensibilidade enquanto crianças e sua necessidade de maternalização maior do que a média, sempre se sentiam destituídos, por mais maternalização que de fato obtivessem. Na vida adulta, estavam condenados a procurar por mães em toda parte e quando não a encontravam (nunca, nunca), procuravam inventar as próprias mães ideais pelo artifício do trabalho. Procuravam refazer sua própria história por meio de uma imagem idealizada – mesmo quando tal idealização surgia aparentemente mais como uma brutalização do que como uma idealização. Em suma, a família de ninguém era tão transcedentalmente má quanto o romancista (ou poeta) autobiográfico moderno imaginava que fosse. Desancar a família era, afinal, o mesmo que idealizá-la. Mostrava como a pessoa se mantinha presa ao passado.

Também pela fama o artista buscava compensar-se da sensação da privação inicial. Entretanto, isso nunca funcionava. Ser amado pelo mundo não substitui a ausência de amor de determinada pessoa quando pequeno. Além disso, o mundo é um péssimo amante. Assim, também a fama era uma decepção. Muitos artistas voltavam-se em desespero para o ópio, o álcool, a promiscuidade homossexual, a promiscuidade heterossexual, o fervor religioso, as reformas políticas, o suicídio e outros paliativos. Mas tais coisas jamais funcionavam também. Exceto o suicídio... que, de certo modo, sempre funcionava. Naquele momento, lembrei-me de um epigrama de Antonio Porchia que o analista não foi suficientemente espirituoso para citar:

> Acredito que a alma consiste em seus sofrimentos,
> pois a alma que cura seus sofrimentos morre.

Ocorre o mesmo com os artistas. Mais ainda.

Durante toda a descrição da fraqueza, dependência, ingenuidade etc. do artista, Bennett apertou minha mão e disparou-me olhares de sabedoria. Volte para casa com o Papai. Havia-se compreendido tudo. Como eu ansiava em voltar para casa com Papai! Mas como ansiava também em ser livre!

"A liberdade é uma ilusão", Bennett teria dito (por uma vez concordando com B. F. Skinner) e, de certo modo, eu teria concordado com ele. Sanidade, moderação, trabalho árduo, estabilidade... Eu acreditava neles também. Mas que outra voz era aquela dentro de mim impelindo-me para as fodas sem zíper, carros velozes, intermináveis beijos molhados e as entranhas cheias de perigo? Que outra voz era aquela que continuava a chamar-me de *covarde*, instando-me a queimar minhas pontes, a engolir o veneno de um só gole em vez de gota a gota, a descer ao fundo de meu medo e ver se eu conseguia me puxar para cima?

Era uma voz? Ou uma pancada? Na certa algo mais primitivo do que a fala. Uma espécie de baque em meu estômago que eu apelidara de "pancada de fome". Como se meu estômago acreditasse ser um coração. E por mais que o preenchesse – de homens, livros, comida, biscoitos de gengibre em formato de homens, poemas em formato de homens e homens em formato de poemas – mesmo assim ele se recusava a permanecer quieto. Impreenchível – eis o que eu era. Ninfomania do cérebro. Inanição do coração.

O que era essa pancada dentro de mim? Um tambor? Ou toda uma seção de percussão? Seria apenas ar em uma pele esticada? Uma alucinação auditiva? Ou talvez um sapo? Estaria batendo por causa de um príncipe? Pensaria que *era* um príncipe? Estaria eu condenada a ser faminta a vida inteira?

Ao fim da palestra sobre os artistas, todos aplaudimos de nossas pouco sólidas cadeiras de encostos dourados e com educação nos levantamos e bocejamos.

– Preciso de uma cópia desse trabalho – disse para Bennett.

– Não precisa não. É a história da sua vida.

Talvez eu tenha deixado de relatar outro aspecto do trabalho sobre os artistas (cujo autor, lembro-me agora, era um certo Dr. Koenigsberger). Esse aspecto dizia respeito à vida amorosa do artista, em particular à tendência deste a agarrar-se (com ferocidade considerável) a "objetos amorosos" muito pouco adequados, idealizando-os loucamente como aos pais idealizados que achavam nunca terem tido. Esse "objeto amoroso" era principalmente uma projeção da parte do amante-artista. Na verdade, o objeto da paixão era, freqüentemente, muito comum aos olhos dos outros. Para o amante-artista, contudo, o bem-amado se tornava mãe, pai, musa, a epítome da perfeição. Às vezes, a epítome perfeita da filha-da-putice ou da perfeição do mal, mas sempre uma espécie de deidade, sempre onipresente.

O Dr. Koenigsberger queria saber qual era o propósito criativo dessas paixões. Inclinamos a cabeça em uma expectativa ansiosa. Ao recriar a qualidade da paixão edípica, o artista conseguia recriar o seu "romance familiar" e assim recriar o mundo idealizado de sua infância. As paixões numerosas e, com freqüência, rapidamente mutáveis dos artistas se destinavam a manter viva a ilusão. Uma paixão sexual nova e forte era o que se tinha de mais próximo, na vida adulta, da paixão da criança pequena pelo pai do sexo oposto.

Bennett sorriu durante essa parte da apresentação. Eu fiquei séria.

Dante e Beatriz. Scott e Zelda. Humbert e Lolita. Simone de Beauvoir e Sartre. King Kong e Faye Wray. Yeats e Maud Gonne. Shakespeare e a Dama Morena. Shakespeare e *Sr.* W. H. Allen Ginsberg e Peter Orlovsky. Sylvia Plath e Grim Reaper. Keats e Fanny Brawne. Byron e Augusta. Dodgson e Alice. D. H. Lawrence e Frieda. Aschenbach e Tadzio. Robert Graves e a Deusa Branca. Schumann e Clara. Chopin e George Sand. Auden e Kallmann. Hopkins e o Espírito Santo. Borges e sua mãe. Eu e Adrian?

Às 16 horas daquele dia, meu objeto idealizado reapareceu para presidir um encontro em outras das salas barrocas de reunião. Seria o evento final antes do término do Congresso. Na manhã seguinte, Anna Freud e sua Band of Renown subiriam mais uma vez ao pódio, a fim de resumir tudo para a imprensa, para os participantes, para os fracos, os paralíticos e os cegos. Então o Congresso terminaria, e nós partiríamos. Mas quem partiria com quem? Bennett comigo? Adrian comigo? Os três juntos? Assim sem eira nem beira... todos três em uma banheira?

A reunião de Adrian era sobre propostas para o próximo Congresso e foi sobretudo tediosa. Mas eu nem sequer tentava ouvir. Olhava para Bennett, olhava para Adrian e tentava escolher. Sentia-me em tal estado de agitação, que, após dez minutos, tive que me levantar e andar pelos corredores sozinha. Quis o destino que eu esbarrasse com meu analista alemão, o Dr. Happe. Estava abraçando Erik Frikson, aparentemente depois de um papo amigável. Cumprimentou-me e me perguntou se eu queria conversar um pouquinho com ele.

Queria.

O Professor Dr. Gunther Happe é um homem alto, magro, de nariz de gancho e uma massa de cabelo branco ondulado. É uma espécie de celebridade na Alemanha, onde aparece com freqüência na televisão, escreve artigos para revistas populares e é conhecido como um inimigo feroz do neonazismo. É um desses alemães radicais, guiados pela culpa, que passaram o período nazista em Londres mas voltaram mais tarde para tentar salvar a Alemanha da bestialidade total. É um tipo de alemão de que nunca se ouve falar: bem-humorado, modesto, crítico da Alemanha. Lê *The New Yorker* e manda dinheiro para os vietcongues. Chama erro de *êrra*, uma mulher de *um mulherr* e mesmo assim não é um alemão caricato.

Quando comecei a ir ao seu consultório de pé direito alto e pessimamente aquecido em Heidelberg, e passei a me deitar em seu divã quatro vezes por semana, eu tinha 24 anos e estava totalmente em pânico. Tinha medo de viajar de bonde, de escrever cartas e de escrever, simplesmente. Quase não acreditava que publicara alguns poemas e obtivera um bacharelado e um mestrado com louvores de todos os tipos. Embora meus amigos me invejassem porque sempre parecia animada e confiante, em meu íntimo sentia-me aterrorizada praticamente com tudo. Costumava revistar todos os armários grandes antes de ficar sozinha à noite. E, mesmo assim, não conseguia dormir. Costumava permanecer acordada noites a fio cogitando se estaria deixando meu segundo marido louco também ou se apenas *tinha* essa impressão.

Uma de minhas autotorturas mais engenhosas era o modo como escrevia cartas. Ou, antes, deixava de escrevê-las. Especialmente cartas que diziam respeito a meu trabalho. Se (como aconteceu uma ou duas vezes) um editor ou agente me escrevia pedindo para ver meus poemas, minha resposta era um desespero total. O que poderia dizer? Como poderia responder a uma solicitação tão difícil? Como redigiria a carta?

Uma dessas solicitações permaneceu em uma gaveta por dois anos enquanto eu deliberava. Tentei escrever vários esboços. "Cara Sra. Jones", comecei. Não seria isso muito presunçoso? Talvez devesse dizer: "Sra. Jones"; o "Cara" poderia ser interpretado como bajulação. Que tal *não* utilizar introdução alguma? Apenas entrar diretamente na carta? Não. Seria árido demais.

Se eu tinha tantos problemas com a introdução, podem imaginar minha agonia quando passava ao texto.

> "Obrigada por sua amável carta solicitando o envio de material. Contudo..."

Tudo errado! Era servil demais. Sua carta não era "amável", e por que deveria adulá-la, agradecendo-lhe? Melhor ser autoconfiante e assertiva:

> "Eu acabo de receber sua carta pedindo-me que envie poemas para consideração..."

Egoísta demais! (Amassei outra folha de papel.) Nunca – li certa vez – comece uma carta com pronome pessoal. Além disso, como poderia dizer que acabara de receber a carta dela, quando a tinha em meu poder havia um ano? Tente de novo.

> "Sua carta de 12 de novembro de 1967 tem estado em minha mente por muito tempo. Lamento ser uma correspondente tão relapsa, mas..."

Pessoal demais. *Ela* quer que você chore no ombro dela a respeito de seus problemas neuróticos em relação a escrever cartas? O que lhe importa isso?

Dois anos mais tarde, enfim, após muitas outras tentativas, esbocei uma carta nojentamente submissa, humilde e escusatória para a editora em questão, rasguei-a 10 vezes antes de enviá-la, redigitei-a 11 vezes, redigitei 15 vezes meus poemas (tinham que ser graficamente perfeitos; um erro, eu jogava a página fora: nunca aprendera datilografia) e despachei o maldito envelope pardo para Nova York. Como resposta, recebi uma carta realmente calorosa (que nem mesmo minha paranóia poderia interpretar de forma errada), uma notificação de aceitação e um cheque. Quanto tempo supõem vocês que teria sido preciso para me arrancar a carta seguinte, se eu tivesse recebido um bilhete de recusa?

Era essa a criatura de autoconfiança ofuscante, que começou a se tratar com o Dr. Happe em Heidelberg. Gradualmente, aprendi como me sentar à mesa de trabalho o tempo suficiente para escrever. Pouco a pouco, aprendi a enviar manuscritos e escrever cartas. Sentia-me como a vítima de um derrame aprendendo de novo a segurar a caneta, com o Dr. Happe por meu guia. Ele era suave, paciente e engraçado. Ensinou-me a parar de me odiar. Era tão raro como psicanalista como era raro como alemão. Era *eu* que continuava dizendo coisas tolas como: "Bem, eu bem poderia desistir dessa bobagem de escrever e simplesmente ter um filho". E era ele quem sempre apontava a falsidade de tal "solução".

Eu não o via havia dois anos e meio, mas lhe enviara meu primeiro livro de poesia, e ele me escrevera a respeito disso.

– Entóm – disse, como alemão caricatural que não era –, vejo que não tem mais problemas para escrever cartas...

– Não, mas na certa tenho montes de outros problemas... – e pus para fora a confusa história que vinha me acontecendo desde que chegara a Viena. Não ia interpretá-la para mim, disse ele. Apenas me lembraria do que dissera muitas vezes em tempos anteriores:

– Você não é uma secretária, é uma poeta. O que a faz pensar que sua vida não será complicada? Que pode evitar o conflito? Que pode evitar a dor? Ou a paixão? Há algo a ser dito sobre a paixão. Você nunca pode ser tolerante consigo mesma e perdoar-se?

– Aparentemente não. O problema é que sou de fato uma puritana, no fundo. Todos os pornográficos são puritanos.

– Certamente você não é pornográfica.

– Não, mas soou bem. Gosto desses dois "p." A aliteração.

O Dr. Happe sorriu. Conheceria ele a palavra "aliteração"? Lembrei-me de que sempre costumava lhe perguntar se compreendia meu inglês. Talvez durante dois anos e meio não tenha compreendido nada.

– Você é puritana, é da pior espécie – disse ele. – Faz o que gosta, mas sente-se tão culpada que não aproveita. Qual é o problema, de fato? – Durante seu exílio londrino, Happe pegara alguns anglicismos que surgiam de vez em quando. Lembro-me de que adorava a expressão "de fato".

– Era o que eu queria saber.

– Mas o pior é que insiste sempre na normalização de sua vida. Ainda que você seja analisada, sua vida pode não ser simples. Por que espera que seja? Talvez esse homem seja parte dela. Por que tem sempre que jogar tudo fora antes de se dar uma chance de decidir? Não pode esperar e ver o que acontece mais tarde?

– Poderia esperar se fosse cautelosa, mas acho que sempre tenho problemas quando sou cautelosa.

– Exceto ao escrever cartas – disse ele. – Nisso você era muito cautelosa.

– Não sou mais – respondi.

Nesse momento, começou a sair gente da reunião, o que nos fez levantar e apertar as mãos em despedida. Fui deixada sozinha para resolver o problema por mim mesma. Desta vez não haveria o bom Papaizinho que me salvaria.

BENNETT E EU passamos uma longa noite de recriminações, sem saber se tentávamos uma separação experimental, um duplo suicídio, ou se confessávamos nosso amor recíproco, ou ódio recíproco, ou a ambivalência que sentíamos um pelo outro. Fizemos amor, gritamos, choramos, fizemos amor novamente. É inútil entrar em detalhes sobre tudo isso. Em algum momento posso ter aspirado a um casamento tão espirituoso quanto uma farsa de Oscar Wilde, com frágeis adultérios inteligentemente concatenados, tirados de Íris Murdoch, mas tinha que admitir que a natureza de nossas brigas o tornava mais parecido com *Entre quatro paredes*, de Sartre ou, pior ainda com *As the World Turns*, de Julie Poll.

Pela manhã, abatidos, fomos para o Congresso e ouvimos no enceramento as observações sobre agressão feitas, por Anna Freud e pelos outros dignitários (entre os quais estava Adrian, lendo um trabalho que eu escrevera para ele alguns dias antes).

Após a reunião, Bennett foi conversar com alguns amigos de Nova York, e eu juntei-me secretamente a Adrian para uma conversa rápida.

– Venha comigo – disse ele –, vamos nos divertir muito, será uma odisséia.

– Estou tentada, mas não posso.

– Por que não?

– Não vamos entrar nisso, *por favor.*

– Estarei por aí depois do almoço, benzinho, se você mudar de idéia. Tenho que falar com algumas pessoas agora e depois volto à pensão para fazer as malas. Procuro você depois do almoço, por volta das 14 horas. Se você não estiver lá, esperarei uma hora mais ou menos. Tente se decidir, amor. Não tenha medo. Bennett também é bem-vindo, é claro. – Exibiu seu sorriso antigo e jogou-me um beijo. – Tchau, amor – e desapareceu. O pensamento de nunca mais vê-lo deixou-me com os joelhos moles.

Agora dependia de mim. Ele esperaria. Eu tinha três horas e meia para decidir o meu destino. E o dele. E o de Bennett.

Desejaria poder dizer que o fiz de modo encantador, ou despreocupado, ou mesmo canalha. Pura canalhice seria uma espécie de estilo. Pode ter *élan* por si mesma. Mas sou um fracasso mesmo como canalha. Choraminguei. Rastejei. Deliberei. Analisei. Eu era um tédio até para mim mesma.

Afligi-me durante o almoço com Bennett no Volksgarten. Afligi-me com minha aflição. Afligi-me no escritório do American Express, onde, às 14 horas, tentávamos decidir se comprávamos duas passagens para Nova York, duas para Londres, ou uma, ou nenhuma.

Era tudo tão desalentador. Então pensei no sorriso de Adrian e na possibilidade de nunca mais vê-lo, nas tardes ensolaradas que passaríamos nadando e nas piadas e nas viagens embriagantes e devaneadoras por Viena. Então disparei para fora do American Express como uma louca (deixando Bennett lá) e corri pelas ruas. Minhas sandálias de salto alto estalavam nas pedras redondas do pavimento. Torci o tornozelo umas duas vezes, soluçando alto, o rosto contorcido e manchado de maquiagem. Só sabia que tinha de vê-lo novamente. Pensei como ele me provocara por eu sempre querer segurança. Pensei no que dissera sobre coragem e ir ao fundo de mim mesma e ver o que encontraria. Pensei em todas as cautelosas regras de boa moça pelas quais eu tinha vivido – a boa aluna, a filha dedicada, a esposa fiel e culpada que só cometia adultério na própria mente – e resolvi que, pelo menos, uma vez eu seria corajosa e seguiria meus sentimentos sem me importar com as conseqüências. Pensei no Dr. Happe dizendo: "Você não é uma secretária, é uma poeta – por que espera que a vida não seja complicada?" Pensei em D. H. Lawrence fugindo com a mulher de seu professor, em Romeu e Julieta morrendo por amor, em Aschenbach perseguindo Tadzio por Veneza dominada pela praga, em todas as pessoas reais e imaginárias que haviam feito escolhas, queimado suas pontes e mergulhado no horizonte infinito e azul. Eu era uma *delas*! Não uma dona de casa assustada. Eu voava.

Meu medo era que Adrian já tivesse partido sem mim. Corri mais rápido, perdendo-me pelas ruelas, movendo-me em círculos, evitando o tráfego. Estivera tão aturdida em todo aquele período em Viena que quase não diferenciava um ponto de referência do outro, embora tivesse passado por essas ruas dúzias de vezes. Em meu pânico, não via placa de rua, mas continuava correndo à procura de edifícios que reconhecesse. Todos aqueles desgraçados palácios rococós se pareciam! Finalmente, avistei uma estátua eqüestre que me parecia familiar. Depois vi um pátio e uma passagem (eu ofegava), depois outro pátio e outra passagem (eu pingava de suor), até que, por fim, desemboquei em um pátio cheio de carros e avistei Adrian apoiado friamente no Triumph, folheando uma revista.

– Estou aqui! – disse eu, arquejando. – Estava com medo de que tivesse ido embora sem mim.

– Eu lá faria uma coisa dessas, amor?

(Faria! Faria!)

– Vamos nos divertir muito – disse ele.

Entramos no carro e fomos direto para o hotel sem nos perder daquela vez. Lá em cima, atirei minhas roupas em uma mala (o vestido de baile com lantejoulas, maiôs úmidos, shorts, vestidos, camisolas, capa de chuva, vestidos de jérsei para viagens – tudo amassado, revirado e amontoado junto). Então sentei para escrever um bilhete para Bennett. O que poderia dizer? O suor escorria por mim, juntamente com as lágrimas. O que escrevi parecia mais uma carta de amor do que de despedida. Disse que o amava (eu o amava). Que não sabia por que tinha que me afastar (não sabia), apenas sentia desesperadamente que tinha que fazê-lo (era verdade). Esperava que me perdoasse. E que pudéssemos repensar nossa vida e tentar de novo. Deixava-lhe o endereço do hotel em Londres, onde originalmente havíamos planejado ficar. Não sabia para onde estava indo, mas era provável que aparecesse em Londres. Deixava-lhe dúzias de números de telefone de pessoas que eu planejava procurar naquela cidade. Eu o amava. Esperava que me perdoasse. (Nesse ponto, a carta já tinha mais de duas páginas.) Talvez continuasse a escrever para não ter que partir. Acrescentei que não sabia o que estava fazendo (não sabia). E que lamentava imensamente (sim). Quando eu estava escrevendo "eu te amo" pela décima vez, Bennett entrou.

– Estou indo embora – eu disse chorando. – Estava exatamente lhe escrevendo uma carta, mas agora não preciso mais. – Comecei a rasgar as folhas.

– Não faça isso! – disse ele, arrebatando-as de mim. – É tudo que me resta de você.

Aí, realmente, comecei a chorar com longos soluços terríveis.

– Por favor, por favor, perdoe-me – implorei. (O carrasco pede perdão ao condenado antes do machado cair.)

– Você não precisa de perdão – retrucou. Ele começou a jogar suas coisas dentro de uma valise que havíamos ganhado como presente de casamento do amigo que nos apresentara. Um casamento longo e feliz. Muitas viagens pela estrada da vida.

Havia eu maquinado a cena toda apenas por sua intensidade? Nunca o havia amado mais do que naquele momento. Nunca ansiara tanto por ficar com ele. Seria por isso que tinha que partir? Por que ele não disse, "Fique, fique, eu te amo"? O fato é que não disse.

– Não posso continuar nesse quarto sem você – falou, atirando guias turísticos e tudo quanto é porcaria dentro da valise. Descemos juntos, arrastando nossa bagagem. No balcão de recepção, demoramos pagando a conta. Adrian esperava do lado de fora. Se pelo menos ele fosse embora! Mas esperava. Bennett queria saber se eu tinha *traveler's checks* e meu cartão do American Express. Estava me sentindo bem? Tentava dizer "Fique, eu te amo". Aquele era seu modo de dizê-lo, mas eu estava tão enfeitiçada que li em suas palavras a mensagem "Vá"!

– Tenho que me afastar por um tempo – disse eu de novo, oscilando.

– Você não vai ficar sozinha. Eu sim – Era verdade. Uma mulher de fato independente iria para as montanhas e meditaria, em vez de fugir com Adrian Goodlove em um Triumph escalavrado.

Sentia-me desolada. Continuei por ali, demorando-me.

– Que diabo está esperando? Por que não vai embora?

– Para onde você vai? Onde posso encontrá-lo?

– Vou para o aeroporto. Voltarei para casa. Talvez vá a Londres para ver se posso devolver a passagem, ou talvez vá direto para casa. Não me importo. Por que se importa?

– Eu me importo. Eu me importo.

– Aposto que sim.

A seguir, peguei minha mala e saí do hotel. O que mais poderia fazer? Via-me encurralada. Colocara-me nessa trama banalizada. Agora era uma aposta, um desafio, um jogo de roleta-russa, um teste de como ser Mulher. Não havia retorno. Bennett ficou lá calmamente, sem entregar os pontos. Usava uma camisa de gola rulê de um vermelho brilhante. Por que não corria para fora e dava um murro no queixo de Adrian? Porque não lutava pelo que era seu? Os dois poderiam duelar nos bosques de Viena usando volumes de Freud e de Laing como escudos. Poderiam pelo menos duelar com palavras. Uma palavra de Bennett, e eu teria ficado. Contudo, nada disso estava para acontecer. Bennett achava que eu tinha o direito de partir. E eu tinha que usar esse direito mesmo que ele agora me deixasse doente.

– Demorou mais de uma hora, benzinho – disse Adrian, pondo minha mala no carro, que chamou de "a *boot*". E demos o fora de Viena como um casal de exilados fugindo dos nazistas. Na estrada, passando pelo aeroporto, quis dizer: "Pare! Deixe-me aqui! Não quero ir!" Pensei em Bennett sozinho em sua camisa de gola rulê vermelha, esperando um avião ou outro, para um lugar ou outro. Mas era tarde demais. Eu mergulhara naquela aventura para melhor ou pior e não tinha qualquer idéia de aonde ela me levaria.

11
O existencialismo reconsiderado

> ...os existencialistas afirmam
> Que estão em um desespero total,
> Porém continuam a escrever.
>
> W. H. Auden

Quando juntei os trapos com Adrian Goodlove, entrei em um mundo cujas regras eram as dele – embora ele fingisse não *haver* regras, é claro. Por exemplo, era proibido perguntar o que faríamos no dia seguinte. Não se espera que existencialistas mencionem a palavra "amanhã". Deveria ser banida do vocabulário. Conversar sobre o futuro ou agir como se ele existisse nos era proibido. O futuro não existia. Apenas nossa viagem de carro existia, assim como os campings e hotéis. E nossas conversas e a vista além do pára-brisa (chamado por Adrian de "pára-vento"). Atrás de nós estava o passado – que invocávamos cada vez mais para passar o tempo e nos divertir reciprocamente (como pais que inventam jogos de geografia ou identifique-o-título-dessa-canção para os filhos entediados durante longas viagens de carro). Contamos um ao outro compridas histórias de nossos passados, embelezando-as, bordando-as e dramatizando-as à maneira dos romancistas. Naturalmente pretendíamos contar a verdade, mas ninguém (como diz Henry Miller) pode dizer a verdade absoluta; e até nossas revelações autobiográficas mais verídicas eram em parte invenções – literatura, em suma. Comprávamos o futuro conversando sobre o passado. Às vezes me sentia como

Sherazade, divertindo meu rei com histórias secundárias para impedir que a história principal terminasse de forma abrupta. Ambos poderíamos (teoricamente) jogar a toalha a qualquer momento, mas temia ser mais provável que Adrian o fizesse, sendo meu o problema de mantê-lo divertido. Quando a barra está pesada e me vejo sozinha com um homem durante dias seguidos, percebo mais que nunca como sou pouco liberada. Meu impulso natural é bajular. Toda a minha bombástica retórica de rebelião é apenas reação a um profundo servilismo.

Só quando se é proibido falar sobre o futuro é que se percebe subitamente o quanto, em geral, ele ocupa o presente, quanto da vida diária é gasta fazendo-se planos para controlá-lo. Não importa que nunca se consiga esse controle. A idéia do futuro é o nosso maior divertimento e passatempo. Cancelem-na e teremos apenas o passado – e um pára-brisa repleto de besouros esmagados.

Adrian fazia as regras, mas tinha também tendência a mudá-las com freqüência para que se adaptassem a ele. Nisso lembra-me minha irmã Randy quando éramos pequenas. Ensinara-me a jogar dados quando eu tinha 7 anos (e ela 12), mas costumava mudar as regras de minuto a minuto dependendo do que obtinha nos dados. Após uma sessão de dez minutos, eu me via destituída de todo o conteúdo de meu cofre-porquinho cuidadosamente amealhado, enquanto ela (que começara falida) mostrava uma abundância de milionária. Por mais que a Dama da Fortuna sorrisse para mim, eu acabava sempre perdendo.

– Pronto. Ganhei! – gritava minha irmã.

– Ganhou? – (Eu costumava guardar minha mesada de um dólar como a formiga, enquanto ela gastava como a cigarra, mas sempre acabava rica e eu na bancarrota.) Os perigos da primogenitura. E eu era perenemente a que nascera em segundo lugar. Na verdade, Adrian nascera no mesmo ano que Randy (1937), tendo também um irmão mais moço que ele intimidara durante anos. Rapidamente reassumimos os fios desse velho tecido de comportamento enquanto perambulávamos pelos labirintos da velha Europa.

Viemos a conhecer a simplória pensão austríaca com suas cortinas de renda branca na sala de estar, o peitoril das janelas cheio de cactos, a proprietária de bochechas vermelhas (que sempre nos perguntava quantos filhos tínhamos – como se tivesse esquecido o que contáramos a uma sósia sua alguns quilômetros antes), a peculiar cama tamanho família com um colchão dividido em três partes horizontais (os vales se apresentando como estratégicos pontos de referência corporais – como os seios e a genitália, de modo que se despertava invariavelmente no meio da noite com um mamilo, ou um testículo, talvez, preso entre a parte I e a parte II, ou entre a parte II e a parte III). Conhecemos as cobertas de penas austríacas que nos ensopam de suor durante as primeiras horas da noite, deslizam para o chão por artes de feitiçaria exatamente quando mergulhamos em um sono profundo, obrigam-nos a passar a noite inteira procurando-as e finalmente nos despertam com lábios e olhos monstruosamente inchados por séculos de poeira antiga (e outros alérgenos mais sinistros) que abrigam.

Conhecemos os desjejuns das pensões, duros pãezinhos, latinhas minúsculas de geléia de damasco embaladas na fábrica, raquíticas porções de manteiga e gigantescas xícaras de café *au lait* com pálidas natas boiando na superfície. Conhecemos o tipo mais simples de lugar para se acampar, com seu penetrante cheiro de esgoto, a longa cuba de estanho para lavar o rosto e escovar os dentes, um tanque para nadar estagnado, alimentador de mosquitos (onde Adrian invariavelmente nadava) e alegres cidadãos alemães que fizeram brilhantes observações sobre a barraca inglesa de acampamento de Adrian (sob cujo fulgor azul-elétrico de náilon nós dormíamos), e interrogaram-nos sobre nossas vidas, parecendo espiões incrivelmente experientes. Conhecemos os restaurantes automáticos da *Autobahn* alemã, com seus pratos de chucrute e *knockwurts*, seus descansos de papelão para copos com propaganda de cerveja, seus fedorentos banheiros pagos, suas máquinas automáticas que vendiam sabonetes, toalhas e preservativos. Conhecemos os bares alemães ao ar livre, com mesas grudentas e joviais garçonetes de meia-idade com saias camponesas, e motoristas de caminhão embriagados que me lançaram algumas obscenidades quando me dirigi com passos inseguros ao banheiro.

Estávamos, em geral, bêbados do meio-dia em diante, adernando pela *Autobahn* em um carro com volante à direita, entrando por caminhos errados em toda parte, seguidos por Volkswagens a mais de 120 quilômetros por hora, Mercedes-Benz piscando impacientemente os faróis e a 170, BMWs tentando ultrapassar os Mercedes-Benz. Bastava aos alemães verem nossa placa inglesa para dispararem em uma corrida a fim de nos expulsar da estrada. Adrian também dirigia como um maníaco, passando para a mão errada, entrando e saindo da pista dos caminhões, deixando-se enfezar pelos alemães e tentando ultrapassá-los. Sentia-me em parte aterrorizada, em parte exultante com aquilo. Estávamos vivendo no fio da navalha. Era possível que morrêssemos em um horrível desastre que obliteraria todos os traços de nossos rostos e pecados. Pelo menos eu tinha certeza de que não estava entediada.

Como todas as pessoas preocupadas com a morte, que odeiam viagens de avião, estudam as mínimas rugas no espelho e têm um medo mórbido de aniversários, câncer, tumor cerebral ou aneurisma repentino, sou secretamente apaixonada pela morte. Sofro de modo doentio no vôo da ponte aérea entre Nova York e Washington, mas ao volante de um carro faço 170 quilômetros por hora sem hesitação e adoro cada minuto aterrorizante. A excitação de saber que se pode ser autor da própria aniquilação é mais intensa do que o orgasmo. Deve ter sido isso que os camicazes sentiam, criando seu próprio holocausto e sendo engolido por ele, em vez de esperar que o holocausto os pegasse em uma surpreendente manhã em suas camas seguras de Hiroshima ou Nagasaki.

Havia outra razão para bebermos tanto: a saber, minhas depressões. Eu alternava entre a exaltação e o desespero (ódio a mim mesma pelo que tinha feito, um horrível desespero por estar sozinha com um homem que não me amava, angústia em relação ao futuro que eu não deveria mencionar). Então ficávamos bêbados, e, com nossas palhaçadas cheias de riso, o desespero tornava-se indistinto. Nunca desapareceria totalmente, é claro, mas ficava mais fácil suportá-lo. Da mesma forma que ficar bêbado em um avião torna mais suave medo de voar. Continuamos achando que vamos morrer cada vez que o barulho do motor se modifica, mas não nos importamos mais. Quase gostamos da idéia. Passamos a nos imaginar deslizando para baixo em flocos de nuvens até mergulhar no oceano azul cheio de nossas melhores recordações da infância.

Conhecemos as paradas de motoristas francesas com máquinas italianas de café expresso que serviam um excelente café, os prazeres da cerveja alsaciana e as caixas de pêssegos compradas de fazendeiros à margem das estradas. Percebemos que havíamos chegado à França quando os faróis dos carros passaram de uma luz branca ao amarelo-mostarda e o pão se tornou delicioso. Conhecemos a parte mais feia da França, as terras áridas perto da fronteira alemã, onde as estradas são sinuosas caravanas de buracos em duas pistas, que os franceses se recusam a consertar, dizendo que os alemães já chegam em Paris rápido o suficiente. Conhecemos uma série interminável de hospedarias com lâmpadas de dois watts e bidês pontilhados de moscas (nos quais urinávamos por relutância à jornada até o imundo banheiro do corredor, cuja luz só acendia quando quebrávamos as unhas correndo o trinco da porta). Conhecemos um tipo de camping mais luxuoso, com banheiros internos e um bar com uma vitrola automática tocando os Beatles. Contudo, na maior parte do tempo (era agosto, e cada habitante da Europa estava de férias, acampado com seus 2,5 filhos) encontramos os melhores campings lotados e tivemos que armar a barraca ao lado da estrada (acocorando-nos para cagar com as ervas daninhas fazendo cócegas em nossas bundas e os moscões zunindo medonhamente perto de nossos cus para pousarem depois sobre os cagalhões frescos). Conhecemos a *Autostrada del Sole* com suas fantasmagóricas autogrelhas Pavese – visões fellinianas de doces embrulhados em celofane, montanhas de brinquedo, barris de panetone envoltos em papel prateado, potes de geléia com fita de presente e triciclos que arrastavam fileiras de pirulitos. Conhecemos os italianos malucos que disparam em suas Fiat Cinquencenti a 140 quilômetros por hora, mas sempre se detêm para fazer o sinal-da-cruz e doar algumas liras para a caixa de coleta junto a um Jesus na estrada. Conhecemos dúzias de aeroportos mais ou menos importantes na Alemanha, França e Itália, pois naquele ponto do dia em que a segunda rodada de cerveja já se dissipara e minha depressão maciça erguia sua cara feia outra vez (juntamente com sintomas secundários de dor de cabeça e ressaca), eu entrava em pânico e mandava Adrian me levar ao aeroporto mais próximo. Ele jamais disse não. Ah, ficava silencioso e decepcionado comigo, mas nunca se opôs de forma direta a qualquer desejo meu claramente expresso. E para o próximo *Flughafen* ou aeroporto íamos nós, nos perdendo e perguntando o caminho uma dúzia de vezes. Quando chegávamos, descobríamos sempre que o avião seguinte só partiria dali a dois dias, ou que estava lotado (*Europa im August: tout le monde en vacances*), ou que acabara de partir dois minutos antes. A seguir, haveria um bar no aeroporto e beberíamos mais cerveja, Adrian me beijaria, brincaria comigo, agarraria com carinho meu traseiro e falaria sobre nossa aventura compartilhada. Partíamos então no melhor estado de ânimo durante algum tempo. Afinal de contas, eu não estava tão certa de que tinha outro lugar para ir.

Dificilmente poderíamos chamar nossa viagem de lazer e prazer. Se dávamos muitas voltas, ziguezagueávamos ou andávamos em círculos era devido ao fato de nosso itinerário ser modelado não por pontos de referência ou atrações de três estrelas do Guia Michelin, mas de meus próprios estados de espírito vertiginosos e, em menor escala, dos de Adrian. Ziguezagueávamos de depressão em depressão, dávamos voltas e mais voltas em surtos bêbados, circulávamos bons momentos. Nosso itinerário não tinha pé nem cabeça, o que naturalmente só posso perceber em retrospecto, ao fazer a lista dos lugares que visitamos. Paramos em Salzburgo o tempo suficiente para visitarmos a *Geburtshaus* de Mozart, nos entupirmos de *Leberknödel*, dormirmos confortavelmente e então prosseguirmos para Munique. Serpenteamos por Munique e adiante pelos Alpes, visitamos vários castelos construídos pelo rei louco Ludwig da Baviera, subimos a estrada espiralada para *Schloss Neuschwanstein* sob um aguaceiro súbito, percorremos o castelo com um exército de donas de casa em forma de batata que usavam sapatos ortopédicos e nos acotovelavam ao passarem por nós, emitindo ruídos guturais em sua língua melíflua e enrubescendo de orgulho em um vermelho-beterraba por sua gloriosa herança nacional de Wagner, Wolkswagen e *Wildschwein*.

Lembro-me do campo em volta de Neuschwanstein com uma clareza quase de pesadelo: os Alpes do cartão-postal, as nuvens fisgadas pelos cimos denteados das montanhas, os dedos artríticos de velha neve esculpindo os Arêtes, os chifres silenciosos dos picos confrontando o enfumaçado céu azul, os prados de um verde aveludado nos vales (rampas de esqui para principiantes no inverno), o chalé de teto marrom e as casas brancas dispostas como um jogo de criança.

O castelo mais famoso da Alemanha não é em Schwetzingen, Speyer, Heidelberg, Hamburgo, Baden-Baden, Rotenburg, Berchtesgaden, Berlim, Bayreuth, Bamberg, Karlsruhe, Kranichstein, Ellingen ou Eltz – mas na Disneylândia, Califórnia. É surpreendente como Walt Disney e o louco rei Ludwig da Baviera se parecem mentalmente. O Neuschwanstein de Ludwig é a fraudulenta evocação, feita no século XIX, de uma Idade Média que nunca existiu. O castelo da Disney é a falsificação de uma falsificação.

Fiquei especialmente fascinada pela gruta de estuque com calefação central de Ludwig, entre o quarto e o estúdio, com suas estalactites e estalagmites de estuque iluminadas por lâmpadas de néon verdes, seus murais de Siegfried e Tannhäusen (apresentado deusas gordas e louras com seios tão lisos quanto resina de epóxi, e guerreiros de barba loura reclinando-se em ravinas de um verde-folha e rochas musgosas). Vi-me hipnotizada pelo retrato de Ludwig com seus olhos paranóicos. E em toda parte do *Schloss*, evidenciava-se o que há de mais sentimental, piegas e nauseante na cultura alemã – em particular aquela crença gabola e autocongratulatória na espiritualidade de sua "raça": somos um povo *geistig*, sentimos em profundidade, amamos a música, os bosques, o som dos pés marchando...

Notem os cupidos e pombas pairando em torno de Tannhäuser, que se reclina em uma rocha de estuque cinzento apoiando o cotovelo de cetim pintado no drapejamento supermodelado que flui das ancas superfartas de Vênus. Mas notem especialmente que nesse castelo, nessas pinturas e nesse país (como na Disneylândia) *nada* é deixado à imaginação. Cada folha é delineada e matizada com nitidez; cada peito aponta seu mamilo lateral para nós como o olho de um idiota; cada pena da asa do Cupido é tremulamente palpável. Nenhuma imaginação – é isso que constrói uma besta.

Após Munique e seus arredores, nos dirigimos para o norte até Heidelberg (parando, fazendo voltas e ziguezagueando por todo o caminho), pegamos a *Autobahn* para a Basiléia (chocolate suíço, Schwitzerdeutsch e uma catedral sombria de arenito debruçada sobre o Reno); depois continuamos para Estrasburgo (terra dos fígados de gansos empanturrados e grandes cervejas), uma viagem doida e ziguezagueante por estradas laterais conduzindo mais ou menos a Paris, a seguir para o sul da França até a Itália (via Riviera), e dali para o sul até Florença; depois para o norte de novo até Verona e Veneza, atravessando os Alpes, mais uma vez cruzando a Alemanha, depois entrando na França e, finalmente, em Paris pela última vez, onde a verdade (ou uma delas) me foi revelada, mas não (ainda não) me libertou.

Por mais inacreditável que esse ineficiente itinerário possa parecer, é mais inacreditável ainda quando se sabe que a coisa toda levou apenas duas semanas e meia. Não vimos quase nada. Dirigíamos e falávamos a maior parte do tempo. E trepávamos. Adrian mostrava-se impotente quando estávamos a sós e eu o queria, mas tornava-se vorazmente viril nos lugares públicos: nas cabanas de praia, em estacionamentos, aeroportos, ruínas, mosteiros e igrejas. Se não pudesse romper pelo menos com dois tabus ao mesmo tempo, não se interessava de todo. O que na verdade o excitaria teria sido enrabar a mãe em uma igreja. Bendita sois entre as mulheres e bendito é o fruto do vosso ventre etecetera.

FALÁVAMOS. FALÁVAMOS. FALÁVAMOS. Psicanálise sobre rodas. Em busca do tempo perdido. Fizemos listas para passar o tempo: meus antigos namorados, suas antigas namoradas, os vários tipos de foda (fodas em grupo, fodas amorosas, fodas culpadas etc.), os diversos lugares onde havíamos trepado (no banheiro de um 707, na capela judia abandonada da velha *Queen Elizabeth*, em uma abadia arruinada em Yorkshire, em botes, em túmulos...) Devo confessar que inventei algumas delas, mas o principal ali era o entretenimento, não a verdade literal. Com certeza não pensam também que estou contando a verdade literal aqui, não é?

Como qualquer outro analista que conheci ou com quem trepei, Adrian queria descobrir padrões em meu passado. Padrões repetitivos, autodestrutivos, de preferência – mas qualquer tipo de padrão serviria. E naturalmente tentei atendê-lo. Também não era difícil. No que diz respeito aos homens, sempre me faltou a qualidade simples conhecida como prudência, ou talvez possamos chamá-la de bom-senso. Ao conhecer um sujeito de quem qualquer mulher que se valorizasse automaticamente fugiria a léguas, eu dava um jeito de descobrir algo cativante em suas características questionáveis, algo de uma atração terrível em suas manias. Adrian adorou ouvir isso. Claro que se excluía do grupo dos outros neuróticos conhecidos por mim. Nunca lhe ocorreu que fizesse parte de qualquer padrão.

– Sou o único homem que já conheceu que você não pode enquadrar em uma categoria – disse, triunfante. Então esperou que eu categorizasse os outros. Aquiesci. Ah, eu sabia estar fazendo minha vida parecer uma rotina de show musical, uma produção, uma história boba, uma piada idiota, uma *partícula.* Pensei em todos os anseios, na dor, nas cartas (enviadas ou não), nas crises de choro, nos monólogos telefônicos, no sofrimento, na racionalização, na análise que entrava em cada uma daquelas relações, relacinhas, relacetes. Sabia que descrevê-las assim era uma traição à sua complexidade, humanidade, confusão. A vida não tem uma trama ficcional. É muito mais interessante do que qualquer coisa que se possa dizer sobre ela, porque a linguagem, por sua própria natureza, ordena tudo, e a vida realmente não tem ordem alguma. Mesmo os escritores que respeitam a bela anarquia da vida e tentam captá-la toda em seus livros, acabam fazendo-a parecer muito mais ordenadas do que é, e não contam, finalmente, a verdade. Pois nenhum escritor pode jamais dizer a verdade sobre a vida, isto é, que ela é simplesmente melhor do que qualquer livro. Assim como escritor nenhum pode dizer a verdade sobre as pessoas, isto é, que são melhores do que qualquer *personagem.*

– Então pare de filosofar sobre essa porcaria de escrever e me conte sobre seu primeiro marido – disse Adrian.

– Está bem. Está bem.

12
O louco

Os amantes e os loucos têm cérebros tão fervilhantes
E as fantasias tão meticulosas que apreendem
Mais do que abarca a fria razão.
O lunático, o amante, o poeta.
Têm todos densa imaginação:
Um vê mais demônios do que há no vasto inferno,
Este é o louco; igualmente frenético, o amante
Vê a beleza de Helena em um cenho do Egito:
O olho do poeta, rolando em doce frenesi,
Vai do céu à terra, desta para o céu;
E quando a imaginação esboça a forma
De coisas não conhecidas, a pena do poeta
As modela e concede ao aéreo nada
Uma habitação local e um nome...

Shakespeare,
Sonho de uma noite de verão

É preciso imaginá-lo: baixo, moreno, com uma cerrada barba castanha – uma combinação de Peter Lorre, Alfred Drake e Humphrey Bogart (como Pia e eu teríamos observado), ou às vezes, Edward G. Robinson como Little

Caesar. Ele gostava de falar de modo brigão, como os heróis do cinema de sua juventude. Como ele próprio dizia, era um viciado em cinema e, mesmo na faculdade, às vezes ia ao cinema duas ou três vezes por dia, de preferência nas "casas do vômito", como chamava os surrados cinemas da rua 42, onde os abandonados iam para dormir e os pervertidos (a mãe de Brian os chamava de "prevertidos") para se divertir, e onde havia sessões duplas ou até triplas de filmes de guerra, faroeste ou épicos do Fórum Romano.

Apesar dessa inclinação por filmes ruins e gestos de Edward G. Robinson, Brian era um gênio, um autêntico garoto com QI acima de 200 que chegou à Universidade de Columbia com um currículo que batia recordes em notas do Conselho da Faculdade, troféus de sociedades de debates, prêmios de "cidadania" (seja lá o que forem) de cada escola da Califórnia onde tinha estado e uma impressionante história de surtos psicóticos dos 16 anos em diante. Entretanto, só vim a saber de tais surtos muito mais tarde, depois que já estávamos casados e ele foi hospitalizado novamente. Tal lapso deveu-se muito menos a uma intenção de enganar do que ao fato de que Brian jamais se considerara louco. O mundo o era. Nisso eu na certa concordava com ele – até o momento em que ele tentou voar pela janela abaixo e me levar com ele.

É provável ter sido o brilho de Brian e sua pirotecnia verbal que fez com que eu me apaixonasse por ele, em primeiro lugar. Era uma grande mímico, um conversador enfeitiçante, um desses dotados contadores de história que parecem saídos de um bar de Dublin, ou de uma peça de J. M. Synge. Tinha o dom da loquacidade: era o Playboy do Mundo Ocidental (diretamente de Los Angeles). Sempre atribuí um grande valor às palavras e com freqüência cometo o engano de acreditar muito mais nelas do que nas ações. Meu coração (e minha boceta) podem ser conquistados por uma frase vigorosa, uma boa expressão, um par de versos bem delineados ou uma analogia sensacional. Já ouviram aquele *rock* americano chamado *Baby Let Me Bang Your Box* que apareceu brevemente no rádio antes de ser banido para o Limbo da Radiodifusão de vez? Era mais ou menos assim:

> Baby let me bang your box
> Baby let me play
> on your pianer...*

Bem, no meu caso, devia ser:

> Sweetheart let me screw your simile
> Sweetheart let me sleep in your caesura...**

Sem dúvida, foi o cerebralismo de Brian que me cativou. Vocês não sabem o que eram os outros craniozinhos da Columbia naquela época: camisas de flanela com 25 canetas esferográficas que vazavam de seus bolsos, armações cor de carne em seus óculos grossos, cravos nas orelhas, pústulas no pescoço, calças de xadrez, cabelos oleosos e (às vezes) solidéus judeus tecidos a mão mantidos no lugar por um único grampo. Os trens do metrô os levavam e traziam das sopas de pão ázimo de suas mães no Bronx às salas de aula de Moses Hadas e Gilbert Highet em Morningside Heights, onde aprendiam literatura e filosofia o suficiente

---

*"Meu bem deixe-me detonar na caixa
Meu bem, deixe-me tocar em seu piano..."
**"Querido, deixe-me foder sua analogia
Querido, deixe-me dormir em sua censura..."

para tirar a nota máxima, mas sem perder nunca sua falta de jeito, sua atitude defensiva de garotos de escola, sua total falta de atrativos.

Brian também tirava a nota máxima, mas tinha o que faltava aos outros: *estilo*. Nunca parecia perder tempo estudando. Quando precisava escrever um trabalho de dez páginas, pegava dez folhas de um pacote de papel e datilografava diretamente nelas, de uma sentada, um trabalho digno de nota máxima. Em geral escrevia essas maravilhas de dez páginas na mesma manhã em que deviam ser entregues. E como *sabia* das coisas! Não apenas sobre histórias medieval e romana, não apenas sobre os filósofos do Renascimento e os antigos pais da igreja, não apenas sobre posturas e investiduras, os registros anuais do Tesouro Britânico (do século XII ao XIX) e o Agostinianismo político, não apenas sobre Ricardo Coração de Leão e Rollo, Duque da Normandia, não apenas sobre Abelardo e Alcuíno, Alexandre, o Grande, e Alfredo, o Grande, Buckhardt e *Beowulf*, Averroës e Avignon, poesia goliarda e reforma gregoriana, Henrique, o Leão, e Heráclito, Juliano, o Apóstata, e Jacopone da Todi, não apenas o *Nibelungenlied* e as histórias do nominalismo – mas também sobre safras de vinho e restaurantes, os nomes de todas as árvores no Central Park, os sexos dos *ginkgos* em Morningside Drive, os nomes dos pássaros, das flores, as datas em que nasceram os filhos de Shakespeare, o local exato onde Shelley se afogou, a cronologia dos filmes de Charlie Chaplin, a precisa anatomia das vacas (e, em conseqüência, que partes de carne escolher no supermercado), as letras de todas as canções escritas por Gilbert e Sullivan, a relação Köchel de todas as composições de Mozart, os campeões olímpicos em cada esporte dos últimos vinte anos, a média de pontos de todos os jogadores americanos de beisebol importantes, os personagens de todos os romances de Dickens, a data em que o primeiro relógio Mickey Mouse surgiu, as datas e os estilos de carros de qualidade, quantos haviam sobrado e quem ainda os tinha (seus preferidos eram os Bugattis e os Hispano-Suizas), o tipo de armadura usada no século XVI (e como era diferente da armadura do século XIII), o modo como as rãs fornicam e as coníferas se acasalam, todas as posições sexuais do *Kama Sutra*, os nomes de todos os dispositivos de tortura da Idade Média *et cetera, ad infinitum*.

Estou fazendo com que pareça repugnante? Algumas pessoas viam Brian assim. Todos, contudo, o consideravam um entretenimento. Era um palhaço nato, um ator de *vaudeville*, um conversador incansável. Dava a ilusão de sempre rebentar de energia. Podia fazer mais coisas em um só dia do que a maioria das pessoas pode fazer em dez, e sempre parecia pipocando. É claro que aquilo me atraiu – com minhas próprias pancadas de fome, meu enorme apetite para experimentar tudo. Nós nos conhecemos na segunda semana de meu ano como caloura (ele já no segundo ano na universidade) e, dali por diante, tornamo-nos quase inseparáveis. Bem, eu me reservei o direito de sair com outras pessoas de vez em quando, mas ele providenciou para que eu ficasse de tal modo inundada com sua presença, sua conversa, seus presentes, sua datilografia de meus trabalhos, seu vasculhar pelas estantes os livros de que eu precisava, suas cartas, telefonemas, flores e poemas jurando devoção eterna – que, de modo inevitável, os outros rapazes se tornavam imitações pálidas ao lado dele.

Naqueles dias, havia os Atletas e os Intelectuais, os Rapazes da Fraternidade e os Independentes. Brian não se encaixava em nenhuma categoria e se encaixava em todas. Era um original, um personagem, uma enciclopédia de informação sobre todos os assuntos, exceto talvez sexo, onde seu conhecimento era mais teórico, no início, do que prático. Perdemos a virgindade juntos. Ou quase. Digo "quase" por ser duvidoso que me tenha sobrado alguma, depois de todos aqueles anos de foda com os dedos e masturbação freqüente. E Brian havia estado em um bordel em Tijuana uma vez, quando tinha 16 anos – um presente de aniversário do pai, que o levou até lá de carro junto com um grupo de colegas, como uma espécie de Festa dos Doces Dezesseis Anos do Atleta.

Brian descreveu a experiência como um fiasco. A puta repetia "Depressa, depressa!" o tempo todo, e ele perdeu a ereção: além disso, seu pai a fodera primeiro (como Édipo o teria feito) e os colegas batiam na porta. Não foi bem uma iniciação; a penetração, como dizem nos livros de sexo, não fora completada. Assim, acho que se poderia dizer que perdemos a virgindade juntos. Eu tinha 17 anos (ainda chave de cadeia, como Brian elegantemente me lembrava), e ele 19. Já nos conhecíamos havia dois meses – dois meses de violentação de nossos instintos em Riverside Park, sob as mesas da Biblioteca dos Clássicos onde "estudávamos juntos" (ante os olhos vigilantes de Sófocles, Péricles e Júlio César), no sofá da sala de estar de meus pais, entre as estantes da Biblioteca Butler (onde, mais tarde, fiquei chocada ao saber que alguns alunos sacrílegos realmente trepavam). Enfim, obtivemos o "favor final" um do outro (para usar o encantador termo do século XVIII) no apartamento de subsolo de Brian, em Riverside Drive, onde as baratas (ou talvez fossem besouros-de-água) eram maiores do que meu punho (ou do que o pênis de Brian), e os dois rapazes que moravam com ele insistiam em bater na porta sob o pretexto de querer ler *The Sunday Times* "se nós já tivéssemos acabado".

O quarto de Brian – um dos seis naquele amplo *pied à terre* – partilhava uma parede com o aparelho de calefação. Este era o único por ali. Uma parede estava em permanente temperatura alta; outra vivia mais fria do que a teta de uma feiticeira (expressão de Brian). A temperatura era regulada abrindo-se a janela (que dava para uma espécie de ravina de cimento, um andar abaixo do nível da calçada) e deixando entrar um ar gélido. Uma vez que o vento soprava forte vindo do rio, era gelado o suficiente para contrabalançar o calor do aparelho de calefação – mas não o nosso.

Foi nesse cenário romântico que ambos nos desfrutamos pela primeira vez. Fazíamos gemer as molas da cama de segunda mão que Brian, com grande expectativa, comprara duas semanas antes de um vendedor de bugigangas porto-riquenho na Columbus Avenue.

No fim, naturalmente tive que seduzi-lo. Tenho certeza de que do Éden em diante a situação sempre foi essa. Depois chorei, senti-me culpada, e Brian me confortou como os homens provavelmente confortavam as virgens que seduziram pelos séculos. Ficamos ali deitados à luz de vela (em seu romantismo ou talvez em seu senso inato de simbolismo, Brian acendeu uma vela na mesinha-de-cabeceira antes que nos despíssemos um ao outro), ouvimos os lamentos dos gatos vira-latas no poço de cimento além da vidraça enegrecida pela fuligem. Às vezes, um dos gatos pulava sobre uma lata de lixo transbordante e fazia com que uma lata de cerveja vazia rolasse até o chão, e o som ecoava pelo quarto.

No início, nosso romance foi bom, espiritual e adolescente. (Em épocas posteriores, nosso diálogo ia parecer mais como algo tirado de uma peça de Strindberg.) Costumávamos ler poemas um para o outro na cama, discutir a diferença entre a vida e arte, ponderar se Yeats teria se tornado um grande poeta se Maud Gonne tivesse de fato se casado com ele. Na primavera assistimos juntos a um curso sobre Shakespeare, como suponho que todos os jovens amantes deveriam fazer. Em um dia brilhante mas levemente gélido de abril, lemos *Conto de inverno* alto um para o outro, sentados em um banco do Riverside Park.

> Quando narcisos começam a despontar,
> Ah! E a namorada sobre o vale álgido...
> A doçura do ano vem se revelar,
> Aflora o sangue rubro no inverno pálido
>
> Tira-lira cata a cotovia...
> E ahs e ahs! O tordo e o gaio...
> São canções de verão para mim e as moças
> Enquanto rolamos pela palha, agarrados.

Brian estava ocupado bancando o Florizel para a minha Perdita ("Essas ervas raras a cada parte sua/Dão vida... não pastora, mas Flora/Espreitando da fonte de Abril..."), quando uma tribo inteira de garotos, negros e porto-riquenhos de uns 8 ou 9 anos de idade, atraídos por nossa leitura, distribuiu-se pelo banco e pela relva perto de nós, parecendo em transe com nossa performance.

Um dos garotos sentara-se a meus pés e olhava-me em adoração. Fiquei emocionadíssima. Então a poesia era, afinal de contas, a voz universal! Havia algo em Shakespeare que poderia atrair até mesmo o ouvido mais ingênuo, menos culto. Todas as minhas crenças pareciam se confirmar. Li com inspiração renovada.

Ainda que não haja meio de melhorar a natureza,
Ela própria o inventa. Assim, aquela arte
Que consideras como adendo à natureza, é arte.
Que ela própria faz. Vês, gentil donzela, casamos
Um rebento de estirpe com cepa bem selvagem
E fazemos conceber casta de tipo inferior
Por botão de raça nobre. É uma arte
Que emenda a natureza... muda-a mesmo; mas
A própria arte é a natureza.

(O apelo de Shakespeare por um registro aberto e/ou miscigenação?)

Os garotos começaram a ficar inquietos algumas páginas depois, mas já estava mesmo um pouco frio demais para permanecermos em um lugar só. Então recolhemos tudo e fomos embora pouco depois deles.

– Não foi fantástico, querido? – disse eu enquanto saíamos do parque.

Brian riu.

– A *Vox populi* é, no máximo, um grunhido – disse ele. Era uma de suas máximas favoritas; não sei onde a desencavou. Mais tarde, descobri que minha carteira desaparecera da bolsa que ficara aberta no banco, enquanto líamos. Não tinha certeza se fora apanhada pelos garotos ou a perdera antes sem ter notado. Por um momento insano, achei que Brian talvez a tivesse pegado para provar seu ponto de vista sobre "o homem comum". Como minha mãe, Brian era um hobbesiano. Pelo menos até descobrir Jesus Cristo e passar por uma conversão de caráter e crença.

Sua loucura? Quais foram os sinais iniciais dela? É difícil dizer. Uma antiga colega da faculdade disse-me em tempos recentes ter visto desde o começo que havia algo estranho em Brian e "jamais teria se envolvido com ele". Mas era justamente essa estranheza que eu *apreciava* nele. Era excêntrico, não parecia com ninguém, via o mundo com os olhos de um poeta (embora tivesse pouco talento para escrever poesia). Considerava o universo algo animado, algo habitado por espíritos. As frutas falavam com ele. Quando descascava uma maçã, fazia com que ela parecesse chorar, por meio do ventriloquismo. Usava o mesmo método com tangerinas, laranjas e até bananas – fazendo-as cantar, falar e até declamar em versos.

Ele transformava o rosto e a voz para adaptá-los a seus estados de espírito. Às vezes era Edward G. Robinson como Al Capone, às vezes Basil Rathone como Sherlock Holmes, às vezes Grimfalcon, o Elfo (um personagem que inventáramos juntos), às vezes Shakewoof (outro amigo imaginário: parte Shakespeare, parte um aconchegante cão pastor – uma espécie de galgo que escrevia versos)... Nosso dias e noites juntos eram uma série de fórmulas repetidas, personificações, esquetes – com Brian encarregando-se da maior parte da representação. Eu era um público tão bom! Podíamos andar sem parar – da Columbia Village, cruzando a Ponte de Brooklyn (recitando Hart Crane, é claro) e depois fazer todo o caminho de volta a Manhattan – e nunca nos entediar. Nunca sentamos a uma mesa em silêncio, como fazem os severos casais jovens. Estávamos sempre falando e rindo.

Isto é, até nos casarmos. O casamento estragou tudo. Quatro anos como amantes, amigos e especialistas em Shakespeare – e destruímos tudo isso ao nos casarmos. O casamento parecia sempre algo que eu teria muito tempo para fazer no futuro. O distante futuro. Mas Brian queria minha própria alma. Tinha medo que eu fugisse. Então me deu um ultimato: case-se comigo ou irei embora. Eu tinha medo de perdê-lo e queria sair de casa; além disso, estava me formando na faculdade e não sabia o que fazer a seguir. Então me casei com ele.

Na verdade, não tínhamos dinheiro algum para viver. Minha bolsa de mestrado, um pequeno fundo financeiro que eu só poderia mexer dali a vários anos e algumas ações em baixa rápida com que meus pais haviam me presenteado quando fiz 21 anos. Brian abandonara o mestrado em um ataque de fúria contra o sistema. O fato, porém, é que ele se via agora na contingência de ter que arranjar um emprego. Nossa vida mudou radicalmente. Passamos a perceber como os casais se vêem pouco uma vez que mergulham na corrida burguesa. Nosso idílio terminara. Os longos passeios, o estudo compartilhado, as tardes preguiçosas na cama – tudo isso pertencia a uma época dourada que acabara. Brian passava agora os dias (e a maioria das noites) mourejando em uma pequena firma de pesquisa de mercado onde suava ante os computadores, esperando ansioso respostas para perguntas tão transcendentais como: as mulheres com dois anos de faculdade compram mais ou menos detergente do que as que se formaram? Mergulhou na pesquisa de mercado com a mesma paixão maníaca que tinha por história medieval ou qualquer outra coisa. Tinha que saber tudo; e tinha que trabalhar mais do que todos, inclusive mais do que seu patrão – que vendeu o negócio por vários milhões de dólares em dinheiro pouco depois de Brian ter dado entrada na clínica psiquiátrica. Toda a operação revelou-se tempos depois uma fraude. Mas naquela época, o patrão de Brian já estava morando em um antigo castelo na Suíça com sua nova jovem esposa, e Brian já recebera o seu "certificado". Com todo o brilhantismo que tinha, Brian nunca percebera (ou não quisera fazê-lo) o patife que era o seu chefe. Costumava permanecer ante os computadores até meia-noite. Enquanto isso, eu suava entre as estantes da Biblioteca Butler para escrever uma ridícula tese sobre palavrões na poesia inglesa (ou, segundo meu pernóstico orientador de tese: "A gíria sexual na poesia inglesa de meados do século XVIII"). Mesmo naquela época, eu era uma pornográfica pedante.

Nosso casamento ia de mal a pior. Brian parou de trepar comigo. Eu pedia, implorava e perguntava o que havia de errado comigo. Comecei a odiar-me, sentir-me feia, não amada, com cheiros corporais – todos os sintomas clássicos da esposa não fodida; comecei a ter fantasias de fodas sem zíper com porteiros, escórias humanas, *barmen* do "West End Bar", alunos que faziam o mestrado – até (Deus me ajude!) com professores. Ia assistir ao "Pró-seminário de literatura inglesa do século XVIII", ouvindo algum desagradável aluno que já fizera o mestrado arengar sobre as revisões feitas por Nahum Tate acerca das peças de Shakespeare, tempo esse que eu passava a me imaginar chupando cada membro masculino (ah) da turma. Às vezes, me imaginava realmente fodendo com o professor Harrington Stanton, um sério cinqüentão bostoniano de uma bem relacionada família da Nova Inglaterra – família famosa na política, na poesia e na psicose. O professor Stanton tinha um riso maluco e sempre chamava James Boswell de Bozzy, como se bebesse com ele todas as noites no "West End" (o que, na verdade, eu suspeitava que fizesse). Alguém se referira certa vez a Stanton como "muito brilhante mas com uma telha a menos". A descrição era correta. Apesar de bem relacionado socialmente, ele oscilava entre a sanidade e a insanidade, nunca permanecendo em um desses estados o tempo suficiente para se saber como considerá-lo. Como *treparia* o professor Stanton? Era fascinado pelos palavrões do século XVIII. Talvez murmurasse as versões de "xota", "colchão" e "putinha" daquela época em meu ouvido enquanto fodesse. Talvez tivesse o brasão da família tatuado no prepúcio. Eu ficava ali sentada, rindo para mim mesma dessas fantasias, enquanto o professor Stanton sorria para mim, achando que eu ria de suas piadas.

Mas de que adiantavam essas patéticas fantasias? Meu marido parara de trepar comigo. Achava que já trabalhava muito. Eu chorava todas as noites até dormir ou ia para o banheiro me masturbar depois que ele adormecia. Tinha 21 anos e meio e estava desesperada. Em retrospectiva tudo parece tão simples. Por que não arranjei alguém ou não o abandonei ou não insisti em algum tipo de acordo sexual? Mas eu era uma boa moça da década de 1950. Crescera sendo comida com a mão ao som de *In the Wee Small Hours of the Morning* cantado por Frank Sinatra. Nunca dormira com homem nenhum exceto meu marido. Fora bolinada "acima da cintura" e "abaixo da cintura" segundo algumas regras tácitas e misteriosas de propriedade. Um caso com outro homem, porém, parecia tão radical, que eu não conseguia sequer tecer considerações a respeito. Além disso, tinha certeza de que o fato de Brian não trepar comigo era culpa *minha*, não dele. Ou eu era uma ninfomaníaca (por querer trepar mais de uma vez por mês), ou era pouco atraente. Ou talvez o problema fosse a *idade* de Brian. Eu fora criada em meio aos vários mitos sexuais dos anos de 1950, tais como:

A) O estupro não existe. Ninguém pode estuprar uma mulher se ela não consentir no último minuto.

(As meninas do meu ginásio realmente costumavam repetir isso com fidelidade umas para as outras. Só Deus sabe de onde tiramos isso. Era a sabedoria recebida, e nós, como robôs, a passávamos adiante.)

B) Há dois tipos de orgasmos: o vaginal e o clitoriano. Um é "maduro" (isto é, bom). O outro é "imaturo" (isto é, mau). Um é "normal" (isto é, bom). O outro é "neurótico" (isto é, mau).

Esse código moral pseudopsicológico, pseudo-avançado, era mais calvinista do que o calvinismo.

C) Os homens atingem o seu auge sexual aos 16 anos de idade e declinam dali por diante...

Brian tinha 24. Sem dúvida, já estava descendo a colina. Oito anos no declínio. Se ele trepava comigo apenas uma vez por mês aos 24 anos, imaginem o quanto treparia aos 34! Era aterrorizante.

Talvez o próprio sexo não fosse importante, se não houvesse as outras indicações de que nosso casamento ia mal. Nunca nos víamos. Ele ficava no escritório até sete, oito, nove, dez, onze, meia-noite. Eu cuidava da casa e labutava na biblioteca no meu trabalho a respeito da gíria sexual do século XVIII. O casamento burguês ideal. Marido e mulher sem nenhum tempo para ficar juntos. O casamento nos tirara o único motivo do casamento.

A situação continuou assim por vários meses. Sentia-me cada vez mais deprimida, com uma crescente dificuldade de sair da cama de manhã. Estava em geral em estado de coma até o meio-dia, o que me fez cortar quase todas as aulas, exceto a mais sagrada de todas, o Pró-seminário. Eu achava o curso de pós-graduação ridículo. Fora fazê-lo porque adorava literatura. Nele, porém, os estudos eram sobre crítica, não sobre literatura. Um professor escrevera um livro "provando" que *Tom Jones* era na verdade uma parábola marxista. Outro professor escrevera um livro "provando" que *Tom Jones* era na verdade uma parábola cristã. Outro, "provando" que *Tom Jones* era na verdade uma parábola da Revolução Industrial. Esperavam que guardássemos os nomes de todos os professores e de todas as teorias com precisão para que pudéssemos passar nos exames a respeito deles. Ninguém parecia dar a mínima se líamos ou não *Tom Jones*, contanto que pudéssemos despejar os nomes das diversas teorias e de quem as tinha inventado. Todos os livros de crítica exibiam nomes como *A retórica do riso* ou *As determinantes cômicas da ficção de Henry Fielding*, ou *Implicações estéticas na dialética da sátira*. Fielding devia estar se contorcendo no túmulo. Minha reação era dormir a maior parte do curso possível.

O fato é que sempre fora uma compulsiva aluna nota 10, e as provas eram fáceis para mim. Na pós-graduação, contudo, a besteirada era de tal nível que simplesmente não se podia ignorá-la. Portanto, eu dormia o tempo inteiro. Dormi durante os exames finais. Dormi em vez de trabalhar em minha tese. Nas raras ocasiões em que aparecia nas aulas, sentava-me lá rabiscando poesias em cadernos de notas. Certo dia, reuni coragem para falar do assunto com o professor Stanton.

– Acho que não quero ser professora – disse, tremendo dentro de minhas botas de camurça púrpura. Era um sacrilégio. Minha bolsa de estudo Woodrow Wilson era um compromisso para que eu ensinasse na faculdade. Era quase como abjurar Deus, país e bandeira.

– Mas é uma excelente estudante, Sra. Stollerman. O que mais poderia fazer?

(O que mais, realmente? O que mais poderia existir na vida além de *Implicações estéticas na dialética da sátira*?)

– Bom, ahn, acho que quero escrever – disse aquilo com um ar tão escusatório, como se dissesse: "Acho que quero matar minha mãe."

O professor Stanton pareceu perturbado.

– Ah, isso – disse, pouco à vontade. Os alunos estavam sempre vindo a ele com ambições fúteis como aquela.

– A questão, professor Stanton, é que comecei a estudar a literatura inglesa do século XVIII porém adoro sátira, mas quero escrever sátira, não fazer uma crítica. A crítica não é muito satisfatória, de qualquer modo.

– Satisfatória! – explodiu.

Engoli em seco.

– O que a faz pensar que a pós-graduação deva ser satisfatória? Literatura é *trabalho*, não diversão – disse ele.

– É – concordei com humildade.

– Você vem ao curso de pós-graduação porque adora ler, adora a literatura... bem, literatura é *trabalho árduo*! Não um brinquedo! – O professor Stanton parecia ter encontrado seu verdadeiro tema.

– Sim, professor Stanton, mas vai me desculpar, toda essa crítica não parece estar em sintonia com o espírito de Fielding, Pope ou Swift. Quer dizer, sempre os imagino rindo de nós dentro dos túmulos. Porque é o tipo de coisa que achariam *engraçada*. Quando leio Pope ou Swift ou Fielding, isso me dá vontade de escrever. Põe minha cabeça trabalhando em poesia. A crítica parece-me um pouco tola. Desculpe dizer isso, mas parece.

– Quem fez de *você* a guardiã do espírito de Pope? Ou de Swift? Ou de Fielding?

– Ninguém.

– Então de que diabos está se queixando?

– Não estou me queixando. Apenas acho que posso ter me equivocado. Acho que quero mesmo é escrever.

– Sra. Stollerman, terá muito tempo para escrever *depois* que fizer o doutorado. Então terá sempre algo a que recorrer caso você não seja Emily Dickinson.

– Acho que tem razão – disse eu e fui para casa dormir.

Brian me acordou com um estrondo em junho. Não estou bem certa quando tudo começou, mas penso que em meados de junho percebi que se tornara mais maníaco do que o usual. Deixara completamente de dormir. Queria que eu sentasse com ele durante toda a noite e discutisse o céu e o inferno. Não que isso fosse incomum em Brian. Sempre se mostrara interessado no céu e no inferno. Agora, porém, começara a falar muito sobre o Segundo Advento, e de uma forma nova .

E se Cristo voltasse à Terra como um obscuro executivo de pesquisa de mercado (perguntou)?

E se ninguém acreditasse Nele *de novo*?

E se Ele tentasse provar sua identidade caminhando sobre o lago do Central Park? O noticiário noturno da CBS cobriria a ocorrência? Seria considerada matéria de interesse humano?

Eu ria. Brian ria também. Era apenas uma idéia para um romance de ficção científica, disse. Só uma brincadeira.

Nos dias seguintes, as brincadeiras se multiplicaram.

E se ele fosse Zeus e eu Hera? E se ele fosse Dante e eu Beatriz? E se existissem dois de cada um de nós – matéria e antimatéria, de três dimensões e sem dimensões nenhuma? E se as pessoas no metrô estivessem na verdade se comunicando por telepatia com ele e lhe pedindo para salvá-las? E se Cristo voltasse e libertasse todos os animais do zoológico do Central Park? E se os iaques O seguissem pela Quinta Avenida, e os pássaros pousassem e cantassem em Seu ombro? *Então* as pessoas acreditariam que era Ele? E se Ele abençoasse os computadores, e estes de repente começassem a cuspir pães e peixes em vez de folhas impressas sobre quais donas de casa compram mais detergentes? E se o mundo fosse controlado na verdade por um computador gigante e ninguém soubesse disso exceto Brian? E se esse computador se alimentasse de sangue humano? E se, como Sartre dissera, estivéssemos todos no inferno agora mesmo? E se fôssemos todos controlados por máquinas complexas que fossem controladas por outras tantas máquinas que fossem controladas por mais máquinas complexas? E se não tivéssemos nenhuma liberdade de todo? E se o homem só pudesse afirmar sua liberdade morrendo na cruz? E se alguém atravessasse as ruas de Nova York com o sinal vermelho e os olhos fechados por uma semana inteira, e não fosse sequer arranhado por um carro? Isso provaria que tal pessoa era Deus? E se cada livro que se abrisse ao acaso tivesse as letras D E U S em algum ponto do parágrafo? Não seria uma prova inegável?

Noite após noite, as perguntas prosseguiam. Brian as repetia como um catecismo: E se? E se? E se? Ouça. Não durma! Ouça! O mundo está acabando e você vai dormir! Ouça!

Em seu frenesi para ter um ouvinte constante, ele chegou a me esbofetear o rosto uma ou duas vezes para despertar-me. Aturdida e com o olhar zonzo, eu ouvia. E ouvia. E ouvia. Após a quinta noite, não era mais possível acreditar nos planos de Brian sobre ficção científica. Ele próprio era o Segundo Advento. Reconhecer isso foi um processo lento. Quando este terminou, eu mesma já não tinha tanta certeza de que Brian *não fosse* Deus. Mas segundo a sua lógica, se ele era Jesus, eu era o Espírito Santo. E por mais zonza que estivesse, eu sabia que aquilo *era* maluquice.

Na sexta-feira, o chefe de Brian saiu da cidade para o fim de semana e delegou-lhe um importante negócio com os fabricantes de um produto para limpar fornos chamado Espuma Milagrosa. Brian deveria se encontrar com o pessoal da Espuma Milagrosa no centro de computadores no sábado, mas nunca chegou lá. O pessoal da Espuma Milagrosa esperou. Depois ligou para mim. Depois tornou a ligar. Brian não aparecera. Telefonei para todo o mundo que podia lembrar. Finalmente, sentei-me em casa roendo as unhas e sabendo que algo terrível ia acontecer.

Às 17 horas, Brian ligou-me para ler um "poema" que dizia ter escrito enquanto caminhava sobre o lago do Central Park. Era assim:

> Se a Espuma Milagrosa é uma bolha,
> Por que tanta chateação em sua escolha?
> Se não agirmos, o mundo será menos que uma rolha
> Tudo por causa de uma tola bolha.

– Que tal, querida? – perguntou ele, todo ingenuidade.

– Brian – sabe que o pessoal da Espuma Milagrosa tentou achar você o dia inteiro?

– Não é brilhante? Acho que realmente resume a coisa toda. Estou planejando enviá-lo ao *The New York Times*. O único problema, porém, é se o *Times* publica um poema com as palavras "chateação". O que acha?

– Brian... sabe que estive sentada aqui o dia inteiro respondendo a telefonemas da Espuma Milagrosa? Que inferno! Onde você estava?

– Exatamente ali.

– Onde?

– No inferno. Da mesma forma que você, eu e todos nós. Como pode se preocupar com uma mera bolha como a Espuma Milagrosa?

– Pelo amor de Deus, o que vai fazer com o contrato?

– Exatamente isso.

– Isso o quê?

– Pelo amor de Deus, vou esquecê-lo. Não vou fazer nada a respeito dele. Por que não vem até aqui para eu lhe mostrar o poema?

– Onde você está?

– No inferno.

– Está bem, sei que está no inferno, mas onde posso me *encontrar* com você?

– Deveria saber. Foi você que me mandou para cá.

– Onde?

– Para o inferno. Onde estou agora. Onde você está agora. Você é muito lenta, meu bem.

– Brian, por favor, seja sensato...

– Sou perfeitamente sensato. É você que se preocupa com uma mera bolha. É você que se importa com telefonemas da Espuma Milagrosa.

– Pelo menos me diga em que esquina posso encontrá-lo no inferno, e eu irei. Juro que irei. Só me diga a esquina.

– Não sabe?

– Não. Sinceramente não. Por favor me diga.

– Acho que está tentando me fazer de bobo.

– Brian querido, só quero ver você. Por favor, me deixa encontrar com você.

– Pode me ver agora mesmo com o olho da mente. Sua cegueira é obra inteiramente sua. Você e o Rei Lear.

– Está em uma cabine telefônica? Ou em um bar? Por favor, me diga.

– Você já sabe!

A conversa continuou dessa forma por algum tempo. Brian desligou duas vezes e ligou de novo. Por fim, concordou em identificar a cabine telefônica onde estava; não claramente, mas por uma espécie de jogo de advinhação. Tive que participar dele eliminando as possibilidades. Isso levou vinte minutos e várias moedas. Finalmente ficou claro que estava no Gotham Bar. Disparei para a rua e tomei um táxi. Soube que Brian passara o dia levando crianças porto-riquenhas e negras em passeios de bote pelo lago do Central Park, comprando-lhes sorvete, distribuindo dinheiro para as pessoas no parque e planejando sua fuga do inferno. Não tinha realmente caminhado sobre a água, mas pensara muito nisso. Agora estava pronto para mudar de vida. Descobrira ser dotado de um fundo de energia sobre-humana. Os outros mortais precisavam dormir, ele não. Os outros mortais precisavam de empregos e títulos e de toda a parafernália da vida cotidiana. Ele não. Ia embarcar no destino que sempre o aguardara – salvar o mundo. Eu devia ajudá-lo.

Para dizer a verdade, nada dessa conversa me desagradava muito. Antes me excitava. A idéia de Brian deixar a pesquisa de mercado, eu deixar a pós-graduação e salvarmos o mundo juntos era perfeitamente boa para mim. Na verdade, sempre insistira com ele para deixar a pesquisa de mercado. Tentara convencê-lo a ir comigo para a Europa e simplesmente perambularmos um pouco. Brian, contudo, sempre recusara. Mergulhara na pesquisa de mercado como se esta fosse a última grande cruzada.

Ao caminharmos pela cidade sábado à noite, seu comportamento me perturbou muito mais do que seu discurso louco. Queria que ambos fechássemos os olhos e atravessássemos as ruas com o sinal vermelho (para provar que éramos deuses). Entrava nas lojas e pedia aos balconistas que mostrassem vários artigos, manuseava cada um e depois saía. Entrava em um café e brincava com o açucareiro de cada mesa antes de sentar. Às vezes, os gerentes ou garçons diziam "Vá com calma, cara, relaxe, cara", às vezes, o punham para fora. Todos sentiam que havia algo errado nele. Sua agitação perturbava a atmosfera. Para Brian, isso era apenas a prova de sua divindade.

– Você está vendo – disse –, eles sabem que sou Deus e não sabem como reagir.

Era duplamente difícil para mim, porque eu acreditava em metade da teoria de Brian. Pessoas excepcionais *são* com freqüência chamadas de loucas pelo mundo comum. Se Deus voltasse, era provável que *acabasse* em um pavilhão psiquiátrico. Eu era lainguiana muito antes de Ronald Laing começar a publicar. Mas estava também apavorada.

Quando finalmente chegamos em casa, às 2 horas, Brian continuava frenético e totalmente acordado, embora eu estivesse exausta. Ele queria me mostrar seu poder. Queria provar que podia me satisfazer. Não trepava comigo havia mais ou menos seis semanas, mas agora não parava mais. Fodia como uma máquina, recusando-se a sucumbir a um orgasmo, mas insistindo comigo para que gozasse sem parar. Após as três primeiras vezes, eu estava dolorida e quis parar. Implorei-lhe que parasse, mas não o fez. Continuou me martelando como um assassino com um machado na mão. Eu chorava e implorava.

– Brian, por favor, pare – solucei.

– Pensou que eu não podia satisfazer você! – gritou, com os olhos alucinados. – Está vendo! – disse ele, enfiando-se em mim. – Está vendo! Está vendo!

– Brian, por favor, *pare*!

– Isso não prova? Isso não prova que sou Deus?

– Por favor, pare – choraminguei.

Quando finalmente parou, retirou-se de modo violento de mim e enfiou o pênis ainda duro em minha boca. Mas eu chorava demais para poder chupá-lo. Fiquei ali deitada soluçando. O que faria? Não queria ficar sozinha com

Brian, mas para onde ir? Pela primeira vez, convencia-me de que ele era perigoso.

De repente, Brian desmoronou e pôs-se a chorar. Queria se castrar, declarou. Queria que nosso casamento se purificasse de toda carnalidade. Queria ser como Abelardo e que eu fosse como Heloísa. Queria ser purificado de todos os desejos carnais para que pudesse salvar o mundo. Queria ser mole como um eunuco. Suave como Cristo. Queria estar crivado de flechas como São Sebastião. Abraçou-me e soluçou em meu colo enquanto eu acariciava seus cabelos, esperando que finalmente adormecesse. Em vez disso eu é que adormeci.

Não estou certa a que horas acordei, mas Brian estava acordado havia horas, provavelmente a noite inteira. Cambaleei até o banheiro e a primeira coisa que vi foi um grosseiro desenho colado com durex no espelho. Representava um homem pequeno com uma auréola e um enorme pênis ereto. Outro homem com uma barba comprida estava prestes a chupá-lo. Atrás deles via-se uma águia gigantesca (parecida com a água americana, exceto pelo detalhe de uma ereção muito óbvia e de aparência humana.) "O Pai, o Filho e o Espírito Santo" rabiscara Brian acima do desenho.

Fui até minha escrivaninha no quarto. Pedaços dos cartões de meu arquivo (contendo todas as notas para a minha tese) espalhavam-se pelo chão embaixo da mesa como confete. Em cima da escrivaninha havia uma exibição de livros: as obras completas de Shakespeare e Milton estavam abertas, e certas palavras, frases e letras tinham círculos em torno de diversas cores. Não consegui decifrar nenhum sistema ou código à primeira vista, mas notei observações furiosas nas margens. Frases como "Ah, inferno!" ou "A Besta com duas costas!" ou "O sexo feminino não diz a verdade!" Salpicados sobre Shakespeare e Milton encontravam-se os restos cuidadosamente rasgados de uma nota de 20 dólares. Sobre toda a escrivaninha viam-se reproduções rasgadas dos livros de arte. Todas representavam Deus, Jesus ou São Sebastião.

Corri para a sala à procura de Brian e encontrei-o ajustando o amplificador no aparelho de som. As *variações de Goldberg* por Glenn Gould enchiam o ar. Brian começou então a aumentar o volume e a abaixá-lo subitamente, para criar uma espécie de efeito de sirene.

– Em que altura se pode ouvir Bach nesta sociedade? – perguntou. – Assim? – Aumentou o volume. – Assim? – Abaixou-o tanto que era quase inaudível. – Está vendo! Não há nenhum modo de se ouvir Bach nesta sociedade!

– Brian, o que fez com minha tese? – Era uma pergunta retórica. Sabia perfeitamente o que fizera com ela.

Brian manipulava o som e fingia não me ouvir.

– O que *fez* com minha tese?

– Em que altura se pode ouvir Bach nesta sociedade sem que a polícia venha?

– O que *fez* com minha tese?

– Assim? – abaixava o volume.

– O que *fez* com minha tese?

– Assim? – aumentava o volume.

– O que *fez* com minha tese?

– Assim?

– Brian! – berrei com toda a força dos pulmões. Não adiantava. Fui até a escrivaninha e sentei-me ali, olhando a exibição que ele organizara. Eu queria matá-lo ou me suicidar. Em vez disso, chorei.

Brian entrou.

– Quem você acha que irá para o céu? – perguntou.

Não respondi.

– Bach vai? Milton vai? Shakespeare vai? Shakeswoof vai? São Sebastião, o bastardo, vai? Abelardo, o castrado, vai? Sinbad, o marujo, vai? Tinbad, o caramujo, vai? Jinbad, o carcereiro, vai? Norman Mailer vai? Whinbad, o baleeiro, vai? Finbad, o fracassado vai? Joyce vai? James vai? Dante vai ou já está lá? Homero vai? Yeats vai? Hardy vai, bem ardido? Rabelais a dar com o pé, vai? Villon bem vilão, vai? Raleigh ralado, vai? Mozart vai bem de leve? Mahler vai bem pesado? El Greco vai em um grande relâmpago? As lâmpadas irão?

Virei-me e olhei-o. Agitava os braços de forma alucinada e pulava sem parar.

– As lâmpadas *irão* para o céu! – berrou. – Irão! Irão!

– Está me deixando maluca! – gritei em uma exasperação total.

– Você vai para o céu! – berrou ele, e a seguir agarrou minha mão e começou a me puxar em direção à janela. – Vamos para o céu! Vamos! Vamos! – Escancarou a janela e se inclinou para fora.

– Pare! – Eu gritava histérica. – Não posso suportar mais isso! – E comecei a sacudi-lo. Ele deve ter ficado realmente muito assustado, porque pôs as mãos em torno de meu pescoço e começou a me estrangular.

– Pare – berrou. – A polícia virá! – Mas eu não estava mais gritando. Ele apertava cada vez mais. Comecei a desfalecer.

Não sei muito bem por que Brian me largou antes de me matar. Talvez fosse simples sorte de minha parte. Não sei como explicá-lo. Só sei que quando finalmente me soltou, eu tremia toda e arquejava tentando respirar (lembrome também de que mais tarde notei grandes equimoses azuis no meu pescoço). Corri para o grande armário embutido do corredor e sentei lá no escuro mordendo os joelhos e soluçando. "Ah meu Deus, meu Deus, meu Deus", arquejava. E então, de algum modo, consegui me controlar e liguei para o médico da família. Estava em East Hampton. Liguei para o psiquiatra de minha mãe. Estava em Fire Island. Liguei para o meu atual psiquiatra. Estava em Wellfleet. Liguei para uma amiga de minha irmã Randy que era psiquiatra e assistente social. Ela me disse que chamasse a polícia ou um médico – qualquer médico. Brian era psicótico, disse ela, e provavelmente perigoso. Eu não devia ficar sozinha com ele.

Quem quiser ficar doente em um domingo de junho é melhor fazê-lo em um local à beira-mar. Caso contrário, não encontrará médico nenhum. Finalmente consegui entrar em contato com um interno pago para substituir o meu um médico. Iria logo, disse ele. Chegou cinco horas depois. Durante todo esse tempo, Brian ficara surpreendentemente calmo. Sentara-se na sala ouvindo Bach como em transe. Eu ficara no quarto, tentando assimilar o que acontecera. Fingíamos nos ignorar reciprocamente. A calma depois da tempestade.

Pelo menos agora o problema de Brian tinha um nome. Era o melhor que se podia obter, com exceção da cura. Quando me disseram ser ele "psicótico", isso me dera uma estranha sensação de alívio. Havia então uma doença a ser tratada, um problema a ser resolvido. Nomear a coisa tornava-a menos assustadora. Diminuía também a minha culpa. A insanidade não era culpa de ninguém. Era um ato de Deus. Havia algo muito reconfortante nisso. Todos os desastres naturais são reconfortantes, porque reafirmam nossa impotência, caso contrário poderíamos parar de acreditar nela. Às vezes, é estranhamente tranqüilizante conhecer a extensão de nossa própria impotência.

Agüentamos a tarde juntos com Johann Sebastian Bach. "A música possui encantos que acalmam o coração selvagem", diz Congreve (que na certa está no céu jogando cartas com Mozart). Quando penso em todos os maus momentos que Bach me ajudou a atravessar, tenho certeza de que ele está no céu também.

O Dr. Steven Pearlmutter apareceu às 17 horas – cheio de desculpas e com as mãos transpirando. Dali por diante, nossa vida passou às mãos dos médicos e suas categoriazinhas presunçosas. Meu marido Brian, assegurou-me o Dr. Pearlmutter, era "um rapaz muito doente". Ia "procurar ajudá-lo". Começou tentando lhe dar uma injeção de Torazine, momento em que Brian deu um salto, desceu correndo a escada de serviço (os 13 andares) e entrou no Riverside Park. O médico e eu corremos atrás dele, descobrimos onde estava, conseguimos pará-lo, tentamos embromá-lo, mas ele deu outro salto e fugiu, conosco em sua perseguição, quando conseguimos engabelá-lo de novo e tudo se repetiu. O restante dos detalhes são tão sórdidos quanto comuns. Dali em diante, a hospitalização se tornou inevitável. Brian mostrou-se então completamente em pânico e com delírios cada vez mais extravagantes. Os dias que se seguiram foram um pesadelo. Os pais de Brian vieram de avião da Califórnia e de pronto declararam que o filho estava perfeitamente bem, eu é que estava louca. Tentaram impedi-lo de tomar qualquer remédio e com constância debochavam dos médicos (o que confesso, não era muito difícil). Insistiram com Brian para que me largasse e voltasse com eles para a Califórnia... como se ficar longe de mim fosse melhorá-lo automaticamente. O Dr. Pearlmutter entregara Brian a um psiquiatra que corajosamente tentou evitar sua hospitalização por cinco dias. Não adiantou. Entre a mãe e o pai de Brian, seu chefe, o pessoal da Espuma

Milagrosa, seus bem-intencionados ex-professores e ex-médicos, nossas vidas não mais nos pertenciam. Brian era acossado por seus pretensos guardiães e piorava cada vez mais.

Na quinta manhã após a visita do Dr. Pearlmutter, Brian tirou as roupas perto da Belvedere Tower no Central Park. Depois tentou subir no cavalo de bronze da estátua de Rei Jagiello junto com o Rei Jagiello (com espadas cruzadas e tudo). O policial finalmente o levou para o pavilhão psiquiátrico do Monte Sinai (as sirenes berrando, a Torazine fluindo como vinho) e, à exceção de algumas licenças nos fins de semana, nunca mais vivemos juntos.

Foi preciso mais oito meses ou algo semelhante para que nosso casamento desabasse por completo. Depois que Brian saiu do Monte Sinai, seus pais mudaram para nossa casa, me censuravam dia e noite, iam para o hospital comigo todas as noites e nunca nos deixaram a sós por mais de dez minutos. De qualquer modo, o horário de visitas era apenas de 18 às 19 horas, e meus sogros estavam decididos a nos manter afastados mesmo nessa hora. Além disso, quando eu me via sozinha com Brian, ele apenas me atacava. Eu era um Judas, dizia. Como pudera tê-lo atacado? Não sabia que iria para o Sétimo Círculo – o dos traidores? Não sabia que o meu crime era o mais baixo no livro de Dante? Não sabia que eu já estava no inferno?

O inferno não poderia ser muito pior do que aquele verão, de qualquer maneira. O regime Diem acabara de ser derrubado, e os budistas continuavam se imolando em um pequeno país engraçado, cujo nome se tornava cada vez mais familiar – Vietnã. Barry Goldwater concorria à Presidência, tendo por plataforma serrar fora toda a costa oriental e jogá-la no mar. John F. Kennedy morrera havia menos de uma ano. Lyndon Johnson era a nova esperança da nação para derrotar Goldwater e preservar a paz. Dois jovens brancos, Goodman e Schwerner, foram ao Mississippi trabalhar pelo registro de eleitores, uniram-se a um jovem negro chamdo Chaney e todos três terminaram numa medonha sepultura comum. Harlem e Bedford-Stuyvesant explodiram no primeiro de muitos verões longos e quentes. Enquanto isso Brian estava no hospital matutando como salvaria a humanidade. Com certeza a humanidade nunca necessitara tanto disso.

Acabamos nos afastando. Não de uma vez e não porque eu tenha encontrado outra pessoa. Eu apenas não saía enquanto Brian esteve no hospital. Encontrava-me em estado de choque e precisava de tempo para me recuperar. Pouco a pouco, contudo, comecei a perceber que eu era muito mais feliz sem ele, e como sua frenética energia enfraquecia a minha vida, como suas alucinadas fantasias haviam me privado de quaisquer fantasias que eu mesma pudesse ter. Lentamente, comecei a apreciar escutar meus próprios pensamentos. Era como se tivesse vivido em uma câmara de eco por cinco anos e subitamente me deixassem sair.

O restante da história, é, sobretudo, desenlace. Eu amava Brian e sentia-me com uma culpa tremenda por perceber que gostava mais de viver sem ele do que com ele. Pensava também que nunca confiaria muito nele de novo depois que tentara me estrangular. *Dizia* que o perdoara, mas algo dentro de mim nunca conseguiu fazê-lo. Eu tinha medo dele, e foi isso que finalmente matou o nosso casamento.

O final se arrastou. O dinheiro, como sempre, foi um fator que precipitou os acontecimentos. Após três anos no Monte Sinai, a cobertura da Blue Cross acabou, e Brian teve que ser transferido. Teria que ir para um hospital estatal (algo que aterrorizava a nós dois) ou para um hospital particular (cuja mensalidade era de 2 mil dólares mais ou menos). Estávamos imprensados contra um muro de dinheiro verde.

Seus pais então entraram em cena, não para ajudar, mas para atormentar. Se eu deixasse que Brian fosse para a Califórnia, eles pagariam o custo do tratamento particular. Caso contrário, nem um tostão. Vivi com esse ultimato durante um tempo e finalmente decidi que não tinha escolha.

Em setembro, fizemos uma peregrinação à Califórnia. "Demos no pé" para o Oeste não em uma carroça coberta mas em um 707, e tínhamos meu pai e um psiquiatra conosco. A companhia aérea não transportaria Brian sem um atendente psiquiátrico – o que significava também que nós quatro tínhamos que viajar de primeira classe, mastigando macadâmias entre comprimidos de Librium.

Foi um vôo memorável. Brian mostrou-se tão agitado, que esqueci meu medo de voar. Papai engolia um Librium de minuto a minuto e instava-me a ser corajosa, o psiquiatra (um médico-residente de 26 anos e rosto doce que se identificou conosco a ponto de se mostrar totalmente incompetente) estava nervoso e precisou ser constantemente tranqüilizado por mim; Mamãe Isadora cuidou de todos. Os deuses, os pais, todos que haviam falhado.

Na Clínica Linda Bella, em La Jolla, a ilusão de voluntarismo era mantida com rigidez. Todas as enfermeiras usavam bermudas, e os médicos, camisa esporte, calças de veludo cotelê e chapéus de golfe. Os pacientes também usavam roupas informais e perambulavam por ali em um cenário que parecia o de um hotel de luxo, incluindo piscina e mesas de pingue-pongue. Toda a equipe mostrava-se decididamente animada e tentava fingir que Linda Bella era uma espécie de spa e não o lugar para onde você ia quando ninguém sabia mais o que fazer com você em casa. Os médicos recomendaram que não se prolongassem as despedidas. Brian e eu nos vimos pela última vez na sala de Terapia Ocupacional deserta, onde ele batia malevolamente em um pedaço de argila em cima de uma mesa.

– Você não é mais parte de mim – disse ele. – Você era parte de mim.

Eu pensava como fora doloroso ser parte dele e como chegara quase ao ponto de esquecer quem eu era, mas não podia dizer isso.

– Eu voltarei – disse.

– Por quê? – retrucou.

– Porque te amo.

– Se me amasse, não teria me trazido para cá.

– Não é verdade, Brian, os médicos disseram...

– Os médicos não sabem nada sobre Deus. Não se *espera* que saibam. Mas achei que *você* sabia. Você é como todo o resto. Por quantas moedas de prata me vendeu?

– Só quero que fique melhor – eu disse debilmente.

– Melhor do quê? E se eu *melhorasse*, como eles saberiam, doentes como são? Você esqueceu tudo o que sabia. Fizeram lavagem cerebral em você também.

– Quero que melhore para não precisar de remédios... – disse eu.

– Isso é pura merda, e você sabe disso. Eles dão remédios à pessoas para *começar* e depois os *usam* como indicador de sua saúde. Quando a medicação é alta, você está pior. Quando é baixa, está melhor. O raciocínio é circular. Quem precisa da desgraçada da medicação, em primeiro lugar? – Socou a argila com selvageria.

– Eu sei – disse eu.

A questão é que eu concordava com ele. Na certa as categorias de saúde e doenças dos médicos eram mais doidas do que as de Brian. Não havia dúvida de que a banalidade médica era tal que se Brian *fosse* Deus, eles não saberiam.

– É uma questão de fé – disse ele. – *Sempre* tem sido uma questão de fé. Minha palavra, ou a palavra da multidão? Você escolheu a multidão. Mas isso não a faz ter razão. E mais... Você sabe disso. Eu lamento por você. É tão *fraca*! Nunca *teve* peito para nada. – modelava a argila como uma panqueca fina.

– Brian... tente entender a minha posição. Senti que eu ia desabar de tensão. Seus pais gritavam comigo o tempo todo. Os médicos falavam. Parei até de saber quem eu era...

– *Você*, desabar de tensão? *Você! Quem* foi trancado, você ou eu? *Quem* foi drogado com Torazine, você ou eu? Quem foi vendido, você ou eu?

– Ambos – disse eu chorando. Grandes gotas salgadas corriam por meu rosto abaixo e entravam pelos cantos da boca. Tinham um bom gosto, as lágrimas. Um gosto reconfortante. Como se com lágrimas eu pudesse cavar um novo ventre e me arrastar para dentro dele. Alice em seu próprio mar de lágrimas.

– Ambos! Isso é uma piada!

– É verdade, ambos ficamos feridos. Você não detém o monopólio da dor.

– Vá embora – disse ele, pegando a argila achatada e começando a dar-lhe uma forma de serpente. – Vá para um convento, Ofélia. Afogue-se, pouco me importo...

– Você nunca lembra que tentou me matar, lembra? – Sabia que não devia dizer isso, mas eu estava com muita raiva.

– *Matar!* Se você me amasse, se conhecesse o maldito significado do sacrifício... se não fosse uma menina tão mimada, não daria merda nenhuma por sua vida!

– Brian, não se *lembra*?

– Lembrar do quê? Lembro que me trancou aqui, é disso que me lembro.

De repente, ficou claro para mim que havia duas versões do pesadelo pelo qual tínhamos passado, sua versão e minha versão, e elas não coincidiam de forma nenhuma. Brian não apenas não tinha qualquer empatia por minha infelicidade, como tampouco tinha consciência dela.

Não conseguia nem mesmo se lembrar dos eventos que o haviam conduzido ao hospital. Quantas outras versões de nossa realidade haveria? A minha, a de Brian, a de seus pais, a de meus pais, a dos médicos, a das enfermeiras, a dos assistentes sociais... Havia um número infinito de versões, um número infinito de realidades. Brian e eu passáramos por um pesadelo juntos, e revelava-se agora que não havíamos passado por nada juntos. Entráramos em uma experiência pela mesma porta, mas vagáramos por túneis separados, palmilháramos a escuridão sozinhos e finalmente saíamos em extremos opostos da terra.

Brian olhava-me de maneira fria, como a seu pior inimigo. Juro por Deus que não me lembro de nossas palavras de despedida.

Meu pai e eu tínhamos uma tarde e uma noite antes de nosso vôo de volta para Nova York. Alugamos um carro e dirigimos até Tijuana, onde compramos uma *piñata* levemente suja – um burrinho rosa-shocking. Caminhamos juntos pelas ruas comentando sobre a "cor local", fazendo observações previsíveis sobre a pobreza do povo e a opulência das igrejas.

Meu pai é ainda um belo homem que parece 15 anos mais jovem do que seus 60 anos, é vaidoso com seu físico e seu cabelo rareando, e caminha com um movimento elástico de cima para baixo que se tornou também o meu modo característico de andar. Nós nos parecemos, andamos parecido, somos ambos viciados em piadas e trocadilhos, e mesmo assim quase não conseguimos nos comunicar. Estamos sempre levemente desconcertados na presença um do outro... como se conhecêssemos um segredo terrível sobre a nossa relação do qual não pudéssemos falar. Qual poderia ser esse segredo? Lembro-me dele batendo na parede entre nossos quartos para reconfortar-me e tranqüilizar meu medo da escuridão. Lembro-me dele mudando meu lençol quando eu fazia xixi aos 3 anos, e trazendo-me leite quente quando eu tinha 8 anos e estava com insônia. Lembro-me dele contando-me certa vez (depois que eu presenciara uma briga terrível entre ele e mamãe) que haviam ficado juntos "por minha causa"... Mas se há algo mais – uma sedução na infância ou uma cena primordial – minha superanalizada memória não vai tão longe. Às vezes, o cheiro de um sabonete (ou de qualquer outra substância doméstica) traz subitamente de volta uma lembrança da infância há muito esquecida. E então descubro-me pensando como tantas *outras* lembranças são escondidas de mim nos recessos da mente; na verdade, meu próprio cérebro parece ser a última grande *terra incógnita*, e fico maravilhada ante a perspectiva de algum dia descobrir novos mundos ali. Imaginem o continente perdido da Atlântida e todas as ilhas submersas da infância bem naquele local, esperando para serem descobertas. O espaço interno que nunca exploramos de forma adequada. Os mundos dentro dos mundos. E o fantástico é que estão lá, esperando por nós. Se não conseguirmos descobri-lo é simplesmente porque não construímos ainda o veículo certo – espaçonave, submarino ou poema – que nos levará até lá.

Em parte é por isso que escrevo. Como posso saber o que penso a não ser que o veja escrito? Meu texto é o submarino ou espaçonave que me leva por mundos desconhecidos dentro da mente. E a aventura é interminável e inexaurível. Se aprendesse a construir o veículo certo, então poderia descobrir mais territórios ainda. E cada novo poema é um novo veículo, destinado a mergulhar um pouco mais fundo (ou voar um pouco mais alto) do que o anterior.

Meu casamento com Brian provavelmente terminou no dia em que caminhei pelas ruas de Tijuana com meu pai, o piadista. Papai tentava ser animado e útil, mas eu estava enfurnada em minha própria culpa. Era um dilema; se escolhesse Brian e tentasse viver com ele de novo, ficaria doida, ou no mínimo desistiria de minha própria identidade. Mas se o deixasse sozinho com sua loucura administrada pelos médicos, eu o estaria abandonando e exatamente quando mais precisava de ajuda. Em um determinado sentido, eu *era* uma traidora. Tratara-se de uma escolha entre ele e eu, e eu me escolhera. A culpa a respeito da questão ainda me persegue. Em algum ponto no fundo de minha cabeça (com todas aquelas memórias submersas da infância) está uma gloriosa imagem da mulher ideal, uma espécie de Griselda judia. Ela é Ruth, Esther, Jesus e Maria em uma mesma pessoa. Sempre oferece a outra face. É um veículo, um vaso, não tem necessidades ou desejos próprios. Quando o marido lhe bate, ela compreende. Quando ele está doente, ela cuida dele. Ela cozinha, cuida da casa, dirige a loja, mantém o livro-caixa, ouve os problemas de todos, visita o cemitério, arranca as ervas daninhas dos túmulos, planta os jardins, esfrega o chão e senta silenciosamente no balcão superior da sinagoga, enquanto os homens recitam preces sobre a inferioridade das mulheres.

Ela é capaz de absolutamente tudo, exceto da autopreservação. E em segredo sempre me envergonhei por não ser ela. Uma boa mulher teria sacrificado a própria vida para cuidar da loucura do marido. Eu não era uma boa mulher. Tinha muitas outras coisas para fazer.

Mas se fora descuidada com Brian, compensei duplamente com Charlie Fielding. Em puro masoquismo – o bom, saudável e "normal masoquismo feminino" – ninguém pode superar minha relação com Charlie (que veio logo após o fim de meu casamento com Brian). Interessante como sempre damos ao sujeito seguinte tudo o que transbordou do sujeito anterior. Um caso típico de "substituição sentimentalóide".

13
O maestro

É um terremoto ou apenas um choque?
Da tartaruga a sopa ou apenas nhoque?
É um coquetel – essa minha alegria,
Ou será finalmente a real euforia?
Meu palpite é certo ou é pura ilusão?
Ouvirei Bach ou, de Cole Porter, só uma canção?

Cole Porter, *At Long Last Love*

Charlie Fielding ("Charles" quando assinava o nome) era alto, de ombros caídos e parecia o Judeu Errante. Seu nariz era extremamente longo e de gancho, suas narinas palpitavam e tinha uma boca pequena e virada para baixo com uma expressão sempre azeda, algo entre o desprezo e a melancolia. Sua pele era amarelada e doentia, e já fora devastada pela acne que ainda o atormentava de tempos em tempos. Usava caros paletós esportivos de tweed que pendiam de seus ombros como de um cabide de arame, e as calças que vestia eram estofadas à altura dos joelhos. Os bolsos de seu velho sobretudo viviam alargados por livros. Da surrada pasta de couro de porco que levava projetava-se a ponta de uma batuta.

Quem o visse no metrô ou jantando solitário no Schrafft's (onde punha as despesas na conta do pai), concluiria por sua expressão que estava de luto. Não estava – a não ser que estivesse chorando com antecedência a morte do pai cujo dinheiro herdaria.

Às vezes, enquanto esperava a chegada do jantar (galinha com creme, *sundae hot fudge* com sorvete de chocolate), tirava uma partitura da pasta e, segurando a batuta na mão direita, começava a reger músicos imaginários. Fazia isso de modo totalmente inconsciente e aparentemente sem qualquer desejo de chamar atenção. Apenas esquecia das pessoas em torno.

Charlie (sua mãe pusera esse nome por causa do "Bonnie Prince Charles", e Charlie, afinal de contas, era um príncipe judeu) morava sozinho em um apartamento de um cômodo no East Village. A mesma vizinhança onde seus ascendentes pobres haviam morado duas gerações antes. As venezianas eram carregadas de fuligem negra e gordurosa, e grãos de sujeira estalavam sob os pés quando se caminhava pelo chão nu. O cenário era espartano: uma pequena cozinha de armários sempre vazios à exceção de caixas de damasco secos e sacos de açúcar empedrados, um

 piano alugado, uma cama de solteiro, um gravador, um tocadiscos portátil, duas caixas de discos (jamais desempacotados desde que ele os trouxera da casa dos pais, dois anos antes). Do lado de fora da janela, havia uma escada de incêndio debruçada sobre um pátio fuliginoso. Do lado oposto, moravam duas lésbicas de meia-idade, que, às vezes, esqueciam de fechar as persianas. Charlie tinha o desprezo defensivo pelos homossexuais que as pessoas com freqüência têm, quando sua própria sexualidade é um constrangimento para elas. Ficava excitado o tempo todo, mas tinha um medo terrível de ser vulgar. Sua educação em Harvard fora destinada a extinguir toda a vulgaridade brilhando bem no fundo de seus genes, e apesar de ele querer ir para a cama, não desejava lidar com a situação de um modo a parecer grosseiro – para ele próprio ou para as moças que tentava seduzir.

No entanto, notei que se o homem não for um gênio autêntico, estudar em Harvard é um risco permanente. Não tanto pelo que os alunos aprendem lá, mas pelo que eles presumem sobre si mesmos dali por diante – o peso de ser um ex-aluno de Harvard; a aura, a atmosfera, os problemas de pronúncia, as ternas lembranças do rio Charles. Isso tende a infantilizá-los e faz com que disparem pelos corredores das agências de publicidade com as gravatas esvoaçando atrás deles. Faz com que agüentem a comida medonha e as poltronas cheias de ratos do Harvard Club apenas para impressionar alguma garota com a origem gloriosa de seu bacharelato.

Charlie tinha esse estorvo *harvardiano*. Formara-se com uma nota ruim e mesmo assim sentia-se fantasticamente superior a mim, com meu Phi Beta Kapa recebido do encardido e sem classe Barnard. Ele sentia que, em Harvard, fora tocado pelo refinamento e que apesar de seus fracassos no mundo, ainda era (um coro de Gilbert e Sullivan deveria cantar esta frase) um Homem de Harvard.

Quase sempre Charlie dormia até meio-dia, levantava-se e tomava o desjejum em uma das leiterias que sobraram da época dos velhos imigrantes. Em duas manhãs, por semana, contudo, arrastava-se para fora da cama às 9 horas e tomava o metrô até uma escola de música onde ensinava piano e regia um grupo coral. O dinheiro que ganhava por esse trabalho era desprezível, mas Charlie vivia principalmente da renda de um fundo financeiro que o pai estabelecera para ele. Charlie mostrava-se furtivo ao extremo sobre o montante de sua renda, como se fosse um segredo sujo. Mesmo assim, sempre imaginei que ele poderia ter vivido de certo modo um pouco menos na miséria, se isso não violentasse o cerne de sua avareza.

Entretanto, havia um sujo segredo de família, e talvez fosse aquilo que tornasse o dinheiro tão constrangedor. A família de Charlie deparara-se com o dinheiro por meio de um tio dele, Mel, o famoso dançarino e falso WASP que deslizara pela década de 1930 com cabelos em gomalina, um nariz consertado e uma esposa dançarina não-judia. Mel Fielding fizera uma carreira vitalícia ao esconder seu judaísmo, concordando em partilhar a riqueza com a família somente com a condição de que os parentes consertassem seus narizes também e mudassem o nome de Feldstein para Fielding. Charlie recusara-se a concordar quanto ao nariz, mas aceitara o nome. O pai de Charlie, porém, *de fato* amputou metade do nariz (ficando com a aparência de um judeu com um nariz absurdamente pequeno). O principal, no entanto, é que os Feldstein haviam deixando o Brooklyn e emergido em Beresford (o gueto dourado, aquele falso castelo), no Central Park West.

O negócio da família era uma cadeia mundial de escolas de dança que vendia filiações vitalícias a velhos solitários. Era tão escroque quanto a psicanálise, a religião, os grupos de encontro ou os rosa-cruzes podem ser chamados de escroques. Como todos eles, porém, também prometia o fim para a solidão, a impotência e a dor, o que naturalmente decepcionava gente à beça. Charlie trabalhara no negócio por alguns verões durante a faculdade, mas fora apenas um gesto simbólico. Ele detestava qualquer espécie de trabalho diário – ainda que este consistisse em deslizar pela pista de dança com uma senhora de 80 anos que acabara de se tornar um membro vitalício ante o pagamento de vários milhares de dólares. Quando o conheci, Charlie era muito sensível a respeito de salões de dança. Não queria que o ganha-pão do pai fosse amplamente conhecido. Apesar disso, pronunciava com freqüência o nome do tio famoso entre seus amigos e os meus. A ambivalência é uma maravilhosa melodia para se dançar. Tem um ritmo todo próprio.

Mas o que Charlie fazia, afinal? Preparava-se para a grandeza. Devaneava sobre sua estréia na regência – o que, por outro lado, não fazia muito para apressar – e iniciou sinfonias. Eram, todas elas, sinfonias inacabadas. Iniciou também sonatas e óperas (baseadas em trabalhos de Kafka ou Beckett). Eram obstáculos que não conseguia ultrapassar (mas que sempre prometera dedicar a mim). Talvez para os outros ele fosse um fracasso, mas para si mesmo era uma figura romântica. Falava de "silêncio, exílio e astúcia". (Silêncio: as sinfonias inacabadas. Exílio: deixara o Beresford pelo East Village. Astúcia: seu caso comigo.) Estava passando pelas provações iniciais de todos os grandes artistas. Como regente, ainda não tivera sua oportunidade, sendo ainda mais preterido, segundo ele, pelo fato de não ser homossexual. Como compositor, era uma questão de aprender a lidar com a crise de estilo que assolava a época. Isso se resolveria com o tempo. Tinha que se pensar em termos de décadas, não de anos.

Sonhando em um banco de piano ou ante uma travessa de doces de cereja no Ratner's, Charlie imaginava como seria ele próprio quando tivesse finalmente o sucesso – grisalho nas têmporas, agradável e excentricamente vestido. Após reger sua nova ópera (escrita por ele próprio) no Metropolitan, não se furtaria de correr para o Half Note para uma *jam session* com brilhantes músicos de jazz. As moças da faculdade que o reconhecessem lá assediariam-no em busca de autógrafos, e ele as repeliria com observações espirituosas. Nos verões, Charlie se retiraria para sua casa de campo em Vermont, compondo em um piano Bechstein sob uma clarabóia oblíqua, saindo de seu estúdio para travar uma conversa inteligente com os poetas e os jovens compositores que o haviam acompanhado até lá. Devotaria três horas por dia a escrever sua autobiografia – em um estilo que descrevia como algo entre Proust e Evelyn Waugh (seus autores favoritos). Então haveria as mulheres. Sopranos wagnerianas com grandes traseiros com covinhas, tiradas de Peter Paul Rubens. (Charlie tinha uma grande queda por mulheres gorduchas, e mesmo gordas. Sempre me achara magra demais, ou que eu tinha o traseiro muito pequeno. Se tivéssemos ficado juntos, é possível que eu tivesse me tornado elefantina.) Depois das sopranos gordas, viriam as mulheres literárias: poetas que lhe dedicavam seus livros, escultoras obcecadas para que posasse nu, romancistas que o achavam tão fascinante que o transformavam na figura central de seus romances *à clef*. Talvez

 nunca se casasse, nem para ter filhos. As crianças, (como

dizia com freqüência) eram *cansativas*. Tal palavra (pronunciada de forma grifada) era sempre uma de suas favoritas. Não sem ser contudo sua condenação final. (*Banal* também não, embora a apreciasse.) Sua palavra definitiva de escárnio era *vulgar*. As pessoas, é claro, podiam ser vulgares, assim como livros, músicas e pinturas, mas a comida também podia padecer desse mal para Charlie. Como dissera uma vez quando o tio famoso o levara ao "Le Pavillon": "Esses crepes são *vulgares*". Pronunciava *vulgar* com um grande espaço entre as sílabas, como se entre *vul* e *gar* ele tremesse à beira de uma revelação. A pronúncia era também uma coisa importante para Charlie.

Após tudo isso, deixei de dizer o mais importante, isto é, que eu estava loucamente apaixonada por ele (com grifo no *louca*). O cinismo veio mais tarde. Para mim, ele não era um rapaz pomposo e espinhento, e sim uma figura de charme lendário, um futuro Lenny Bernstein. Sabia que a família dele (com sua sala de estar cor de champanhe, decorada-pelo-decorador e debaixo de coberturas de plástico) era cem vezes mais vulgar até do que a minha. Sentia que Charlie era mais esnobe que inteligente. Sabia que nunca tomava banho, nunca usava desodorante e limpava o traseiro de modo inadequado (como se esperasse que mamãe viesse ajudá-lo), mas eu estava louca por ele. Deixei-o condescender comigo. Afinal de contas, era um devoto da mais universal das artes: a música. Eu, uma humilde escriba de mente literal. Mais importante ainda, ele era pianista como meu pianista pai. Quando se sentava ante as teclas, minhas calcinhas ficavam molhadas. Aqueles contínuos! Aqueles crescendos! Aqueles sustenidos! Aqueles bemóis!

Conhecem aquela expressão horrível, "fazer cócegas nos marfins"? Era assim que Charlie me deixava doida.

Às vezes, costumávamos até trepar no banco do piano com o metrônomo em andamento.

Nós nos conhecêramos de um modo engraçado: na televisão. O que pode haver de mais engraçado do que leitura de poesia pela televisão? Não é poesia nem televisão. É "educativo", se me perdoarem a expressão.

O programa do Canal 13 era uma espécie de salada das sete artes, nenhuma delas animada. Por que era considerado "educativo", ninguém sabia. Havia 15 jovens "artistas", tendo cada um quatro minutos para vender o seu peixe. Diante de nós postava-se um lamentável asno velho e pomposo, de olhos empapuçados, que fumava cachimbo e cujo nome era algo como Phillips Hardtack. Entrevistando cada um de nós, fez-nos perguntas incisivas como "em sua opinião, o que é a inspiração?" ou "que influência tem sua infância em seu trabalho?" Para essas perguntas (e dez outras, mais ou menos) eram concedidos mais quatro minutos. Além de ser o entrevistador de programas assim, Hardtack ganhava a vida escrevendo resenhas literárias e posando para anúncios de uísque – duas ocupações que têm mais em comum do que parece superficialmente. O uísque era sempre "light" e "suave", e os livros sempre "crus" e "poderosos". Só se precisava rachar o Hardtack ao meio e de lá saíam os adjetivos. Às vezes, porém, ele confundia as coisas e chamava um livro de light e suave e o uísque de cru e poderoso. Para uísques de 20 anos e autores geriátricos que publicavam suas memórias, Hardtack reservava a palavra "amadurecido". E para jovens autores e uísques menores, tinha uma reação automática: "Falta-lhe maciez."

A maioria dos "artistas" naquele programa merecia Hardtack. Havia um jovem tolo que se autodenominava "cineasta" e exibiu quatro minutos de um filme trêmulo e superexposto sobre o que pareciam duas (ou possivelmente três) amebas dançando pseudópode com pseudópode; um pintor negro que se denominava pintor-ativista e só pintava cadeiras (um estranho tema pacifista para um pintor-ativista); uma soprano com dentes amarelos e pontudos (Charlie estava lá, acompanhando-a em quatro minutos de um trêmulo Puccini); uma banda de percussão de apenas um homem chamado Kent Blass que pulava espasmodicamente por ali, tocando tambores, xilofones, aquários de vidro, panelas e frigideiras; um dançarino moderno que nunca disse o substantivo "dança" sem usar o artigo definido; um cantor folclórico de protesto cuja linguagem de nativo do Brooklyn mostrava-se entrelaçada de lições de elocução, fazendo-o pronunciar de forma bizarra a letra "o" como *aarr*. Então chegou a minha vez.

Eles me haviam colocado dentro da moldura de um compensado cinzento para meus quatro minutos de poesia, e a fim de alcançá-lo, tive que me pendurar em uma espécie de andaime. Charlie estava bem abaixo de mim, sentado ao piano e de olhos na minha saia. Enquanto eu lia meus poemas, seus olhos abriam buracos ardentes nas minhas coxas. Um dia depois, ele me ligou. Nem me lembrava dele. Então ele disse que gostaria de musicar os meus poemas, e saímos para jantar. Eu sempre fui muito ingênua com truques daquele tipo. "Venha ao meu apartamento que vou musicar seus poemas." E eu sempre vou – ou ia, pelo menos.

Charlie, porém, me surpreendeu. Tinha uma aparência esquelética, pouco limpa e um nariz de gancho quando apareceu à porta, mas no restaurante exibiu um conhecimento gigantesco de Cole Porter, Rodgers e Hart e Gershwin: todas as músicas que meu pai tocava ao piano quando eu era criança. Mesmo as mais obscuras canções de Cole

Porter, as músicas quase esquecidas de Rodgers e Hart, que faziam parte dos mais desconhecidos musicais, as menos conhecidas músicas de Gershwin – Charlie conhecia todas. Conhecia até mais do que eu, com minha ótima memória para frases espirituosas. Foi então que me apaixonei absurdamente por ele, transformei-o de uma rã mal-lavada e de nariz de gancho em um príncipe – um príncipe-pianista judeu, para ser mais precisa. Assim que recitou a última estrofe de *Let's Do It* totalmente *certa*, eu estava pronta para fazer qualquer coisa com ele. Um simples caso de Édipo-bucetice.

Em casa, fomos para a cama. Entretanto, Charlie estava tão deslumbrado com sua boa sorte que brochou.

– Pode me reger – eu disse.

– Acho que perdi a batuta.

– Então faça como Mitropoulos... com as próprias mãos.

– Você é realmente um achado – disse ele, esforçando-se debaixo das cobertas. No entanto, com batuta ou mão, não adiantou. Seus dentes batiam e grandes tremores sacudiam-lhe os ombros. Arquejava para respirar como um doente de enfisema.

– Qual é o problema? – perguntei.

– É que você é um tal achado que não consigo acreditar. – Parecia soluçar e sufocar alternadamente. – Vai querer me ver de novo depois disso? – suplicou. – Promete que não vai usar isso contra mim?

– Que espécie de vampira acha que sou? – disse atônita. Todos os meus instintos maternais tinham sido despertados por vê-lo tão indefeso. – Que lixo humano o jogaria fora?

– A última com quem aconteceu isso – gemeu. – Ela me pôs para fora e jogou minhas roupas no corredor.

Esqueceu uma meia. Tive que ir para o metrô com um pé sem meia. Foi a experiência mais humilhante da minha vida.

– Querido – disse eu, embalando-o.

Acho que deveria ter tido uma pista da instabilidade emocional de Charlie ante seus soluços, tremores e sufocações. Mas não a velha Isadora. Para mim, isso apenas confirmava a sensibilidade dele. O príncipe e a ervilha. Era compreensível. Estréias o derrubavam. Sempre podíamos cantar Cole Porter juntos em vez de trepar. Em vez disso, ele adormecia em meus braços. E dormia como ninguém mais que eu conhecesse. Chiava, gaguejava, peidava e se remexia. Gemia e estremecia. Chegava a espremer espinhas enquanto dormia. Eu permanecia metade da noite acordada, observando-o em um espanto absoluto.

Pela manhã, acordou sorrindo e fodeu-me como um garanhão. Eu passara no teste. Não o havia posto para fora. Essa era minha recompensa.

Pelos oito meses seguintes, mais ou menos, nós saímos juntos, em geral, passando as noites em seu apartamento ou no meu. Eu estava providenciando uma anulação do casamento com Brian e lecionava no "City College of New York" enquanto terminava o mestrado na Columbia. Ainda morava no mesmo apartamento onde Brian havia pirado e detestava passar as noites sozinha; portanto, quando Charlie não podia ficar comigo, eu o acompanhava até East Village e dormia com ele em sua cama estreita.

Charlie dizia me amar, me adorar, mas mesmo assim continuava com reservas. Eu sentia algo engraçado em suas declarações de amor, algo titubeante e insincero. Fiquei enlouquecida, pois era a primeira vez que alguém se mostrava reservado comigo. Acostumara-me a ter as rédeas da situação, e sua atitude vacilante me exasperava. O que fazia com que eu me apaixonasse cada vez mais por ele, o que, por sua vez, o deixava mais e mais vacilante. A velha história.

Eu sabia que havia outra moça em Paris, uma antiga namorada de Radcliffe, agora estudando filosofia na Sorbonne. Segundo Charlie, eram apenas amigos. Já terminara, dizia.

Era gorducha, de cabelos pretos e (segundo ele) tinha o hábito exasperante de cair em um sono profundo depois de trepar. Fora para Paris com o objetivo de se afastar dele e tinha um namorado francês que morava com ela na rue de La Harpe (Charlie parecia conhecer os detalhes bem demais para alguém que não ligava mais a mínima). Mas se tudo aquilo era *verdade*, por que então ela assinava as cartas para ele com um "Eu te amo"? Apenas para guardar um ás na manga? E *ele*? Seria ela seu ás na manga (ou no rabo)? Ou seria *eu*?

Sempre considerei ler a correspondência alheia a maior baixaria, mas o ciúme nos leva a fazer as coisas mais estranhas. Em uma triste manhã no East Village, quando Charlie saiu cedo para dar aula de música, esgueirei-me da cama como uma espiã e (com o coração batendo como um tímpano de Saul Goodman) revistei o apartamento. É claro que procurava por selos de Paris – e os encontrei bem debaixo das cuecas cinzentas e alcoviteiras de Charlie.

A julgar pelas cartas, Salome Weinfeld (assim chamada devido a seu avô Sol?) era um tipo literário. Estava também envolvida no jogo de fazer Charlie ficar selvagemente ciumento enquanto o mantinha preso a ela por pequenas migalhas de afeto.

Querido Charlie [escrevia ela]:

Estamos todos morando aqui no sexto andar (sétimo para vocês) de um buraco encantadoramente gasto chamado Hotel de la Harper, enquanto procuramos uma toca mais barata. Paris é divino – Jean-Paul Sartre praticamente ali na esquina, Simone de Beauvoir, Beckett, Genêt – *tout le monde*, em suma.

Querido, eu te amo. Não pense que porque estou morando com Sebastien (que, por falar nisso, faz um cuscuz soberbo), eu tenha deixado de me importar com você. Apenas preciso de tempo para fazer experiências, respirar, viver, me esticar, flexionar os músculos [imagine quais!] sem você.

Sinto falta de você dia e noite, penso em você, chego mesmo a sonhar com você. Não imagina como é frustrante viver com um homem que não sabe o que é B.L.T., que nunca comeu um *blintz*, que acha que *O Charles* é um antigo rei da Inglaterra! Apesar disso, ele (Sabastien) é carinhoso e devotado e [uma linha inteira está riscada por completo aqui] me faz perceber dia a dia o quanto amo você.

Attends-moi, chéri
Sally

Attends-moi você!

Mas como poderia confrontar Charles com uma carta que eu própria surrupiara do meio de suas roupas de baixo não muito limpas? Assim, em vez disso, adotei uma política fabiana de espera vigilante. Escondi meu ressentimento. Estava determinada a conquistá-lo, gradualmente, de sua correspondente secreta.

Em junho, partimos juntos para a Europa. Charlie ia a um concurso de regência na Holanda; eu visitaria amigos em Yorkshire, encontraria minha velha amiga Pia em Florença para um passeio pelo sul da Europa e depois visitaria minha irmã Randy no Oriente Médio. Charlie e eu planejamos ficar juntos na Holanda por duas semanas e depois nos separar. Supostamente ele voltaria para casa a fim de reger um oratório em algum festival de arte, mas isso ainda estava incerto. Eu, no fundo, esperava que ambos cancelássemos todos os nossos outros planos e simplesmente viajássemos juntos pelo restante do verão.

Partimos no velho *Queen Elizabeth*, classe turística. A bolorenta linha marítima "Cunard" não nos daria uma cabine de casal, a menos que apresentássemos prova documental de casamento (o que, era óbvio, não tínhamos). Além disso, Charlie era pão-duro. Para economizar, ficou em uma cabine de quatro leitos, com quatro outros homens. Assim, não tive escolha senão ficar com um leito em uma cabine para quatro mulheres. Sem janelas, naturalmente, e bem acima dos motores. Minhas companheiras eram uma senhora alemã com o aspecto da Cadela de Buchenwald e falando como ela, uma enfermeira francesa magricela que roncava e uma professora de escola primária inglesa com uns 50 anos, vestida de cardigan, tweed e sapatos de sola ondulada. Usava *English Lavender*, e a cabine inteira recendia ao perfume.

Nosso problema durante toda a viagem de cinco dias e meio foi onde trepar. Minha cabine estava descartada, já que a enfermeira francesa parecia dormir o dia inteiro e a alemã e a inglesa se recolhiam às 21 horas. Uma vez tentamos ficar na cabine de Charlie na hora do almoço enquanto os outros três velhotes faziam as refeições, mas um deles

 voltou e bateu com força na porta, zangado, no exato

momento em que começávamos a trepar. Assim, vasculhamos o navio em busca de lugares onde pudéssemos fazê-lo. Estávamos determinados. Vocês provavelmente pensam que é fácil encontrá-los em um velho navio cheio de cantos e frestas como o *Queen Elizabeth*, mas não. A parte da tinturaria era trancada, os botes salva-vidas eram altos demais para podermos escalá-los, as salas públicas eram públicas demais, a creche cheia de criancinhas, e não conseguimos descobrir nenhuma cabine vazia. Sugeri que usássemos uma das cabines de primeira classe enquanto o pessoal estivesse fora, mas Charlie era covarde.

– E se eles voltarem?

– Decerto ficarão constrangidos demais para dizer qualquer coisa – ou automaticamente pensarão que é a cabine errada e enquanto procurarem o camareiro, já teremos *desaparecido*.

Jesus, como *eu* era pragmática comparada a Charlie! Que rato assustado ele era! Afinal de contas, meu medo de voar não me *impede* de entrar em aviões na medida em que aquiesço em ficar aterrorizada durante o vôo inteiro, mas o *seu* medo de voar era tão grande, que ele nem sequer chegava *perto* de um avião. Fora aquilo que nos colocara nessa situação difícil, em primeiro lugar.

Contudo, enfim achamos um canto. O único lugar deserto a bordo. Um lugar de absoluta perfeição – tanto simbolicamente quanto na prática (exceto pelo fato de não ter cama): a capela judaica da classe turística.

– É fantástico! – gritei, quando tateamos em busca da luz e percebemos que sala havíamos encontrado. Que cenário! Bancos de igreja! Uma estrela de David! Até um Torá – minha nossa! Eu estava realmente excitada.

– Vou fingir que sou uma vestal ou coisa assim – disse começando a abrir o zíper de Charlie.

– Mas não há *fechadura* na porta! – protestou ele.

– Mas quem virá aqui? Com certeza não serão nossos companheiros de viagem protestantes anglo-saxões brancos ou a tripulação anglicana. Além disso, simplesmente podemos apagar a luz de novo. Qualquer um que tropeçar em nós vai pensar que estamos *davizando* ou algo semelhante. O que é que sabem sobre as cerimônias judaicas?

– Provavelmente vão confundir você com a sarça ardente – disse ele, implicante.

– Muito engraçado. – Já estava tirando minha calcinha e apagando a luz.

No entanto, só trepamos uma vez à vista do Senhor. No dia seguinte, quando voltamos ao nosso pequeno templo de amor, nós o encontramos fechado a cadeado. Nunca soubemos por quê. Charlie, é claro, tinha *certeza* (à sua maneira paranóica) de que alguém (Deus?) fotografara nosso vigoroso acasalamento e também gravara nossos gemidos. Passou o restante da viagem em pânico. Estava *certo* de que seríamos abordados no Havre por um esquadrão da Interpol.

O restante da travessia foi muito tedioso para mim. Charlie sentava-se em uma espreguiçadeira estudando suas partituras e regendo músicos imaginários, enquanto eu o observava, fervendo de ressentimento por conta de Sally, a quem, eu tinha certeza, ele veria em Paris. Tentava afastar esse pensamento, mas ele continuava pipocando como um papel de bala que se recusa a afundar no lago do Central Park. O que poderia fazer? Tentei escrever, mas a concentração estava além de minhas forças. Só conseguia pensar em Sally, aquela superfraude. Estava mantendo Charlie fisgado exatamente como Charlie *me* mantinha fisgada. Todos os problemas do amor resumem-se na má distribuição, maldito seja. Há muito para ser distribuído, mas sempre vai para as pessoas erradas, nos momentos errados, nos lugares errados. O amado obtém mais amor e o não-amado é ainda menos amado. Quanto mais nos aproximávamos da França, mais eu me incluía entre os últimos.

É claro que Charlie perdeu o concurso de regência. E na primeira rodada. Apesar de seu estudo ostensivo, não conseguia lembrar das partituras. Não era talhado para ser regente, além disso. No pódio sempre parecia estar tão brocha como naquela primeira noite na cama. Seu corpo tremia inteiro. Seus ombros se curvavam e suas costas se arqueavam como um canelone supercozido que tivesse perdido o recheio. O pobre Charlie não tinha nenhum carisma. Exatamente o oposto de Brian. Eu pensava com freqüência (enquanto o observava atuar) que se ele tivesse um pouquinho do carisma de Brian, seria fenomenal. Naturalmente Brian não tinha qualquer talento para a música. Entretanto, se eu pudesse combinar os dois! Por que termino sempre com dois homens que dariam um único grande homem? Será esse o segredo de meu problema edípico? Mau pai e meu avô? Meu pai, que sempre escapa para tocar piano quando as coisas esquentam, e meu avô que se gruda ao lugar como a bola de fogo que é, discutindo marxismo, modernismo, darwinismo ou qualquer outro ismo, como se sua vida dependesse disso?

Estarei condenada a passar a vida correndo entre dois homens? Um acanhado, suave e quase indiferente, e outro tão feroz e inquieto que gasta todo o *meu* oxigênio?

Uma cena típica na mesa de jantar dos White-Stoloff. Minha mãe Jude berrando sobre Robert Ardrey e territorialidade. Meu avô Stoloff (conhecido por todos como Papa) citando Lênin e Pushkin para provar que Picasso é uma fraude. Minha irmã Chloe dizendo a Jude para calar a boca, Randy gritando para Chloe se calar, Bob e Lalah no andar de cima cuidando dos quíntuplos, Pierre discutindo economia com Abel. Chloe fustigando Bennett a respeito de psiquiatria, Bennett impenetrável tossindo nervosamente, Randy atacando minha poesia, minha avó (Mama) costurando e censurando a todos para que não "falem como motorista de caminhão", e eu folheando uma revista (sempre com a palavra escrita!) para, de algum modo, me defender da minha própria família.

CHLOE: – Isadora está sempre *lendo* alguma coisa. *Não pode deixar de lado o raio dessa revista?*

EU: – Por quê? Para ficar berrando com todo o mundo?

CHLOE: – Bem, *seria* melhor do que ficar lendo essa *revista* desgraçada o tempo todo.

MEU PAI (cantarolando *Chattanooga Choo Choo*): – "Leia uma revista e você chega a Baltimore..."

CHLOE (olhos para cima como em súplica): – E papai está sempre cantarolando ou fazendo piadas. Será que nunca podemos ter uma coversa *séria* aqui?

EU (lendo): – Quem quer uma conversa séria?

CHLOE: – Você é uma filha-da-puta hostil.

EU: – Para alguém que detesta psiquiatria, você está bem por dentro do jargão.

CHLOE: – Foda-se.

MAMA (tirando os olhos da costura e olhando para cima): – Vocês deviam ter vergonha. Nunca eduquei minhas netas para que falassem como motoristas de caminhão.

PAPA (despertando de seu debate com Jude): – É *lamentável*.

CHLOE (com toda a força de seus pulmões) – QUEREM TODOS PARAR DE FALAR POR UM MINUTO E ME ESCUTAR?!

O som de um piano é ouvido da sala de estar. É meu pai tocando sua própria versão de *Begin the Beguine*, que tocou anos antes na primeira produção de *Jubile* na Broadway. "*When they begin... the... Beguine... It brings back the thrill of music so tenn-derr...*"

Sua voz se evola até mim sobre os acordes do Steinway de um quarto de cauda, levemente desafinado. Mas Papa e Jude nem parecem ter notado que papai se afastou.

– *Nessa* sociedade – Jude está dizendo –, os padrões de arte são estabelecidos pelos agentes da imprensa e os homens de relações públicas – o que significa que não *há* pad...

– Eu *sempre disse* – interrompe Papa – que o mundo está dividido em dois tipos de pessoas: os escroques e os semi-escroques...

E meu pai responde a eles com um acorde dissonante.

CHARLIE E EU nos separamos cheios de lágrimas em Amsterdã. A estação de trem central. Ele partira para Paris e Le Havre (para voltar direto aos Estados Unidos, segundo ele.) Mas eu não acreditava. Eu iria para Yorkshire, gostando ou não, e não gostava de forma alguma. Um choroso adeus. Comíamos arenques de Amsterdã e chorávamos, nós dois.

– É melhor para nós nos separarmos por um tempo, querida – dizia ele.

– Sim – digo eu, mentindo por entre os dentes (cheios de arenque). E nos beijamos, trocando saliva acebolada. Embarco no trem para o porto da Holanda. Aceno com uma mão cheirando a arenque. Charlie manda beijos. Permanece na plataforma, os ombros redondos, uma batuta se projetando do bolso da capa de chuva, uma pasta surrada cheia de partituras de orquestra e arenque holandês na mão. E o trem parte. No vapor do porto da Holanda para Harwich, choro em meio ao nevoeiro, pensando em mim mesma em meio ao nevoeiro e chorando, cogitando se poderia usar essa experiência em um livro. Com uma longa unha cor-de-rosa, desalojo outro pedaço de arenque de meus dentes e atiro-o dramaticamente no mar do Norte.

Em Yorkshire, recebo uma carta de Charlie que ainda está (é claro) em Paris. "Querida", escreve ele, "não pense que só porque estou com Sally deixei de amar você..."

Estou em uma grande casa de campo inglesa, cheia de correntes de ar, com amigos ingleses malucos, bebendo gim o dia inteiro para me aquecer, entre conversas à Oscar Wilde. Passo os dez dias seguintes em um estupor de bebedeira. Telegrafo a Pia para me encontrar em Florença mais cedo do que o planejado, e nós duas nos vingamos de nossos amantes infiéis (o dela está em Boston), dormindo com todos os homens de Florença exceto o *David* de Michelangelo. Só que não adianta. Ainda estamos ambas com uma infelicidade desesperada. Charlie telefona para Florença e me pede perdão (está em Paris com Sally), e isso precipita outra orgia sem alegria... Depois Pia e eu nos arrependemos e decidimos nos purificar. Tomamos duchas de vinagre de vinho banco Chianti italiano. Ajoelhamo-nos ante a estátua de Perseu na Loggia dei Lanzi e pedimos perdão. Subimos ao alto do campanário de Giotto e rezamos para o espírito de Giotto (qualquer outro velho espírito famoso do lugar serviria, na verdade). Desistimos de comer por dois dias e bebemos apenas água San Pellegrino. Tomamos duchas de San Pellegrino. Finalmente, como em um último ato de expiação, decidimos enviar pelo correio nossos diafragmas aos amantes infiéis e tentar fazer com

 que *eles* se sintam culpados em vez de nós. Mas com que

embrulhá-los? Pia tem uma velha caixa de panetone Motta debaixo da cama de nosso quarto de pensão que um furacão parece ter arrasado. Procuro muito, mas não consigo encontrar uma caixa apropriada para mandar meu diafragma pelo correio. Então abandono rapidamente o projeto. (De que adiantaria mandar o diafragma para Sally e Charlie em uma caixa de panetone, de qualquer modo?) Mas Pia está inabalável. Vasculha o quarto procurando papel pardo e fita gomada. Rabisca endereços e remetentes. Faz-me lembrar a mim mesma aos 13 anos, mandando furtivamente pedidos do folheto de Kotex "em papel pardo comum".

Corremos para o American Express (onde havíamos dormido com metade dos maliciosos funcionários florentinos dos correios). Pedem-nos que escrevamos uma declaração para a alfândega. Mas o que *escrever* na declaração? "Um diafragma usado?" "Um diafragma muito abusado?" "Peça usada?", talvez? Pode um diafragma ser considerado um artigo do *vestuário*? Pia e eu debatíamos a questão. "A gente *usa* o negócio", disse ela. Eu sustentava que deveríamos enviá-lo a Boston como antiguidade e assim evitar a taxa de importação. E se o namorado faltoso tivesse que pagar uma taxa pelo velho diafragma dela? Aquilo acrescentaria despesas à injuria, ao insulto e à culpa?

– Foda-se *ele*! – esclamou Pia. – *Que* pague a taxa e fique o mais constrangido possível. – E, com isso, colou a etiqueta no pacote com as palavras: "1 bolsa florentina de couro – valor 100 doláres".

Pia e eu nos separamos pouco depois. Fui visitar Randy em Beirute, e ela seguiu viagem para a Espanha, onde, não tendo mais diafragma, teve que se contentar com a felação pelo restante do verão. Quanto a chupar e ser chupada, ela não sentia culpa nenhuma. De certo modo, parece ridícula, mas eu a compreendo muito bem. Afinal de contas, éramos boas moças dos anos 1950.

14
Árabes e outros animais

> Eu sou o sheik da Arábia
> De teu amor sou o rei.
> À noite quando dormires
> Em tua tenda entrarei...
>
> *The Sheik of Araby*, de Ted Snyder,
> Francis Wheeler e Harry B. Smith

De Florença, tomei o trem expresso para Roma e de lá parti em um vôo da Alitalia para Beirute.

Lembro-me de que estava em pânico a respeito de tudo: de voar, é claro, se haveria cartas de Charlie à minha espera na casa de Randy em Beirute, e se os árabes descobririam que eu era judia (embora a palavra "Unitária" estivesse de modo cuidadoso escrita em letra de forma no meu visto). Naturalmente se soubessem *o que* aquilo significava, não tenho certeza de que não achassem pior do que ser judeu, já que metade da população do Líbano é católica. Mesmo assim, estava apavorada de ser desmascarada como uma fraude, e apesar de minha total ignorância do judaísmo, detestava mentir sobre a minha religião. Tinha certeza de que perderia direito a qualquer proteção que Jeová eventualmente me desse (não muita, confesso) por meu terrível ato de tapeação.

Eu tinha certeza também de que pegara gonorréia de todos aqueles florentinos não circuncidados. Ah, tenho fobia praticamente de tudo: acidentes de avião, gonorréia, engolir vidro moído, botulismo, árabes, câncer no seio, leucemia, nazistas, melanoma... O problema em minha fobia de gonorréia é que por *melhor* que me sinta ou por mais que minha boceta se apresente sem quaisquer machucados e lesões, mesmo assim examino-a sem cessar. E por mais que olhe e olhe sem encontrar nada, tenho a certeza de que padeço de alguma forma silenciosa e assintomática de gonorréia. Em meu íntimo, sei que minhas trompas de Falópio estão cicatrizando de alguma lesão e meus ovários secando como vagens velhas. Imagino isso com grande riqueza de detalhes. Todos os meus filhos não nascidos secando! Murchando na vinha, pode-se dizer. A pior coisa de ser mulher é ter o corpo todo para dentro. Passa-se a adolescência inteira arqueada diante de um espelho no banheiro, tentando-se obter uma visão da própria boceta. E o que se vê? O halo crespo dos pêlos púbicos, os lábios púrpuros, o rosa do botão de alarme do clitóris, mas nunca o suficiente! A parte mais importante é invisível. Um desfiladeiro inexplorável, uma caverna subterrânea e todo o tipo de perigos escondidos à espreita lá dentro.

Como se revelou depois, o vôo para Beirute estava destinado a resolver todas as minhas diversas paranóias. Voamos em meio a uma tempestade épica sobre o Mediterrâneo, com a chuva espancando as janelas e a comida sendo jogada de um lado para o outro dentro do avião, enquanto o piloto vinha a cada dez minutos nos tranqüilizar com palavras nas quais não acreditei nem por um segundo. (Nada soa muito digno de crédito em italiano, de qualquer modo – nem mesmo *Lasciate Ogni Speranza.*) Eu estava totalmente preparada para morrer por ter escrito "Unitária" no meu visto. Aquela, de fato, era o tipo de transgressão pela qual Jeová o pegaria – isso e trepar com gentios.

Cada vez que entrávamos em um bolsão de ar e o avião caía uns 150 metros (deixando meu estômago na boca), eu prometia desistir de sexo, bacon e viagens aéreas se conseguisse voltar para a *terra firme* completamente inteira.

O restante das pessoas no avião também não formavam um grupo divertido com o qual eu me imaginaria morrer. Quando as coisas estavam de fato feias e éramos sacolejados de um lado para o outro como pulgões agarrando-se a um avião de papel, um bêbado idiota começou a gritar "Aioô Silver!" a cada vez que dávamos um mergulho, e alguns outros imbecis riam histéricos. A idéia de morrer com todos aqueles babacas metidos a engraçados e chegar no inferno com o visto de "Unitária" me manteve rezando avidamente durante todo o vôo. Não existem ateus em vôos turbulentos.

De modo surpreendente, a tempestade amainou (ou a deixamos para trás) no momento em que sobrevoávamos Chipre. A meu lado, estava um engordurado egípcio (existem de outro tipo?) que, ao perceber que sobreviveria ao vôo, começou a flertar comigo. Contou-me que publicava uma revista no Cairo e ia a Beirute a negócios. Garantiu também que não tivera medo nenhum, porque sempre usava sua conta azul contra mau olhado. Conta azul ou não, ele me dera a impressão de bastante apavorado. A seguir, procurou me tranqüilizar dizendo que tanto ele como eu tínhamos "narizes sortudos", e por isso o avião não poderia cair enquanto estivéssemos dentro dele. Tocou a ponta de meu nariz e depois tocou a ponta do seu: "Está vendo? De sorte."

Jesus, esbarrei em um tarado nasal, pensei. Além disso, não estava especialmente lisonjeada com a idéia de que nossos narizes se pareciam. Ele tinha um apêndice nasal gigante, como o de Nasser (todos os egípcios se parecem com Nasser para mim), enquanto o meu nariz, embora não exatamente *retroussé*, é pelo menos pequeno e reto. Pode não ser o sonho de um cirurgião plástico, mas também não é um nariz de Nasser. Na verdade, sua ponta arredondada e grossa trai a contribuição genética de algum facínora polonês com cara de porco que tenha violado uma de minhas bisavós durante um pogrom há muito esquecido em um gueto russo.

Os temas de interesse de meu egípcio, no entanto, iam bem além dos narizes. Ele olhou para a revista *Time* aberta (e não lida) em meu colo durante a tempestade, apontou para um retrato do (então) Embaixador da ONU, Goldberg, e disse em um tom histórico: "Ele é judeu." Foi tudo o que disse, mas seu tom e olhar implicavam que era tudo que *tinha* para dizer.

Olhei-o com uma expressão muito dura (por cima de meu nariz polaco) e por qualquer dois tostões teria dito, "Eu também", mas ninguém me ofereceu dois tostões. Exatamente naquele momento, o piloto italiano anunciou a aterrissagem no aeroporto de Beirute.

Ainda tremia devido ao pequeno intercâmbio, quando avistei Randy enormemente grávida do outro lado da divisória de vidro do aeroporto. Esperava o pior ao passar pela alfândega, mas não houve nenhum problema. Meu cunhado Pierre parecia ser amicíssimo de todo o pessoal do aeroporto, e fui despachada como uma VIP. Era 1965, e os acontecimentos se mostravam tão convulsivos no Oriente

Médio como se tornaram depois da Guerra dos Seis Dias. Desde que não se desembarcasse via Israel, podia-se viajar pelo Líbano como se fosse Miami Beach – semelhança que, de fato, existe, dada a abundância de *yentas*.

Randy e Pierre levaram-me do aeroporto no Cadillac preto fúnebre, com ar-condicionado, que haviam trazido dos Estados Unidos. Na estrada para Beirute, passamos por um campo de refugiados, onde as pessoas moravam em caixotes e montes de crianças sujas perambulavam seminuas chupando o dedo. Randy logo fez algum comentário despótico sobre como tal visão era desagradável.

– Desagradável? Isso é tudo? – perguntei.

– Ah, não banque a filantropa liberal – retrucou ela. – Quem você pensa que é, Eleanor Roosevelt?

– Obrigada pelo elogio.

– Fico simplesmente enjoada de ouvir todo o mundo sangrando pelos pobres palestinos. Por que não se preocupa conosco, para variar?

– Eu me preocupo.

A cidade de Beirute em si é boa, mas não tão deslumbrante quanto Pierre nos fez crer. Quase tudo é novo. Há centenas de edifícios brancos em forma de caixas de flocos de milho, com terraços de mármore, e por toda a parte as ruas estão sendo rasgadas para novas construções. É insuportavelmente quente e úmido em agosto, e qualquer vegetação já se tornou marrom sob o sol. O Mediterrâneo é azul (não tão azul quanto o Egeu – não importa o que Pierre diga). De alguns ângulos, a cidade parece um pouco com Atenas – sem a Acrópole. Uma expandida cidade oriental, com novos edifícios brotando ao lado de outros de aparência arruinada. Chamam a atenção os anúncios de Coca-Cola próximos a mesquitas, postos da Shell anunciando gasolina em árabe, senhoras de véu passando nos bancos de trás de Chevrolets e Mercedes-Benz fechados com cortinas, monótona música árabe ao fundo, moscas em toda parte e mulheres de minissaia e provocantes cabelos louros descendo pela rua Hamra, onde todas as marquises anunciam filmes americanos e as livrarias estão cheias de livros da Penguin, Livres de Poche, livros de bolso americanos e os últimos romances pornográficos de Copenhague e da Califórnia. Dá a impressão de que Oriente e Ocidente se uniram, mas em vez de produzir alguma esplêndida combinação nova, foram os dois para o brejo.

A família inteira esperava por mim no apartamento de Randy – todos, exceto meus pais, que estavam no Japão, mas cuja chegada era esperada a qualquer momento. Apesar de ter ficado muitas vezes grávida, Randy continuava a agir como se fosse a primeira mulher da história a ter um útero. Chloe vagava pelos cantos esperando cartas de Abel (a quem namorava firme desde que tinha 14 anos). Lalah estava com disenteria e fazia questão que todos ouvissem cada detalhe do episódio – inclusive a cor e a consistência da merda. As crianças mostravam-se alucinadas com as visitas e as atenções, galopando pelas varandas, xingando a empregada em árabe (o que a levava a fazer as malas e se demitir pelo menos uma vez por dia). E Pierre – que parece com Khalil Gibran em seus próprios e lisonjeiros autorretratos – andava pelo vasto apartamento de chão de mármore em seu roupão de seda, fazendo piadas maliciosas sobre o velho costume do Oriente Médio, de acordo com o qual o homem que casa com a irmã mais velha pode dispor das mais jovens também. Quando não estava nos regalando com os velhos costumes do Oriente Médio, lia-nos traduções de seus próprios poemas (todos os árabes são poetas, parece), que me soou como trabalho publicado a expensas do autor:

Meu amor é como um feixe de trigo
eclodindo em flores.
Os olhos dela são topázios no espaço...

– O problema é que, em geral, os feixes de trigo não eclodem em flores – disse eu a Pierre ante um charoposo café árabe.

– Licença poética – disse ele, solene.

– Vamos à praia! – sugeri, mas todos estavam cansados demais ou com muito calor ou muito letárgicos. Era óbvio que nunca conseguiria arrastá-los até Baalbeck ou os Cedros. Damasco e Cairo então, era melhor esquecer. Israel estava bem perto da fronteira, mas teríamos que voar via Chipre, e isto era impensável depois do último vôo. Haveria ainda o problema de entrar no Líbano de novo. Tudo o que fiz foi permanecer no apartamento de Randy com o restante da família e esperar por cartas de Charlie, que raramente chegavam. Em vez disso, continuava recebendo notícias de todos os outros palhaços: o florentino casado que gostava de me ouvir sussurrar palavrões, o professor americano que afirmava ter eu mudado sua vida e um dos funcionários dos correios do American Express, que se convencera ser eu uma rica herdeira. Era Charlie que eu queria, ou ninguém. E Charlie queria Sally. Eu me desesperava. Passei a metade do tempo em Beirute cuidando de minha fobia de gonorréia, inspecionando a boceta no espelho e fazendo duchas no bidê de mármore de Randy.

Quando meus pais chegaram carregados de presentes do Oriente supostamente misterioso, a situação deteriorou-se ainda mais. Randy ficou contente em vê-los durante os primeiros três dias; a seguir, ela e Jude entraram em uma
 de suas maratonas de briga, na qual ambas desenterravam

eventos ocorridos havia vinte ou trinta anos. Randy censurava minha mãe por tudo: por não ter trocado suas fraldas com bastante freqüência ou por trocá-las com freqüência *demais*; por lhe ter dado lições de piano quando era muito jovem ou por não a ter deixado esquiar quando era jovem o *suficiente*. Partiram uma para a outra como um par de advogados em um julgamento, fazendo uma acareação sobre o passado. Eu cogitava comigo mesma: por que diabos vim encontrar com eles para descansar? Ansiava por ir embora. Sentia-me como uma bola de pingue-pongue. Continuava encontrando homens para fugir de minha família e voltava correndo para ela a fim de fugir dos homens. Sempre que estava em casa, queria fugir, e sempre que fugia, queria voltar para casa. Como chamaria isso? Um dilema existencial? A opressão das mulheres? A condição humana? Era insuportável então, e é insuportável agora: vou para a frente e para trás na rede de minha própria ambivalência. Assim que tocava no chão, queria pular de novo e voar de volta. O que fazer então? Eu ria. Só dói quando eu rio, embora ninguém, exceto eu, saiba disso.

Meus pais só ficaram por ali uma semana e depois bateram asas para a Itália, a fim de examinar uma fábrica de baldes de gelo. Felizmente, têm um negócio de importação-exportação que lhes permite chegar e partir sempre que a guerra familiar interna atinge o nível do bombardeio. Chegam cheios de presentes e bons sentimentos, e partem quando a merda está sendo espalhada pelo ventilador. O processo inteiro leva uma semana, mais ou menos. No restante do ano definham com saudade das filhas e matutam por que a maioria delas mora tão longe de casa. Durante os anos em que estive na Alemanha e Randy em Beirute, minha mãe se indagava, muito tristonha, por que duas de suas filhas haviam escolhido morar (como dizia ela) em "território inimigo".

– Porque parecia mais hospitaleiro do que lá em casa – dizia eu, conquistando sua eterna inimizade. *Era* uma observação cruel, reconheço, mas o que tinha eu para me proteger de mamãe, exceto palavras?

Mesmo depois que meus pais se foram, a casa permaneceu bastante cheia: quatro irmãs, Pierre, seis crianças (havia apenas seis em 1965), uma empregada-babá e uma faxineira.

Era tão quente que quase não saíamos do apartamento refrigerado. Eu continuava querendo fazer turismo, mas a letargia da família era contagiosa. Amanhã, pensava eu, vou para o Cairo, mas estava realmente apavorada de ir para o Cairo sozinha, e nem Lalah nem Chloe iriam comigo.

As coisas continuaram nesse ritmo deprimente por outra semana. Certa vez, fomos todos a um clube-cabana de praia rochosa, onde Pierre fez tiradas poéticas sobre o Mediterrâneo azul até dar vontade de vomitar. (Estava sempre nos fazendo conferência sobre a boa vida em Beirute, e sobre como viera para fugir "do comercialismo da América".)

No clube, apresentou-nos a um de seus amigos como suas "quatro esposas", o que me desagradou tanto, que quis ir para casa de imediato. Mas onde era a "casa"? Com minha família? Com Pia? Com Charlie? Com Brian? Sozinha?

Nossa letargia familiar parecia sem rumo, na verdade tinha uma espécie de rotina. Levantávamos às 13 horas, ouvíamos as crianças gritando, brincávamos com elas por um tempo, devorávamos um enorme desjejum de frutas tropicais, iogurte, ovos, queijos, e café árabe, líamos o

 Herald Tribune de Paris em torno dos buracos que o censor

fizera nele. (Qualquer menção a Israel ou aos judeus era proibida – assim como filmes daqueles dois notáveis israelitas, Sammy Davis Jr. e Elizabeth Taylor.) Depois começávamos a debater o que fazer do dia. Naquilo, éramos tão unidos quanto os árabes planejando um ataque a Israel. Em determinadas ocasiões, poderíamos apostar que cada um na casa teria uma preferência: Chloe sugeria a praia; Pierre, Biblos; Lalah, Baalbeck; os meninos mais velhos, o museu arqueológico; os meninos menores, o parque de diversões; e Randy vetava tudo. Quando acabávamos o debate, já era tarde demais para ir a qualquer lugar, de qualquer modo. Então jantávamos e depois víamos *Bonanza* na TV (com legenda em árabe e francês que cobriam quase toda a tela), ou íamos ver algum filme indigesto na rua Hamra.

Em certas ocasiões, nosso debate da tarde era interrompido pela chegada da mãe e tias de Pierre – três velhas senhoras de negro (com peitos enormes e buço) que se pareciam tanto entre si que era difícil diferenciá-las. Teriam dado um grande trio musical, o único problema é que tocavam apenas uma canção. Era "O que acha do Líbano? Líbano melhor do que Nova York?" E a tocava vezes sem conta, para ter certeza de que as palavras tinham sido entendidas. Ah, eram bastante simpáticas, embora não fosse muito fácil conversar com elas. Assim que chegavam, Louise (a empregada) aparecia com o café, Pierre lembrava-se de repente de um compromisso de negócios e Randy (alegando sua condição delicada) desaparecia no quarto para uma soneca. Lalah, Chloe e eu éramos deixadas às voltas com as parentas tocando interminavelmente o mesmo refrão, "Sim – Líbano é melhor do que Nova York".

Não sei se era o calor, a umidade, a presença de minha família, o efeito de estar em "território inimigo" ou minha depressão por causa de Charlie – mas não me sobrara vontade suficiente para levantar e fazer coisa alguma. Era como se eu tivesse sido transportada para a terra dos Comedores de Lótus e fosse morrer em Beirute de pura inércia. Um dia era seguido por outro, a temperatura era opressiva e não parecia haver qualquer motivo para lutar contra o desejo de ficar sentada por ali, discutir com a família, pensar que estava com gonorréia e ver televisão. Foi preciso finalmente uma crise para fazer com que nos movimentássemos.

Foi uma crise sem importância, admito, mas qualquer crise teria servido. Começou de modo simples. Certo dia, Roger, o garoto de 6 anos, disse "*ibn sharmuta*" para Louise. Aproximadamente traduzido significa "sua mãe é uma puta" (ou, por extensão, "você é uma bastarda"). De qualquer forma que seja traduzido, porém, é o pior insulto no Oriente Médio.

Louise estava tentando dar banho em Roger, e ele gritava. Enquanto isso, Pierre discutia com Randy, dizendo que só os americanos têm essa mania maluca de tomar banho todo dia, que isso não era *natural* (sua palavra preferida) e que o banho secava todos os maravilhosos óleos da pele.

Randy berrava de volta, dizendo que não queria os filhos fedendo como um gambá à semelhança do ilustre pai deles, e sublinhava que os hábitos sujos de Pierre não a enganavam.

– O que quer dizer com hábitos sujos?

– Sei *perfeitamente* que quando lhe digo que só durmo com você se tomar uma chuveirada, você entra no banheiro, abre a água e fica lá *fumando*, *sentado* na maldita *tábua* do vaso – disse isso como uma cadela agressiva, o que desencadeou uma verdadeira briga.

É óbvio que Roger compreendeu sobre o que girava a discussão e se recusou a deixar Louise encurralá-lo no banheiro até que apelasse do caso e o veredicto fosse dado. Mas Louise era muito persistente, e em um acesso de fúria, Roger atirou-lhe no rosto um pano molhado xingando-a de "*ibn sharmuta*".

Louise, é claro, pôs-se a chorar. Então declarou que ia embora e foi para o quarto arrumar sua mala. Pierre assumiu sua personalidade de ator de cinema francês e tentou convencê-la a ficar. Nada adiantou, entretanto. Daquela vez ela permaneceu inflexível. Pierre de pronto pôs a culpa em Roger – o que não foi muito justo, pois Roger ouve Pierre gritando "*ibn sharmuta*" constantemente, sempre que o pai está dirigindo. (Não há leis de trânsito em Beirute, mas montes de insultos.) Além disso, Pierre de modo geral acha muito engraçadinho quando as crianças xingam em árabe.

Naturalmente a tarde terminou com todos gritando ou chorando e com água por todo o chão, e, mais uma vez, não saímos para um passeio nem fomos à praia. O incidente, contudo, nos providenciou uma missão: tivemos que levar Louise de volta a sua aldeia nas montanhas (a "aldeia ancestral" de Pierre, como ele a chamava) e encontrar outra montanhesa ainda mais ingênua para substituir Louise.

Na manhã seguinte, depois de algumas horas da gritaria obrigatória, empilhamo-nos no carro e nos dirigimos para as colinas costeando o Mediterrâneo. Paramos em Biblos para admirar o castelo dos Cruzados, refletimos sem muito interesse sobre os fenícios, egípcios, assírios, gregos, romanos, árabes, cruzados e turcos, almoçamos em um restaurante próximo, especializado em frutos do mar, e prosseguimos para as montanhas cozidas pelo sol por uma estrada que parecia outra descoberta arqueológica.

Karkabi, a muito gabada "aldeia ancestral" de Pierre, é uma cidadezinha tão minúscula que podemos facilmente passar por ela sem notá-la. Só conseguiu ter eletricidade em 1963, e a torre de eletricidade, na verdade, domina a aldeia. (É também o ponto que os aldeões se mostravam mais ansiosos para exibir aos visitantes.)

Quando chegamos à praça principal (onde uma mula esquelética puxava uma pedra em torno de um círculo para moer trigo), todos praticamente se atiraram para tocar o carro, torcendo o pescoço para nos olhar, e foram, de modo deprimente, servis. Odiamos perceber que Pierre adorava aquilo. Era o *seu* carro, e ele provavelmente queria que todos pensassem que as mulheres eram *suas* esposas também (embora evidentemente soubessem que não eram). Tudo isso parecia mais deprimente ainda quando se pensava que quase todos na cidade eram, pelo menos, primos de Pierre, sendo todos analfabetos e descalços, portanto que diabo de dificuldade havia em impressioná-los?

Pierre reduziu a marcha do ridículo carro do tamanho de um tanque ao passarmos (para permitir a todos os abelhudos darem uma boa olhada nele). Depois paramos diante do "lar ancestral" – uma pequena casa de adobe caiada, com vinhas crescendo no telhado, sem vidraças ou cortinas, apenas pequenas janelas quadradas com grades de ferro batido tapando-as (e moscas zunindo livres para dentro e para fora, porém inevitavelmente mais para dentro do que para fora).

Nossa chegada mergulhou todos em uma atividade frenética. A mãe e as tias de Pierre começaram a fazer tabule e humus imediatamente, e o pai de Pierre – que tem mais ou menos 80 anos e bebe áraque o dia inteiro – saiu com o objetivo de caçar pássaros para o jantar e quase atirou em si mesmo. Enquanto isso, o tio inglês de Pierre,

Gavin – um *cockne* deslocado que casara com tia Françoise em 1923 (e tem se lamentado em Karkabi desde então) –, apareceu com um coelho que caçara pela manhã e pôs-se a limpá-lo.

Dentro da casa havia apenas quatro aposentos, com paredes caiadas e crucifixos sobre todas as camas (a família de Pierre era católica maronita) e retratos muito beijados de santos variados ascendendo aos céus em papel lustroso de revista. Havia também inúmeras fotos esfrangalhadas da Família Real da Inglaterra tiradas de revistas; e o Próprio Jesus usando uma toga, o rosto pouco visível sob uma chuva de marcas de beijo.

Enquanto o jantar estava sendo preparado, Pierre nos conduziu para fora a fim de mostrar "seus domínios". Randy insistiu em permanecer em casa com os pés para cima, mas o restante de nós trotou obediente atrás dele sobre as rochas (seguido por um séqüito de primos descalços que continuavam apontando com entusiasmo para a torre de eletricidade). Pierre interpelou-os em árabe; estava à procura de algo mais pastoral. E conseguiu descobri-lo na colina rochosa seguinte, onde um pastor tomava conta de verdadeiras ovelhas sob uma macieira bichada. Era tudo o que Pierre precisava ver. Começou a produzir "poemas" como se fosse Khalil Gibran e Edgar Guest reunidos em um só. Um pastor! Ovelhas! Uma macieira! Era *encantador*. Era *pastoral*. Era Homero, Virgílio e a Bíblia. Assim, caminhamos até o pastor – um garoto espinhento de uns 15 anos – e o encontramos ouvindo Frank Sinatra em um radinho japonês, música seguida imediatamente por um monte de comerciais cantados em árabe. Depois a *saftig* Chloe, de 17 anos, tirou um de seus cigarros mentolados e ofereceu um ao pastor – que o aceitou, tentando parecer tão sofisticado e sob controle quanto possível. A seguir, esse *encantador* pastor tirou de seu *encantador* bolso um *encantador* isqueiro a gás. Quando ele acendeu o cigarro de Chloe, podíamos jurar que passara a vida inteira nos cinemas.

Depois do jantar, todos os parentes que habitavam a cidade (isto é, praticamente a cidade toda) apareceram. Muitos deles iam para assistir TV (uma vez que a tia de Pierre é uma das poucas pessoas em Karkabi a ter um aparelho), mas naquela noite foram *nos* assistir, também. A maioria deles instalou-se a nossa volta, olhando-nos, e parecia embaraçada, mas, às vezes, tocavam meu cabelo (ou o de Chloe, ou o de Lalah) e faziam ruídos indicando que eles eram de fato doidos por louras. Ou nos davam palmadinhas por toda parte como se fossem cegos. Deus – não há nada que se compare a ser tateada por uma dúzia de mulheres libanesas com mais de 100 quilos e de bigodes. Eu estava em pânico. Poderiam sentir pelo tato que eu era *judia*? Tinha *certeza* que podiam. Mas me enganei. Porque quando chegou a hora de nos dar presentes, recebi um rosário de prata, uma suéter rosa angorá feita a mão, tamanho 46 (descia até os meus joelhos), e uma conta azul em uma corrente (contra o mau-olhado). Eu não ia jogar fora amuleto nenhum àquela altura. Qualquer intercessão junto a todas as divindades era aceita com gratidão.

Quando a troca de presentes terminou, todos se sentaram para assistir televisão – na maior parte, reprise de velhos programas americanos. Lucille Ball batendo as falsas pestanas, Raymond Burr como Perry Mason, e por toda a tela uma tempestade de legendas. Quase não se podia ver os atores com todas aquelas letras.

Realmente, acreditava-se na universalidade da arte vendo todos aqueles tipos pastorais adorando Lucille Ball e Raymond Burr. Eu estava ansiosa pelo dia em que a América estenderia sua gloriosa civilização a outros sistemas solares. Lá estariam eles – todos aqueles tipos intergalácticos – assistindo a Lucille Ball e Raymond Burr em uma atenção extasiada.

Os parentes iam ficando. Tomaram café, vinho e áraque até tia Françoise retorcer suas mãos gorduchas. Todos estávamos exaustos e queríamos dormir; portanto, em vez de literalmente pô-los para fora, quieto, tio Gavin saiu da sala, subiu no telhado, e começou a mexer na antena de TV, até que a imagem se transformasse em uma massa de ziguezague. Dentro de poucos minutos, os visitantes partiram. Deram-me a entender que tio Gavin subia no telhado com muita freqüência.

Os arranjos para dormir foram difíceis. Randy, Pierre e as crianças iam ficar na casa do pai de Pierre, ao pé da colina. Lalah e Chloe dividiriam uma cama de casal na casa da outra tia bem ao lado. E eu consegui uma cama de solteiro em um anexo minúsculo da casa de tia Françoise. Realmente teria preferido ficar com Lalah e Chloe a ficar sozinha naquela sala sinistra, dormindo sob um crucifixo e imagens ensebadas da ilustre rainha. Mas não havia lugar para três na cama, então fui despachada sozinha, divertindo-me, antes de dormir, com pensamentos sobre escorpiões subindo pelas paredes, mordidas fatais de aranhas e visões de mim mesma quebrando o pescoço durante a noite, quando precisasse achar o toalete fora de casa sem uma lanterna. Ah, havia muito com que manter uma mente cheia de fobias para preencher muitas horas de insônia ativa.

Estava deitada em pleno desabrochar de fobias já por uma hora e meia, quando a porta se abriu.

– Quem é? – perguntei com o coração batendo com força.

– Pssiu. – Uma sombra escura se moveu em minha direção. O homem debaixo da cama.

– Pelo amor de Deus! – exclamei aterrorizada.

– Pssiu – sou eu – Pierre – disse ele. Depois se aproximou e sentou-se na cama.

– Jesus – disse eu. – Pensei que fosse algum estuprador ou coisa assim.

Ele riu.

– Jesus não era estuprador.

– Acho que não... O que há? – Era uma bobagem dizer isso, dadas as circunstâncias.

– Você parece tão deprimida – disse ele, cheio de falsa ternura.

– Acho que estou. Toda aquela doideira com o Brian no verão passado e agora Charlie.

– Detesto ver minha irmãzinha deprimida – disse ele, acariciando meus cabelos. E, por alguma razão, aquele "irmãzinha" me deu calafrios. – Sabe que sempre pensei em você como minha irmãzinha, não é?

– Na verdade não, mas obrigada de qualquer forma. Vou ficar bem. Não se preocupe. Estou pensando em voltar para casa e parar de novo na Itália por alguns dias antes de voltar. A passagem me dá direito a parar em Roma. Acho que não me dou bem com o clima daqui. Lalah e Chloe devem tomar o avião para Nova York na semana que vem, de qualquer modo, e está ficando cada vez mais quente... – Eu balbuciava nervosamente. Enquanto isso, Pierre estendera-se na cama junto de mim e me enlaçara com os braços. O que eu deveria fazer? Se eu lutasse com ele como se fosse um estuprador comum, eu o *ofenderia*, mas se escolhesse não resistir e concordasse com ele seria *incesto*. Sem mencionar o fato de que Randy provavelmente me mataria. O que deveria dizer? Qual era a etiqueta para uma situação dessas?

– Não acho que isso seja uma boa idéia – disse eu debilmente. As mãos de Pierre entraram sob minha camisola e alisaram-me as coxas. Eu não estava tão fria quanto queria aparentar.

– O quê não é uma boa idéia? – perguntou ele com displicência. – Afinal de contas, é *natural* que um irmão ame sua irmãzinha... – E continuou a fazer o que ocorre naturalmente.

– O *que* disse? – perguntei, sentando-me.

– Que é perfeitamente *natural* que um irmão ame sua irmãzinha... – Parecia Albert Ellis dando uma palestra.

– Pierre – disse eu de maneira gentil –, você já leu *Lolita*?

– Não consigo suportar a impostura do estilo dele – disse Pierre, zangado comigo por distraí-lo.

– Mas isso é *incesto* – disse eu de modo enfático.

– Pssiu, vai acordar todo o mundo... Não se preocupe, não vai engravidar. Podemos fazer do modo grego, se você preferir...

– Não é a *gravidez* que me preocupa, pelo amor de Deus, é o *incesto*! – Meu raciocínio não pareceu abalá-lo nem um pouco.

– Pssiu – disse ele, empurrando-me para o travesseiro. Era como um dos caras que havia encontrado na Itália. Se resistir por não se estar de fato interessada, achavam que era medo da gravidez e insistiam em sugerir outras alternativas – intercurso anal, chupada, masturbarção mútua – qualquer coisa exceto NÃO. Pierre moveu-se alguns centímetros para o alto da cama e ofereceu seu pênis ereto a minha boca... A demonstração. Uma batalha se desencadeou dentro de mim. Teria sido fácil aquiescer. Chupá-lo e acabar com aquilo. Era tão *simples*, na verdade. Que diferença uma chupada a mais podia fazer na minha vida?

– *Não posso* – disse eu.

– Vamos – disse Pierre. – Eu ensino.

– Não é *isso*. Eu *não posso*. *Moralmente* eu *não posso*...

– É fácil.

– Eu *sei* que é fácil.

– Vamos – disse ele –, você só precisa...

– Pierre! – gritei. Ele suspendeu a calça do pijama e deu o fora do quarto.

Fiquei imóvel por um minuto, a sala reverberando com o meu grito, e esperei para ver o que aconteceria. Nada. A casa estava imóvel. Então peguei o meu roupão, calcei os chinelos e saí em busca de Lalah e Chloe. Estava decidida a sair do Líbano o mais breve possível. Partir do Oriente Médio e jamais pisar seu solo novamente.

Fui aos poucos achando o caminho colina abaixo até a casa onde estavam minhas irmãs, quase tropeçando nas pedras e raízes de árvores a cada passo. Pouco a pouco, meus olhos acostumaram-se à escuridão e consegui ver os telhados de Karkabi, dominados pela torre de eletricidade. Civilização! Em metade dos celeiros e pastos de Karkabi, garotos provavelmente fodiam ovelhas ou suas próprias irmãs naquele exato minuto. E o que havia de errado com isso? Nada, suponho, mas *eu* apenas não conseguia fazê-lo. Seria puritana? Por que tanto dilema moral sobre uma reles chupadazinha. O fato é que se a gente começa chupando o marido da irmã, a seguir estará chupando o marido da própria *mãe* – minha nossa – é o papai!

Entretanto o analista insiste que é o papai que na realidade se *quer*. Então por que tê-lo é tão impensável? Talvez *devêssemos* chupar o papai e acabar com aquilo de vez? Talvez fosse o único jeito de superar o medo.

Esgueirei-me pela porta da frente da casa de tia Simone (tia Simone e tio George tiravam ambos um ronco musical) e encontrei Lalah e Chloe sentadas na cama juntas, lendo alto uma edição popular pornográfica chamada *Moças da orgia*. Na cama, havia outros dez livros com títulos como *Incesto adolescente*; *Trocas de casais: Estilo de família; Minha irmã e eu; Minha filha, Minha esposa, A cereja desejosa; O comprido e o curto; O beco gostoso; Dentro de todos os lugares; Uma viagem pelo mundo* e *Cartas de lascívia.*

Lalah lia muito alto uma passagem particularmente poética. Nem uma nem outra prestou qualquer atenção a minha chegada.

> Seus quadris começaram a ser mover mais rápido [Lalah lia com uma voz histriônica] ante a urgência do clímax que se aproximava. Sentia seu corpo batendo contra o meu, seu cacete duro enchendo cada centímetro de meu canal feminino, e eu poderia ter gritado de prazer. Senti as explosões começando dentro de mim e os sucos de minha boceta fluindo por toda a extensão da passagem do amor, lubrificando seu mastro quente e fazendo-o deslizar com mais facilidade...

...Por que as pessoas nos livros de pornografia nunca se deixam perturbar pelos escrúpulos que me atormentavam? Eram apenas enormes órgãos sexuais enfiando-se cegos na escuridão.

– Podiam parar com isso um minuto e falar comigo? – solicitei.

– Não é demais? – disse Lalah, acenando com o livro.

– Ouçam, crianças, temos a vida real aqui do lado, portanto, podem parar de ler seus livrinhos pornográficos e me conceder seus ouvidos sujos... – Lalah olhou para Chloe, e Chloe olhou para Lalah: ambas começaram a rir como se soubessem de algo que eu desconhecesse.

– Bom, o que é isso? – Elas continuaram a rir como em uma conspiração. – Vamos, idiotas. Digam logo!

– Você vai dizer que Pierre tentou seduzi-la... – disse Lalah ainda rindo.

– Puta que pariu, como é que *você* sabe?

– Porque ele tentou comigo também – disse ela.

– E comigo – disse Chloe.

– Estão brincando.

– Não, *não* estamos – disse Lalah. – Bem que nós *gostaríamos*...

– E o que aconteceu?

– Bem, eu ri dele e o pus para fora da cama, e Chloe *diz* que fez o mesmo... mas não sei se acredito nela totalmente...

– Sua puta! – berrou Chloe.

– Está bem... Está bem... Acredito em você.

– E continuam por aqui *depois* disso?

– Ora, por que não? – disse Lalah com displicência. – Ele é inofensivo... Só está com um pouco de tesão porque Randy passa a vida inteira em um avançado estado de gravidez.

– Com um pouco de tesão? Você chama aquilo de um pouco de tesão. Eu chamo de incesto.

– Ah, meu Deus, Isadora, você é mesmo demais. Trepar com o cunhado não é *realmente* incesto.

– Não é? – Acho que estava decepcionada.

– Quase nem conta – disse Lalah com desprezo. – Mas tenho certeza de que você vai dar um jeito para a coisa parecer muito mais lúgubre no papel. (Lalah já naquela época odiava que eu escrevesse.)

– Vou fazer o possível – eu disse.

Na viagem de volta de Karkabi com a nova empregada, Pierre mostrou-se totalmente frio e imperturbável, indicando os lugares interessantes pelo caminho.

Árabes, pensei, que *desgraçados*. Que sensação de culpa desproporcional que sentia com qualquer de minhas insignificantes transgressões sexuais! Contudo havia pessoas no mundo, um monte delas, que faziam o que tinham vontade sem sentir culpa em nenhum momento – desde que não fossem apanhados. Por que eu fora amaldiçoada com um superego tão hipertrofiado? O que *fizera* Moisés pelos judeus, afinal de contas, ao conduzi-los para fora do Egito, dar-lhes o conceito do Deus único, a sopa de pão ázimo e uma culpa eterna? Não poderia tê-los deixado em paz, cultuando gatos, touros e falcões, ou vivendo como os outros primatas (com os quais – como Randy sempre me lembrava – eles são tão estreitamente aparentados)? Era de se espantar que todos odiassem os judeus por darem a culpa ao mundo? Não poderíamos ter-nos saído muito bem sem ela? Simplesmente chafurdando no lamaçal primordial, cultuando besouros de bosta e trepando quando tivéssemos vontade? Pensem nos egípcios que construíram as pirâmides, por exemplo. Algum dia *eles* se sentaram para se indagar se tratavam seus empregados com democracia? Algum dia acendeu-se neles a idéia de questionar se seus restos mortais *valiam* as vidas dos milhares e milhares que morreram construindo as pirâmides? Repressão, ambivalência, culpa. "O que... eu, me preocupar?", pergunta o árabe. Não é de se espantar que eles queiram realmente acabar com os judeus. Quem não quereria?

De volta a Beirute, planejamos a volta para casa. Lalah e Chloe tinham um vôo fretado para Nova York, portanto tinham que partir juntas, e eu tinha a minha velha passagem de Beirute a Roma e, de lá, a Nova York.

Parei em Roma como havia planejado e fiquei mais uma semana em Florença antes de ir para casa e enfrentar a música com Charlie. Mesmo em um agosto quente e entupido de gente, Florença continuava uma de minhas cidades preferidas em todo o mundo. Lá, reatei com Alessandro mais uma vez, e dessa vez tivemos um caso quase perfeito, embora sem amor, durante seis dias. Por minha solicitação, ele abandonou a mania dos palavrões, e descobrimos um quarto encantador em uma hospedaria em Fiesole, onde podíamos fazer amor de 13 às 16 horas, todas as tardes (um hábito muito civilizado no horário de almoço). Talvez fosse devido a minha fúria com Charlie, talvez porque Pierre tivesse realmente me excitado: o fato é que minha transa com Alessandro foi inspirada. Na verdade, foi a única vez em toda minha vida que consegui fazer sexo com alguém de forma exuberante e afetuosa sem convencer-me de que estava apaixonada. Uma verdadeira trégua de seis dias entre meu id e meu superego.

À noite, quando Alessandro voltava para a esposa, eu ficava por minha conta. Assistia aos concertos no Pitti, via algumas das outras personagens de minha visita anterior e fui calorosamente persuadida uma vez mais pelo professor "Michelangelo" (Karlinsky), de barba flamejante. Apesar do calor e da variedade heterogênea de meus namorados, eu adorava Florença e, às vezes, não queria partir nunca mais. No entanto, um deprimente magistério e um programa de doutorado esperavam por mim em Nova York, e eu ainda era, em grande parte, a escolar dirigida pelo superego, para não escolher algo que eu odiava contra algo que eu adorava. Ou talvez fosse de fato Charlie. Sentia-me completamente ultrajada por sua traição, mas mal podia esperar para vê-lo de novo.

Charlie e eu rompemos logo depois que nos reencontramos. Parece que nunca consegui perdoar sua ambivalência, embora agora veja, na verdade, que era muito

 parecida com a minha, o que, portanto, deveria me tornar

mais compreensiva. Alessandro continuou escrevendo de Florença falando de *divorzio*, mas eu já vira filmes italianos demais para acreditar nele. "Michelangelo" apareceu uma vez e tinha a aparência tão piorada à poluída luz do sol de Nova York, que não tive ânimo de continuar. Os tons sépia e âmbar de Florença tinham feito maravilhas por ele – como qualquer fã de E. M. Forster consegue facilmente entender. Setembro e outubro mostraram-se sombrios e melancólicos. Eu continuei com uma coleção deprimente de divorciados, filhinhos de papai, neuróticos, psicóticos e analistas. Só conseguia manter meu estado de ânimo elevado ao descrevê-los com detalhes bastante implacáveis em minhas cartas para Pia. Depois, em novembro, Bennett Wing adentrou minha vida como a solução de todos os meus problemas. Silencioso como a Esfinge e muito suave. Salvador e psiquiatra reunidos em um só. Mergulhei no casamento do mesmo modo (na Europa) em que mergulhara na cama. Parecia um leito macio; os pregos estavam escondidos.

15
Viagens com meu anti-herói

Eu quero! Eu quero!

William Blake

Contei tudo a Adrian. Toda minha histérica história da procura pelo homem impossível e sempre me encontrar no ponto exato onde começara: dentro de minha cabeça.

Representei minhas irmãs, minha mãe, meu pai, meus avós, meu marido, meus amigos... Rodávamos de carro e conversávamos, rodávamos e conversávamos.

– Qual é o seu prognóstico? – perguntei-lhe, sempre a paciente em busca do terapeuta perfeito.

– Você vai ter que fazer uma boa reforma, benzinho, – Adrian repetia sempre – tem que descer até dentro de si mesma e salvar sua própria vida.

Já não estava *fazendo* isso? O que era esse itinerário maluco senão uma viagem de volta ao meu passado?

– Ainda não mergulhou fundo o bastante – disse ele. – Tem que atingir o fundo e depois subir.

– Jesus! Acho que já fiz isso!

Adrian disparava seu belo sorriso com o cachimbo enfiado entre os lábios rosados e ondulados.

– Ainda não atingiu o fundo – disse ele, como se conhecesse algumas das surpresas a minha espera.

– Vai me levar até lá? – perguntei.

– Se você insistir, amor.

Era sua magnífica indiferença que me enfurecia, me excitava e me deixava em uma frustração selvagem. Apesar de todas as suas bolinações e de agarrar minha bunda, Adrian era tão *controlado*. Eu costumava contemplar aquele belo perfil imaginando que diabo estaria ocorrendo em sua cabeça e por que não conseguia sondá-lo.

– Quero entrar na sua cabeça e não consigo – disse eu. – Isso está me deixando maluca.

– *Por que* quer entrar na minha cabeça? O que acha que isso resolverá?

– É só porque quero me sentir realmente próxima de alguém, unida a alguém, pelo menos uma vez inteira. Quero realmente amar uma pessoa.

 – Por que acha que amar resolve alguma coisa?

– Talvez não resolva, mas mesmo assim quero isso. Quero me sentir inteira.

– Mas você achava que era parte de Brian, e isso não funcionou também.

– Brian era maluco.

– Quando se entra na cabeça das pessoas, todo o mundo é um pouco maluco – disse Adrian. – É apenas uma questão de grau.

– Eu acho...

– Olha... por que simplesmente não pára de procurar amor e tenta viver sua vida?

– Mas que espécie de vida posso ter sem amor?

– Você tem o seu trabalho, seu texto, seu magistério, seus amigos...

Bolas, bolas, bolas, pensava eu.

– De qualquer modo, eu escrevo como uma tentativa de obter amor. Sei que é maluco. Sei que estou condenada à decepção. Mas dentro de mim está isso: Quero que todos me amem.

– Vai perder – disse Adrian.

– Eu sei, mas isso não muda nada. Por que o fato de eu saber nunca *muda* coisa alguma?

Adrian não respondeu. De qualquer modo, suponho que não estivesse perguntando a ele, mas apenas lançando a pergunta ao crepúsculo azul das montanhas (rodávamos pelo Goddard Pass com a capota do Triumph abaixada).

– Pelas manhãs – disse Adrian finalmente –, nunca consigo lembrar de seu nome.

Aquela então era a minha resposta. Atravessou-me como uma faca. E lá estava eu acordada a cada noite perto dele, tremendo e repetindo meu nome vezes sem conta para mim mesma, tentando lembrar-me de quem era.

– O PROBLEMA com o existencialismo (disse eu enquanto descíamos a *autostrada*) é que não se pode parar de pensar no futuro. Ações *têm* conseqüências.

– *Eu* posso parar de pensar no futuro – disse Adrian.

– Como?

Sacudiu os ombros.

– Não sei. Só sei que posso. Sinto-me glorioso hoje, por exemplo.

– Por que me sinto tão miserável quando você se sente tão glorioso?

– Porque você é danadamente judia – riu ele. – O Povo Eleito. Você pode ser medíocre em outras coisas, mas como sofredora é sempre excelente.

– Filho-da-puta.

– Por quê? Apenas porque lhe digo a verdade? Olha, você quer amor, intensidade, sentimento, intimidade – e o que obtém? Sofrimento. Pelo menos o seu *sofrimento* é intenso... A paciente *ama* a doença. Ela não *quer* ser curada.

MEU PROBLEMA é querer ser sempre a maior em tudo. A maior amante. A maior faminta. A maior sofredora. A maior vítima, a maior tola... Se metia-me em confusões o tempo todo, a culpa era minha por querer ser sempre a maior. Tive que ter o primeiro marido mais maluco, o segundo marido mais inescrutável, o primeiro livro mais audacioso, o pânico pós-publicação mais afoito... Não conseguia fazer nada pela metade. Se ia bancar a idiota tendo um caso com um filho-da-puta insensível, tinha que fazê-lo na frente da comunidade psicanalítica mundial. E fugindo em uma aventura de bêbados que simplesmente podia nos matar. A transgressão e a punição embrulhadas, em um só pacotinho bem-arrumado. Se não for possível entregá-lo, envio-o de novo ao remetente. Mas quem era o remetente? Eu. Eu. Eu.

E ENTÃO, além de tudo, comecei a me convencer de que estava grávida. Era tudo de que eu precisava. Minha vida estava de pernas para o ar. Meu marido, só Deus sabe onde se enontraria. Eu, sozinha com um estranho que não dava a menor para mim. E grávida. Ou pelo menos achava que sim. O que estaria tentando provar? Que conseguia suportar tudo? Por que tinha sempre que transformar minha vida em uma semelhante prova de resistência?

Não havia qualquer motivo real para achar que estava grávida. Não deixara de ter a menstruação do mês. Mas nunca preciso de um motivo real para pensar qualquer coisa. E nunca preciso de um motivo real para o pânico. Cada vez que tirava o diafragma, tateava a minha cérvice, procurando alguma pista. Por que nunca sabia o que estava ocorrendo dentro de mim? Por que meu corpo era esse mistério para mim mesma? Na Áustria, na Itália, na França e na Alemanha – tateei minha cérvice e considerei as possibilidades. Eu descobriria se estava grávida. Ou atravessaria toda a gravidez sem saber se a criança seria loura de olhos azuis como Adrian, ou chinesa como Bennett. O que faria? Quem me acolheria? Deixara meu marido, e ele jamais me perdoaria ou me receberia de volta. E meus pais nunca me ajudariam sem extorquir em troca um preço emocional tão alto que eu teria que virar criança novamente para contar com eles. E minhas irmãs iam achar bem-feito, por minha vida dissoluta. E minhas amigas ririam por trás de sua falsa comiseração. Isadora beija a lona!

Ou então faria um aborto. Um aborto malogrado que me matasse. Envenenamento do sangue. Ou esterilidade permanente. De repente, quis um filho de todo o coração. Filho de Adrian. De Bennett. Meu. Filho de qualquer pessoa. Queria ficar grávida. *Barriguda.* Eu chorava, deitada na barraca de Adrian. Ele continuava roncando. Estávamos dormindo à margem de uma estrada em algum lugar da França naquela noite, e poderia bem ter sido na Lua. Sentia-me tão completamente só, tão totalmente abandonada...

"Ninguém, ninguém, ninguém, ninguém...", gemi, abraçando-me como a criança grande que era. Tentava ninar a mim mesma até dormir. De agora em diante, pensei, terei que ser minha própria mãe, meu próprio conforto, meu próprio acalanto até dormir. Talvez fosse isso que Adrian quiesse dizer com descer até o fundo de si mesmo e subir à superfície de novo. Aprender a sobreviver à sua própria vida. Aprender como maternalizar-se a si mesma. Sem eternamente virar-se para um analista, um amante, um marido, um pai.

Embalei-me, dizendo meu próprio nome para lembrar-me de quem era: Isadora, Isadora, Isadora, Isadora... Isadora White Stollerman Wing... Isadora Zelda White Stollerman Wing... Bacharel em Artes, com Mestrado e Phi Beta Kappa. IsadoraWing, promissora jovem poeta. Isadora Wing, promissora jovem sofredora. Isadora Wing, feminista e supostamente mulher liberada. Isadora Wing, palhaça, bebê-chorão. Boba. Isadora Wing, espirituosa, erudita, ex-esposa de Jesus Cristo. Isadora Wing, com medo de voar. Isadora Wing, boazuda levemente gorducha, com um caso severo de astigmatismo no olho da mente. Isadora Wing, com sua boceta impreenchível e buracos na mente e no coração. Isadora Wing da pancada de fome. Isadora Wing cuja mãe quis que ela voasse. Isadora Wing cuja mãe a mantinha no chão. Isadora Wing, paciente profissional, à procura de salvadores, sensualidade, certeza. Isadora Wing, lutadora contra os moinhos de vento, carpideira profissional, aventureira fracassada...

Devo ter dormido. Acordei e vi a luz do sol escorrendo pelo azul brilhante da barraca. Adrian ainda roncava. Seu peludo braço louro caíra pesado sobre o meu peito, pressionando-o, deixando-me desconfortavelmente consciente da respiração. Os pássaros chilreavam. Estávamos na França. À margem de uma estrada. Uma encruzilhada de minha vida. O que faria lá? Por que estaria deitada em uma barraca na França, com um homem que quase não conhecia? Por que não estava em casa, na cama com meu marido? Pensei em Bennett em uma súbita onda de ternura. O que estaria fazendo? Sentiria falta de mim? Teria me esquecido? Teria encontrado outra pessoa? Uma moça comum que não precisava se meter em aventuras para provar a própria resistência? Uma moça comum, contente por fazer o café-da-manhã e criar filhos. Uma moça comum às voltas com consórcio de carros, piscina e coisas assim. Uma moça americana comum saída da revista *Seventeen*.

De súbito, quis com todas as forças ser essa moça comum. Ser a boa dona de casa, a glorificada mãe americana, a mascote da *Mademoiselle*, a matrona da *McCall's*, a bonitinha da *Cosmo*, a moça com o selo da Boa Dona de Casa tatuado na bunda e jingles de publicidade programados no cérebro. Aquela era a solução! Ser comum! Ser não-exótica! Estar contente com a solução de compromissos, as refeições congeladas e programas tipo "Pode este casamento ser salvo?". Tive então uma fantasia de mim mesma como uma dona de casa feliz. Uma fantasia diretamente saída do cerebrozinho de um publicitário. Eu em um avental e blusa de riscadinho, cuidando do marido e dos filhos, enquanto o onipresente aparelho de TV canta as virtudes do lar americano e da esposa-escrava americana com seu minúsculo cérebro confuso.

Pensei em como me sentira sem lar e sem raízes na noite anterior, e a resposta a tudo aquilo surgiu claramente: *ser comum*! Seja uma esposinha em segurança em sua casinha segura e jamais acordará desolada à margem de uma estrada na França novamente.

A seguir, a fantasia explodiu. Rompeu-se como a bolha que era. Pensei em todas as manhãs em Nova York em que despertara com meu marido e me sentia igualmente sozinha. Todas aquelas manhãs solitárias em que nos encarávamos de modo recíproco por cima do suco de laranja e das xícaras de café. Todos os solitários momentos medidos em colheres de café, contas de tinturaria, rolos de papel higiênico gastos, pratos sujos, pratos quebrados, cheques cancelados, garrafas de *scotch* vazias. O casamento também podia ser solitário. Desolador. Todas essas donas de casa felizes preparando o café-da-manhã para maridos e filhos sonhavam em fugir com amantes para dormir em barracas na França! Suas cabeças estavam atoladas de fantasias. Faziam o café, as camas, as refeições, e depois saíam para comprar o último capítulo da vida de Jackie Onassis na revista *McCall's*. Sonhavam freqüentemente em fugir. Ferviam em um ressentimento constante. Suas vidas eram apimentadas pela fantasia.

Não haveria saída? A solidão seria universal? A inquietação era um fato da vida? Seria melhor reconhecer isso do que continuar procurando falsas soluções? O casamento não era a cura para a solidão. As crianças cresciam e deixavam a casa. Os amantes não eram panacéia. Nem o sexo uma solução definitiva. Se construíssemos a vida como uma longa doença, então a morte seria a única cura. De repente, ficara tudo tão claro. Fiquei ali na barraca, naquele saco de dormir duplo, perto daquele estranho que roncava e pensei, pensei, pensei. O que fazer a seguir? Como conduzir minha vida? De onde iria a partir dali?

À tarde, estávamos bêbados e alegres. Encharcávamonos de cerveja. Paramos para comprar pêssegos de um fazendeiro à beira da estrada e descobrimos que ele só vendia a caixa completa, o que nos fez voltar para o Triumph carregados de pêssegos. Um caixote enorme deles enchia a parte de trás do carro. Comecei a comê-los avidamente e descobri que quase todos estavam bichados. Ri e comi à volta dos bichos. Atirava as metades bichadas dos pêssegos à beira da estrada. Estava bêbada demais para me importar com bichos, gravidez, casamento ou futuro.

– Sinto-me ótima! – disse para Adrian.

– A idéia é essa, benzinho. Está pegando o espírito da coisa.

À NOITE, contudo, quando a cerveja se dissipava, sentia-me deprimida de novo. Havia algo tão sem objetivo em nossos dias, nossa viagem, nossas bebedeiras. Nem sequer sabia em que dia da semana estávamos. Não vira um jornal desde que deixáramos Viena. Quase não tinha tomado banho ou trocado de roupa. E mais do que tudo, sentia falta de escrever. Não havia escrito um poema por semanas a fio e comecei a achar que não seria capaz de fazê-lo novamente. Pensei em minha máquina elétrica usada, vermelha, imóvel em Nova York, e uma rajada de anseio me percorreu. Era aquilo que eu amava! Podia me ver voltando para Bennett, porque ele tinha a custódia da máquina de escrever. Como as pessoas que ficam juntas "pelas crianças" ou porque não conseguem decidir quem ficará com o apartamento de aluguel barato.

NAQUELA NOITE, descobrimos um verdadeiro camping. Em vez da beira de uma estrada. (*Le Camping*, como dizem na França.) Não era elegante, mas tinha um lugar para se nadar, um bar com petiscos, um local para se tomar uma chuveirada. Eu estava morrendo por um banho de chuveiro.

Assim, logo que Adrian delimitou nosso lugar no terreno, parti para o chuveiro. Enquanto a sujeira rolava pelo meu corpo abaixo, eu falava em telepatia com Bennett. "Perdoe-me", dizia-lhe eu onde quer que ele estivesse (e para mim mesma, onde quer quer eu estivesse).

Quando voltei à barraca, Adrian fizera um amigo. Dois amigos, na verdade. Um casal americano. Ela, toscamente bonita, cabelos ruivos, sardas, peituda, judia, com sotaque do Brooklyn. Ele, de barba, cabelos castanhos, felpudo, gorduchinho, com um sotaque do Brooklyn. Era um corretor de ações sexualmente promíscuo que gostava de alucinógenos. Ela era uma dona de casa sexualmente promíscua que gostava de adultério. Tinham um apartamento antigo em Brooklyn Heights, um carro da Volkswagen que usavam como barraca, três filhos no acampamento e a inquietação do décimo-quarto ano de casamento. Adrian cantava a esposa (Judy) com seu sotaque inglês e teorias lainguianas (já bastante gastas comigo). Ela parecia praticamente pronta a cair na barraca com ele.

– Oi – disse eu animada aos meus compatriotas e colegas de religião.

– Oi – disseram em uníssono.

– E agora? – disse Adrian. – Primeiro a cama ou a birita?

Judy deu uma risadinha.

– Não se importe comigo – disse eu. – Não acredito em possessividade ou possessão. – Achei que estava fazendo uma ótima imitação de Adrian.

– Íamos grelhar um filé – ofereceu o marido (Marty), em tom nervoso.

– Gostariam de se juntar a nós?

Quando em dúvida, coma. Eu conheço o tipo.

– Excelente – disse Adrian. – O homem que chegou para jantar. Podia notar que estava na verdade excitado com a perspectiva de trepar com Judy sob os olhos do marido. Gostava era daquilo. Desde que Bennett saíra de cena, Adrian de certo modo perdera o interesse por mim.

Sentamo-nos para comer o filé e ouvir as histórias de suas vidas. Tinham resolvido ser racionais, disse Marty, em vez de se divorciar como três quartos de seus amigos. Tinham resolvido dar um ao outro muita liberdade. Haviam feito um monte de "coisas grupais", segundo as palavras dele, em Ibiza, onde passaram o mês de julho. Pobre filho-da-puta, não parecia lá muito feliz. Estava recitando o catecismo sexual do promíscuo como um menino no *bar mitzvah*. Adrian sorria mostrando os dentes. Já convertido. Ele podia simplesmente pegar a coisa e partir dali.

– E vocês? – perguntou Judy.

– Nós não somos casados – disse eu. – Não acreditamos nisso. Ele é Jean-Paul Sartre e eu sou Simone de Beauvoir.

Judy e Marty se entreolharam. Tinham ouvido esses nomes em *algum* lugar, mas não conseguiam lembrar onde.

– Somos famosos – disse eu com impostura. – Na verdade, ele é R. D. Laing e eu sou Mary Arnes.

Adrian riu, mas pude ver que eu havia perdido Judy e Marty. Pura autoproteção. Senti uma exibição surgindo e tive que atirar meu peso intelectual na arena. Era tudo o que me sobrara.

– Certo – disse Adrian. – Por que não trocamos de par, para começar.

Marty olhou desanimado. Não era muito lisonjeiro para mim, mas a verdade é que eu também não o queria muito.

– Fiquem à vontade – disse eu para Adrian. Queria ver seu tiro sair pela culatra – fosse lá o que isso quisesse dizer.

(Nunca tive bem certeza.) – Acho que vou ficar fora dessa. Se quiserem, fico assistindo. – Eu decidira ultrapassar Adrian em seu próprio jogo. Fria. Não envolvida. Todo aquele lixo.

Marty saltou então em protesto de sua virilidade.

– Acho que devemos trocar ou nada – gaguejou.

– Desculpe – disse eu –, não quero ser uma desmancha-prazeres, mas simplesmente não estou com vontade. – Estive prestes a acrescentar, "além disso, estou com gonorréia...", mas resolvi não arruinar a situação para Adrian. Deixei-o fazer o seu jogo. Eu era dura. Podia suportar.

– Não acha que devíamos chegar a uma decisão como grupo? – disse Judy.

Cara, que ex-escoteira era ela!

– Já tomei minha decisão – disse eu. Estava tremendamente orgulhosa de mim mesma. Sabia o que queria e não iria dar para trás. Estava dizendo não e gostando disso. Até Adrian estava orgulhoso de mim. Poderia ver isso pelo modo como sorria. Forjando o meu caráter, era o que ele estava fazendo. Sempre se interessara em me salvar de mim mesma.

– Bem – disse eu –, vou olhar vocês, ou apenas me sento à beira do tanque para nadar e converso? Qualquer das duas coisas está bem para mim.

– O tanque – disse Marty em desespero.

– Espero que não seja uma metáfora – disse eu.

Acenei com alegria para Adrian, enquanto eles subiam no carro e puxavam as cortinas. Depois peguei Marty pela mão e levei-o ao velho tanque, onde nos sentamos sobre uma pedra.

– Quer me contar a história de sua vida ou apenas descrever os casos de Judy?

Ele parecia mal-humorado.

– Você sempre encara as coisas com tanta displicência? – perguntou, fazendo um movimento de cabeça na direção de seu carro.

– Em geral, me preocupo tremendamente, mas meu amigo vem forjando o meu caráter.

– O que quer dizer?

– Está tentando me ensinar a parar de sofrer, e pode ser que consiga, mas não pelos motivos que ele pensa.

– Não compreendo – disse Marty.

– Desculpe. Acho que estou pondo o carro na frente dos bois. É uma história longa e triste, e também não é das mais originais.

Marty olhou tristonho na direção de seu carro. Peguei a mão dele.

– Vou lhe contar um segredo... há chances de que não esteja acontecendo muita coisa ali. Ele não é o garanhão que pensa ser.

– Impotente?

– Com freqüência.

– Isso não me faz sentir muito melhor, mas agradeço sua atenção.

Olhei para Marty. Não era feio. Lembrei de todas as vezes em que ansiei por estranhos, lugares estranhos, estranhos cacetes gigantes. Mas tudo o que senti foi indiferença. Sabia que trepar com Marty não me levaria mais perto da verdade que estava buscando – fosse lá o que fosse. Eu desejava um belo ato de amor definitivo, em que cada pessoa se tornasse a prece, o tobogã, o foguete da outra. Marty não era a resposta. Alguém seria?

– Como chegou até aqui? – ele perguntou. – Você não é americana?

– As duas coisas não se excluem... Na verdade, deixei um marido perfeitamente bom por isso.

Marty ergueu a cabeça. Um leve choque tremulou por seu rosto. Teria sido para isso que eu fizera tudo aquilo – apenas para dizer descarada, "deixei meu marido", e ver as ondas de choque ondularem entre um estranho e eu? Só havia exibicionismo? E um exibicionismo bastante idiota, diga-se de passagem.

– De onde é?

– Nova York.

– O que faz?

A estranha intimidade de esperar do lado de fora de um carro enquanto nossos parceiros fodiam exigia algum tipo de confissão. Portanto, cedi.

– Nova-iorquina, judia, de uma família muito neurótica de classe-média alta, casada pela segunda vez com um psicanalista, sem filhos, 29 anos, acabei de publicar um livro de poesia supostamente erótico que fez com que estranhos me telefonassem no meio da noite com propostas e negociações, e provocou uma grande onda a meu respeito... viagens para leituras em faculdades, entrevistas, cartas de lunáticos e coisas assim – então dei o fora. Comecei a ler meus próprios poemas e tentei me unir à imagem que apresentava neles. Comecei a tentar viver minhas fantasias. Comecei a acreditar que era o personagem ficcional inventado por mim.

– Esquisito – disse Marty, impressionado.

– A questão é que fantasias são fantasias, e não se pode viver em êxtase a cada dia do ano. Mesmo se você bater a porta e der o fora, mesmo se trepar com todo o mundo a sua volta, não está necessariamente mais perto da liberdade.

Não estava parecendo Bennett? A ironia de tudo aquilo!

– Gostaria que dissesse isso a Judy – disse Marty.

 – Ninguém pode dizer nada a ninguém – falei.

MAIS TARDE, já na barraca com Adrian, perguntei-lhe sobre Judy.

– Uma babaca tediosa – disse. – Simplesmente fica lá deitada e nem mesmo reconhece a existência do outro.

– O que ela achou de você?

– Como posso saber?

– Não se importa?

– Olha, trepei com Judy como poderia ter tomado café depois do jantar. E um café não muito bom, por falar nisso.

– Então por que ter esse trabalho?

– Por que não?

– Se você reduz tudo a esse nível de indiferença, tudo fica sem sentido. Não é existencialismo, é entorpecimento. Termina sempre tornando tudo sem sentido.

– E daí?

– Daí que você termina com o oposto do que queria. Queria intensidade mas obtém entorpecimento. É contraproducente.

– Está me fazendo uma preleção – disse Adrian.

– Tem razão – disse eu sem me desculpar.

NA MANHÃ seguinte, Marty e Judy haviam partido. Haviam arrumado as coisas e fugido à noite como ciganos.

– Menti a noite passada – disse Adrian.

– Como assim?

– Na verdade não fodi Judy.

– Como é possível?

– Não senti vontade.

Eu ri venenosamente.

– Quer dizer que não conseguiu.

– Não. *Não* é o que quero dizer. Apenas não *quis*.

– Pouco *me* importa o que você fez ou deixou de fazer – disse eu.

– Isso é besteira.

– É o que *você* pensa.

– Está furiosa comigo porque sou o primeiro homem que não consegue controlar e não pode agüentar muito tempo alguém ou algo que não consiga controlar.

– Que merda. Simplesmente tenho padrões de exigência um tanto mais alto que os seus. Vejo o seu joguinho. Concordo com você sobre a espontaneidade e o existencialismo – mas isso não é espontaneidade de modo algum, é desespero. Você disse isso a meu respeito no primeiro dia em que trepamos, e agora o devolvo. É tudo desespero e depressão mascarados de liberdade. Nem sequer dá prazer. É patético. Até essa viagem é patética.

– Você não dá chance a coisa alguma – disse Adrian.

MAIS TARDE, nadamos no tanque e nos secamos ao sol. Adrian esticou-se sobre a grama e apertou os olhos na direção do sol, espreitando-o. Eu me deitei com a cabeça em seu peito, sentindo o cheiro quente de sua pele. De repente, uma nuvem passou na frente do sol e a chuva começou a cair levemente. Não nos movemos. A nuvem de chuva passou, deixando-nos borrifados com grandes gotas d'água. Podia senti-las evaporando-se quando o sol saiu de novo e brilhou sobre nossa pele. Um pernilongo caminhou pelo ombro de Adrian e por seus cabelos. Senti-me alerta.

– O que é?

– Inseto nojento.

– Onde?

– Em seu ombro.

Ele olhou de soslaio para o peito procurando-o e agarrou-o por uma perna. Balançou-o, observando-o debater-se no ar como um nadador bracejando a água.

– Não o mate! – pedi.

– Pensei que estivesse com medo dele.

– Estou, mas não quero ver você matá-lo. – Deitei novamente.

– E que tal isso? – perguntou, arrancando uma das pernas do inseto.

– Ah, meu Deus, *não faça* isso! *Detesto* que façam isso.

Adrian continuou arrancando as pernas do inseto como pétalas de margarida.

– Mal-me-quer, bem-me-quer... – dizia.

– *Odeio* isso, por favor, não faça.

– Pensei que odiava *insetos*.

– Não gosto deles se *arrastando* por cima de mim, mas também não consigo suportar vê-los mortos. E me deixa doente ver você mutilando esse mosquito assim. Não posso olhar. – Levantei e corri de volta ao tanque.

– Não compreendo você! – gritou Adrian. – Que diabo, por que é tão sensível?

Mergulhei.

NÃO NOS FALAMOS de novo até depois do almoço.

– Você estragou tudo – disse Adrian –, com suas irritações, preocupações, hipersensibilidade.

– Ok, então me deixa em Paris e eu tomo um avião de lá.

– Com prazer.

– Eu poderia ter-lhe dito que você enjoaria de mim se eu demonstrasse em algum momento qualquer sentimento humano. Que tipo de mulher de plástico você quer, afinal de contas?

– Não seja tola. Quero apenas que você cresça.

– Segundo a sua definição.

– Segundo a nossa definição.

– Como é democrático! – disse eu, sarcástica.

Começamos a arrumar as coisas e a levá-las para o carro, batendo com os paus da barraca e o equipamento. Levou cerca de vinte minutos, durante os quais não trocamos uma palavra. Finalmente entramos no carro.

– Acho que não significa nada o fato de eu ter gostado de você o suficiente para abalar toda a minha vida.

– Não fez isso por mim – disse ele. – Fui apenas uma desculpa.

– Nunca teria sido capaz de fazê-lo, se não sentisse algo tão forte como senti. – Então, com um calafrio que percorreu todo o meu corpo, lembrei-me de meu desejo por ele em Viena. A fraqueza nos joelhos. As vísceras que se revolviam. O coração disparado. A dificuldade de respirar. Todas as coisas que ele despertara em mim, pelas quais o seguira. Ansiava por ele como ele era na primeira vez em que o encontrei. O homem em que se transformara era decepcionante. – O homem de debaixo da cama nunca pode ser o homem sobre a cama – disse eu. – Excluem-se mutuamente. Uma vez que ele sai de debaixo da cama, não é mais o homem que se deseja.

– De que diabo está falando?

– De minha teoria da foda sem zíper – disse eu. E expliquei-a o melhor que pude.

– Quer dizer que eu decepciono você? – perguntou, pondo os braços em volta de mim e puxando-me para baixo até que minha cabeça chegasse ao seu colo. Senti o cheiro agradável de suas calças sujas.

 – Vamos sair do carro – disse eu.

Caminhamos para uma árvore e nos sentamos debaixo dela. Fiquei ali, com a cabeça em seu colo. Sem qualquer intenção, comecei a mexer em sua braguilha. Abaixei o zíper até a metade e peguei seu pênis macio em minha mão.

– É pequeno – disse ele.

Levantei os olhos para Adrian, vi seus olhos de um verde dourado, os cabelos louros na testa, as linhas de expressão nos cantos da boca, o rosto bronzeado. Ainda era belo para mim. Tive saudade dele com um anseio que não era menos doloroso por estar misturado à nostalgia. Beijamo-nos por um longo tempo, sua língua fazendo círculos enlouquecedores em minha boca. Por mais que nos beijássemos, seu pênis permaneceu mole. Ele riu com seu riso solar, e eu ri também. Sabia que ele sempre me manteria a distância. Sabia que jamais o possuiria, e aquilo era parte do que o tornara tão belo. Eu escreveria sobre ele, falaria sobre ele, mas nunca o teria. O homem inatingível.

Seguimos de carro para Paris. Eu insistia que desejava voltar para casa, mas Adrian tentava me convencer a ficar. Tinha medo de perder minha lealdade, àquela altura. Sentia que eu estava me afastando. Sabia que já o inscrevia em meu caderno de notas para futura referência. Ao chegarmos nos arredores de Paris, começamos a ver grafites rabiscados sob as pontes da rodovia. Um deles dizia.

FEMMES! LIBERONS-NOUS!

16
Seduzida e abandonada

O voto, pensei, nada significa para as mulheres.
Devíamos ser armadas.

Edna O'Brien

De volta a Paris.

Chegamos cobertos pela poeira da estrada. Dois emigrantes saídos de John Steinbeck, dois empoeirados atores de *vaudeville* saídos de Collette.

Urinar à beira da estrada é encantadoramente rousseauniano na teoria, mas, na prática, deixa a gente com o gancho da calça grudento. E uma das desvantagens de ser mulher é urinar nos próprios sapatos. Ou nos deles.

Assim chegamos a Paris, grudentos, empoeirados e ligeiramente mijados. Tornamos a nos apaixonar um pelo outro – aquele segundo estágio do amor que consiste na nostalgia do primeiro estágio. Aquele segundo estágio que chega quando se sente com desespero que se está deixando de amar e não se consegue suportar a idéia de mais uma perda.

Adrian acariciou meu joelho.

– Como está, amor?

– Ótima, amor.

Não conseguimos mais saber o que era verdadeiro e o que era falso. Nós e nosso desempenho teatral éramos uma coisa só.

Sinto-me decidida agora a encontrar Bennett e a tentar que ele me aceite de volta. Entretanto, não tenho a mínima idéia de onde ele está. Resolvo telefonar-lhe. Presumo que ele tenha voltado para Nova York. Ele detesta perambular pela Europa quase tanto quanto eu.

Na Gare du Nord, encontro um telefone e tento uma ligação direta. Mas esqueci quase todo o francês que sabia, e o inglês da telefonista deixa muito a desejar. Após um diálogo absurdo, muitos equívocos, ruídos e números errados, sou colocada em contato com o meu próprio número.

A telefonista pergunta pelo "Docteur Wing", e lá longe, como vinda debaixo de todo o Oceano Atlântico, ouço a voz da moça que sublocou nosso apartamento durante o verão.

– Ele não está aqui. Está em Viena.

– *Madame, le Docteur est à Vienne* – ecoa a telefonista.

– *Ce n'est pas possible!* – grito, mas meu francês só vai até ali. Quando a telefonista começa a discutir comigo, torno-me cada vez mais muda. Certa vez, anos antes, quando viajava pela Europa como estudante universitária, conseguia falar essa língua. Agora quase nem consigo falar inglês.

– Ele tem que estar lá! – berro. Onde estará, se não está em casa? E o que farei da droga da minha vida sem ele?

Rapidamente faço uma ligação para o amigo mais antigo de Bennett, Bob, que ficou com nosso carro no verão. Bennett, na certa, entraria em contato com ele primeiro. Para minha surpresa, Bob está em casa.

– Bob, sou eu, Isadora – estou em Paris. Bennett está aí?

A voz de Bob volta muito distante.

– Pensei que ele estivesse com você. – Depois silêncio. A linha caíra. O silêncio, contudo, não é total. É o som do oceano que ouço ou estou apenas imaginando isso? Sinto um minúsculo riacho de suor escorrendo por entre meus seios. Subitamente, a voz de Bob vem à superfície de novo.

– O que aconteceu? Vocês tiveram uma... – A seguir, uma interferência gorgulhante. Depois o silêncio. Visualizo um peixe gigantesco roendo o cabo submarino. Cada vez que o peixe dá uma dentada, a voz de Bob desaparece.

– Bob!

– Não posso ouvir você. *Eu disse: vocês tiveram uma briga?*

– Sim. É muito difícil explicar. É horrível. É tudo minha...

– *O quê?* Não estou ouvindo... Onde está Bennett?

– É por isso que estou *ligando*.

– O quê? Não entendi.

– *Merda*. Também não consigo ouvir você... Ouça, se ele ligar, diga que o amo.

– *O quê?*

– Diga-lhe que estou procurando por ele.

– *O quê?* Não consigo ouvir.

– Diga-lhe que eu o quero.

– *O quê?* Repete!

– É impossível.

– Não *consigo* ouvi-la.

– Apenas diga a ele que o amo.

– O quê? A ligação está horr...

A linha é cortada pela última vez. A voz da telefonista intervém com a notícia que devo 129,34 francos novos.

– Mas não consegui ouvir nada!

A telefonista insiste que eu devo a quantia, seja como for. Vou até o caixa, procuro na carteira e descubro que não tenho franco nenhum, nem novo nem velho. Assim, tenho que passar pela confusão de trocar dinheiro e discutir com o caixa, mas finalmente pago. É muito trabalho protestar mais.

Começo a puxar notas de franco como em uma penitência. Pagaria qualquer coisa só para estar em casa agora, lembrando-me disso tudo com tranqüilidade. Essa é a parte que mais gosto. Por que me enganar? Não sou existencialista. Nada tem muita realidade para mim até que eu ponha no papel – revisando e embelezando ao fazê-lo. Estou sempre esperando que as coisas terminem para ir para casa e escrever sobre elas.

– O que aconteceu? – pergunta Adrian, saindo do banheiro dos homens.

– Tudo que sei é que ele não está em Nova York.

– Talvez esteja em Londres.

– É... talvez esteja. – Meu coração bate forte ante o pensamento de vê-lo de novo. – Por que não viajamos juntos para Londres de carro? – sugiro. – E nos despedimos como bons amigos?

– Acho que tem de encarar isso sozinha – diz Adrian, o moralista.

Não vejo nada de sinistro em sua proposta. Em certo sentido, ele tem razão. Eu me coloquei dentro dessa bagunça – por que contar com ele para me tirar dela?

– Vamos tomar um drinque e pensar no caso – digo, tentando ganhar tempo.

– Está bem.

E partimos no Triumph, com um mapa de Paris no meu colo, a capota abaixada e o sol cintilando sobre a cidade – como na versão cinematográfica de nossa história.

Guio Adrian até o Boul' Mich e delicio-me ao descobrir que me lembro das avenidas, dos pontos de referência e das esquinas. Pouco a pouco, meu francês vai voltando.

– *"Il pleure dans mon coeur / Comme il pleut sur la ville!"* – grito, eletrizada por lembrar dois versos de um poema que consegui memorizar em todos os anos de aula de francês. De súbito (e sem qualquer motivo, exceto a visão de Paris), estou voando mais alto do que uma pipa. "Ela nasceu cheia de adrenalina", costumava dizer minha mãe. E era verdade – quando eu não estava terrivelmente deprimida, sentia-me rebentando de energia, risos e piadas.

– O que quer dizer com *il pleut*? – diz Adrian. – É o diabo do dia mais ensolarado que vejo em semanas. – Mas meu riso o contagia e mesmo antes de chegarmos ao café, já estamos animados. Estacionamos o carro na rue des Écoles (o lugar para estacionar mais perto que conheço) e deixamos toda a nossa bagagem no carro. Por um momento hesito, pois não há jeito de trancar as coisas – o Triumph tem apenas uma cobertura de lona – mas, afinal de contas, lá me importo com permanência ou posses? *A liberdade é apenas outra palavra quando não resta mais nada a perder* – certo?

Vamos para um café na Place Saint Michel, tagarelando um para o outro como é ótimo estar de volta a Paris, como Paris nunca muda, como os cafés estão sempre onde os havíamos deixado, e as ruas, e Paris também.

Duas cervejas para cada um, e estamos nos beijando exibidamente em público. (Qualquer um poderia pensar que éramos os maiores amantes do mundo a sós.)

– O superego é solúvel em álcool – diz Adrian, tornando-se de novo o flertador autoconfiante que era em Viena.

– O *meu* superego é solúvel na Europa – digo. E ambos rimos alto. – Nunca vamos voltar para casa – proponho. – Vamos ficar aqui para sempre e delirar todos os dias.

– A uva é a única existencialista verdadeira – responde Adrian, abraçando-me apertado.

– Ou o lúpulo. É lúpulo ou lúpulos? Nunca sei ao certo.

– Lúpulos – diz ele com autoridade, tomando outro gole de cerveja.

– Lúpulos – digo eu, fazendo o mesmo.

Saltitamos por Paris em uma nuvem de cerveja. Comemos cuscuz na hora do almoço e ostras ao jantar, bebendo inúmeras cervejas nos intervalos e parando inúmeras vezes para urinar; saltitando pelo Jardin des Plantes, o Panthéon e pelas ruas estreitas perto da Sorbonne. Perambulamos pelo Jardin du Luxembourg. Finalmente descansamos em um banco perto da Fontaine de l'Observatoire. Estamos agitados e felizes. Observamos os grandes cavalos de bronze que se empinam na torre. Tenho aquela estranha sensação de invulnerabilidade proporcionada pelo álcool e sinto que estou vivendo em meio a um filme romântico. Sinto-me tão relaxada, solta e tonta. Nova York é mais distante do que a Lua.

– Vamos achar um hotel e cair na cama – digo. Não com uma forte onda de lascívia, mas apenas um desejo amigável de consumar essa romântica vertigem. Poderíamos tentar mais uma vez. Apenas uma foda perfeita como lembrança dela. Todas as nossas tentativas haviam sido de certo modo decepcionantes. Era uma vergonha que, juntos por todo esse tempo, tivéssemos arriscado tanto por tão pouco. Ou talvez o objetivo fosse exatamente esse?

– Não – diz Adrian –, não temos tempo.

– Como não temos tempo?

– Tenho que partir esta noite para chegar a Cherbourg amanhã de manhã.

– *Por que* tem que chegar a Cherbourg amanhã de manhã? – Algo terrível está começando a se esclarecer através da euforia alcoólica.

– Para me encontrar com Esther e as crianças.

– Está brincando?

– Não, não estou brincando. – Ele consulta o relógio. – Devem estar partindo de Londres agora, espero. Vamos passar uns dias de férias na Bretanha.

Fixamente, vejo-o consultar com calma o relógio. A enormidade de sua traição me deixa sem palavras. Aqui estou eu – bêbada, sem banho, sem nem sequer saber que dia é hoje – enquanto ele planeja com cuidado um encontro feito havia mais de um mês.

– Quer dizer que sabia disso o tempo todo?

Ele concorda com a cabeça.

– E me deixou pensar que estávamos sendo existencialistas enquanto sabia o tempo todo que ia se encontrar com Esther em determinado dia?

– Bem... entenda como quiser. Não foi planejado com essa maldade que você está pensando.

– Então *como* foi? Como pôde me deixar pensar que estávamos andando ao léu pela Europa, ao sabor do vento, quando o tempo todo você tinha um encontro com Esther?

– A reformulação era da sua vida, benzinho, não da minha. Nunca disse que ia reformular *minha* vida para lhe fazer companhia.

Foi como se eu tivesse recebido um soco no queixo. Sentia-me como uma criança de 6 anos que tem a bicicleta destruída pelo suposto melhor amigo. Era a pior traição imaginável.

– Quer dizer que ficou aí falando o tempo *todo* sobre

 liberdade e imprevisibilidade e *sabia* o tempo todo que ia

se encontrar com Esther? Nunca *conheci* um hipócrita assim em toda a minha vida!

Adrian começou a rir.

– O que há de engraçado nessa merda?

– A sua fúria.

– Estou com vontade de *matá-lo* – gritei.

– Tenho certeza que sim.

Então comecei a esmurrá-lo e a dar-lhe tapas, mas Adrian agarrou-me pelos pulsos.

– Só queria lhe dar algo sobre o que escrever – riu.

– Seu *canalha*!

– Não é o fim perfeito para a sua história?

– Você é mesmo um *nojento*.

– Ora, amor, não leve isso tão a sério. A moral da história é a mesma de qualquer modo, não?

– Sua moral parece as estradas dos Alpes. Fazem aquelas curvas fechadas o tempo todo.

– Acho que já ouvi *isso* em algum lugar antes, também – disse ele.

– Bem, vou *com* você.

– Para onde?

– Para Cherbourg. Vamos rodar pela Bretanha os cinco. Teremos que trepar uns com os outros sem qualquer objeção moral idiota – como você disse lá em Viena.

– Bobagem. Você não vai.

– Vou sim.

– *Não* vai. Não permitirei.

– *Não permitirá* como? Que merda é essa? Desfraldou tudo na frente de Bennett. Encorajou-me a desmontar minha vida, viajar com você e agora está ocupado em manter o *seu* larzinho cheio de segurança intacto! Acha que vou agüentar essa bosta? Foi *você* que me vendeu um monte de mensagens sobre honestidade, abertura e em não viver dentro de um milhão de contradições. Pode ter certeza de que vou para essa porra de Cherbourg com você. Quero conhecer Esther, as crianças e vamos nos entender divinamente bem.

– Absolutamente não. *Não* a levarei. Jogo você para fora do carro literalmente, se for preciso.

Olhei para ele incrédula. Por que me era tão difícil acreditar que ele fosse tão insensível? Estava claro que faria o que dizia. Ele me *jogaria* para fora do carro se precisasse. E talvez até fosse embora rindo.

– Não se *incomoda* de ser tão *hipócrita*? – O tom de minha voz tingia-se de súplica, como se eu já soubesse que perdera.

– Recuso-me a perturbar as crianças dessa forma – disse ele –, e essa é a palavra final.

– Obviamente não se importa em me perturbar.

– Você é uma adulta. Pode agüentar. Eles não.

O que responder a tais palavras? Poderia gritar e berrar que também era um bebê, que desmoronaria se ele me deixasse, que ficaria liquidada. Talvez ficasse. Mas eu não era filha de Adrian, e não cabia ele me salvar. Não era mais filha de ninguém. Estava liberada. Totalmente livre. Era a sensação mais aterrorizante que já conhecera em minha vida. Como pular da beira do Grand Canyon e esperar aprender a voar antes de atingir o solo.

SÓ DEPOIS que ele partiu é que pude agarrar meu terror com as duas mãos e entrar na posse dele. Não nos separamos como inimigos. Adrian e eu. Quando me vi verdadeiramente derrotada, parei de odiá-lo. Comecei a me concentrar em como suportaria ficar só. Logo que deixei de esperar que ele me salvasse, descobri que podia compreendê-lo. Eu não era sua filha. E ele tinha o direito de

 proteger os filhos. Mesmo de mim – se me imaginava

como uma ameaça a eles. Ele me traíra, mas eu pressentia o tempo todo que isto aconteceria, e, de certo modo, eu o usara como um traidor exatamente como ele me usara como vítima. De modo perverso, ele era um instrumento de minha liberdade. Enquanto eu olhava seu carro se afastar, sabia que voltaria a me apaixonar por ele logo que a distância entre nós fosse suficientemente grande.

Ele não partira sem oferecer ajuda. Fomos à procura de passagens para Londres e descobrimos que todos os vôos estavam lotados pelos próximos dois dias. Eu podia esperar até quarta-feira ou me informar sobre trens para o dia seguinte. Ou então ir para o aeroporto e tentar um lugar na lista de desistência. Tinha opções. Só precisava agüentar as batidas do meu coração até poder encontrar Bennett de novo – ou outra pessoa. Talvez eu mesma.

ARRASTEI MINHA mala de volta ao café na Place Saint Michel. De repente, tendo que carregá-la eu mesma, notei como era pesada. Não fizera a mala com a expectativa de viajar sozinha. A mala estava cheia de guias de viagem, um pequeno gravador para o artigo que nunca escrevera, cadernos de notas, meu secador de cabelo elétrico, dez volumes de meu primeiro livro de poesia. Alguns eram para ser dados a um agente literário em Londres. Outros, carregados simplesmente por insegurança; etiquetas de identidade, para dar a alguém que por acaso eu encontrasse. Destinavam-se a provar que eu não era uma mulher comum, mas excepcional. Destinavam-se a provar que deveriam me dar salvo-conduto. Aferrava-me lamentavelmente a meu status com exceção, porque, sem ele, seria apenas mais uma mulher solitária vagando pelas ruas.

– Tenho o seu endereço? – perguntou Adrian antes de partir no Triumph.

– Está no livro que lhe dei. Na última página.

Mas ele perdera o livro. O volume que lhe dera com uma dedicatória em tinta rosa-shoking. Desnecessário dizer que ele jamais terminara de lê-lo.

– Espera aí, vou lhe dar outro. – E comecei a puxar o zíper de minha gigantesca mala de lona no meio da rua. Potes de cosméticos rolaram por todo lado. Papéis soltos, anotações para poemas nos quais estava trabalhando, fitas cassetes, filmes, batons, livros de bolso, um Guia Michelin sobre como cuidar de cães. Enfiei todo esse lixo de volta na mala italiana mole e desenterrei um de meus livros. Abri suas folhas virginais e escrevi:

> Ao descuidado Adrian
> que perde livros,
> Com amor e muitos beijos
> sua amiga assistente social
> de Nova York.

E escrevi o meu endereço de Nova York e o número de telefone na última folha de novo, sabendo que provavelmente ele perderia esse volume também. Foi assim que nos separamos. Perda em cima de perda. Minha vida toda espalhada pela rua, e apenas um fino volume de poesia entre mim e o vazio.

NO CAFÉ, sentei-me exausta junto a minha mala e pedi outra cerveja. Sentia-me aturdida e exausta – quase exausta demais para estar tão infeliz como tinha consciência de estar. Precisava procurar um hotel. Escurecia gradualmente. A mala era tremendamente pesada, e eu poderia ter que perambular pelas ruas arrastando-a atrás de mim e subir todas as escadas em espiral para perguntar sobre quartos provavelmente cheios. Apoiei a cabeça na mesa. Queria chorar de pura exaustão, mas sabia que não devia me transformar em alvo de todas as atenções. Já estava atraindo o tipo de olhar inquiridor que uma mulher sozinha atrai. E sentia-me cansada e atormentada demais para reagir com sutileza. Se alguém tentasse me cantar naquele momento, era provável que eu gritasse e usasse os punhos. Sentia-me além de qualquer descrição. Estava cansada de raciocinar, discutir e tentar ser inteligente. O primeiro homem que se aproximasse de mim com um olhar cínico ou flertativo receberia uma joelhada nos colhões ou um murro no queixo. Não me sentaria ali encolhida de medo como nos meus 13 nos de idade, quando exibicionistas começavam a abrir as calças para mim no metrô deserto a caminho da escola. Na verdade, costumava ter medo que ficassem *insultados* e se vingassem terrivelmente se eu não permanecesse enraizada no banco. Então ficava, olhando para outro lado, fingindo não notar, não estar aterrorizada, fingindo ler e esperando que, de algum modo, o livro me protegesse. Posteriormente, na Itália, quando os homens me seguiam nas ruínas ou me perseguiam de carro pelas avenidas (abrindo as portas e sussurrando *vieni, vieni*), me perguntava por que me sentia sempre tão conspurcada, cuspida e furiosa. Era supostamente lisonjeiro. Supostamente provava minha feminilidade. Mamãe sempre dissera como se sentira mulher na Itália. Então por que me sentia tão *caçada* ali? Devia haver algo errado *comigo*, pensei. Costumava sorrir e sacudir os cabelos para mostrar como estava grata. Depois me sentia uma fraude. Por que não estava grata por ser caçada?

Agora, porém, queria ficar sozinha, e se alguém interpretasse meu comportamento de modo diferente, eu reagiria como uma fera. Até Bennett, com toda a sua suposta psicologia e insight, sustentava que os homens davam em cima de mim o tempo todo porque eu transmitia minha "disponibilidade", como ele dizia. Porque me vestia de forma muito sexy. Ou usava meu cabelo de um modo muito voluptuoso. Ou qualquer *outra coisa*. Em suma, merecia ser atacada. Era o mesmo velho jarguão da guerra entre os sexos, o mesmo velho dialeto da década de 1950 disfarçado: *A violação não existe: vocês, mulheres, é que a provocam. Vocês, mulheres.*

Mamei minha cerveja. Assim que levantei o olhar, vi que um homem me observava na mesa próxima. Tinha aquele olhar arrogante que diz: *Eu sei o que você quer, meu bem...* Era o mesmo tipo de olhar que me fizera cair por Adrian, mas agora me deixava enjoada. No ponto em que estava, vi nele apenas bizarrice e sadismo. Subitamente, ocorreu-me que talvez 90% dos homens que exibiam essas características talvez apenas escondessem a impotência. Testar tal hipótese também não me interessava.

Franzi a sobrancelha e olhei para baixo. Ele não percebia que eu não queria ninguém? Não notava que estava cansada, suja e derrotada? Que me agarrava ao copo de cerveja como se fosse o Santo Graal? Por que sempre que uma mulher recusa um homem, recusa-o com sinceridade e convicção, ele continua a achar que ela está sendo coquete?

Lembrei-me dos dias em que tinha fantasias com homens em trens. É verdade que nunca fizera nada a respeito de tais fantasias nem teria ousado fazê-lo. E só muito mais tarde tive a coragem de *escrever* sobre elas. Suponhamos, porém, que eu *tivesse* abordado um desses homens e que ele me rejeitasse, olhasse para o outro lado, mostrasse desagrado ou repugnância. O que aconteceria? Teria imediatamente levado essa rejeição a sério, achado que eu estava errada e me censurado por ser uma mulher má, uma puta, uma rameira, uma perturbadora da paz... E mais ainda, a propósito, teria de imediato censurado minha própria falta de atrativos, não a relutância do homem, e durante dias teria me sentido destruída com sua rejeição. O homem, contudo, assume que a recusa da mulher é simplesmente parte de um jogo. Ou, pelo menos, muitos homens pensam assim. Quando um homem diz não, é não. Quando uma mulher diz não, é sim, ou pelo menos talvez. Há mesmo uma brincadeira sobre isso. E, pouco a pouco, as mulheres começam a acreditar nessa visão de si próprias. Finalmente, depois de séculos vivendo à sombra de tais pressupostos, não sabem mais o que querem e nunca podem se decidir sobre coisa alguma. Os homens, naturalmente, pactuam com o problema zombando delas por sua indecisão e pondo a culpa na biologia, nos hormônios, na tensão pré-menstrual.

De repente – com os olhos zombeteiros do estranho sobre mim –, soube o que fizera de errado com Adrian e por que ele me deixara. Eu quebrara a regra básica. Tinha corrido atrás dele. Fizera fantasias com homens durante anos e nunca as concretizara. Então, pela primeira vez em minha vida, eu vivera uma fantasia. Perseguira um homem a quem desejava loucamente, e o que acontecera? Ele amolece como macarrão molhado e me recusa.

Homens e mulheres, mulheres e homens. Isso nunca vai funcionar, pensei. Nos dias em que os homens eram caçadores e batiam no peito, e as mulheres passavam a vida se preocupando com gravidez e morrendo de parto, elas tinham freqüentemente que ser possuídas contra sua vontade. Os homens se queixavam de que as mulheres eram distantes, sem reação, frígidas... Queriam as mulheres lascivas, doidas. Agora as mulheres estavam finalmente aprendendo a ser lascivas e doidas, e o que acontecia? Os homens murchavam. Não havia jeito. Eu desejara Adrian como nunca desejara alguém em minha vida, e a própria intensidade do meu desejo cancelara o seu. Quanto mais eu demonstrava minha paixão, mais frio ele ficava. Quanto mais arriscava para estar com ele, menos ele desejava arriscar para estar comigo. Seria realmente simples assim? Tudo se resumiria à frase que minha mãe me dissera, anos antes, de "bancar a difícil de se conseguir"? Aparentemente era verdade que os homens que mais me haviam amado eram aqueles com os quais eu fora mais displicente. Mas qual era a graça de tudo *aquilo*? Qual a razão? Nunca se poderia juntar *philos* e *Eros* pelo menos durante algum tempo? Qual seria a razão para esse permanente rodízio de perdas se alternando, esse constante ciclo de desejo e indiferença. Indiferença e desejo?

Eu tinha que arranjar um hotel. Era tarde, estava escuro, e minha mala era não só um grande fardo como também aumentava meu ar de disponibilidade. Esquecera o quanto era horrível ser uma mulher sozinha – os olhares furtivos, os assobios, os oferecimentos de ajuda que não se ousava aceitar por temor de incorrer em uma dívida sexual. A terrível sensação de vulnerabilidade. Não era de se espantar que eu tivesse ido de homem para homem e sempre terminasse casada. Como podia ter deixado Bennett? Como podia ter esquecido tudo isso?

Arrastei o trambolho da mala até a esquina da rue de la Harpe (sombras de Sally, a namorada de Charlie) e, para a minha surpresa, encontrei um quarto no primeiro hotel que tentei. Os preços tinham subido verticalmente desde a última vez que eu estivera lá, e me foi dado o último quarto que restava, no último andar (uma subida tremendamente longa com aquela mala). O lugar era uma arapuca, observei para mim mesma com prazer masoquista, e o melhor local para cair na armadilha era mesmo o andar do alto. Minha mente foi invadida por diversas imagens: Zelda Fitzgerald morrendo no incêndio do asilo (tinha acabado de ler sua biografia); o mal-ajambrado quarto de hotel do filme *Acossado*; meu pai avisando-me, gravemente, antes de minha primeira viagem desacompanhada à Europa, aos 19 anos, de que vira *Acossado* e sabia o que acontecia a moças americanas na Europa; Bennett e eu brigando amargamente em Paris cinco natais atrás; Pia e eu naquele mesmo hotel quando ambas tínhamos 23 anos; minha primeira viagem a Paris, aos 13 anos (uma suíte luxuosa no George V com meus pais e minhas irmãs, e todos nós escovando os dentes com Perrier); as histórias de meu avô sobre quando vivia de bananas em Paris, quando estudante de arte sem um tostão; minha mãe dançando nua no Bois de Boulogne (ela dizia)...

Ficara, por instantes, animada com a minha sorte de encontrar um lugar, mas quando de fato vi o quarto e percebi que teria que passar a noite inteira sozinha ali, meu coração sofreu um baque. Era, na verdade, meio quarto com uma divisória de compensado no meio dele (só Deus sabia o que estava do outro lado) e uma afundada cama de solteiro coberta por uma colcha de chita muito empoeirada. As paredes eram cobertas por um velho papel listrado muito manchado e descolorido.

Puxei minha mala para dentro e fechei a porta. Pelejei por um certo tempo com a fechadura antes de fazê-la funcionar. Finalmente desabei na cama e comecei a chorar. Tinha consciência de querer chorar apaixonadamente e sem restrição, de querer chorar todo um oceano de lágrimas no qual me afogasse. Mas até minhas lágrimas estavam bloqueadas. Um peculiar nó no estômago me fazia pensar constantemente em Bennett. Era como se meu umbigo estivesse ligado ao dele de tal modo, que eu nem sequer podia me debulhar em lágrimas sem pensar e me preocupar com ele. Onde estaria? Não poderia nem mesmo chorar até que o encontrasse?

A coisa mais esquisita a respeito do choro (talvez isso venha da infância) é o fato de nunca podermos chorar abandonados sem um ouvinte – ou, pelo menos, um ouvinte em potencial. Não nos entregamos ao choro tão desesperadamente quanto poderíamos. Talvez tenhamos medo de afundarmos sob a superfície das lágrimas pelo temor de que não haja ninguém para nos salvar. Ou talvez as lágrimas sejam uma forma de comunicação – como a fala – e exijam um ouvinte.

Você tem que dormir, disse a mim mesma com severidade. Mas já podia sentir que me deslocava para o interior de um pânico evocador de meus piores terrores noturnos infantis. Sentia meu próprio eu deslizando para trás no tempo, mesmo enquanto meu eu adulto e racional protestava. *Você não é criança*, disse em voz alta, mas as insanas batidas de meu coração continuavam. Estava coberta de suor frio. Sentei-me pesadamente. Sabia que precisava de um banho, mas não ia tomá-lo devido ao medo de deixar o quarto. Tinha uma vontade desesperada de urinar, mas temia ir ao toalete. Não ousava nem mesmo tirar os sapatos (com medo que o homem debaixo da cama agarrasse meu pé). Não ousava lavar o rosto (como saber o que jazia atrás da cortina?). Pensei ver uma silhueta movendo-se pelo terraço fora da janela. Luzes de carros fantasmas cruzavam o teto. O ruído da descarga de um vaso sanitário no corredor me fez pular. Passos desceram o corredor. Comecei a lembrar cenas de *Assassinato na rua Morgue*. Lembrei-me de um filme sem nome que vira na televisão por volta dos 5 anos. Mostrava um vampiro que podia entrar e sair das paredes. Nenhuma fechadura conseguia impedi-lo. Visualizei-o pulsando para dentro e para fora do papel de parede manchado e sujo. Apelei de novo para a ajuda de meu eu adulto. Tentei ser crítica e racional. Sabia o que os vampiros representavam. Sabia que o homem debaixo da cama era parcialmente meu pai. Pensei no *O homem e seu Isso*, de Groddeck. O medo do intruso é o desejo pelo intruso. Pensei em todas as minhas sessões com o Dr. Happe, nas quais havíamos falado sobre meus terrores noturnos. Lembrei-me de minha fantasia adolescente de ser apunhalada ou alvejada por um desconhecido. Eu estaria sentada em minha mesa escrevendo, e o homem sempre atacaria por trás. Quem seria ele? Por que minha vida era povoada de homens-fantasmas?

"Não há modo de sair da mente?", perguntava Sylvia Plath em um de seus desesperados últimos poemas. Eu estava presa na armadilha de meus próprios medos. Motivando tudo, estava o terror de me encontrar só. Às vezes, dava a impressão de que concederia qualquer coisa, suportaria qualquer ignomínia, ficaria com qualquer homem simplesmente para não ter que enfrentar a solidão. Mas, por quê? O que havia de tão terrível em ficar só? *Tente pensar nas razões*, disse a mim mesma. *Tente.*

EU: Por que estar só é tão terrível?

EU: Porque se nenhum homem me ama, não tenho identidade.

EU: Mas obviamente isso não é verdade. Você escreve, as pessoas lêem o seu trabalho, e este tem importância para elas. Você ensina, e seus alunos precisam de você, se importam com você. Tem amigos que a amam. Mesmo seus pais e suas irmãs a amam – a seu modo.

EU: Nada disso diminui minha solidão em nem um milímetro. Não tenho homem. Não tenho filhos.

EU: Mas sabe que filhos não são antídoto para a solidão.
EU: Sei.
EU: E sabe que os filhos só pertencem aos pais temporariamente.
EU: Sei.
EU: E que os homens e as mulheres nunca podem possuir uns aos outros de um modo total.
EU: Sei.
EU: E sabe que detestaria quem a possuísse totalmente e que consumisse o seu espaço respiratório...
EU: Sei – mas anseio desesperadamente por isso.
EU: Mas se o tivesse, se sentiria em uma armadilha.
EU: Sei.
EU: Você quer coisas contraditórias.
EU: Eu sei.
EU: Quer liberdade e quer também intimidade.
EU: Eu sei.
EU: Muito poucas pessoas encontram isso.
EU: Eu sei.
EU: Por que espera ser feliz quando a maioria das pessoas não o é?
EU: Não sei. Só sei que se parar de esperar o amor, parar de pensar que ele vem, parar de buscá-lo, minha vida penderá murcha como um seio canceroso após uma cirurgia radical. Eu me alimento dessa expectativa. Eu a acalento. Ela me mantém viva.
EU: E a liberação?
EU: A liberação, o quê?
EU: Você acredita em independência?
EU: Acredito.
EU: E então?
EU: Acho que desistiria de tudo, venderia a alma, meus princípios, minhas crenças, por um homem que verdadeiramente me amasse...
 EU: *Hypocrite!*

EU: Tem razão.
EU: Você não é melhor que Adrian.
EU: Tem razão.
EU: Não a incomoda descobrir tal hipocrisia em si mesma?
EU: Incomoda.
EU: Então por que não luta contra ela?
EU: Eu luto. Estou lutando agora. Mas não sei que lado vencerá.
EU: Pense em Simone de Beauvoir!
EU: Adoro a resistência dela, mas seus livros estão cheios de Sartre, Sartre, Sartre.
EU: Pense em Doris Lessing!
EU: Anna Wulf só consegue gozar quando está apaixonada... o que mais há a dizer?
EU: Pense em Sylvia Plath!
EU: Morta. Quem quer uma vida ou uma morte como a dela, mesmo que vire uma santa?
EU: Você morreria por uma causa?
EU: Aos 20 anos, sim, mas não aos 30. Não acredito em morrer por causas. Não acredito em morrer por poesia. Antigamente eu cultuava Keats por morrer jovem. Agora penso que é mais corajoso morrer velho.
EU: Bem... pense em Colette.
EU: Um bom exemplo. Mas é uma das poucas.
EU: Bem, por que não tentar ser como ela?
EU: Estou tentando.
EU: O primeiro passo é aprender a ficar sozinha...
EU: É, quando aprendemos isso *realmente* bem, esquecemos como estar abertas para o amor se ele *aparecer* algum dia.
EU: Quem disse que a vida é fácil?
EU: Ninguém.
EU: Então por que tem tanto medo de estar sozinha?
EU: Estamos andando em círculos.
EU: É um dos problemas de se ficar sozinha.

NÃO HÁ JEITO. Não consigo vencer o pânico com a razão. Minha respiração sai em curtos arquejos e estou suando profundamente. *Tente descrever o pânico*, digo a mim mesma. *Finja que está escrevendo. Coloque-se na terceira pessoa.* Mas é impossível. Estou afundando no centro do pânico. Parece que estou sendo esquartejada por cavalos selvagens e que meus braços e pernas voam em direções diferentes. Horríveis fantasias de tortura me obcecam. Guerreiros chineses esfolando os inimigos vivos. Joana d'Arc queimada na fogueira. Protestantes franceses dilacerados na roda. Militantes da Resistência tendo seus olhos arrancados. Nazistas torturando judeus com choques elétricos, agulhas, "operações" sem anestesia. Sulistas linchando negros. Soldados americanos cortando as orelhas de vietnamitas. Índios sendo torturados. Índios torturando. Toda a história da raça humana pingando sangue, horror, gritos das vítimas.

Fecho os olhos com força, mas as cenas se repetem sozinhas dentro de minhas pálpebras ardentes. Sinto-me como se tivesse sido esfolada viva, como se todos os meus órgãos internos estivessem abertos aos elementos, como se a tampa de minha cabeça tivesse estourado e todo o meu cérebro exposto. Como se cada nervo terminal transmitisse apenas dor. A dor é a única realidade. *Não é verdade*, pensei. Lembre-se dos dias em que sentiu prazer, em que se sentiu contente por estar viva, em que sentiu uma alegria tão grande que pensou em estourar. Contudo, não consigo lembrar. Estou pregada à cruz de minha imaginação. E minha imaginação é tão horrível quanto a história do mundo.

Lembro-me de minha primeira viagem à Europa, aos 13 anos. Passamos seis semanas em Londres, visitando nossos parentes ingleses, os lugares, acumulando enormes contas no Claridge's, que, segundo meu pai, eram "pagas pelo Tio Sam..." Que tio rico. No entanto, passei a viagem inteira aterrorizada com todos os dispositivos de tortura que vimos na Torre de Londres, e todos os horrores de cera que vimos no museu Madame Tussaud. Eu nunca vira até então arrebentadores de polegares e cavaletes para tortura. Nunca *percebera* que existiam.

– As pessoas ainda usam isso? – perguntei a minha mãe.

– Não, querida. Só as usavam antigamente, quando eram mais bárbaras. Desde essa época, a civilização progrediu.

Estávamos no civilizado ano de 1955, apenas uma década, mais ou menos, desde o holocausto nazista; na era dos testes atômicos e das armas nucleares; dois anos depois da Guerra da Coréia e pouco depois do ápice da caça às bruxas comunistas, com listas negras contendo nomes de muitos amigos de meus pais. Entretanto mamãe, alisando os lençóis de linho verdadeiro entre os quais eu tremia na chuvosa noite de Londres, insistia na civilização. Tentava poupar-me. Se a verdade era muito dura de agüentar, ela bem podia mentir para mim.

– Ótimo – disse eu, fechando os olhos.

E Tio Sam, que permitia a tantas coisas serem dedutíveis do imposto de renda, havia dois anos apenas eletrocutara os Rosenbergs em nome da civilização. Dois anos antes era antigamente? Mamãe e eu conspirávamos para fingir que sim, enquanto nos abraçávamos antes de apagar a luz.

Mas onde estava minha mãe naquele momento? Não me salvara então, nem podia me salvar agora, mas se aparecesse, eu certamente poderia atravessar a noite. Noite após noite, nós vamos em frente. Se pelo menos eu pudesse ser como Scarlett O'Hara e pensar em tudo aquilo amanhã.

17
Sonhos

> Parece-me assim. Não é uma coisa terrível, quer dizer, pode ser terrível, mas não é daninho nem envenenador passar sem algo que realmente queremos... O terrível é fingir que o de segunda classe é o de primeira classe. Fingir que não precisamos de amor quando precisamos; ou que gostamos de nosso trabalho quando sabemos muito bem que podemos fazer algo melhor.
>
> Doris Lessing,
> *The Golden Notebook*

Quando se tornou claro para mim que eu jamais adormeceria, decidi levantar. Traquejada na insônia, eu sabia que, às vezes, o modo de derrotá-la era ser mais esperta do que ela: fingir que a gente não está *interessada* em dormir. Então, às vezes, o sono se sente atingido como um amante rejeitado e rasteja para tentar nos seduzir.

Sentei-me ereta na cama, prendi o cabelo e tirei minhas roupas sujas. Andei até a cortina, afastei-a com uma grande coragem falsa e espiei. Ninguém por ali. Montei no bidê e urinei verdadeiros rios dentro dele, espantada com a quantidade de tempo que eu permanecera sem esvaziar a bexiga. Depois lavei minha dolorida e pegajosa virilha e limpei o bidê. Lavei o rosto com água da pia e tomei um ligeiro banho com esponja. A sujeira escorria de meus braços como quando eu era criança e brincava na rua o dia inteiro. Então fui experimentar a fechadura para ver se era realmente segura.

Quando alguém tossiu no quarto ao lado, pulei quase até o teto. *Relaxe*, ordenei a mim mesma. Mas percebia vagamente que poder levantar e me lavar era pelo menos um sinal de vida. Lunáticos verdadeiros deixam-se ficar em sua própria merda e urina. Que reconforto. Eu estava mesmo raspando o fundo do poço. *Você está em uma situação melhor do que outras pessoas*, disse eu, e tive que rir.

Nua e um tanto encorajada, por estar um pouco mais limpa, coloquei-me diante do grande espelho lascado. Eu estava queimada de maneira estranha por nossa viagem no carro aberto. Meus joelhos e coxas estavam vermelhos e descascando. Meu nariz e rosto, vermelhos. Ombros e antebraços quase torrados. O resto de mim, contudo, estava quase branco. Uma curiosa colcha de retalhos.

Olhei fixamente meus olhos, rodeados por círculos brancos pelo uso de óculos escuros por semanas a fio. Por que jamais conseguia definir qual era a cor de meus olhos? Seria isso significativo? Estaria de algum modo na raiz de meu problema? Azuis acinzentados com flocos amarelos. Não muito azuis, não muito cinzentos. Azuis ardósia, Brian costumava dizer, e seu cabelo é da cor do trigo. "Cabelos de trigo", ele o chamava afagando-o. Brian tinha os olhos mais castanhos que eu já vi – olhos como os de um santo bizantino em um mosaico. Quando ele entrou em colapso, costumava fixar os próprios olhos no espelho durante horas. Acendia e apagava a luz como uma criança, tentando surpreender as pupilas subitamente se dilatando. Falava literalmente de um mundo dentro do espelho, um mundo de antimatéria no qual conseguia entrar. Seus olhos eram a chave para aquele mundo. Acreditava que sua alma podia ser sugada através de suas pupilas como a albumina de um ovo furado.

Lembro-me de como me sentia atraída pela loucura de Brian, como me deixava fascinar por sua imagem. Naquela época, eu não estava escrevendo poemas surrealistas e sim poesias descritivas, mais convencionais, com excessivos jogos de palavras. Mais tarde, quando comecei a mergulhar cada vez mais fundo e dar livre curso a minha imaginação, percebia com freqüência estar vendo o mundo através dos olhos de Brian e que sua loucura era fonte de inspiração para mim. Senti que ficara louca com ele e voltara à tona. Fôramos íntimos a esse ponto. E se me sentia culpada, é porque fora capaz de submergir e subir de novo, ao passo que ele ficara preso na armadilha. Como se eu fosse Dante e ele Ugolino (um de seus personagens favoritos do *Inferno*), e eu pudesse voltar do inferno e contar sua história, escrever a poesia que colhera de sua loucura, enquanto ele fora por completo esmagado por ela. *Você suga as pessoas até secarem*, acusei-me; *você usa todo o mundo. Todos usam todos*, respondi.

Lembrei-me de como me sentia mal por romper meu casamento com Brian e ocorreu-me que eu achara *merecer* passar o resto da vida imersa em sua loucura. Meus pais, os pais de Brian e os médicos me haviam empurrado para fora daquilo. *Você tem apenas 22 anos*, dissera o psiquiatra de Brian; *não pode desperdiçar sua vida*. E eu havia brigado com ele. Acusara-o de nos trair, de trair nosso amor. O fato é que eu poderia facilmente ter ficado com Brian se o dinheiro e os protestos dos pais não tivessem interferido. Sentia-me parte dele. Sentia que *merecia* perder a vida dessa maneira. Nunca suspeitara ter uma vida própria naquela época. Além disso, nunca fui muito boa em abandonar as pessoas, por pior que elas me tratassem. Algo em mim sempre insistia em lhes dar outra chance. Ou talvez fosse apenas covardia. Uma espécie de paralisia da vontade. Eu ficava e punha minha raiva para fora escrevendo, em vez de transformá-la em atos. Deixar Bennett fora minha primeira ação realmente independente, e mesmo ela havia ocorrido em parte devido a Adrian e à selvagem obsessão sexual que sentira por ele.

É óbvio que era perigoso observar os próprios olhos no espelho por tanto tempo. Dei um passo para trás para examinar meu corpo. Onde ele terminava e começava o ar em torno dele? Lera em um artigo sobre a imagem do corpo que, em períodos de estresse – ou de êxtase –, perdemos os limites de nosso próprio corpo. Esquecemos que o possuímos. Era uma sensação que eu tinha com freqüência, e a reconhecia como parte significativa de meu pânico. A dor constante podia obter o mesmo resultado. Minha perna quebrada fizera-me perder contato com os limites de meu corpo. Era um paradoxo: grande dor física ou grande prazer físico produziam-nos a sensação de escorregarmos para fora do corpo.

Tentei examinar meu eu físico, fazer um balanço para poder lembrar quem eu era – se, de fato, meu corpo pudesse ser considerado eu. Lembrei-me de uma história sobre Theodore Roethke sozinho em sua grande e antiga casa, vestindo-se e despindo-se ante o espelho, examinando a própria nudez entre jorros de composição. Talvez a história seja apócrifa, mas para mim soava como verdadeira. O corpo de uma pessoa está intimidamente relacionado a seu texto embora a natureza precisa da conexão seja sutil e possa exigir anos para ser entendida. Poetas altos e magros com poemas curtos e gordos. Mas não é uma simples questão de lei de inversão. Em certo sentido, cada poema é uma tentativa de extensão dos limites do corpo de alguém. Este se torna a paisagem, o céu e, finalmente, o cosmos.

Talvez seja por isso que muitas vezes me descubro escrevendo despida.

Eu perdera peso durante nossa estranha viagem, mas ainda estava muito gorda para a moda; não obesa, mas com uns cinco quilos em excesso para usar um biquíni. Seios de tamanho médio, bunda grande, umbigo profundo. Alguns homens afirmavam gostar de minha silhueta. Eu sabia (naquele modo de saber coisas em que não se acredita muito) ser considerada bonitinha e que mesmo minha bunda grande era atraente para alguns, mas detestava cada quilo extra de peso. Fora uma luta a vida inteira; engordar, emagrecer, tornar a engordar ainda mais. Cada quilo extra era prova de minha própria fraqueza, relaxamento e auto-indulgência. Cada quilo extra provava quanto estava certa em odiar a mim mesma, como eu era má e desagradável. Carne em excesso estava ligada ao sexo – isso eu sabia. Aos 14 anos, quando me submeti à fome para baixar meu peso a 44 quilos, era devido à culpa sobre sexo. Mesmo depois de perder todo o peso que eu queria – e *mais* ainda –, recusava-me a beber água. Queria me sentir *vazia*. A menos que as pancadas da fome ecoassem com uma força dos diabos no estômago, eu me odiava por minha própria indulgência. Nitidamente uma fantasia de gravidez – como meu marido, o analista, teria afirmado – ou talvez uma fobia de gravidez. Meu inconsciente acreditava que masturbar Steve me deixara grávida, e eu ficava cada vez mais magra para me convencer de que não era verdade. Ou talvez eu *ansiasse* por ficar grávida, acreditasse de modo primitivo que todos os orifícios do corpo eram o mesmo e temesse que qualquer comida ingerida semeasse meus intestinos como esperma, e frutos cresceriam dentro de mim.

Você é o que come. *Mann ist was mann isst.* A guerra entre os sexos começou com dentes masculinos afundando em uma maçã feminina. Plutão atraiu Perséfone ao inferno com seis sementes de romã. Uma vez que as sementes foram comidas por ela, o trato não pôde ser mais desfeito. Comer era selar a própria condenação. Feche os olhos e abra a boca. Goela abaixo. Coma, querida, coma. "Coma só o seu nome", vovó costumava dizer. "Meu nome *inteiro*?" "I..." ela engambelava... (um pedaço do detestado fígado)... "S..." (um bocado de purê de batata e cenoura)... "A..." (um pouco mais do fígado duro e cozido demais)... "D..." (outro bocado de purê frio e acenourado)... "O..." (uma murcha florzinha de brócolis)... "R..." (ela ergue novamente o fígado até meus lábios e eu fujo da mesa)... "você vai pegar beribéri!", grita ela atrás de mim. Todos em minha família têm um repertório inteiro de doenças causadas por deficiência (de que há décadas não se ouve falar em Nova York). Minha avó quase não teve instrução, mas tem conhecimento do beribéri, escorbuto, pelagra, raquitismo, triquinose, vermes redondos, vermes compridos... qualquer um. Qualquer coisa que se possa pegar por comer ou não comer. Ela de fato conseguiu convencer mamãe de que se eu não tomasse um copo de suco de laranja fresco todos os dias, pegaria escorbuto, e, com constância, me regalava com histórias sobre a marinha inglesa e as limas. Você é o que você come.

Lembrei-me de uma coluna sobre a dieta em um jornal médico de Bennett. *Miss X* estivera sob uma estrita dieta de 600 calorias por dia durante semanas e semanas, e mesmo assim não perdia peso. No início, atônito, seu médico achou que ela estava burlando a dieta; então a fez fazer uma lista cuidadosa de tudo o que comia. Ela não *parecia* estar burlando a dieta. "Tem certeza de que pôs na lista absolutamente tudo que põe na boca?", perguntou ele. "Tudo que ponho na boca?", ela perguntou. "Sim", disse o médico em tom severo. "Bem", disse ela. "Realmente eu não pensei que *aquilo* tivesse calorias."

Quando a verdade jorrou (jogo de palavras intencional), soube-se que a mulher era uma prostituta e que engolia de dez a quinze ejaculações por dia, sendo as calorias contidas em apenas um bom jorro suficientes para que ela fosse expulsa para sempre dos Vigilantes do Peso. Qual era a contagem de calorias? Não me lembro. Mas dez a quinze ejaculações equivaliam a uma refeição de sete pratos no Tour d'Argent, com a diferença de que eles pagavam a *você*, em vez de você pagar a *eles*. Pobre gente morrendo por falta de proteínas por todo o mundo. Se soubessem! A cura da inanição na Índia *e* a cura da superpopulação, ambas em uma mesma engolida! Uma engolida não faz verão, mas é um bom drinque antes de dormir.

Seria verdade que eu estava me fazendo *rir*?

"Ho, ho, ho", disse para o meu eu nu.

A seguir, no impulso ganho por aquele súbito movimentozinho de falso humor, fui até a mala e peguei meus cadernos de notas, textos e poemas.

"Vou descobrir como cheguei até aqui", disse a mim mesma. Como terminara nua e assada como uma galinha semipronta em uma mofada arapuca em Paris? E que diabo ia fazer em seguida?

Sentei na cama, espalhei os cadernos de notas e poemas a minha volta e comecei a folhear um gordo fichário de espiral que já tinha havia quase quatro anos. Não havia nenhum sistema especial. Anotações tiradas de jornal, listas de compras, listas de cartas a serem respondidas, esboços de cartas iradas jamais enviadas, recortes de jornal colados, idéias para contos, primeiros esboços de poemas – tudo misturado, caótico, quase ilegível. As entradas estavam escritas em canetas de ponta de feltro de todas as cores.

Também não havia qualquer sistema de código quanto às cores. Rosa-shocking, verde vivo e azul mediterrâneo pareciam ser as cores preferidas, mas havia também um monte de preto, laranja e púrpura. Quase não havia a sombria tinta azul-preto. E nunca lápis. Eu precisava sentir o fluxo de tinta entre meus dedos enquanto escrevia. Queria que meus textos efêmeros *durassem*.

Folheei as páginas com ímpeto procurando alguma pista para a minha difícil situação. As páginas mais antigas do fichário eram sobre meus dias em Heidelberg. Ali estavam as torturantes descrições das brigas entre Bennett e eu, registros literais de nossas piores cenas, descrições de minha análise com o Dr. Happe, descrições de minhas lutas para escrever. Deus – eu quase esquecera quanto me sentira miserável então, e quão solitária. Esquecera como Bennett fora totalmente frio e pouco generoso. Por que um casamento ruim tinha sido tão mais atraente do que casamento nenhum? Por que me aferrara tanto ao sofrimento? Por que acreditara ser aquilo tudo o que eu tinha?

Enquanto lia o caderno de notas, comecei a me sentir atraída por ele como por um romance. Quase esqueci que eu mesma o escrevera. Então uma curiosa revelação começou a se fazer. Parei de censurar-me; era simples assim. Talvez a minha fuga não fosse a maldade de minha parte, nem qualquer deslealdade de que precisasse me desculpar. Talvez fosse, isto sim, uma espécie de lealdade a mim mesma. Um modo drástico, mas necessário, de mudar minha vida.

Eu não tinha que me desculpar por querer possuir minha própria alma. Minha alma pertencia a mim, para o bem e para o mal. Depois de todas as cartas lançadas, era tudo o que se tinha.

O casamento era perigoso, porque, em certos aspectos, era sempre uma *folie à deux*. Às vezes, quase não se sabia onde terminavam as maluquices do cônjuge e começavam as nossas. A tendência era nos censurarmos demais, ou não o suficiente, pelas coisas erradas. E tendíamos a confundir dependência com amor.

Continuei lendo e, a cada página, me tornava mais filosófica. Sabia que não desejava voltar ao casamento descrito no caderno de notas. Se Bennett e eu reatássemos, seria sob circunstâncias muito diferentes. E se não o fizéssemos, eu saberia sobreviver.

Nenhuma lâmpada se acendeu em minha mente ante esse reconhecimento. Nem dei um pulo no ar ou gritei *Eureka*. Sentei-me muito quieta contemplando as páginas que havia escrito. Sabia que não queria ser capturada na armadilha de meu próprio livro.

Era também reconfortante ver o quanto eu havia mudado nos últimos quatro anos. Agora conseguia enviar meu trabalho aos editores. Não tinha medo de dirigir. Conseguia passar longas horas sozinha escrevendo. Ensinava, fazia palestras, viajava. Embora andar de avião me apavorasse, não permitia que tal medo me controlasse. Talvez algum dia me livrasse totalmente dele. Se algumas coisas podiam mudar, outras também poderiam. Que direito tinha eu de predizer o futuro, e predizê-lo de forma tão niilista? À medida que ficava mais velha, provavelmente mudaria de diversas maneiras imprevisíveis. Tudo o que tinha a fazer era esperar.

Era bem fácil se matar em um acesso de desespero. Era bem fácil bancar a mártir. Difícil era não fazer nada. Suportar a vida. Esperar.

Adormeci. Acho que, na verdade, dormi com o rosto encostado no caderno de espiral. Lembro-me de despertar nas horas azuis da aurora e sentir o arame do espiral comprimido contra a minha face. Então empurrei o caderno e voltei a dormir.

Meus sonhos foram extravagantes. Cheios de elevadores, plataformas no espaço, escadas íngremes e escorregadias, templos zigurates que eu tinha que escalar, montanhas, torres, ruínas... Tinha uma vaga sensação de que estava *escolhendo* meus sonhos como uma espécie de cura. Lembro-me de que uma ou duas vezes despertei e depois voltei a dormir pensando: "Agora vou ter o sonho que decidirá por mim." Mas que decisão era aquela que eu buscava? Toda escolha parecia insatisfatória, de um modo ou de outro. Cada escolha excluía as outras. Era como se pedisse aos sonhos que me dissessem quem eu era e o que deveria fazer. Acordava com o coração aos pulos e voltava a dormir. Talvez esperasse acordar transformada em outra pessoa.

Fragmentos desses sonhos ainda estão comigo. Em um deles, eu tinha que caminhar por uma prancha estreita entre dois arranha-céus para salvar a vida de alguém. De quem? Minha? De Bennett? De Chloe? O sonho não dizia. Mas estava claro que se eu falhasse, minha própria vida estaria terminada. Em outro sonho, eu introduzia a mão dentro de mim para tirar o diafragma, e lá, flutuando na cérvice, havia uma grande lente de contato. Ventre com vista. A cérvice era realmente um olho. E míope, aliás.

Então lembrei-me do sonho no qual eu voltava à faculdade e me preparava para receber o diploma de Millicent McIntosh. Subia uma longa escadaria que parecia mais um templo mexicano do que os degraus da Biblioteca Low. Encarapitava-me em saltos muito altos e preocupava-me em não pisar em minha roupa.

Quando me aproximei do atril e Mrs. McIntosh estendeu-me o diploma, percebi que não estava apenas me formando, mas recebendo uma honraria especial.

– Devo dizer-lhe que a faculdade não aprova isso – disse Mrs. McIntosh. Soube então que a bolsa me conferia o direito de ter três maridos ao mesmo tempo. Sentavamse na platéia usando becas e capelo. Bennett, Adrian e outro homem cujo rosto não era claro. Todos esperavam para aplaudir quando peguei o diploma.

– Apenas suas altas realizações acadêmicas tornam impossível que retiremos tal honraria – disse Mrs. McIntosh. – Mas a faculdade espera que você a decline por vontade própria.

– Mas, por quê?, protestei. "Por que *não posso* ficar com os três?

Depois disso, comecei um longo discurso racionalizante sobre o casamento, minhas necessidades sexuais e como eu era uma poeta, não uma secretária. Ocupei o atril e dirigi-me à platéia. Mrs. McIntosh parecia desaprovar de maneira sábia. A seguir, fui cuidadosamente descendo os íngrimes degraus, meio acocorada e apavorada de cair. Fixei o mar de rostos e, de repente, percebi que havia esquecido de pegar meu diploma. Em pânico, soube que perdera o direito a tudo: formatura, bolsa e o harém de três maridos.

Lembro-me de que o sonho final é o mais estranho de todos. Eu subia as escadas da biblioteca novamente para reclamar meu diploma. Dessa vez quem estava ao atril não era Mrs. McIntrosh e sim Colette. Só que negra, e tinha um cabelo frisado e avermelhado cintilando em torno da cabeça como um halo.

– Existe apenas um modo de se formar, disse ela, e nada tem a ver com maridos.

– O que tenho de fazer?, perguntei em desespero, sabendo que faria qualquer coisa.

Ela me entregou um livro com meu nome na capa.

– Foi um começo muito perturbado, disse ela. – Mas pelo menos foi um começo.

Interpretei isso como tendo muito que enfrentar ao longo dos anos.

– Espere, disse ela, abrindo a blusa. De repente, compreendi que fazer amor com ela em público era a verdadeira formatura e que, naquele momento, isso parecia a coisa mais natural do mundo. Muito excitada, caminhei para ela. O sonho se desvaneceu.

18
Casamento de sangue ou *Sic Transit*

> O verdadeiro problema com as mulheres é que elas devem sempre continuar tentando se adptar às teorias dos homens sobre as mulheres.
>
> D. H. Lawrence

Acordei ao meio-dia e encontrei sangue fluindo entre minhas pernas. Se afastasse as coxas ainda que pouco, o sangue escorreria e mancharia o colchão. Mesmo sonada e meio aturdida como estava, soube que tinha que manter as pernas juntas. Queria levantar para pegar um Tampax, mas era difícil sair daquela cama côncava sem afastar as pernas um pouco. Fiquei subitamente de pé, e riachos vermelho-escurecidos começaram a escorrer pelas minhas coxas. Uma escura mancha de sangue cintilava no chão. Corri para minha mala deixando uma trilha de manchas brilhantes. Senti o pesado e familiar repuxão no baixo-ventre.

– Porra – disse, procurando os óculos para poder enxergar o Tampax dentro da mala confusa. Mas não conseguia sequer encontrar os diabos dos óculos. Enfiei a mão na mala e comecei a tatear. Exasperada, ia atirando as roupas que encontrava no chão. – Inferno dos infernos – gritei. O chão estava começando a parecer o cenário de um desastre de carro. Como conseguiria limpar todo aquele sangue? Não conseguiria. Daria o fora de Paris antes que a gerência tomasse conhecimento da bagunça.

A quantidade de porcaria inútil dentro de minha mala era impressionante. Podia usar meus poemas como papel higiênico, não? Simbolismo encantador. Infelizmente não muito absorvente.

Ah... o que era aquilo? Uma camiseta de Bennett. Dobrei-a como uma espécie de fralda e prendi-a com um alfinete de segurança (só um!) para fixá-la em mim – de certo modo. Como sairia de Paris usando fralda? Tinha que caminhar com os joelhos fechados. Todos achariam que eu estava querendo urinar. Ah, meu Deus, o crime definitivamente não compensa. Eu vinha cogitando se minha punição por fugir com Adrian seria toda uma gravidez sem saber que *cor* teria o bebê e, em vez disso, sou *eu* que acabo de fralda. Por que meu sofrimento não pode ser pelo menos digno? Quando outros escritores sofrem, é épico, cósmico ou de vangarda, mas quando eu sofro, é um pastelão.

Capengo pelo corredor vestida com minha capa de chuva e mantendo os joelhos juntos para segurar a fralda no lugar. Então, de repente, lembro-me de que a única barreira entre mim e a miséria está em minha bolsa de mão: passaporte, cartão do American Express, cheques de viagem – e volto ao quarto capengando. Depois torno a sair para o corredor, com os joelhos juntos, descalça, agarrada à bolsa. Seguro a maçaneta da porta do banheiro e começo a girá-la.

– *Um moment, s'il vous plaît* – diz uma embaraçada voz masculina. Com sotaque americano. Afinal de contas, é agosto e é provável que não haja qualquer francês nos arredores de Paris.

– Está bem – berro. – Sou americana.

– *Je viens, je viens* – sussurra ele.

– *Je suis Americaine!*

– *Pardon?*

Isso está ficando constrangedor. Dessa maneira, nenhum de nós saberá o que fazer quando finalmente ele surgir. Decido ir pé ante pé ao andar seguinte e tentar o banheiro de lá. Então capengo pela escada de espiral abaixo mais uma vez. O banheiro do andar abaixo não está trancado, mas não tem papel; então desço mais um lance. De fato, estou ficando muito boa nisso. Que adaptabilidade mostramos nos momentos de estresse! Como quando quebrei a perna e imaginei todas aquelas engenhosas posições para trepar com a perna engessada em um bom pedaço.

Voilà! Mas que papel medonho! Por falar na história do mundo através dos toaletes – esse daqui parece muito mais com uma *oubliette*, e o papel parece estar embebido de percevejos mortos. Tranco a porta, abro a minúscula janela e atiro a ensangüentada camiseta de Bennett no pátio (pensando por alguns momentos na mágica e em todos os costumes tribais mencionados em *The Golden Bough*... algum feiticeiro mau encontrará a camiseta de Bennett ensopada com o meu sangue e a usará para um feitiço contra *nós* dois?) Então me sento no vaso e começo a imaginar uma espécie de absorvente com camadas de papel higiênico.

Os absurdos a que nosso corpo nos sujeita! À exceção de se dobrar de diarréia em um fedorento banheiro público, não conheço nada mais ignominioso do que ficar menstruada quando se está sem um tampão. O estranho é que nem *sempre* me senti assim a respeito da menstruação. Na verdade, eu ansiava para ter minha primeira regra, desejava-a, *rezava* por ela. Costumava examinar palavras como "regras" e "menstruação" no dicionário. Costumava recitar uma pequena prece que era assim: *por favor, que eu fique menstruada hoje.* Ou, então, já que temia ser ouvida por alguém, P.*F.Q.E.F.M.H.*, *P.F.Q.E.F.M.H.*, P.*F.Q.E.F.M.H.* Costumava cantar isso sentada na tábua do vaso, limpando-me inúmeras vezes e esperando encontrar pelo menos uma minúscula mancha de sangue. Mas nada. Randy tinha suas regras (ou "ficava naqueles dias", como minhas liberadas mãe e avó diziam), assim como todas as meninas de minha turma na sétima série. E a turma da oitava série. Que peitos grandes, sutiãs meia-taça e anéis de pêlos púbicos! Que emocionantes discussões sobre Modess e (para as muito, muito audaciosas) tampões! Mas eu não podia contribuir com nada. Aos 13 anos, eu tinha apenas um "sutiã de treinamento" (treinamento para quê?) que eu não conseguia preencher, alguns poucos e esparsos anéis castanho-avermelhados (nem mesmo louros, embora eu fosse uma loura natural), e as informações sobre sexo eram obtidas em maratonas noturnas com Randy e sua melhor amiga, Rita. Portanto, as preces na tábua do vaso continuavam. *P.F.Q.E.F.M.H. P.F.Q.E.F.M.H. P.F.Q.E.F.M.H.*

Então, quando eu tinha 13 anos e meio (atrasada, em

 comparação com os 10 anos e meio de Randy), finalmente

"fiquei" no *Île de France*, no meio do Atlântico, enquanto voltávamos *en famille* daquela desastrosamente cara (embora dedutível no imposto de renda) excursão européia.

Lá estávamos nós quatro dividindo uma cabine interna próxima ao barulho dos motores (enquanto nossos pais ocupavam uma cabine exterior no convés dos botes), e subitamente tornei-me mulher dois dias depois de termos deixado Le Havre. O que fazer? Lalah e Chloe (que dividiam um jogo de beliches) não deveriam saber nada – sendo, como mamãe dizia, jovens demais. Assim, Randy e eu encetamos algumas viagens conspiratórias a farmácia para comprar o necessário, e xeretamos pela cabine em busca de um lugar para esconder o que compráramos. Naturalmente sinto-me tão encantada com meu novo brinquedo e meu novo senso de distinção no mundo adulto, que troco o meu absorvente nada menos que 12 vezes por dia, gastando-os quase tão rapidamente quanto os comprando. E o momento da verdade chega quando o camareiro (um francês atacado com cara de Fernandel e um temperamento de cardeal Richelieu) encontra o vaso entupido até a borda e tudo inundado. Até então não me sentira especialmente oprimida pela menstruação. Foi somente quando o camareiro (com certeza muito pouco encantado em cuidar de uma cabine que parecia um dormitório de moças) começou a gritar comigo, que me juntei às fileiras de radicais em potencial.

– O que pusérron no toalete? – gritou (ou qualquer coisa parecida). Então me fez *olhar*, enquanto ele retirava os absorventes, pedaço a pedaço. Seria possível que ele não *soubesse* o que era? Ou estaria tentando me humilhar? Seria um problema de língua? (*Comment dit-on* absorvente *en français?* Ou ele apenas estava descarregando sua frustração em minha menarca? Permaneci lá cada vez mais vermelha, murmurando *farmácia, farmácia*, que (como me informam agora) é uma palavra francesa.

Enquanto isso Lalah e Chloe riam, para piorar tudo. (*Sabiam* que o assunto era sujo, embora não compreendessem os detalhes. Sabiam certamente que *algo* estava errado, senão por que eu estaria correndo para o banheiro 12 vezes por dia e por que estaria aquele homem temível gritando comigo?) Navegamos em direção a Nova York deixando uma trilha de absorventes sangrentos para os peixes.

Em minha cabeça de 13 anos, o *Île de France* era o navio mais romântico do mundo, porque aparecera rapidamente em *These Foolish Things* – aquela canção romântica e sonhadora (tocada de forma sonhadora e romântica por meu pai ao piano):

> Um piano dedilhado no apartamento próximo
> As gaguejantes palavras que lhe contaram
> O que meu coração dizia...

(A poesia com que fui criada!) Em algum ponto da canção, "*O Île de France com todas as gaivotas em torno...*" é mencionado de forma sonhadora. Mal sabia eu que as gaivotas estariam mergulhando atrás dos meus Modess ensangüentados. E mal sabia eu que na época em que viajei nele, *O Île de France* estaria muito desgastado, sacudindo os passageiros como uma velha banheira e deixando quase todos enjoados. Os camareiros estavam perdendo a cabeça. A sala de jantar vivia praticamente vazia às refeições e as campainhas para o serviço nas cabines não cessavam de tocar. Vejo meu gorducho eu de 13 anos agarrando a bolsa cheia de Modess no convés balouçante e inclinado, e sangrando por todo o caminho até a ilha de Manhattan.

Senhoras e senhores, minha menarca.

Um ano e meio depois, condenava-me à inanição, e minhas menstruações deram uma meia trava. A causa? Medo de ser mulher, como dissera o Dr. Schrift. Bem, por que não? Está bem, eu tinha *medo* de ser mulher. Não medo do sangue (eu realmente ansiava por *aquilo* – pelo menos até que gritassem comigo por essa razão), mas medo de todas as besteiras que as mulheres tinham que agüentar. Conforme ouvi que se eu tivesse filho jamais seria artista, como a amargura de minha mãe, como a cansativa concentração de minha avó em comida e evacuação, como ser perguntada por um rapaz de cara de bolacha se eu pretendia ser secretária. Secretária! Estava decidida a *jamais* aprender datilografia. (E jamais aprendi. Na faculdade, Brian datilografava meus trabalhos. Tempos depois, eu catava milho com dois dedos ou pagava a alguém para que datilografasse para mim. Ah, foi muito inconveniente e me custou imensas somas de dinheiro – mas o que é o dinheiro e a inconveniência quando um princípio está em jogo? E o princípio era o seguinte: eu não era, nem nunca seria datilógrafa. Nem para *mim mesma*, por mais que isso tivesse facilitado minha vida.)

Assim, se a menstruação significava datilografar, eu pararia de menstruar! *E* pararia de datilografar! Ou ambos! E não teria filhos! Cortaria meu próprio nariz para magoar meu rosto. Jogaria literalmente fora o bebê junto com a água do banho. E aquilo, é óbvio, era outro motivo para eu estar em Paris. Eu me afastara de tudo – família, amigos, marido – apenas para provar que era livre. Livre como um satélite com a rota errada pelo espaço exterior. Livre como um pirata caindo de pára-quedas no Vale da Morte.

Puxei os restos do rolo de papel higiênico, enfiei-o na bolsa e pus-me a andar em direção ao quarto. Mas, afinal de contas, qual era o meu quarto? Eu tinha um vazio na cabeça. Todas as portas pareciam idênticas. Subi dois lances de escada e lancei-me às cegas para a porta na esquina do corredor. Escancarei-a. Um homem gordo e de meia-idade estava sentado em uma cadeira, nu, cortando as unhas dos pés. Ele ergueu os olhos em uma surpresa suave.

– Desculpe! – disse eu e bati a porta com rapidez. Subi correndo outro lance, encontrei meu próprio quarto e tranquei a porta. Não conseguia esquecer a expressão do homem. De divertimento, não de choque. Um tranqüilo sorriso de Buda. Não ficara nem um pouco alarmado.

Então *havia* gente que levantava ao meio-dia, aparava as unhas dos pés e sentava-se nu em quartos de hotel sem encarar cada dia como o Apocalipse. Surpreendente! Se alguém tivesse irrompido o *meu* quarto e me encontrado nua aparando as unhas, eu teria morrido de choque. Ou não *teria*? Talvez eu fosse mais forte do que pensava.

Também estava mais suja do que pensava. Apesar do que Auden diz a respeito de como as pessoas adoram o cheiro de seus próprios peidos, meu fedor começava a ofender minhas narinas. Já que eu não tinha tampão nenhum, um banho estava fora de questão, mas eu tinha que dar um jeito em meu cabelo, que pendia em cordões lambidos e frouxos. Tinha começado a coçar como se eu estivesse com pulgas. Um novo começo. Pelo menos lavaria os cabelos, tomaria um banho de perfume como os odoríferos cortesãos em Versalhes e me poria a caminho. Mas para onde? À procura de Bennett? De Adrian? De Tampax? De Isadora?

– Cale a boca e lave o cabelo – disse eu. – Comece do início.

Para minha sorte, eu tinha muito xampu e embora a pia fosse pequena e a água fria, lavar o cabelo deu-me a sensação de comandar a situação.

Uma hora depois, arrumei a mala, vesti-me, maquiei-me e amarrei um lenço sobre o cabelo úmido. Coloquei os óculos escuros para me proteger ainda mais de mau olhado. Eu improvisara outro absorvente com papel higiênico e pregara-a a minha calça. Não era a coisa mais confortável do mundo, mas com ela eu estava pronta para pagar a conta do hotel, arrastar a mala e encarar o mundo.

Graças a Deus pela luz do sol, pensei ao sair para a rua. Como antiga druida, sabia agradecer aos deuses por pequenos favores. Conseguira sobreviver à noite! Tinha até dormido! Durante um momento, dei-me ao luxo de pensar que tudo ficaria bem.

Nada de pensar, disse a mim mesma. *Nada de pensar, nada de analisar e nada de se preocupar...* Apenas se concentre em chegar a Londres e assumir o controle de si mesma. Apenas atravesse esse dia desgraçado.

Arrastei minha mala até uma farmácia, comprei Tampax e me desloquei de volta ao café da noite anterior na Place Saint Michel. Deixei a mala de pé junto a uma mesa, enquanto descia ao banheiro para colocar um Tampax. Seti uma momentânea ferroada de preocupação em deixá-la ali, mas resolvi mandar tudo para o inferno. Seria um presságio. Se a mala ainda estivesse lá quando eu voltasse (apropriadamente arrolhada com um Tampax), tudo correria bem.

Estava.

Sentei-me junto à mala e pedi um capuccino e um brioche. Eram quase 13 horas, e me sentia calma, quase eufórica. Como nossa felicidade depende de pouco: uma farmácia aberta, uma mala não roubada, uma xícara de capuccino! De repente, senti-me agudamente consciente dos pequenos prazeres de se estar viva. O fantástico sabor do café, a luz do sol aos borbotões, as pessoas posando pelas esquinas para que pudéssemos contemplá-las. A impressão era que o Quartier Latin fora tomado pelos americanos. À esquerda e à direita, eu ouvia conversas sobre as exigências dos cursos na Universidade de Michigan e os perigos de se dormir nas praias espanholas. Havia um grupo de excursão formado por mulheres negras de meia-idade, com chapéus floridos cortando a Place Saint Michel em direção ao Sena e à Notre Dame. Havia jovens casais americanos com bebês e mochilas. "Picasso tinha *certamente* um fetiche por seios...", dizia um tipo esbelto, de camisa justa e *à la* Oscar Wilde, a seu companheiro (todo paramentado com as últimas roupas e acessórios de Cardin). Pequenos "Cs" na cueca também, imaginei. Que cena! Como os peregrinos de Canterbury, de Chaucer. A Mulher de Bath como uma senhora negra, americana, fazendo uma peregrinaçào à Notre Dame; O *Squire* como o garoto de faculdade, com o rosto suave e de barba loura, carregando um exemplar de *O profeta*; a Prioresa como uma adorável estudante de história da arte, recém-saída de *Miss Hewitt's,* de um cotilhão ou outro, Sarah Lawrence (com um jeans sujo para diluir seu passadio e perfil aristocrático); o monge lascivo como um pregador de esquina a favor da macrobiótica e de um estilo de vida natural; o frei como um convertido radical à consciência Krishna; e o moleiro como um antigo ativista da Universidade de Chicago que agora distribui literatura para o Movimento Francês de Mulheres... ("Por que você é feminista"?, perguntei em tempos recentes a um cara que conheço e que defende de modo ardente o movimento. "Porque é a melhor forma de se conseguir uma trepada hoje em dia", respondeu.) Chaucer estaria bem em casa aqui. Nada com que não pudesse lidar.

Sentia-me tão fria e com a cabeça no lugar naquele momento, que estava decidida a me divertir antes de o pânico voltar. Afinal de contas, eu não estava grávida. Em certo sentido, era triste – a menstruação era sempre um pouco triste –, mas era também um recomeço. Uma nova chance me era dada.

Pedi mais café e observei o desfile na rua. Todos aqueles inocentes no exterior! Um casal se beijava na esquina, e os contemplei pensando em Adrian. Fixavam um ao outro como se o segredo da vida se encontrasse ali. Que diabo os amantes vêem nos olhos um do outro, afinal de contas? Do outro? Na minha visão maluca, considerara Adrian meu duplo mental. Que erro se revelara! Seja como for, era aquilo que eu originalmente desejava. Um homem que me completasse. Papageno para minha Papagena. Contudo, aquilo talvez fosse a mais enganadora das ilusões. As pessoas não nos completam. Nós é que nos completamos. Se não temos a capacidade de fazê-lo, a busca do amor se torna uma busca da auto-aniquilação; então, tentamos convencer-nos de que a auto-aniquilação é amor.

Sabia que não correria atrás de Adrian até Hampstead. Sabia que não estragaria minha vida por uma grande e autodestrutiva paixão. Havia uma parte de mim que queria e outra parte que desprezava Isadora por *não* ser o tipo de mulher que dá tudo pelo amor. No entanto, não adiantava fingir. Eu não era uma mulher daquele tipo. Nào tinha gosto pela auto-aniquilação total. Nunca seria uma heroína romântica, talvez, mas ficaria viva. E aquilo era tudo que importava no momento. Ao contrário de me aniquilar, voltaria para casa e escreveria sobre Adrian. Eu o conservaria desistindo dele.

A verdade é que, por vezes, sentia uma saudade desesperada de Adrian. Observava o casal se beijando e quase podia sentir a língua de Adrian na minha boca. E tinha todos os outros sintomas imbecis: continuava achando que via seu carro do outro lado da rua e talvez depois fosse lá, para examinar as placas. Pensei por um instante ter visto sua cabeça por trás, no café, e então me descobri olhando subitamente o rosto de um estranho. Em momentos esquisitos, continuava a lembrar de seu cheiro, seu riso, suas piadas...

Aquilo, contudo, passaria com o tempo. Infelizmente sempre passava. A esquimose no coração que, no início, é de maneira inacreditável sensível ao mais leve toque, tranforma-se tempos depois em todas as tonalidades do arco-íris e pára de doer. Nós a esquecemos. Esquecemos mesmo que temos coração até a próxima vez. Então, quando acontece de novo, nos cogitamos como pudemos ter esquecido. E pensamos: "esse aqui é mais forte, melhor...", porque, de fato, não conseguimos lembrar totalmente do anterior.

– Por que não esquece o amor e tenta apenas viver sua vida? – Adrian perguntara. E eu argumentara com ele. Entretanto, talvez ele estivesse certo. O que me trouxera o amor senão decepções? Ou talvez eu procurasse pelas coisas erradas no amor. Queria fundir-me a um homem, deixar de ser eu mesma, ser transportada para o céu com asas emprestadas. Deveria me chamar Isadora Ícaro. E as asas emprestadas nunca ficavam no lugar quando eu precisava delas. Talvez realmente precisasse de asas próprias.

– Você tem o seu trabalho, dissera Adrian. E tinha razão sobre isso também. Ah, ele estava certo pelas razões erradas. Pelo menos eu tinha um compromisso para a vida inteira, uma vocação, uma paixão-guia. Na certa, era mais do que dispunha a maioria das pessoas.

Tomei um táxi para a Gare du Nord. Guardei minha mala, troquei dinheiro e perguntei sobre os trens. Já eram quase 16 horas e havia um trem-barco naquela noite às 22 horas. Não era um daqueles trens rápidos de nome chique, mas era o único trem para Londres que eu podia pegar. Comprei a passagem, sem ainda saber realmente por que estava indo para Londres. Sabia apenas que tinha que deixar Paris. E havia coisas para fazer em Londres. O agente para ver e várias pessoas a quem procurar. Outras pessoas viviam em Londres, além de Adrian.

Não estou inteiramente certa de como passei o restante da tarde. Li o jornal, andei, fiz uma refeição. Quando ficou escuro, voltei para a estação e sentei para escrever em meu caderno enquanto esperava pelo trem. Passara tanto tempo escrevendo em estações ferroviárias quando morava em Heidelberg, que estava quase começando a me sentir de novo à vontade no mundo.

Quando o trem entrou na estação, pequenos grupos coagulados de pessoas espalhavam-se pela plataforma. Exibiam a expressão desalentada dos viajantes que partem de um lugar na hora em que deviam estar dormindo. Uma velha chorava e beijava o filho. Duas enlameadas jovens americanas puxavam suas malas sobre rodinhas. Uma alemã alimentava seu bebê com algo tirado de um pote e o chamava *Schweinchen.* Todos pareciam refugiados, inclusive eu.

Puxei minha enorme mala para dentro do trem e arrastei-a pelo corredor procurando um compartimento vazio. Por fim, encontrei um que cheirava a peidos velhos e cascas de banana decompostas. O fedor da humanidade. E eu fazia minha parte para ajudar naquele fedor. O que não daria por um banho!

Levantei minha mala bem alto, mas não consegui colocá-la no lugar reservado à bagagem. As juntas de meus braços doíam. Naquele instante, um jovem atendente do trem, de uniforme azul, apareceu e pegou a mala das minhas mãos. Com um impulso, ele a fez deslizar para o lugar.

– Obrigada – disse eu, pegando a bolsa. Mas ele passou por mim parecendo não ouvir.

– Vai estar sozinha? – perguntou ambiguamente. Não estava claro se queria dizer "quer ficar sozinha?" ou "vai ficar sozinha?" Então começou a descer todas as cortinas. Como é amável, pensei. Quer me mostrar como impedir as pessoas de me pertubarem, como ficar com o compartimento só para mim. No instante exato em que estamos prestes a desistir das pessoas, aparece alguém e nos faz um favor por nada. Ele recolhia os descansos de braços para fazer uma cama para mim. Então correu a mão pelo banco para indicar que era para deitar ali.

– Na verdade não sei se é justo com as outras pessoas – disse eu, sentindo-me de repente culpada por estar monopolizando um compartimento inteiro. Ele, porém, não me entendera, e eu não conseguia me explicar em francês.

– Você está *seule*? – perguntou de novo, empalmando meu ventre e empurrando-me para o banco. De repente, sua mão estava entre as minhas pernas, e ele tentava manter-me deitada à força.

– O que está fazendo? – gritei, levantando-me em um impulso e empurrando-o. Sabia muito bem o que estava fazendo, mas precisei de alguns minutos para registrá-lo.

– Seu porco! – cuspi. Ele deu um sorriso enviesado e sacudiu os ombros, como para dizer "tentar não ofende".

– *Cochon!* – berrei, traduzindo em benefício dele. Riu
 fracamente. Não estava exatamente prestes a me estuprar,

mas também não entendia por que eu me sentia insultada. Afinal, eu estava sozinha, não estava?

Com um rompante de energia, saltei do banco e agarrei a mala, quase deixando-a cair em minha própria cabeça. Então saí do compartimento com raiva, enquanto ele ficava lá, com o sorriso enviesado e sacudindo os ombros.

Estava furiosa comigo mesma por minha credulidade. Como poderia ter *agradecido* a ele pela consideração, quando qualquer idiota teria sabido que ele planejava me agarrar assim que as cortinas estivessem abaixadas? Eu era de fato uma tola – apesar de todas as minhas pretensões à mundanidade. Era tão mulher do mundo quanto qualquer desgraçado de 8 anos. Isadora no País das Maravilhas. A eterna ingênua.

– Cara, como *você* é burra – disse a mim mesma, enquanto descia o corredor à procura de outro compartimento. Dessa vez, queria um bem entupido. Um com freiras, ou uma família de 12, ou *ambas*. Gostaria de ter tido a coragem de dar uma porrada no sujeito. Se pelo menos eu fosse uma dessas mulheres sábias que carregam latas de gás paralisante ou estudam caratê. Ou talvez precisasse de um cão de guarda. Um gigantesco cão treinado para todo tipo de serviço. Era possível que ele se tornase mais convincente do que um homem.

Somente quando já estava instalada diante de um simpático grupinho familiar – mamãe, papai, bebê – ocorreu-me como o episódio fora engraçado. Minha foda sem zíper! Meu estranho no trem! Minha fantasia fora-me oferecida em um prato. A fantasia que me mantivera estática no vibrante banco do trem por três anos em Heidelberg e que em vez de me excitar, revoltara-me!

Intrigante, não é? Um tributo ao mistério da psique. Ou talvez minha psique tivesse começado a mudar de um modo que eu não havia previsto. Não havia mais nada romântico a respeito de estranhos em trens. Talvez não houvesse mais nada romântico a respeito de todos os homens.

A viagem para Londres foi um purgatório. Primeiro, havia meus companheiros de compartimento: um tacanho professor americano, sua desmazelada mulher e o bebê babão. O marido deu início ao interrogatório. Eu era casada? Que resposta poderia dar a isso? De fato, não *sabia* mais. Poderia ser uma situação bastante fácil para uma pessoa mais taciturna, mas eu sou uma dessas idiotas que se sentem compelidas as cuspirem a história de sua vida para qualquer passante que pergunta.

Foi preciso toda a minha força de vontade para dizer simplesmente.

– Não!

– Por que uma moça simpática como você não é casada?

Sorri. Isadora, a Esfinge. Deveria eu começar uma pequena discussão sobre o casamento e a opressão das mulheres? Deveria solicitar simpatia, dizendo que meu amante me dera o fora? Deveria mostrar-me corajosa e dizer que meu marido se afogara em jargões em Viena? Ou deveria sugerir mistérios lésbicos além do alcance deles?

– Não sei – disse eu, sorrindo com tanto esforço que meu maxilar quase se partiu.

Mude de assunto rápido, pensei, antes de contar a eles. Se existe uma coisa em que não sou boas de todo, é na dissimulação.

– Para onde *vão*? – perguntei animada.

Iam para Londres passar as férias. O marido falava, e a mulher alimentava o filho. O marido desfechava declarações políticas, e a mulher mantinha a boca fechada. "Por que uma moça simpática como você não é solteira?", pensei. Ah, cale a boca. Isadora, não se meta... As rodas do trem pareciam dizer: cale a boca, cale a boca, cale a boca...

O marido era professor de Química e ensinava em uma Fulbright em Toulouse. Gostava realmente do sistema francês. "Disciplina", disse. Precisava-se de mais disciplina na Amércia... eu não concordava?

– Na realidade não – disse eu. Ele pareceu desconcertado. De fato, informei, eu mesma ensinava em uma faculdade.

– É? – Isso me dava um novo status. Eu podia ser uma curiosa mulher sozinha, mas pelo menos não era uma lavadora de mamadeiras como sua mulher.

– Não concorda que o nosso sistema educacional americano tem deformado o significado da democracia? – perguntou, todo pomposidade e bile.

– Não – respondi. – Não concordo.

Ah, Isadora, você *está* ficando ríspida. Quando foi a úlitma vez em que disse "Não concordo..." e o disse com essa calma? Estou começando a gostar um bocado de mim, pensei.

– Na verdade, ainda não conseguimos fazer a democracia funcionar nas escolas – disse eu –, mas isso não é razão para voltar a um sistema elitista como eles têm aqui... (e fiz um gesto rápido para a vista escura do lado de fora da janela) ...afinal de contas, a América é a primeira sociedade da história a confrontar esses problemas com uma população heterogênea. Não é como a França, a Suécia ou o Japão...

– Mas você acha de fato que o aumento da permissividade seja a resposta?

Ah, *permissividade* – a palavra-chave dos puritanos.

– Acho que temos muito pouca permissividade *genuína* – disse eu –, e muita desorganização buracrática mascarada de permissividade. A permissividade verdadeira, construtiva, é uma coisa completamente diferente. – Obrigada, D. H. Lawrence Wing.

Ele pareceu intrigado. O que quereria eu dizer? (A mulher embalava o bebê e continuava silenciosa. Parecia haver um acordo tácito entre eles para que ela calasse a boca e ele se apresentasse como o intelectual. E fácil ser intelectual com uma mulher muda.)

O que eu quereria dizer? Referia-me a mim mesma, é claro. Queria dizer que a genuína permissividade promove a independência. Que eu estava determinda a tomar meu destino nas mãos. Que pararia de ser uma escolar. Mas não disse essas coisas. Em vez disso, resmunguei sobre educação, democracia e todo o tipo de lixo generalizado.

Esta conversa esmagadoramente tediosa levou-nos à metade do caminho até Calais. Então apagamos a luz e fomos dormir.

O chefe do trem nos despertou em uma hora sacrílega para pegarmos o vapor. Quando saímos do trem, o nevoeiro era tão grande e eu estava tão sonolenta que, se alguém me tivesse conduzido para dentro do Canal da Mancha, eu não teria tido o reflexo de resistir. Depois disso, me lembro de arrastar minha mala por intermináveis corredores, tentar dormir em uma cadeira dobrável em um convés inclinado e esperar na fila bem cedo na manhã úmida, enquanto os funcionários da Alfândega examinavam nossos papéis. Olhei fixamente os brancos rochedos de Dover por duas sonolentas horas, enquanto esperávamos na fila para que nossos passaportes fossem carimbados. Depois atravessei uma passagem de cimento com quase 2 quilômetros de comprimento e pela qual arrastei minha mala para pegar o trem. Quando, finalmente, a Estrada de Ferro Britânica veio nos recolher, o trem se arrastou, parou, parou de novo e se arrastou por quatro horas até Waterloo. A paisagem vista da janela era desoladora, encoberta por uma película de sujeira. Pensei em Blake e nos Moinhos Satânicos e escuros. Pelo cheiro, eu sabia que estava na Inglaterra.

19
Um final do século XIX

> ...Não ouçam as declarações didáticas do autor, mas sim os gritos baixos de apelo dos personagens, enquanto vagam pelos bosques escuros de seus destinos.
>
> D. H. Lawrence

O hotel era em um rangente e velho edifício vitoriano próximo a St. James. Como elevador, tinha uma gaiola velha que emitia ruídos de um grilo enlouquecedor, corredores desolados e imensas pilastras espelhadas em cada andar.

Perguntei à recepção pelo Dr. Wing.

– Não há ninguém aqui com esse nome, madame – disse um recepcionista comprido e magro que parecia com Bob Cratchit.

Meu coração gelou.

– Tem certeza?

– Veja, pode dar uma olhada no registro... se quiser...

E estendeu-me o livro. Havia apenas dez hóspedes naquela casa assombrada. Podia-se ver por quê. A movimentada Londres passara por ali, mas sem parar.

Olhei o registro. Strawbridge, Henkel, Harbellow, Bottom, Cohen, Kinney, Watts, Wond... Era aquele. Tinha que ser Wong. Claro que haviam escrito errado. Todos os chineses se parecem e todos os nomes chineses são Wong. Senti-me muito próxima de Bennett, tendo que lidar com esse tipo de merda a vida inteira e não ficar amarga.

– E esse aqui no quarto 60? – perguntei, apontando para o nome escrito errado.

– Ah, o senhor japonês?

Merda, pensei. Nunca perceberam a diferença.

– Sim, poderia tocar para o seu quarto, por favor?

– De parte de quem?

– Sua esposa.

O termo "esposa" parecia ter algum peso ali no século XIX. Meu amigo Bob Cratchit literalmente saltou para o telefone.

Talvez *fosse* realmente um senhor japonês. Toshiro Mifune, talvez? E completo, com espada de samurai e rabo-de-cavalo? Um dos violadores de *Rashomon*? O fantasma de Yukio Mishima com seus ferimentos ainda escorrendo sangue?

– Desculpa, madame, mas não responde – disse o homem.

– Posso esperar no quarto dele?

– À vontade, madame.

Ele tocou a sineta de sua mesa e chamou um carregador. Outro tipo de Dickens. Este era mais baixo do que eu e exibia um cabelo cintilante por conta de vaselina.

Segui-o até a caverna do elevador. Muitos minutos de cricrido depois, chegamos ao sexto andar.

Era o quarto de Bennett, sem dúvida alguma: seus paletós e gravatas pendurados com cuidado no armário. Uma pilha de programas teatrais em cima da cômoda, a escova de dente e o xampu na beira da pia antiga. Seus chinelos no chão. Sua cueca e suas meias secando no aparelho de aquecimento. Quase não parecia que eu me ausentara. Teria me ausentado? Bennett seria *tão* capaz de se ajustar a minha ausência, assistindo a peças calmamente, voltando para casa para lavar as meias? O quarto era de solteiro. Estava desfeito, mas quase não parecia amassado.

Folheei a pilha de programas. Ele vira todas as peças de Londres. Não tinha entrado em colapso nem feito nada maluco. Era o mesmo Bennett previsível.

Suspirei com alívio ou com decepção?

Preparei um banho para mim e tirei as roupas sujas, deixando-as cair em uma trilha pelo chão.

A banheira era daquelas compridas, profundas, com pés de garra. Um bom sarcófago. Afundei-me até o queixo.

– Alô, pés – disse eu, enquanto meus pés emergiam do outro lado da banheira. Meus braços estavam machucados e doídos de arrastar a mala, meus pés estavam cheios de bolhas e a água tão quente, que, por momentos, achei que iria desmaiar. "AFOGADA NA BANHEIRA DO MARIDO ABANDONADO", escrevi mentalmente para o *National Enquirer*. Não tinha a mais remota idéia do que aconteceria a seguir e, no momento, não me importava.

Flutuei levemente na banheira funda, sentindo que algo estava diferente, estranho, mas não podia perceber o que era.

Olhei para o meu corpo. Era o mesmo. O V rosa de minhas coxas, o triângulo de cabelo crespo, o cordão do Tampax pescando na água como um herói de Hemingway, o ventre branco, os seios meio flutuantes, os mamilos tensos e rosados pelo calor da água. Um corpo simpático. Meu. Decidi ficar com ele.

Abracei-me. Era o meu medo que faltava. A pedra fria que usara dentro do peito por 29 anos desaparecera. Não de repente. E talvez não para sempre. Mas desaparecera.

Talvez eu tivesse vindo apenas tomar um banho. Talvez partisse antes de Bennett voltar. Ou talvez fôssemos para casa juntos e endireitássemos as coisas. Ou talvez fôssemos para casa juntos e nos separássemos. Não estava claro agora como tudo terminaria. Nos romances do século XIX, eles se casavam. Nos romances do século XX, eles se divorciavam. Não se pode ter um final em que eles não façam nem uma coisa nem outra? Ri de mim mesma por ser tão literária. "A vida não tem trama" é uma de minhas frases favoritas. Pelo menos não a tem enquanto ainda se está vivo. Depois que morremos, já não é mais da nossa conta.

No entanto, fosse lá o que acontecesse, eu sabia que sobreviveria. Sabia, acima de tudo, que continuaria trabalhando. Sobreviver significava nascer repetidas vezes. Não era fácil e era sempre doloroso. Mas não havia nenhuma outra escolha, exceto a morte.

O que diria a Bennett se ele entrasse. "Vim apenas tomar um banho?" Nua como estava, poderia ser tão neutra? Que neutralidade se pode ter estando nua?

– Se você rastejar, voltará à estaca zero – dissera Adrian. Eu sabia, com certeza, que não ia rastejar. Mas isso era tudo o que sabia. Era suficiente.

Abri mais a água quente e ensaboei o cabelo. Pensei em Adrian e soprei para ele bolhas de sabão contendo beijos. Pensei no inventor da banheira. De algum modo, eu estava certa de que era uma mulher. E o inventor da tampa da banheira, seria um homem?

Cantarolei e enxagüei meu cabelo. Enquanto o ensaboava de novo, Bennett entrou.

fim

Créditos:

O capítulo 12, "O louco", originalmente publicado em *Ms.*, sofreu uma pequena adaptação.

"Frankfurt 8h29", de Erica Mann, originalmente publicado em *Beloit Poetry Journal*, inverno de 1968/69.

"O homem debaixo da cama", originalmente publicado em *Fruits & Vegetables*, Holt, Rinehart e Winston, 1971, © Erica Mann Jong 1968, 1970, 1971.

Agradecimentos especiais pelo uso dos seguintes textos:

Três versos de "Daddy", de Sylvia Plath, em *Ariel*, copyright © 1963 by Ted Hughes. Reproduzido com a permissão de Harper & Row, Publishers, Inc.

Dois versos de "Housewife", de Anne Sexton, em *All My Pretty Ones*, copyright © 1961 by Anne Sexton. Reproduzido com a permissão de Houghton Mifflin.

Dois versos de *Voices*, de Antonio Porchia, traduzido para o inglês por W. S. Merwin, copyright © 1969 by William S. Merwin. Reproduzido com a permissão de Follett Publishing Company, divisão da Follet Corporation.

Três versos de "Under Which Lyre", de W. H. Auden, copyright © 1946 by W. H. Auden, em *Collected Shorter Poems 1927-57*. Reproduzido com a permissão de Random House, Inc.

Seis versos de "At Long Last Love", de Cole Porter, copyright © 1937 by Cole Porter. Copyright renovado e reservado a Chappell & Co., Inc. Reproduzido com a permissão de Chappell & Co., Inc.

Um verso de "Chattanooga Choo-Choo", letra de Mack Gordon e música de Harry Warren, copyright © 1941, renovado em 1969 pela Twentieth Century Music Corp. (Direitos reservados a Leo Feist, Inc.). Reproduzido com a permissão de Leo Feist, Inc.

Dois versos de "Begin the Beguine", de Cole Porter, copyright © 1935 Harms, Inc. Copyright renovado. Reproduzido com a permissão de Warner Bros. Music.

Quatro versos de "The Sheik of Araby", letra de Harry B. Smith e Francis Wheeler e música de Ted Snyder. Copyright © 1921 by Mills Music, Inc., Copyright renovado em 1948 por Mills Music, Inc., e Jerry Vogel Music Co., Inc. Reproduzido com a permissão de Mills Music Co.

Um verso de "Me and Bobby McGee", de Kris Kristofferson e Fred Foster. Copyright © Columbine Music Corp. 1969 BMI. Reproduzido com a permissão de Combine Music Corp.

Quatro versos de "These Foolish Things Remind Me of You", de Jack Strachey, Harry Link e Holt Marvell. Copyright © 1935 by Boosey & Co., Ltd., Londres, Inglaterra. Todos os direitos reservados a Bourne Co., Nova York. Reproduzido com a permissão de Bourne Co.

EDIÇÕES BESTBOLSO

Lançamentos

1. *Baudolino*, Umberto Eco
2. *O jogo das contas de vidro*, Hermann Hesse
3. *O diário de Anne Frank*, Otto H. Frank e Mirjam Pressler
4. *O negociador*, Frederick Forsyth
5. *Fim de caso*, Graham Greene
6. *Coma*, Robin Cook
7. *Ramsés – O filho da luz*, Christian Jacq
8. *A pérola*, John Steinbeck
9. *A queda*, Albert Camus
10. *Bom dia, tristeza*, Françoise Sagan
11. *O Gattopardo*, Tomasi di Lampedusa
12. *Spartacus*, Howard Fast
13. *O amante de Lady Chatterley*, D. H. Lawrence
14. *O diário roubado*, Régine Deforges
15. *O evangelho segundo o Filho*, Norman Mailer
16. *Amor e lixo*, Ivan Klíma
17. *Medo de voar*, Erica Jong
18. *Ragtime*, E. L. Doctorow
19. *Prelúdio de sangue*, Jean Plaidy
20. *O poderoso chefão*, Mario Puzo
21. *A grande travessia*, Pearl S. Buck
22. *O império do Sol*, J. G. Ballard
23. *Perdas e danos*, Josephine Hart
24. *Em algum lugar do passado*, Richard Matheson

EDIÇÕES
BestBolso

Este livro foi composto na tipologia Minion, em corpo 10,5/13, e impresso em papel Off-set 70 g/m^2 no Sistema Cameron da Divisão Gráfica da Distribuidora Record.